I am a Cat

我是猫

[日] 夏目漱石◎著　荷月影◎译

天津出版传媒集团
天津人民出版社

图书在版编目（CIP）数据

我是猫 / (日) 夏目漱石著；荷月影译. -- 天津：天津人民出版社，2016.5(2018.4重印)
ISBN 978-7-201-10266-5

Ⅰ. ①我… Ⅱ. ①夏… ②荷… Ⅲ. ①长篇小说－日本－近代 Ⅳ. ①I313.44

中国版本图书馆CIP数据核字（2016）第075621号

我是猫

WO SHI MAO

出　　版　天津人民出版社
出 版 人　黄　沛
地　　址　天津市和平区西康路35号康岳大厦
邮政编码　300051
邮购电话　（022）23332469
网　　址　http: //www.tjrmcbs.com
电子信箱　tjrmcbs@126.com
责任编辑　王昊静
印　　刷　北京欣睿虹彩印刷有限公司
经　　销　新华书店
开　　本　880×1230毫米　1/32
印　　张　11.5
插　　页　8
字　　数　275千字
版次印次　2016年5月第1版　2019年5月第4次印刷
定　　价　32.00元

In the twinkling of an eye, the sun set in the west and wind skimmed over the water with whistling, blowing on my face and made it painful. It happened that at that time the stomach was growling.

(P2)

I had already heard that the carter's big black cat was the fierce cat known to every family in this area, which I never thought I would meet today. (P9)

In the first month of the lunar year, Miss Hanako was wearing a pair of compelling new necklace, sitting there leisurely and lazily, enjoying the sunny and warm sunshine. (P30)

The daffodils kept in the white porcelain vase withered day by day, but the white plums with green calyxes blossomed one after another. (P48)

Suddenly, I couldn't help shivering, standing on the mat inanely with eyes still. (P65)

Was this great or foolish?
I don't know at all! (P131)

At dinner, I only had a little clam meat and a half bowl of soup, soon felt an empty stomach. (P140)

"Millennium is a dream, a dream of a millennium. Speaking of it, long and short." (P337)

前言

《我是猫》是一部具有独特形式的批判现实主义小说。是夏目漱石的代表作，作品通过一只猫的视角向读者展现了苦沙弥、迷亭、寒月等知识分子以及以金田为代表的资本家的生活面貌，对阴暗腐朽的社会和庸俗无聊的小说人物进行戏谑和批判，并以独特的讽刺手法描述了一幕幕滑稽、丑陋的场面，取得了狂欢式的喜剧效果。

小说中的“我”——“猫”是虚构的、独特的艺术形象，不仅具有动物的习性，而且具有人的思想意识。在这部小说里，“猫”是叙述者、评判者，又是一个完整的形象，起着多方面的作用。猫叙述人的世界是小说花费篇目最多的地方，《我是猫》的写作目的不是真的要写猫的生活，而是要借猫这个载体来刻画人，来反映人的社会生活。纵观全书，小说中的主要人物是中学英语教师苦沙弥、研究美学的迷亭、理学士寒月、爱好诗歌戏剧的东风、痴迷哲学和禅道的独仙君以及实业家金田一家和说客铃木等。而人物活动的地点主要是苦沙弥——猫主人的家里，这就给由猫来展开叙事提供了充足的条件，当然猫还通过自己的外出把故事发生的地点转移，这样小说就不会像古典主义戏剧遵循“三一律”那样把场景只局限在同一处了，如猫潜入金田家，从而引申出金田一家的人物形象和生活风貌等等。

小说中还写到另外几只猫，主要是女师傅家的“三毛姑娘”、车夫家的“老毛”。猫的世界同样丰富多彩，苦沙弥家的这只公猫对“三毛姑娘”的眷恋之情丝毫不输给人类的男女仰慕之情。再如，车夫家壮实的公猫老黑瞧不起苦沙弥和苦沙弥家的这只猫，这无疑讽刺了人类社会的世态炎凉。可以说，《我是猫》是日本近代文学作品中一部视野广阔、描写深刻、贯穿着批判精神的讽刺小说。

Contents

第一章

咱家是猫。名字？……还没有。

出生在哪儿？更搞不清楚。只依稀记得，咱家是在一个阴暗、潮湿的地方第一次看到了人。据说那人是个寄人篱下的穷学生，常常将我们逮住炖了吃，可以算作是人类之中最残暴的一个家伙。只是那时咱家还不明世事，只管咪咪地叫着，也不觉得他有多可怕，等到突然被他抓住，又嗖地高举到半空，咱家这才慌了神，一下子明白了恐怖的滋味。

咱家被那学生捏在手掌里，好歹稳住神儿，偷偷瞧了一下他的脸，这便是咱家有生以来头一回和所谓的“人”打了个照面，其印象极其深刻，至今依然记忆犹新。当时觉得这“人”可真是个怪物，就说那张脸吧，本该用松软的毫毛做些装点，却油光滑亮的，活脱脱像个光溜溜的茶壶。后来咱家也见过不少猫，但从未见到像他这般不端正的脸。这“人”不仅脸儿鼓得太高，那黑咕隆咚的鼻孔里还不时喷出烟来，让咱家呛得发慌。可真服了他了！如今总算明白了，那时他是在吸烟哩。

且说咱家在这学生的手掌心里趴了不一会儿，就以无法想象的速度飞快地旋转起来，一时间头昏眼花，搞不清是这学生在旋转，还是咱家自己在旋转，反正迷糊得要命，直想呕吐！心想这下要完蛋喽！只听咕咚一声，咱家被这学生远远扔了出去，摔得两眼直冒金星，当即昏迷过去。

不知过了多久，咱家才蓦地一下子醒来，四周泛着炫目的光，贼亮贼亮的，让咱家睁不开眼睛。过了好一会儿，才渐渐看清所处之地和以前大不相同，却是被那学生从稻草堆扔到竹林里来了。定下神来仔细瞧瞧，那学生不在，众多的猫哥们儿也不知逃到哪儿去了，就连妈妈——咱家的保护神也无影无踪。哎哟哟，一切都那么稀奇古怪。

咱家忍着痛，慢慢地试着往竹林外爬，好容易爬出竹林，一瞧，对面有个大池塘，忙奔过去，趴在池边喝水，一边思量往后该咋办，却又想不出什么好主意来。忽然想到若总这么哭哭啼啼的，会不会再让那学生恼怒呢？便小心翼翼地“咪咪”叫了几声，不见他出现，这才放下心来。谁知转眼间，日落西山，寒风呼呼掠过水面，刮得咱家脸上生疼，偏偏这时候肚子又咕咕叫起来，真是“福无双至、祸不单行”啊！咱家难过得哭都哭不出来。为了填饱肚子，咱家决定去有食物的地方找找看。

咱家蹑手蹑脚地从右侧爬过池塘，沿途的艰难可想而知。说来真让咱家惊喜，离池塘稍远处，便是一间房舍。妈妈曾说有人烟处便有食物，咱家便满怀期待地向那房舍走去，心想多少总会有一点儿收获吧。

房舍外面是一大圈高高的篱笆墙。咱家侥幸找到个小窟窿钻进去，发现里面是个大大的院子。嘿，缘分这东西，真是不可思议。正因为篱笆墙上有这么一个小窟窿，咱家才没被饿死在路旁，并且得以在此后很方便地拜访邻猫小花妹。俗话说前世修福今世报，看来一点儿不错。

咱家虽进了院子，却不知该怎么办才好。很快，天黑下来，又下起了雨。咱家浑身冷得发抖，肚子饿得发慌。情况十万火急！没办法，咱家只好硬着头皮朝亮堂些、暖和些的地方走去，走啊走……就这么稀里糊涂地钻进了厨房里。

在这儿，咱家十分荣幸地见到了除那学生以外的“新人”。首先见到的是女仆。这位女仆可比那学生蛮横多了，一见面就狠狠掐住咱家脖子，将咱家狠命摔出门去。唉，咱家何其不幸！

躺在地上呜呜哀叫时，咱家真想为了颜面就此离去，好歹咱也是猫啊！然而，饥饿与寒冷迫使咱家不得不丢弃那仅存的一丝颜面，乘女仆不备，又悄悄溜进厨房，指望她能发发善心给咱家一点儿吃的，最好是能留咱家住宿几日，但不大工夫，却又被甩了出来。就这么甩出来，再爬进去，再被甩出来，反反复复好几个回合，让咱家心里恨透了这女仆。当日的那口闷气一直憋到现在——几天前，咱家逮着机会将她的秋刀鱼偷走扔掉，这才算报了仇。

当时，也不知被扔出去了多少次，当顽强不屈的咱家眼看着又要再次被她扔出时，“何事吵嚷?”主人皱着眉头，边问边走进厨房来查看。女仆倒提着咱家冲主人说：“我三番五次将这只野猫崽子扔出去，可它仍爬进来，真烦人啦！”

主人是个言谈不多的人，他捋着鼻下的两撇黑胡须，将咱家可怜兮兮的尊容仔细端详了一下，说声：“那就把它留下吧！”便回房去了。女仆气呼呼地瞪了咱家一眼，似乎全没想到咱家会有这么好的运气，接着便极不情愿地将咱家扔在了地上。虽然刚才经历了太多的痛苦和耻辱，但这样的结局实在比咱家预想的要好很多。就这样，咱家终于有了这么一个吃饭、睡觉的地方，并很自然地以主人之家为已家了。

很快，咱家便知道，主人的职业是教师。不愧是为人师表的人啊！他对待咱家就是不同，让咱家心里充满感激。不过，咱家却很少见到他。他每天从学校一回来，便一头扎进书房，极少出门。家里人都夸他是个了不起的读书郎。最初几天，咱家也是这么认为的，后来发现他并不像人们称道的那么好学，只是装得挺像而已。咱家日常无事，便蹑手蹑脚地溜进他的书房，见他常趴在桌上睡，嘴里不时流出口水，滴落到刚翻了没几页的书上。他有胃病，皮肤略微发黄，显露出一种僵硬的缺乏弹性的病态，并且不肯节制食欲，每次吃饭时，他总要极力撑饱肚子，然后吃消化药，吃完药后就去看书，书看不了几页便打起盹儿。主人的生活天天如此。

虽说咱家是猫，却也知道思考问题，窃以为当教师的可真够自在，若生而为人，非当教师不可。道理很简单，如此日日昏睡便算工作，再适合咱猫不过了。但就主人而言，却又大大不同。他认为再也没有比当教师更辛苦的了，每当有朋友来访，总会怨天尤人地大发一通牢骚。

刚在这儿落脚时，除主人外，家里的其他人都很讨厌咱家。咱家不论去哪儿、做什么，总被他们不分轻重地一脚踢开，他们眼里是何等的没有咱家啊！这并非我故意夸夸其谈或斤斤计较，只要想想他们至今还没给我起名，就可以看出我的境遇有多糟糕了。万般无奈之下，我想方设法地讨主人欢心，争取一切机会陪伴在他身旁。为此，每当主人读报时，咱家便一定要趴在他的膝盖上；每当他午睡时，咱家便一定要爬上他后背亲热一番。这样做当然不是主人有多大的吸引力，迫不得已嘛！

其后，几经磨难，咱家终于有了足以安眠之处：早晨睡在饭桶盖上，晚上睡在暖炉上，中午则睡檐廊。当然，时不时钻进孩子们的被窝里和他们一同入梦，那是最令我惬意的了。孩子们一个五岁，一个三岁，同住一间屋，同睡一个铺。不管他们睡觉时挨得有多紧，咱家总能挤进去，在他们中间找到容身之地，但若运气不好，碰醒某个孩子，那就会闯下大祸。两个孩子德行都不怎么好，尤其小的那个，最差，即便是在深更半夜，只要一碰醒他，他就会高声大叫："猫来啦，猫来啦！"于是乎，神经性消化不良的主人便会一惊而醒，从卧室里跌跌撞撞地跑过来。几天前，咱家还因这事被他用格尺狠狠抽打了一顿屁股呢！

和人类共同生活得愈久，咱家便愈发断定他们尽是些任性的家伙，特别是同床共枕的孩子们！他们只要一兴奋起来，就将咱家逮住套进布袋里，跟着倒提起来，时而抛出，时而塞进灶膛。咱家若还手，他们必定全家出动，四处追打，对咱家实行残酷迫害。前两天，咱家不过在榻榻米上随便磨了下爪子，女主人便大发雷霆，竞不许咱家再进暖烘烘的客厅。咱家在厨房里光光的地板上冻得直哆嗦，他们全家居然视若无睹。

斜对门住着一位白猫大嫂，咱家十分尊敬她。每次见面，她都会感叹："再没有比人类更不通情达理的喽！"不久前，白猫大嫂生了四个如同白玉般的猫崽儿，但就在她产后的第三天，寄居在她主人家的那个学生竟狠毒地把猫崽儿全扔进了池塘里。事发后，白嫂流着泪向我诉说："为了捍卫亲子之爱，为了过上幸福美满的生活，我们猫族一定要向人类宣战，非把他们统统消灭掉不可！"这话太正确了，我举双手赞成。

邻家猫杂毛哥则指出人类根本不懂得什么叫所有权。他气愤地分析说，本来，无论是干鱼头还是鲻鱼肚脐，按猫理通常是谁先发现，谁便享有取而食之的权力，但人类却完全无视这一权利的存在，仗着胳膊粗、力气大，竟和我们争抢美食，把本该属于我们猫类享用的食物大摇大摆地抢走，从来不会感到不好意思。

白猫大嫂的主人是名军人，杂毛哥的主人是个律师，可能是因他们主人所从事的职业的关系，他们对人类的暴行感受颇深。相比较而言，我因住在教师家，对这方面的感受不怎么深刻，故还算是个乐天派。对我来说，只要有吃有住，能打发日子就行。人类再怎么了不起，总有不能肆意妄为的一天。唉，还是耐着性子，等待猫天下的来临吧。

下面还是让我讲讲主人所遭受的不幸吧。说起来，我家主人没有任何地方比别人高明，但凡事都喜插上一手，如写俳句向《杜鹃》①投稿啦，写新诗寄给《明星》②啦，写杂乱无章的英语文稿啦；或醉心于箭术，或学唱谣曲，或吱吱嘎嘎地拉小提琴，等等，但十分令人遗憾，样样都学得稀松平常。偏偏他一学起这些来还格外着

① 《杜鹃》：俳句刊物，正冈子规于一八九七年一月创办，后由俳人高滨虚子主编。《我是猫》的第一章即发表于该刊一九〇五年一月号。

② 《明星》：诗歌刊物，一九〇〇年四月创刊，是当时日本浪漫派诗歌的主流刊物。

迷，哪怕是正害胃病，也要在茅房里大唱谣曲。邻里们为此特意给他起了个绰号："茅先生"。他知道后一点儿也不介意，照旧我行我素地待在茅房里反复吟唱："吾乃平家将宗盛[①]是也。"邻居们听到后差点儿笑出声来，纷纷说："宗盛将军驾到，大家快来瞧呀！"

不仅仅是咱家，家里所有人都弄不懂我那主人究竟想搞什么名堂。一个月后，到了发薪水的那天，他神色慌张地拎着个大包赶回家来，谁也想不到他领了薪水，就去买了一大包的水彩颜料、毛笔和画纸。看来自即日起，他决心学习绘画，而要放弃学谣曲和俳句了。果然，他从第二天起，整天都在书房里，连中午觉也不睡，只顾画画。但看他画的那些玩意儿，却又没人能说出他到底画的是些什么。或许是因为他自己也觉得画得太不像样的缘故吧，隔了几天，一位搞什么美学的朋友来拜访他，他烦躁地说："看别人画画，感觉挺容易，好像也没什么了不起，等到自己动笔，怎么也画不好，才深感此道之难……"

朋友戴着一副金边眼镜，看起来很有学问，他煞有其事地说："一开始就要求自己画得很好，多少有些勉为其难吧。而且，只是坐在屋子里空想，也难以画出画来。从前，意大利画家安德烈亚[②]曾说过：'学习绘画，最好的方法是描绘大自然。天有星辰，地有华露；天上有飞禽，地上有走兽；池塘金鱼，枯木寒鸦。大自然本身就是一幅巨画。'你如真想画出几幅像样的画来，还不如先画点写生画。如何？"

"咦！这话是安德烈亚说的吗?我还头一次听说哩。不错，你说得对，的确应该先写生。"主人赞同地说着，对那位朋友佩服得五体投地。而朋友脸上却露出一丝略带嘲弄的微笑。

翌日中午，咱家吃过饭后照例去檐廊美美地睡个午觉，不料主人竟破例从书房里出来，鬼头鬼脑地跟在咱家身后不知干些什么。

① 宗盛（1147—1185）：即平宗盛，日本平安时代的一名武将。

② 安德烈亚（1486—1530）：原名安德利亚·达尼奥洛。佛罗伦萨文艺复兴鼎盛时期的著名画家，所作壁画《圣餐图》在意大利极具盛名。

咱家初时尚未在意，但睡梦中蓦然惊醒，愈想愈感恐惧。为了查清主人究竟想搞什么名堂，咱家悄悄歪着脑袋，将眼睛微微睁开一条细缝往后瞧，嗬！原来他真的接受了安德烈亚的建议，正在以咱家为对象一丝不苟地写生呢。瞧着他那副痴痴呆呆又认真至极的模样，咱家忍不住失声大笑起来。真想不到他被朋友奚落一番后，竟拿咱家开刀，画起咱家来了。这时，咱家尚未睡足，忍不住要打呵欠，但想到主人难得如此专心，实在不忍扫了他的兴致，便以极大的毅力忍住，硬是趴在那儿一动不动。

现在，他刚把咱家的大致轮廓画出来，正准备给面部着色。咱家很想知道他把咱家画成了一副什么模样，在地上趴了一会儿，便跑过去看，一看，不禁大失所望。坦率地讲，身为一只猫，咱家并非仪表堂堂，无论背脊、毛皮抑或脸型，都不敢奢望在群猫中出类拔萃，但无论再怎么丑，却也不至于成了主人笔下的那副模样。别的不说，光颜色就不对。咱家的毛色有些像波斯猫，浅灰色中略带黄，属于那种斑纹似漆的肤色。对此，我想任谁来看到，也不会否认。然而，在主人画笔的涂抹下，画中咱家的毛色既不黄也不黑，说不清是灰色还是褐色。或许该是综合色吧。也不！这种颜色，只能说仅仅是一种颜色罢了，除此而外，实在找不到更恰当的说法。最离奇的，是画中的咱家竟然没有眼睛！不错，这的确是咱家的睡态写生画，但要真画出睡态来，咱家倒也无话可说，可问题是连眼睛本该有的部位都没有，这可就让人弄不清咱家到底是睡猫还是瞎猫了。咱家不由暗自感叹：就凭这一手，再怎么学安德烈亚，也是个臭笔！但对主人那股子洋洋自得的热忱劲儿，却又不能不佩服得五体投地。咱家本来还想待在那儿让他再临摹几笔，可突然间尿意来袭，憋得咱家全身胀乎乎的，不得已只好失陪。当下，咱家脖子一扭，双腿朝前用力一蹬，呼地蹿了出去，到房后找地方方便，路上还打了个好大的呵欠。这么一来，主人的画自然是画不成了，他在失望中夹杂着愤怒，大声骂道：“混账东西！”

主人骂人时，只习惯于骂一声“混账东西”，似乎除此之外世界上再也没有什么别的脏话了，至少咱家从未在他的口中听到过其他。咱家很理解他此时此刻的心情，但有什么办法呢？尿急憋死人哩，何况咱还是猫。咱家是够理解他的了，也不计较他没有咱家这样大的胸襟，但一句“混账东西”破口而出，也未免太不像话了吧。换句话说，咱家平时爬到他身上跟他亲热时，他能有一副好脸色，那现在对这番辱骂咱家倒也认了。可是，他就从没给过咱家好脸色。毫不夸张地说，咱家从来就没有痛痛快快地方便过。连撒个尿也要被斥为混蛋，这嘴有多损啦！看来，人啊，总是过于相信自己的能力，太妄自尊大了。真希望出现一个比人类更强大的动物，把他们好好收拾一顿，不然，他们会嚣张到何等地步！

如果说人类的无法无天不过如此，咱家心里也好受些。然而，很不幸，咱家耳闻目睹他们做下太多的缺德事，件件比这骂人有过之而无不及。天长日久，也就不得不去将就他们的种种恶习。主人家屋后有个一丈见方的茶园，虽不大，却是个向阳、幽静的宜人之地。每当主人家孩子吵得太凶，让咱家难以美美地睡个好觉，又或心情不佳、无所事事时，咱家便默默地来到茶园，感天地之悠，养浩然之气。日子一久，遂成惯例。

十月小阳春的一个晴朗之日，约莫下午两点钟，咱家吃过午餐，美美地睡了一觉后，便到室外活动，顺便溜到茶园，一根一根地嗅树根的味道，却见西侧杉树篱笆墙边，一只大黑猫身下压着好大一片枯菊，睡得正香，鼾声粗重，一声大过一声。那陶醉的沉睡的样儿，让咱家很是搞不明白他究竟是丝毫没察觉到咱家就在附近呢，还是明明知道却根本没把咱家放在眼里？

这猫擅自闯进院子，而且居然还睡得如此香甜，不能不让咱家对他刮目相看。这是一只纯种黑猫，有着魁梧的体魄和身材，块头足足大我一倍，堪称猫中大王。正午的阳光照射着他，将它身上那些晶莹的茸毛照耀得如同燃烧的火苗儿。咱家基于赞赏之意、好奇之心，忘乎所以地走到它跟前，凝神打量。谁承想十月里静悄悄的风，也能将从杉树篱笆外探过头来的梧桐枝儿轻轻摇动，弄下几片叶儿来落在枯萎的菊花丛中，吵醒它。他醒来后，以猫大王特有的姿态高高坐起，身不动、膀不摇，怒睁圆眼，将发自双眸深处的炯炯目光狠狠射到咱家窄小的脑门上，大吼一声：“你是什么东西，竟敢吵醒我！”

咱家至今都记得，他双眼远比世人所珍爱的琥珀还要绚丽灿烂。然而，身为猫大王，对待他的臣民嘴里竟如此不干不净！他那雄壮的吼声充满了力量，就是狗听见了也会吓破胆，咱家当时是如何的战战兢兢也就可想而知了。此情此景，如不赶紧赔礼，小命必定难保，因而咱家强装镇静，一边道歉，一边却又故作矜持地解释：

“咱家是猫，名字嘛……还……还没有。”

说归说，心可比平常跳动得厉害多了。没办法啊，谁让咱家碰上了这么一个猫大王呢?

猫大王十分蔑视地说：“什么?你是猫?你居然说自己是猫?听你说自己是猫，可真让我大吃一惊。快说，你到底是住在哪儿的?”说话的语气让咱家自惭形秽了好久。

“咱……咱家就住在……这……这里教师的家中。”

“料你也只配住在这等地方！越长越……瘦吧?”

举凡大王说话，总是盛气凌人的。人类如此，猫类也是如此。瞧他说话这般粗鲁，便知不是良家之猫，但那一身肥膘，却又像日日吃的都是山珍海味，过着很优裕的生活。咱家一时想不明白他何以如此，便大着胆子反问一句：“请问，你既敢出此狂言，究竟是哪位?住在谁家?”

他昂起头来，傲慢地、颇不耐烦地答了句：“俺是车夫家的大黑！难道你不知道吗?"

啊耶，原来他就是那个大黑啊！我早就听说过，车夫家有条大黑猫，是这一带家喻户晓的凶猫，没想到今日会撞见。这大黑猫虽然又凶又恶，但正因为住在车夫家，光有力气却没教养，因此，大伙儿谁都不愿和他来往，连成一气对它敬而远之。此刻，咱家一听说原来竟是他，心里不免萌发几丝轻蔑之意，很有些替他脸红，决定先测验一下他无知到何等地步。对话如下：

“考你一个简单的问题，教师和车夫究竟谁更了不起？”

“当然是车夫啦！瞧你家主人，瘦得都剩皮包骨啦。”

“看来是车夫家的猫，才会这么健壮吧。怎么样，日子过得还不错吧？”

“什么话！俺大黑不论在哪里，吃喝都不用犯愁。哪里像你只会在这破茶园里转来转去？不如跟俺大黑四处走走，保你不出一个月，就会长得肥嘟嘟的，谁都认不出来。”

“这个嘛，当然就要请大王您日后多关照啦。不过，要说住宿的话，教师家可比车夫家宽敞哟。”

“混账！再大的房子能把你肚子填饱吗？"他十分恼火地吼起来，像紫竹削成的一对尖耳朵愤怒地扇动着，不屑一顾地走了。

从这天起，咱家就像约好了似的经常与大黑碰面，一来二去就成了知己。每次见面，他总要大肆吹嘘车夫一番。老实说，前面提到的“人类的缺德事”，就是它讲给我听的。

一天，咱家在茶园里碰到它，照例又和它躺在草地上天南海北地闲聊起来。和往常一样，他又把那老掉牙的“光荣史”当成新闻一般讲给我听，翻来覆去地大吹大擂，跟着，话题突然一转，向咱家提出一个说什么也没想到的问题：

“老实说，你小子到现在为止，一共捉了几只老鼠？”

咱家听了一愣，一时还真不知道该如何回答。若论知识，不是吹牛皮，咱家远比大黑丰富得多，但说到力气、胆量，却的确不如他，对此，咱家心里十分清楚。但生而为猫，连老鼠都不捉，有何脸面以猫类自居？

经他这么一问，咱家还真有些臊得慌呢。不过，既然事实如此，咱家也不想说谎，便回答说：“不瞒你说，我一直都想去捉，只是至今还没找到机会动手哩。”

大黑听了后，扑哧一声，哈哈大笑起来，那在鼻尖上翘起的长胡须哗哗颤动个不停。

瞧着他得意忘形的样子，咱家心里别提有多晦气了，但想如大黑这等傲慢之辈，一定和人类一样，有不少弱点，只要在他面前故意装出一副心悦诚服、毕恭毕敬的样子，就可以轻易摆布它。自从和他混熟后，咱家对这一点看得越来越清楚，心知此时若强为自己辩解，只会搞得一团糟，弄不好还会挨一顿揍，那可太愚蠢了！当下，便故意讨好地问：“像老兄这等德高望重之辈，捉到的老鼠一定多得不得了吧？”

果然，他毫不谦虚地大声说：“那还用问？不算多，三四十只吧。”口中说着，瞄见附近墙边有个黑洞，便一头钻了进去，大概是要当场显示下捉老鼠的本领。他在洞中仍不忘吹嘘：“这洞里要是有那么一二百只老鼠，俺大黑保证即刻单枪匹马将它们消灭光！不过，要是碰上黄鼠狼，可就有些不好对付哟。我曾和一条黄鼠狼大战过一回，可倒了大霉啦！”

我故作不信地问：“噢！是吗？”

大黑没找到老鼠，钻出洞来，瞪着眼说：“去年大扫除时，我家主人将一袋石灰搬进廊下仓库。好家伙，他刚将石灰袋提起来，一只大大的黄鼠狼便从袋子下呼地窜了出来。”

“哇——”这样的惊叫，自然是咱家故意装出来的了。

“黄鼠狼这东西虽然凶狠，但比老鼠大不了多少。你只要想到它其实也就是老鼠，便没什么可怕的。俺大喝一声：‘畜生，往哪里逃！’便大步追上去。那畜生儿曾见过俺这样威武雄壮的大猫，吓得掉头就跑。俺乘胜追击，很快便将它赶到臭水沟里去了。”咱家忍不住喝彩：“干得真漂亮！”

“可一到危急关头，那家伙就放起毒烟屁来，臭得要命！这么说吧，从那以后，每次觅食时，俺一见黄鼠狼就直犯恶心。”说到这儿，他似乎又闻到黄鼠狼的骚臭味，伸出前爪擦了擦鼻尖。

咱家给他打气说：“何必说这丧气话呢？仁兄可是捕鼠的大行家啊！老鼠嘛，仁兄只要瞪它一眼，它小命立刻就玩完。看来是净吃老鼠的缘故，仁兄才会这么红光满面的吧？”

咱家说这话本是想奉承它，谁知适得其反，只听它叹道：

“唉，现在想起来，其实挺无聊的。俺再怎么费力捉老鼠，也没法吃胖啊！你知道为何吗？咱辛辛苦苦捉老鼠，主人却把俺抓到的老鼠抢去送给警察。送一只老鼠可得五分钱，俺家主人已赚了一元五角钱呢。他赚了那么多钱，却从不给咱改善伙食。你希望像人那样吃得肥嘟嘟的成为一个举世无双的胖猫？没门儿！人哪，尽是些体面的小偷啊！”

真想不到一向不学无术的大黑能懂得这么高深的哲理，咱家不由得对它刮目相看起来，但见它面露愠色，脊毛倒竖，怕它把满腔怒火发泄在咱家身上，应酬了几句便回家去了。

从那以后，咱家下决心不捉老鼠，也不当大黑的爪牙，不去为获取老鼠以外的食物而操劳。与其吃得香，莫如睡得甜嘛。考虑到住在教师家，极易沾染教师的不良习气，更时时当心，以免什么时候突然害起胃病来。

说到教师，我家主人最近好像终于醒悟了，明白自己在绘画方面没什么指望。在十二月一日的日记里，他写下了这么一段话：

> 今天开会，第一次遇见××，都说此公放荡不羁，果然一副风月老手的样子。此公与其说招女人喜欢才放荡，莫如说非放荡不可更准确。据说他老婆是个艺妓，令人羡慕。但凡谩骂风流鬼的人大多没风流资格；而自命风流的人，也大多没资格风流。这号人，本来不是非风流不可，却偏要风流，如我学画水彩画，终于没毕业的希望，却又一定要装出唯我精通的架势来。喝喝饭店的酒，逛逛艺妓的茶馆，就能成为花柳行家吗？这理论如行得通，那我也能出人头地，成为一名画家喽！我的水彩画莫如弃笔的好。同样，与其硬要做个花柳行家，还不如当一名刚进城的乡巴佬妥当。

这番“行家论”，咱家委实不敢苟同。并且，就一名教师而言，羡慕别人老婆是艺妓云云，原本是一种极难说得出口的卑劣念头，唯独他对自己作画水平的评价，倒颇准确。可是，主人尽管有些自知之明，但孤芳自赏之心仍在。十二月四日的日记中又有如下叙述：

> 昨夜做了个梦，觉得学画毕竟不成器，便放弃了。但不知是谁将我先前画的一幅画镶在漂亮的匾额里，并挂在横楣上。遥看之下，直觉是幅佳作，我心里万分高兴，便站在那儿痴痴地欣赏，不觉天已破晓。起身过去一看，拙劣如旧。旭日昭昭，一切都是那么的明明白白。

即便是在梦中，主人也对绘画情有独钟，且自命不凡。事实上，按其气质，主人别说当水彩画家，就连当所谓的风月老手，也是没有资格的。在他梦见水彩画的次日，那位常来光顾的戴金边眼镜的美学家又来造访，甫一落座劈头便问：

“画得怎样了？”

“按照您的忠告，正在努力画写生。就像您说的那样，现在，我对物体形状及其色彩变化有了更清晰的认识，而从前却未曾注意过这些。看来，就因为西方画自古重视写生，才有今日之成就。安德烈亚真的很了不起！”

主人神色自如地说着，不停地称赞安德烈亚，对自己日记里的话却只字不提。

美学家一边搔头，一边笑着说：“老实说，我说的那些都是胡说八道。”

“什么？”正在受人愚弄的主人不解地问道。

“就是你一再推崇的安德烈亚的话啊，那是我一时胡诌的。不曾想你竟信以为真。哈哈哈……”

咱家在檐廊下听着，很为主人难受，不知他今日又该在日记中写些什么了。美学家视信口开河地捉弄人为唯一乐趣，毫不顾忌“安德烈亚事件”会给主人的心灵带来多大的创伤。得意忘形之余，他竟然接着说："噢！人们常常拿玩笑话当真，并且从中激发出滑稽的美感，这真是太有意思了。前不久，我对一个学生说：'尼古拉斯·尼克尔贝曾经忠告吉本，应该用英语而不是用法语写他的毕生巨著《法国革命》[1]。'那学生的记忆力真是好得不得了，竟十分认真地在日本文学讨论会上将我这番话原原本本地复述了一遍。与会听众约有一百人，无不凝神静听。瞧，多滑稽！

"还有更好笑的事呢。不久前，在有某某文学家莅临的评论会上，与会者大谈哈里森[2]的历史小说《塞奥伐洛》。我评价说：'这部作品堪称历史小说的"白眉"，尤其女主人公临死那一节，写得真是荡气回肠。'坐在我对面的那位号称'万事通'的先生接着便说：'是呀，是呀！的确妙笔生花。'于是，我便知道他和我一样，根本未读过这部小说哩！"

患有神经性胃炎的主人惊诧万分，睁大了眼睛问："你如此妖言惑众，万一对方是饱学之士，你如何收场？"

美学家不动声色地说："这有何难？一口咬定和别的书弄混啦，或者胡扯一通，就没事了嘛。"说着，又哈哈大笑起来。别看他戴着一副神气的金边眼镜，论性情，倒与车夫家的大黑颇有相似之处。

主人吸着"日出"牌香烟，嘴里不住喷吐烟圈，心里暗暗地说："我可没那么大胆量去骗人。"而瞧美学家的眼神，他却似乎在说："所以嘛，你即使画画，也照例完蛋。"但他嘴上说出来的却是："不过，笑话归笑话，画画还真不是件容易事。据说达·芬

① 尼古拉斯·尼克尔贝是一个文学人物，出自英国作家狄更斯(1812—1870)的同名长篇小说《尼古拉斯·尼克尔贝》，该书出版于一八三九年。吉本(1737—1794)：英国历史学家，著有《罗马帝国衰亡史》六卷。而《法兰西革命》的作者是英国著名历史学家托马斯·卡莱尔(1795—1881)，与吉本没有任何关系。这句话是故意胡编乱造用来捉弄他人的。

② 哈里森(1831—1923)：英国法学家、文学家、哲学家。

奇[①]曾叫他弟子临摹寺庙墙上的污痕。真的，你如专心致志地在茅房里细心观察那漏雨的墙壁，说不定也能画出绝妙的图画哟！你不妨画它一幅试试。我看多半能画出妙趣横生的好画来。”

“瞧你说话的神态，没准又在骗人。”

“哪里，哪里！这可是千真万确的哟！如此精辟的名言，也只有达·芬奇才会说呢。”

“是啊，的确很精辟。”主人已基本服输，只是不肯去茅房里画写生画！

车夫家的大黑后来竟成了瘸猫，身体日渐羸弱，意志也日渐消沉；原本油光锃亮的绒毛也逐渐脱落、褪色，咱家曾经大肆夸奖过的那对比琥珀还美的眼睛，更是堆满了眼屎。咱家最后一次在茶园见到他时，问他近来可好，他说：“唉！别提了，黄鼠狼的勾魂屁和鱼贩子的大扁担，把俺坑苦喽……”

给红松林装点几许朱红的枫叶已经凋零，宛如片片飘散的梦；“洗指钵”旁那曾经落英缤纷的红白二色山茶花，也早已枯萎了。两丈多长的檐廊虽然方向朝南，但冬日的阳光却已西斜。寒风乍起的日子日渐增多，咱家在暖烘烘的阳光下贪睡的好日子，愈来愈少了。

主人照例天天去学校，归来便闷坐书房。有人来访就照例唠叨：“不当教师了，当够了……”他已经不再绘画了，而胃药难见功效，也不再吃。孩子们天天上幼儿园，回到家里便放声歌唱，时不时地揪住咱家尾巴，将咱家倒提起来玩耍。女仆依然那么烦人，咱家也依然没有姓名。

但那又何妨?欲望无止境，心安常有福嘛！因吃不到美味，咱家也没有发胖，身子还算健康，至少没变成瘸猫，顶多一天天虚掷韶华而已。咱家是决不捉老鼠的，只愿长住教师家中，以无名一猫了此残生。

① 达·芬奇(1452—1519)：意大利文艺复兴时期最负盛名的艺术大师。

第二章

新春过后，别看咱家是猫，却也因为有了点名气而趾高气扬。可喜，可贺！

元旦这天，大清早，主人便收到他好友某某画家寄来的一张彩绘明信片，上抹朱红，下涂墨绿，中间用蜡笔画着一只蹲着的动物。主人拿着明信片，在书房里横来竖去地反复看，不住称赞色调妙极啦！既已赞过，满以为他便会就此罢休。不料，他忽而扭身，忽而低头，忽而又面向窗棂将画儿高举到鼻尖下细看，简直就像百岁老翁看天书。咱家此时就站在窗棂上，因为他的古怪动作，膝盖也随之晃动不停。倘若他不尽快结束，咱家实在岌岌可危。膝盖刚晃得轻些，咱家就听他低声自问：“这究竟画的是什么呀？”

主人百思不得其解。尽管他对明信片的色调处理赞叹不已，但还是不明白上面画的到底是一只什么动物。什么动物那么难以认出啊？好奇心驱使咱家斯斯文文地半睁睡眼，往明信片上一瞧，呀，那不正是咱家吗？作画者不愧是一位高明的画家，不像主人那样硬充什么安德烈亚，不论形体或色彩，都描绘得十分准确。任何人看了也知是猫，如果眼力好些，还会清楚地看出那不仅是猫，而且不是别的猫，正是咱家。主人连这么一点明明白白的事都看不出来，还要煞费心思地在那里苦思冥想，不禁让咱家觉得：人啊，真可怜！如有可能，咱家很愿意慷慨地提醒他，画的正是我，即便最终他仍认不出那是咱家，至少也需明白画的是猫。然而，人嘛，终究不是天生的通灵之物，不懂得我们猫族的语言，只好对不起，不说也罢。

顺便声明一下：人类原来有个坏毛病，动辄什么猫呀猫的乱喊乱叫，无缘无故地以轻蔑的口吻评论咱家，这很不好。诸如教师之流更是喜欢装出一副高傲的面孔，却对自己的愚昧无知浑然不觉，他们以为人类的残羹剩汤养肥了牛马，而牛马粪里又养出了猫。他们或许有权力对这样的无知习以为常，但客观地说，却毫无体面之处。就拿作画来说吧，就算是猫，也不是随意挥洒几笔就能画得像的。粗看之下，似乎千猫一面，没有区别，只有共性而无个性，但请到猫天下去瞧瞧吧，人类所谓“各有千秋”之说，在猫的世界也完全适用。无论眼神、鼻型、毛色、步伐，乃至耳朵的竖立、胡须的翘起、尾巴的下垂及行走的姿态，所有的猫无一雷同。进一步说，猫的美与丑、善与恶、贤与愚等等，更是千差万别。可是，尽管我们存在着如此众多而又明显的差别，但据说人类的眼皮只往上翻，两眼只望苍穹，别说对每只猫的个性，就连相貌都分辨不了，这是多么无知啊！

“物以类聚”，这句话自古流传至今。做生鱼片的了解做生鱼片的，卖年糕的了解卖年糕的。同理，猫家之事，非猫不能解。不管人类进化到何种程度，要想以人的思想代替猫的思想，注定是行不通的。实在一点儿说，人类并不像他们自以为的那么了不起，更何况如我家主人之流，一点儿同情心也没有，又怎能懂得“爱的前提是彼此深刻了解”这等看似浅显、实则深奥的道理呢？根本就不能指望他什么。他整日闷声不响地泡在书房里，偏偏又要装出一副早已洞察天下万物的酸儒模样，那幅脸孔既可憎又滑稽。实话说，他并没有多少见识，眼下便是证据：摆在他面前的明明是我的肖像，他却偏偏认不出，还装模作样地胡诌道：“今年是日俄战争的第二年，这画的大概是一只熊①吧！”

① 熊：日俄战争时期，日本人把俄国人称为“北极熊”。

咱家正眯起眼睛想心事，女仆又送来第二张彩绘明信片，这是活版印刷品，上面画着排成一排的四五只洋猫，有的写字，有的看书，都很用功。其中一只猫在桌角旁“猫呀，猫呀”的边唱边跳西洋舞。明信片是主人以前的门生寄来的，上方用日本墨写着“咱家是猫”四个大字，右边是一首日本古典诗：“你读书，我跳舞，猫儿之春日日无辛苦。”其中的含意只要是人都明白。可主人也太粗心了，仍然不懂，歪着头自言自语地问：“咦？今年难道是猫年吗？”哪儿意识到咱家已很出名了哩。

很快，女仆又送来第三张明信片，这张不是画片，上写“恭贺新年”，旁书“不揣冒昧，烦请代向贵猫致意”一排大字。意思已经写得这么清楚了，主人就算再粗心，也该懂了。果然，他哼了一声，转身瞧了我一眼，眼神与往日不同，略有崇敬之意。主人一向不被人放在眼里，这次多亏沾了咱家的光，才突然这么露脸。如此说来，他用这种眼神看我，倒也是应该的。

正在这时，门铃响了起来，想必是有客人来了。按照老规矩，每逢客至，总是女仆出去迎接，除非送鱼的小贩梅公登门，否则咱家是不必出门迎客的。但咱家还是很懂礼节，屈尊跳到主人膝盖上，等候贵客光临。但出乎所有人意料，主人却像遇见债主闯进家来讨债一样，满脸忧戚地望着正门。原因嘛，仅仅是讨厌说客套话挽留来拜年的客人陪他饮酒而已。既不愿见，一早出门避开不好吗？可他又没这勇气，越发暴露出牡蛎一般畏畏缩缩的本性。人哪，怎能古怪到这等地步，太让人遗憾了。

片刻，女仆领着寒月先生进来。寒月这人，咱家是清楚的，昔日也是主人门徒，离开学门后，很快就混得比主人阔气多了。不知因了什么缘故，他常来拜访主人家，每次来，总要鸣尽心中之不平才肯走。他的不平有很多，诸如：总有女人钟情于他，又总没有；人生很有意义，又很无聊；命运太悲惨，却又很欢乐……凡此种种，不一而足。他有这么多的不平倒也罢了，问题是他偏偏要找像我家主人这样的窝囊废来倾诉，着实令人费解。更令人费解的是，我家这位牡蛎式的主人还要不时给他帮腔。想想都好笑得很。

进屋后，寒月先生一边搓着和服外褂的衣带，一边说着谜语般的鬼话：“好久没来拜访了。从去年年末就开始忙，一直忙到现在，好几次都想来，却始终没能成行。”

“你都在忙些什么呢？”主人扯着印有家徽的黑棉袍袖口，满脸严肃地问道。那袍子絮的是棉花，袖子较短，将穿在里边的粗布衣袖各露出半寸来。

寒月先生含糊其辞地笑着说：“啊！这个嘛，嘿嘿……”

主人发现寒月先生掉了一颗门牙，便有些吃惊地问：“哎呀！你的牙怎么掉啦？”

“不瞒你说，是在一个地方吃蘑菇时，给弄掉的。”

“你说吃什么掉的？”

“唔，就是吃了一点儿蘑菇。当时，我正用前牙咬断蘑菇伞，谁知门牙一下就掉下来了。”

“吃蘑菇还能崩掉门牙？看来你真像个老头啦。虽说这或许能触动情怀，让你写出一首俳句来，但恋爱可就要大受影响喽。”主人感慨地说着，边说边伸手轻轻拍打咱家的头。

寒月先生瞧着咱家，大为赞赏地说：“啊，还是先前的那只猫吧？可肥多了！瞧这块头，就是和车夫家的大黑比，也毫不逊色。真没想到啊！”

能得到客人赞赏，是件愉快的事。主人也得意扬扬地拍打着咱家的头，难得地笑着说：“呵呵，这小家伙近来长大不少，我也有些意外呢。”

又受到主人的夸奖，咱家心里更加惬意，只是脑袋被拍得有些疼呢。

寒月先生换了个话题，说：“前天夜里举行音乐会了呢！”

“在哪儿举行的？”

“别管在哪儿，您还是别问为好。总之，最有趣的莫过于用三把小提琴和钢琴伴奏啦，能有三把小提琴，即使拉得不怎么样，也还过得去吧。我夹在两个女的中间拉，觉得自己一点儿也不差。”

主人艳羡地问：“那么，那两个女人是做什么的呢？”

别看主人平时对咱家总绷着一张如岩石、枯木般冷硬而又没有表情的脸，却绝非不好女色之人。他曾看过一部西洋小说，书中男主人公对十分之七的过路女人都爱得入迷，作者用讽刺的笔法描绘说：对一切女人无不钟情。主人读后，激动地大呼：“此乃真理也。”但就是这样一个喜好声色之徒，为什么竟甘愿过牡蛎般的生活呢?有人说是失恋，有人说是源于胃病，还有人说是因缺钱而腰杆子硬不起来，无论出于什么原因，既然他是个与政治和权贵无关的小人物，也就不必深究了。毕竟，咱家身为一介无名之猫，是难解其中奥秘的。

寒月先生用筷子从小拼盘里夹了一块鱼糕，送进嘴里，接着用前齿咬成两半，津津有味地吞下。看着他那般陶醉的模样，我真担心他又要崩掉门牙，然而，这次却安然无恙。他吃过鱼糕后，这才冷冷地对咱家主人说：“那两位嘛，说来都是沦落风尘的小姐，你是一定不愿认识的了。”

主人拖长音调说了句：“原来——”略去后面的“如此”二字，陷入沉思。

寒月先生使的是欲擒故纵的伎俩，他见火候已到，便试探着怂恿说：“你看这天气多好呀！阁下如有暇，不妨一起出去走走如何？日军已攻克旅顺，街上这时正热闹着呢！”

主人脸上露出迟疑的神色，似乎在说，与其为攻克旅顺的喜讯而欢呼，还不如多听寒月先生讲讲那两个女人更有意义呢。犹豫片刻后，他终于下定决心，毅然站起来，说：“那就走吧。”

出门时，主人照旧穿着那件印有家徽的黑棉袍，外加一件棉坎肩，据说这是他兄长给他留下的遗物。这棉袍穿了二十多年，已经很旧了，多处地方的棉花变得很硬、很薄。阳光下，棉袍里面打着补丁的地方明晃晃地露出针脚来。要知道，结城[①]出产的丝绸无论有多么结实，年深月久地穿在身上，总是要破的啊。主人穿衣向来没有岁初与年末之分，也无便装和礼服之别，就这样袖起手，信步而去。他是本来没有外衣呢，还是虽有却嫌麻烦而不肯换，咱家无从得知。单就此事而言，尚不能断定是失恋所致。

主人一走，咱家便将寒月先生吃剩的鱼糕渣毫不客气地全部享用了。

现在，咱家已不再是一只普通的猫，至少很有资格和桃川如燕[②]笔下的怪猫、葛雷[③]笔下偷吃金鱼的猫相提并论，再也犯不着把车夫家的大黑放在眼里了，就是把盘底舔光，也不会有谁说三道四。更何况，偷吃零食的习惯也非猫类独创。每当女主人不在家时，那个女仆不就经常偷了吃、吃了偷吗？而且又岂止女仆呢！现如今，连女主人大肆吹嘘受过良好教育的几个孩子，也加入了偷吃零食的行列。

四五天前，两个女孩早早醒来，在餐桌旁相对而坐。每天早晨，她们都会等主人在面包上撒些糖，再分出几份来给她们吃。这天早晨，主人夫妇还在睡梦中，而糖罐碰巧就放在餐桌上，旁边甚至还放了一只糖匙。不多时，大点儿的从糖罐里舀出一匙糖来，倒进自己的碟子里。小的见了，也学着往自己的碟子里放糖，数量一点儿不肯少。姐妹俩就这么为糖争执起来，互相怒视。过了片刻，姐姐又舀了满满一匙糖倒进自己碟里，妹妹也立刻照做。两姐妹不甘示弱地舀了一匙又一匙，眼看着小碟里的糖堆积如山，罐子里连一匙白糖也舀不起来了，两姐妹还是不肯罢休。这时，女主人揉着

---

① 结城：日本的一个小城镇，位于日本东海岸的茨城县。

② 桃川如燕(1832—1898)：十九世纪中后期日本民间著名的说唱艺术家，著有《猫怪传》一书。

③ 葛雷(1716—1771)：即托马斯·格雷，英国诗人，曾写过一首诗歌《悼念溺死在金鱼缸的爱猫》。

惺忪的睡眼走进餐室，姐妹俩这才极不情愿地将赌气舀出来的白糖照原样放回去。由此可见，人类按照利己主义的标准所推出的“公道”原则，理论上或许比猫的更深奥，实际上却是肤浅多了。就拿那白糖来说，不等碟中堆积如山，就赶快舔光拉倒，岂能僵持到最后再放回去呢？大约这就是猫和人智慧的不同所形成的差别吧。然而，就像往常那样，她们听不懂咱家的话，咱家虽然遗憾，也只能默默地蹲在饭桶上观看了。

主人和寒月先生究竟去了何处，又是如何去的，咱家不得而知。只知道那天晚上他回来得很迟。翌日早餐，已经九点钟了。咱家像往常一样趴在饭桶上，定睛一瞧，见主人正坐在餐桌旁津津有味地吃煮年糕哩，吃了一块又一块。年糕虽小，他竟一连吃了六七块。吃饱后，他将最后一块年糕扔在碗里不管，说声“不吃啦”，便放下筷子，准备离开。如果其他人这么随意地浪费食物，他是决不允许的。但对自己，他却极为宽容。他十分得意地大摆主人威风，不仅对年糕，就是对混合在菜汤里的焦煳的饼渣，也视而不见，泰然自若得很哩。

女主人从壁橱里拿出胃药放在桌上。主人见了便说：“这药我不吃！不顶用！”

女主人耐心劝说：“你吃的淀粉酶似乎大见功效呀！还是吃了吧。”

主人却来了犟劲儿，说：“淀粉也罢，其他什么也罢，反正不管用，不吃！”

女主人喃喃地嘀咕一句：“真没恒心。”

“我不是没恒心，是这药吃了没效。”

“前些天，你不是还说‘大见功效，天天都吃’的吗？”

“前些天是见效，但这一阵子却又不见效啦！”回答得很妙，就像在对诗一样。

“可是，这样吃吃停停的，再怎么灵验的药也难以奏效呀！胃病可不像别的病，很难好呢！还是耐心一点儿吧。”女主人说着，回头瞧了瞧手捧茶盘、站在旁边等候的女仆，示意她也帮着劝说。

于是，女仆便不管三七二十一地给女主人帮腔：“是呀，这话一点儿不错。至少喝一点儿吧，不然，没法辨别这药究竟管不管用哟。”

“不管它！说不喝就不喝。女人懂个屁！统统给我闭嘴！”

女主人将胃药硬推到主人面前，强硬地说：“不管懂不懂，总之也是女人！”语气大有逼人剖腹之势。主人恼怒地站起身来，大步走进书房。

女主人和女仆面面相觑，跟着嗤嗤发笑。这种场合，咱家如果不识好歹地跟主人进书房，爬上他膝盖玩耍，肯定是要倒大霉的。因此，咱家当下绕到院内，神不知鬼不觉地来到书房外的檐廊，隔着门缝往里一瞧，见主人翻出爱比克泰德[①]的书在看哩！如果他能坚持看下去，并且像平常一样能看懂，我就相信他多少还有点非凡之处。但仅仅过了五六分钟，他便将书摔在桌上。“瞧，就这么一点儿耐心！”相处日久，咱家太了解主人了，定睛再看，却见他又拿出日记本来，写下下面一段话：

> 与寒月去根津、上野、池端、神田等地散步。在池端酒馆门前，看到一个艺妓在玩羽毛毽子，那一身花边春装虽美，容颜却非常丑陋，很有点儿像我家的猫。

挑剔艺妓的长相，大可不必拿我来举例比较吧。真是的！我敢打赌，咱家如果像人那样又剃头又刮脸，再稍微打扮一下，绝不会比人类逊色。可人类就是这么自负，没办法。

> 拐过宝丹药房路口，又见到一名艺妓，双肩瘦削，身姿

---

① 爱比克泰德：古罗马斯多葛学派哲学家，推崇忍受和自制。

袅娜，模样非常俊俏，穿一身淡紫色服装，显得既整洁又雍容大方。她露出洁白的牙齿，笑着对一个男人说：“源哥，昨夜太忙嘛，所以……”声音沙哑，像乌鸦悲啼一般，令人十分的扫兴，甚至懒得再去打量她所谓的源哥。我袖手而去，但寒月不知怎么了，竟有些意乱神迷。

此时，主人的心情是兴奋、恼怒，还是想从哲人的遗著中找到一丝慰藉?是冷眼看人世，还是巴不得涉足其中？对无聊小事是大动肝火还是无动于衷？鬼才晓得！真是莫名其妙。老实说，再没有比人心更难理解的了。而我们猫族就单纯得多，想吃就吃，想睡就睡；恼怒时尽情发火，伤心时哭他个死去活来，而且绝不写日记这类丝毫没用的玩意儿，因为根本就没必要写。对我们来说，行走、坐卧、吃喝拉撒就是最好的、真正的日记，没任何必要煞费苦心地用日记来掩盖自己的本来面目。只有像我家主人那样表里不一的人，才会可怜地躲在暗室里偷偷摸摸写日记，把不敢见人的真情实感发泄出来。唉，有写日记的工夫，还不如在檐廊下睡它一大觉哩！

今晨胃口大开，皆因昨晚在神田某亭进晚餐时饮了几杯久未沾唇的正宗名酒。窃以为，夜饮最有益于胃病。高淀粉酶就是没用，不顶用就是不顶用，任凭你说得天花乱坠也不顶用。

主人无端地攻击高淀粉酶，简直就是在跟自己吵架，早晨那股肝火未熄，终于在这时露出了马脚。说不定，这就是人类写日记的动机噢。

此前听人说，不吃早餐，胃病即可不治而愈，于是断食早餐一试，结果，除了腹中饿得咕咕叫之外，没有任何功效。又有某人忠告说：患胃病者，必须禁食咸菜。此君说咸菜是导致一切胃病的根源，只要断食咸菜，胃病就会自愈，那么，身体的康复就是顺理成章的了。于是，我拒食咸菜一周，病情却依然如故，所以近来又开始吃咸菜了。又有某某赐教：按摩腹部有益于胃病，只是普通的按摩方法无济于事，必须用皆川[①]式的古法按摩，只需一两次即可根除常见胃病。他说当年安井息轩[②]十分喜欢这种疗法，甚至坂本龙马[③]那样的豪杰也常去按摩。于是我急赴上根河畔求人一试，得到的回答是只有按摩到骨头才有效，必将五脏六腑翻腾一遍，否则难以根治云云。当日按摩后，身体软如棉花，仿佛患了嗜睡症一般，所以只按摩了这一次就再也不敢领教了。

有A君告之曰：必须禁食固体食物，于是我每日以饮牛奶度日，致使腹内像大河涨水一般哗啦啦地响，以至于夜不能寐。又有B君说：要用小腹呼吸，以丹田之气迫使腑脏运动，借以强健胃部功能。试用此法时，腹中极其难受，而且不易坚持，忽然记起来就聚精会神地用小腹呼吸，但是过了五六分钟就忘得干干净净。倘若不停地挂记着用小腹呼吸，便无法专心读书和写文章，更不用说还被美学家迷亭嘲笑为“临产的孕男”。所以这小腹呼吸之术近来已经作罢。C先生说：吃荞麦面条也许有益，于是我便一碗接一碗地吃清汤荞麦面条，然而，除了让我经常腹泻之外，毫无功效。

多年来，为了医治胃病，我试过一切可以尝试的药方，皆徒劳无益。唯昨夜与寒月君喝下的三杯绍兴老酒，让我的

① 皆川(1734—1807)：即皆川淇园，日本江户时代后期的著名儒学家。

② 安井息轩(1799—1876)：日本江户时代末期儒学家，著有《论语集说》等。

③ 坂本龙马(1836—1867)：又名才谷梅太郎，日本明治维新时代的维新志士。

胃受益匪浅。从今往后每晚贪它两三杯吧！

这个决定估计难以持久。主人无论做什么都缺乏耐心，心像咱家的眼珠似的瞬息万变。既然私下这么担心胃病，又何必要打肿脸充胖子，做足表面功夫呢？前些天，某某学者来访，大发一通议论，说根据某种见解，祖先和个人犯下的罪恶，乃是一切疾病产生的根源。对此，他论述精辟，条理清晰，似乎深有研究。可怜如我家主子之流，毕竟缺乏相应的头脑和学识，无力反驳。然而，他自己正在害胃病，为了保全面子，不得不胡诌几句以略作辩解：

“阁下的说法倒很新颖。但别忘了，卡莱尔[①]也曾害过胃病哟。”其意思是说卡莱尔既然能得胃病，那我得胃病也再自然不过。这话听起来倒有些高深，但实则答非所问，牛头不对马嘴。

学者说：“虽说卡莱尔也害过胃病，但不是每一个得胃病的人都能成为卡莱尔吧。”

这样露骨的训斥当然不容置辩，主人顿时哑口无言。虽然他虚荣心很重，但他内心也是巴不得没有胃病才好，什么“从今往后每晚贪它两三杯”，分明是已被胃病折磨得受不了了。回想起来，他早晨吃了那么多年糕，恐怕多半是昨夜与寒月君喝酒喝得太多的缘故吧！嘿嘿，咱家也想吃年糕啦！

咱家虽然是猫，却从不挑食，一则是没有车夫家大黑的那身蛮力，能远征到小巷鱼铺；二则更没资格夸口说比新开路二弦琴师傅家的花猫小姐还要阔气，因此，既能吃孩子们吃剩的面包渣，也可以舔扔在地上的糕点馅。咸菜固然难吃，但因为想尝尝，也曾吃过两片，吃罢一回味，真是太棒啦！咱家几乎什么都吃。如果这也不吃那也不吃，总是任性、摆阔，显然不是寄身于教师家的猫辈应有的风范。

听主人说，有个叫巴尔扎克的法国作家，极其奢侈。当然，这

① 卡莱尔（1795—1881）：苏格兰著名历史学家、评论家，著有《法国革命》等。

种奢侈并不是说他的饮食方面，而是说身为作家，写文章极尽铺张浪费之能事。一天，他给自己小说中的人物起名字，起了好多都不中意，正巧这时有朋友来看他，便拉着他一同出去散步。朋友压根儿不清楚是怎么回事就被强行带上了街。一路上，巴尔扎克仔细查看各商店的招牌，想从中找到与书中人物合适的名字，但找了半天也没找到。两个人就这样从早走到晚，在巴黎乱走一气。归途中，巴尔扎克无意间发现一家裁缝铺的招牌上写着店名“玛卡斯”，不由得拍手叫好：“就是它！非它莫属！瞧，‘玛卡斯’，多好的名字啊！前边再加个‘Z’字就更无可挑剔了。‘Z·玛卡斯’，这名字实在太好啦。主观编造的名字，无论编得多漂亮，总有些做作，没意思。现在总算找到最好的名字啦！”

他独自欣喜若狂，完全忘记了朋友在陪他受罪。就为了给小说中的人物起个什么名字，便大动干戈地在巴黎逛了一整天，也太奢侈了吧。不过，能奢侈到这种程度，倒也有种，但像我这样一个主人太“牡蛎”的小猫，是无论如何也不敢攀比的。对咱家来说，能填饱肚子就行，别的无所谓，环境如此嘛。故而，现在想吃年糕，也非贪馋的原因，是从“能吃便吃”的角度来考虑的。主人吃剩的年糕多半还放在厨房里吧！

咱家想着，便向厨房走去。

果然，那块吃剩的年糕还粘在碗底，连颜色都和早晨见过的一样。坦率地说，年糕这玩意儿，瞧着便香香的，真馋人！可惜咱家至今还未曾粘牙哩。咱家当下伸出前爪，将包住年糕的菜叶一把扯下来，谁知用力过猛，爪上竟粘上了一层年糕外皮，感觉黏糊糊的，还飘散着一股像煮熟的米饭一样的香气。美食就在嘴边，吃还是不吃呢？咱家四下扫了一眼，不知是走运还是倒霉，竟不见半个人影。女仆正在屋外踢羽毛毽子，无论岁末新春，总是那副面孔。孩子们在里屋唱着《小兔，小兔，你说什么》，歌声倒也悦耳动听。真是天赐良机啊！再没有比现在更好的机会偷吃年糕了，一旦错失这么难得的机会，即使等到明年也不知年糕是啥滋味。虽说咱家是猫，也在刹那间悟出一条真理："所有的动物皆会因难得的机缘而做出它们原本并不想做的事情来。"

老实说，咱家并不怎么想吃年糕，更不愿因嘴馋被人发现而有损猫的英名，恰恰相反，越是仔细地瞧着碗底里年糕的丑样，便越觉得瘆人，更加不想吃。如果这时女仆拉门而入，或者听到孩子们向厨房走来的脚步声，咱家都会毫不吝惜地弃年糕而去，并且直到明年，也压根儿不会再想它，但偏偏就是不见人来。无论咱家如何在那儿犹豫、徘徊；厨房始终不见半个人影。不得已啊，有个声音在心里催促咱家："还不赶紧吃！"

于是，咱家猛地将全身重量压向碗底，把年糕叼起一寸多长。按理说，使出这么大的力气，就算再坚硬的食物都会被咬断，然而当我满以为已咬断年糕而准备拔出牙齿来时，却怎么也拔不动。咱家不由大吃一惊，想再用力咬一下，牙齿竟动弹不了。原来这年糕竟是个妖怪！此时的我就像身陷泥沼一般，急着要拔出脚来，结果却越陷越深，愈咬牙齿愈被年糕粘得更紧，心里后悔极了。说来这年糕的确很有嚼头，可就是奈何它不得。美学家迷亭先生形容我家主人"切不断、剁不烂"，十分惟妙惟肖，看来年糕和主人一样，都是"切不断"的东西。我又气又急，拼命地咬啊咬，但就像用三除十那样，怎么也除不尽，正烦闷间，忽然又想到第二条真理："所有的动物都能以直觉预测祸福吉凶。"

发现了两条真理，但因年糕粘住牙，一点儿也高兴不起来。此时，牙齿就像被揪掉了似的疼。偏偏女仆已踢完毽子，就要回来了，孩子们的歌声也突然停了下来，似乎听到了厨房里异乎寻常的声音，若不赶快咬断年糕逃走，麻烦可就大了！咱家心里烦躁之极，使劲儿将尾巴摇了几圈，又将耳朵不住地竖起、垂下，仍不见任何功效，看来耳朵和尾巴与年糕无关。咱家这时急中生智，用一只前爪奋力去拂，可这东西黏糊糊的，无论咱家用爪子在嘴边怎样来回又扯又抓，它就是不肯掉下来。咱家又以嘴为中心将脑袋急剧地往空中摇圈儿，想借助惯性之力甩掉它。但就是使出这样的绝招来，也还是甩不掉这个可恶的妖怪。唉，真是太麻烦了！干脆双爪一齐上吧！谁知这么一来，咱家的双脚竟破天荒第一次直立起来，竟然不是猫了。

落到这步田地，是不是猫又有什么值得惊奇的？无论如何，不把年糕这个妖怪制服，咱家决不罢休。为此，咱家使出浑身解数，双爪胡抓乱挠，结果几次失去重心，险些摔倒。由于不得不反复用后爪调整姿势，且又不能总站在一个地方，没多久，便绕着圈儿跑起来。场面虽然尴尬，但想到咱家居然也能这么灵巧地像人一样直立起来，心里多少也有些得意，于是，脑海里又闪现出第三条真理："危难能够激发所有动物的潜能，成就非凡之举。此谓'天佑'也。"

正在此时，忽然响起脚步声，有人朝厨房走来。这还得了！于是咱家跳得更高了，使出全身力气与年糕这个妖怪决一死战。唉！真遗憾啊，"天佑"不足，咱家的种种滑稽面目终于被先进来的女孩看到了，她大声叫着："哎哟，小猫吃年糕，还跳舞呢！"

门外的女仆一听，叫了一声"哎哟！"扔下羽毛毽子和球拍，三步并作两步地抢进来。女主人穿着带家徽的绉绸和服，也赶来了，瞧着咱家笑骂："哟，瞧这调皮的猫！"主人也从书房出来，大喝一声："真是个混账东西！"而孩子们却拍着小手大叫："好玩呀，好玩！"接着，众人像接到某种神秘暗示似的，齐声咯咯笑了起来。这时的我非常恼火又十分痛苦，偏偏为了对付年糕，又不可能停止蹦跳。现在，咱家总算领教了这年糕的粘劲儿有多厉害。

大家终于不再笑了，不料那五岁的小女孩突然又说："妈呀，这猫如此胡闹，也太不成体统了。"话声未落，又激起一片笑声。

人类缺乏同情心的种种行径，咱家领教过不少，原本已不放在心上，但这一次，心里却有说不出的恨。终于，"天佑"不知消逝于何处，咱家精疲力竭，瘫倒在地，终于滑稽地演完了一出"斗年糕”的丑剧。到了这个地步，主人觉得不能见死不救，终于可怜起咱家来，便命女仆帮忙扯下我口中的年糕。但女仆仅仅瞧了女主人一眼，并不动手，那眼神显然在说：“让它再跳会儿舞多好！”女主人虽然很想再欣赏一下咱家的滑稽舞姿，又不忍心咱家就这么跳死，便没有出声。

主人瞪了女仆一眼，提高嗓门喝道：“再不扯下来，它就完蛋啦。快扯！”

女仆乍一听到这话，就像梦里大吃宴席却突然被人吵醒似的，吓了一跳，满脸不快地走上来揪住年糕用力扯下。咱家这才终于十分畅快地呼出了一口气。咱家虽非寒月，却也担心门牙会不会崩断，幸喜没有。若问疼不疼，这么说吧，结结实实地咬住年糕的牙齿，被女仆这么狠命地一拉，怎受得起？不得已，咱家又体会到第四条真理：“一切快乐皆来自于困苦。”

遭此惨败，咱家深感斯文扫地，哪怕是女仆瞄我一眼，也让我顿觉无地自容。咱家眼珠一转，趁家人不注意时溜之大吉。此时此刻，最好的去处莫过于热闹街二弦琴师傅家了，既能得到花子小姐的安慰，还能顺便散心。于是，我以箭一般的速度奔了去。

虽说咱家是猫，但对男女之情却也心知肚明。每当主人向咱家板起面孔，或遭女仆责骂而心中不快时，咱家便会情不自禁地去花子小姐那里，向她一吐苦衷。在咱猫族中，花子小姐的美貌远近闻名。和她在一起，不知不觉便心旷神怡，再多的烦劳忧戚都会抛到九霄云外，让咱家觉得就如获得了新生。异性的力量，的确是不可小觑哦。

咱家从杉树篱笆的小洞中向外望去，心想：她这时在不在家呢？很快，心中的疑虑便换成了欣喜，因为她就坐在檐廊下。

正月里，花子小姐戴着一副引人注目的新项链，悠闲而慵懒地坐在那里，享受着和煦而温暖的阳光。她容颜端庄，丰盈适度的身姿极尽曲线之美，漂亮得无以言喻，绒毛比天鹅的羽毛还要光滑、柔软，在阳光的照耀下，荡起一层浅浅的光晕，格外迷人，还有那弯弯的尾巴、盘叠的双脚、微微颤动的双耳，无一不充满诗意，委实难以描绘。咱家一时看得入了迷，好一阵才回过神来。

“花子小姐，新年好呀！”咱家走过去，一边摆动前爪向她致敬，一边问好。

“哟，是你呀，先生！”花子小姐说着，面带惊喜地走下檐廊，红色项链上的铃铛丁零零地响个不停，好悦耳哦。过年就是不一样啊，连铃铛都戴上啦。咱家心里正激动，花子小姐走到身旁，将尾巴向左一摇，说道：“哟，先生，新年恭喜！”

咱猫族互致问候时，一定要将尾巴竖得像根木棒，再向左方晃一圈，以示尊敬。前面已经说过，咱家至今还没姓名，只因住在教师家，便受到花子小姐的敬重，口口声声称咱家为“先生”。这条街上称咱家为“先生”的，也只有花子小姐。

咱家心里一下子舒服极了，忙应道：“哦，哦……您打扮得太漂亮啦！也向您恭喜呀！”

“噢！这铃铛是去年年底师傅给我买的。还漂亮吧？”她说着，将铃铛摇得叮当响，一边叫我瞧。

“多么动听的铃声啊！有生以来，我还是头一次见到这么漂亮的铃铛呢。”

她摇着铃铛谦虚地说：“哟，哪里话，很多猫都有戴呀！好听吧？我真开心！”

“你家师傅多疼你呀！真让咱家羡慕呀！”想到自己可怜的处境，咱家心里不知有多少酸楚，对她的爱慕之情油然而生。

花子开心地嗤嗤笑着，说：“是呀，她就像待亲生女儿一样待我。”

啊，她笑的时候多美啊！人类如果以为只有他们才会笑，那就大错特错了。纵然是猫，也照样会笑，只不过我们笑时将鼻孔弄成三角形，声音在喉结振动。这一点，人类当然不明白。

“你家主人究竟是做什么的呀？”

“哟，我家主人啊?她是二弦琴师傅呀。”

“这个我知道，我是问她身世。她从前大概是位很了不起的人物吧？”

“是的。”

等着你的小松树呀……

——动听的二弦琴声在纸屏后面响了起来。

花子不无炫耀地问：“这琴声很美吧？”

“应该是吧，可惜咱家听不懂。这到底是什么曲子呢？”

“这曲子叫什么呢？……师傅顶喜欢呢……她今年六十二岁啦，身体多硬朗。”

竟然活到六十二岁了，真想不到啊！我忍不住吃惊地“啊”了一声，一时不知该说什么。花子笑眯眯地说：“那算什么呀。从前，她的身份可高贵了。”

“啊！那她从前究竟是干什么的呢？”

“据说是天璋院①的秘书官的妹妹的婆婆家外甥的女儿……”

“什……什么？”

“天璋院的秘书官的妹妹的……”

“等等，等等！原来是天璋院的妹妹的……”

“哎哟，错啦！是天璋院的秘书官的妹妹的……”

“哦，是天璋院的秘书官的……”

“这下对啦。”

① 天璋院(1837—1883)：日本贵妇，原名岛津敬子，日本江户时期第十三代幕府将军德川家定之妻。德川家定死后，其妻剃发出家，佛门法号“天璋院”。

“婆婆的……”

“是他妹妹的婆婆。”

“对，对，我又错啦。是妹妹的婆婆的女儿……”

“又错了。是婆婆的外甥的女儿。”

“唉，乱糟糟的，真把我弄糊涂了。归根结底，她到底是天璋院的什么人呀？”

“你真糊涂啦！天璋院的秘书官的妹妹的婆婆的外甥的女儿，懂了吗？”

“现在懂啦。”

“懂了就好。”

“是啊！”咱家嘴里应着，心里却照旧糊涂。但有什么办法呢？有时候不得不假装聪明啊。

这时，屏后的二弦琴声戛然而止，师傅向花子喊道：“花子，开饭啦！”

花子小姐笑吟吟地说：“噢，师傅在叫我，我得回去了。说着，便丁零零地跑过去，中途却又折转回来，担心地问：“对了，您面色很差，这是怎么啦？”

咱家吃年糕跳舞的事，当然说不出口了。于是就胡乱回答：“没……没什么，就是稍微一想心事，就头疼。想到跟你说说话就会好起来，这才来拜访你。”

“这样呀。那你请多保重。再见！”听她语气，似乎很有点儿依依不舍呢！

见过花子小姐，咱家心里快活多了，吃年糕的霉气很快也就忘记了。回家时，想到好些日子没去茶园，便踏着渐渐融化的雪花，顺路走去。到了建仁寺的颓垣断壁处，探头向茶园一看，见车夫家的大黑正弯腰躺在枯菊上打呵欠。现如今，咱家当然不会一见大黑就吓掉了魂，只是觉得和它那样没文化的猫交谈起来太无趣，当下假装没看见，从旁边走过去。可大黑的脾气向来不许别的猫小瞧它，看见咱家竟敢扭着头不打招呼便走过去，它自然气不打一处来，当即喝道："喂，那个没名没姓的野猫崽，近来可真够神气的哈！难道吃多了教师爷的饭，就可以这么盛气凌人吗？吓唬谁呀你？"

这讨厌的大黑难道竟不知咱家已赫赫有名了吗？咱家一气之下，很想给他讲讲现在咱家的名气有多大，但想他终究是个没文化的猫，决定客套几句后，就此离去，便回过头来说："噢，是大黑哥呀！想不到您还是这么神采奕奕的，恭喜，恭喜！"跟着竖起尾巴，向左绕了一圈。

大黑竖起尾巴来，却并不绕圈还礼，骂道："恭喜个屁呢！人家都是正月才拜年，你小子可好，不年不节的就大喊恭喜。瞧你这个鬼头鬼脑的小样儿，当心点儿！"

开口便说脏话，真没教养啊！咱家装作听不懂，故意问："请问，什么是鬼头鬼脑？"

"哼！你这小子，挨了骂居然还有心情问是什么意思，真是个顺情说好话的混账！"

"顺情说好话？"这话听起来挺有诗意，但意思可就比"鬼头鬼脑"费解了，咱家还真搞不懂。本想求他指教一二，转念又想，即使问，恐怕也得不到什么明确解答。一时说不出话来，只好呆呆地站在那里，十分尴尬。

这时，大黑家的老板娘忽然在茶园外厉声喝起来："哎哟，碗架上的鲑鱼怎么不见了？我刚放那儿的。肯定又是被那只畜生大黑给叼走啦。这还了得！大黑，你跑哪儿去了？等你回来了，看我怎么收拾你！"粗鲁的吼骂声在初春恬静的空气中久久回荡，令原本风柔树静的祥和世界瞬间变得乱七八糟。

大黑将方型下巴往前一伸，向我使个眼色，露出一副搞恶作剧的神情，显然是在说："听见了吧？她既然爱发火。就让她发个够吧！"

咱家刚才只顾和大黑搭讪，没注意其他，这时听他老板娘一骂，往地上一瞧，这才发现他脚下扔着一块鲑鱼骨，脏兮兮的。咱家顿时忘了新仇旧恨，忍不住奉上一句溢美之词：“老兄可真是威风不减当年啊！”

然而，仅仅这么一句话就想让大黑消气，那是不可能的。果然，他用前爪倒挠肩头，权当捋胳膊、挽袖子，跟着骂道：“你这混蛋，说什么？老子不过叼了一两块鱼骨，就‘不减当年’了吗？别门缝里看猫——把猫瞧扁啦！老子可是车夫家的大黑！”

“是啊！您是大黑哥嘛，咱家早就领教过。”

“既然领教过，那你还说什么‘不减当年’？真没道理！”

这家伙一再火上浇油，看来火气还真够大。咱家若是个人，这时多半会被他揪住脖子饱揍一顿。一想到要挨揍，咱家心里便怕，不由退了几步。正在这时，老板娘的大嗓门儿又传了过来：“敢情是西川先生啊！我正好有事相求哩。喂！西川先生既然驾到，就请您立刻送一斤牛肉来吧。明白了吗？送一斤不太硬的牛肉来。"订购牛肉的声音像雷一样响，打破了四周的沉寂。

大黑叉开四脚，嘲弄地说：“哼！一年一度订购牛肉，犯得着这么大喊大叫地向左邻右舍炫耀吗？‘一斤牛肉哟！’——真是个难缠的母夜叉。”

咱家没法接话，只有默默站着。他又嘀咕道：“才一斤来肉，不行！也罢，等送来肉时咱立刻吃掉！”敢情那一斤牛肉是特意为他订购的。

咱家这时只想催他快些回家，便故意说：“妙啊，妙！这可真是一顿美餐呀！”

“你懂个屁！讨厌！少啰唆！”他吼着，突然用后爪刨起冰碴往咱家扔来。咱家吓了一跳，赶紧躲开，当咱家稍稍定下神来、正在抖落身上的冰碴泥土的时候，大黑却从篱下钻了出去，很快就不知去向，大概是被西川家的牛肉吸引过去了吧。

回到家才发现，在我离开后的不大会工夫，客厅里已是春意盎然，连主人的笑声也十分爽朗。咱家心里暗暗奇怪，纵身跳进门一瞧，原来主人正在接待一位陌生的客人。此人留着梳得整整齐齐的小分头，带家徽的布袍外罩了一件小仓布[①]短褂，一副十分规矩和纯朴的穷学生模样。餐桌上放着主人的手炉，炉边是涂着春庆牌油漆的烟盒，另外一张名片放在烟盒的旁边，上写："谨介绍越智东风君，水岛寒月"。咱家因中途赶回，对宾主之前的对话不大清楚，但隐约猜出好像与那位美学家迷亭先生有关。

客人文质彬彬地说："迷亭先生一定要我随他前往，他说此行必定妙趣横生。因此……"

主人给客人斟满茶，问："什么？你说他叫你陪他去西餐馆吃午饭，就会妙趣横生？"

"这个嘛……所谓妙趣，我一时也不大明白。不过，他那人总爱搞点什么新花样……"

"但是，这的确令人十分意外。"

主人的意思是说"你领教了吧？"咱家这时正蹲在主人膝头上，"啪"的一声，被他敲了一下脑袋，很疼呢。虽说那是他喜欢咱家的一种表示，但这种喜欢，未免有点儿残暴吧。

主人想起了安德烈亚的事来，便又说："多半又是什么胡来的恶作剧吧。迷亭很爱干这种事。"

"是啊！他问我：'想吃点什么新花样吗？'"

"吃什么？"

"他先看了看菜谱，胡扯了一通菜名。"

"是在叫菜之前吗？"

"是啊。"

① 小仓布：古时，日本福冈县小仓市盛产布匹，称为小仓布。该市已于一九六三年撤销，合并入北九州市。

“那后来呢？”

“后来，他瞧着堂倌问：‘怎么回事？为何没有新菜肴？’堂倌不服气，说：‘鸭里脊和牛排，阁下以为如何？’迷亭先生大大咧咧地说：‘若吃如此俗调[①]，又何须来此。’堂倌不解何谓俗调，不敢吭声，便做了个怪相。”

“自然是这样。”

“迷亭先生转过身来对我说，如果去了法国或者英国，就可以猛吃天明调、万叶调[②]，然而在日本，只有老一套！叫人真不想进西餐馆。噢，他是不是去过外国？”

“什么啊！若是既有钱又有闲，当然是想去哪里就去哪里。迷亭君何曾去过外国？大约他是把未来想去的地方说成已经去过，拿人寻开心吧？”主人想卖弄一下妙语连珠的本领，说完顾自先笑了起来，然而客人却并无赞许之意。

“原来如此啊。我还以为他真的出过国，不由得洗耳恭听呢。的确如您所言，他谈起什么煮蚰蜒呀、炖青蛙呀，讲得活灵活现。”

“那是听别人说的吧?他可是扯谎的名家哦。”

客人脸上露出一丝遗憾的神色，边观赏花瓶里的水仙，边说：“看来的确如此。”

“他所谓的妙趣仅此而已？”主人接着问道。

“不，这仅仅是个开头，好戏还在后头呢。之后，迷亭先生又对我说：‘我们商量一下吧，什么煮蚰蜒啦、炖青蛙啦，咱们只是想想而已。既然吃不到嘴里，不如退而求其次，吃点橡面坊丸子[③]如何？’因为他是说和我商量，我便随声附和说：‘好吧！’”

“哼！橡面坊丸子？绝！真绝！”

---

① 俗调：日本文人用来嘲笑庸俗诗句的贬称。

② 天明调：指日本天明年间的一种绘画风格。万叶调：指日本现存最早的诗歌总集《万叶集》。此句是迷亭先生玩世不恭的戏言。

③ 橡面坊丸子：即牛肉洋葱丸子。迷亭故意换一个谐音，用以戏称当时的一名记者安藤橡面坊。

“是啊，的确太绝啦！当时，因迷亭先生说得太认真，我都没反应过来他是在说玩笑话。现在想起来，真有些好笑。”客人话里很有些检讨自己粗心的意思。

主人对客人的致歉没有表露出丝毫的理解和同情，只是漫不经心地问：“之后呢？”

“接着嘛，他就对堂倌大声说：‘喂，拿两份橡面坊丸子来！’堂倌迟疑地问：‘你说的是牛肉洋葱丸子吗？’迷亭听了，便更加一本正经地说：‘不是牛肉洋葱丸子，是橡面坊丸子。嗯，你们这里有橡面坊丸子这道菜吗？’我也从未听说过这道菜，颇觉稀奇，但见迷亭先生表情十分沉着，而他又是那么一位西洋通，何况当时我完全相信他出过洋，便帮他说话，告诉堂倌：‘橡面坊丸子就是橡面坊丸子！’”

“堂倌怎么说？”

“堂倌嘛，现在想起来，觉得他真滑稽，也够可怜的，他想了一会儿，说：‘真对不起，今天碰巧没有橡面坊丸子。阁下若点牛肉洋葱丸子，本店倒能做出两份。’迷亭故作遗憾地说：‘唔，好不容易来一趟，却吃不到想吃的，这也太没意思了。难道就不能想想办法，替我们弄两盘品尝吗？’说着交给堂倌两角银币。堂倌说声：‘既然这样，我去和值班厨师商量看看！’便进屋去了。”

“这么说，他倒是很想吃橡面坊丸子喽。”

“不一会儿，堂倌出来说：‘还正赶巧，阁下如点此菜，厨师能给您做，只是时间要长一些。’迷亭先生煞有介事地说：‘反正闲着也是闲着，我们就稍候片刻，吃了再走吧。’说着从怀里取出香烟，咕嘟嘟地喷起烟雾来。我见他如此，也从怀里掏出《日本新闻》来读。堂倌又进厨房商量去了。”

主人身子往前凑了凑，说：“太费周折了吧。”那劲头就像在读战地通讯。

“没多久，堂倌又走出来，可怜兮兮地说：‘十分抱歉，橡面坊丸子最近脱销，去过龟屋商店和横滨山下町十五街外国食品店，都没买到。太不凑巧了……'迷亭先生瞧着我，不停地说：'真糟糕！好不容易来一趟。'我也附和说：'是啊，太遗憾啦！不胜遗憾之至！'"

"诚然。"主人也很赞同地说了句。诚然是什么意思，咱家可就说不清了。

"堂倌也觉得挺遗憾的，便说：'等改日有了材料，再请各位先生光临。'迷亭问他打算用哪些材料来做橡面坊丸子？堂倌大笑起来，却不作答。迷亭追问一句：'你不会是日本派[①]的俳句诗人吧？'堂倌说：'嗳，正是。正因为是这玩意儿，所以，便是去横滨也买不到，真对不起啊。'"

"啊！哈哈……原来谜底在这儿啊。妙！妙！妙极了！"主人高声大笑起来，笑得双膝乱颤，弄得咱家险些摔了下去，可他还是一副满不在乎的样子。咱家知道，他是因发现饱受安德烈亚之灾的不止他一个人，所以才突然间变得很开心。

客人接着说："出门后，迷亭先生得意地对我说：'怎么样，这玩笑开得还不错吧？橡面坊丸子！哈哈，这笑料真有趣。'我说：'佩服得五体投地。'说着便告辞。因为早已过了午饭时间，肚子太饿，我实在受不了了。"

主人这时候才同情地说："可难为你啦。"对此，咱家也有同感。谈话一时中断。咱家喉头发出响声，传入宾主二人的耳中。

东风君咕噜一声，将凉茶一饮而尽，然后郑重其事地说："老实说，今日登门造访，是对先生略有所求。"

主人也不甘示弱地装模作样："噢，请问阁下有何吩咐？"

"您知道，我十分爱好文学和美术……"

主人顺水推舟："好哇！"

"有一次同行聚会时，我们创立了一个朗诵会，规定每月聚会

① 日本派：以俳句诗人正冈子规(1867—1902)为代表的一个日本文学流派，迷亭所戏指的记者安藤橡面坊，正是正冈子规的门生。

一次，争取一直办下去。去年年末，已举行了第一次聚会。”

“请问，所谓朗诵会，听起来似乎是声情并茂地朗读诗文之类，是这样吧？”

“对。先朗诵古典诗，之后，逐渐朗诵同仁作品。”

“说到古典诗，有白乐天的《琵琶行》吗？”

“没有。”

“那么，有与谢芜村[①]的《春风马堤曲》吗？”

“没有。”

“这也没有啊！那究竟朗读些什么？”

“上一次，我们朗诵的是近松[②]的殉情之作。”

“近松？就是那个唱‘净琉璃’[③]的近松吗？”

再也不会有第二个近松了。一提近松，谁都知道准是那位戏曲家，但主人偏偏还要问，咱家觉得他真够愚蠢的了。可他一点儿也没觉察到，还亲昵地抚摸咱家的头哩！世道如此，真没办法。有些人总以为女人斜眼就是在跟自己调情。主人有这么一星半点儿的差错，也毫不为怪。任他抚摸去吧。

东风君察言观色，应了声：“是的。”

“那么，是由一个人独自朗诵全篇呢？还是定出一些角色来集体朗诵？”

“是定出角色轮流朗读。我们的宗旨，是强调必须同情剧中人物、发挥人物个性，同时，也讲究身段和手势，要逼真地再现那个时代的人物。无论小伙计或小姐，都要演得像真人一样。”

“那这不是和唱戏一样吗？”

---

① 与谢芜村（1716—1783）：日本近代新体诗的先驱，江户中期著名俳句诗人兼画家。其自由诗《春风马堤曲》受到正冈子规的极力推崇。

② 近松（1653—1725）：指近松门左卫门，著名剧作家，日本戏剧史上的一个重要人物。

③ 净琉璃：日本的一种民族戏曲，近松门左卫门是这种新戏曲的创建者之一。

“当然是这样。只是不穿戏装、不设布景而已。”

“恕我直言，这样能演好吗？”

“这……这可就很难说了。但第一次是成功了的。”

“那么，你所谓的第一次殉情之作……”

“就是船老大载乘客去芳原[①]那一节……”

“好大的场面呀！”主人感叹地说了声，又微微晃了晃头。不愧是教师啊，表情这么丰富。从他鼻孔里喷出的“日出”牌香烟的烟雾，掠过他的耳际，在双颊边袅袅散去。

“说来登场人物也只是嫖客、船夫、窑姐、女侍、老鸨和总管，场面不算太大。”

从说话的语气中不难看出，东风君可是个沉得住气的人。但主人就不同了，他一听到“窑姐”二字，面色不禁为之一变。对于女侍、老鸨、总管这些专业词汇，他似乎认识模糊，便问：“所谓女侍，是指娼家婢女吗？”

“这个嘛，还没做深入、仔细的研究。不过，所谓女侍，应该是指茶馆下女吧；而老鸨，通常的理解是妓女卧房里的陪姑。”这位东风君刚才还大谈什么要表演得惟妙惟肖、活灵活现，可他自己对女侍、老鸨好像也不怎么了解，偏偏又装出很精通、很博学的样子。真有些好笑。

“嗯，寄身于茶馆之红颜谓女侍，起居于娼家之女士为老鸨。那总管指的是人还是特定场所呢？如果是人，是男的还是女的？”

“我想，应该是男人才对。”

“他负责什么事务呢？”

“这个嘛，还缺乏详细了解。不过，我们会立刻调查清楚。”

照这样交谈下去，双方始终牛唇对不上马嘴。咱家听得直摇头，冷冷扫了他们一眼。出乎意料，主人此时竟格外的严肃。他又问：“那么，除你之外，朗诵者都有些什么人呢？”

“各种人才都有。法学士K君扮演窑姐，他蓄着小胡，然而口

① 芳原：又称吉原，古代东京著名的烟花柳巷。

中说的全是女人娇滴滴的对白，真绝啊！有个情节，窑姐大发脾气……”

主人不无担心地问：“难道朗诵时也要发脾气？”

东风君说：“当然。总之，表情非常重要。”他总是一副文人的样子。

“那他脾气发得逼真吗？”主人问得很绝妙。

“期望首次登台就演好发脾气这样高难度的表情，要求可有点儿过高噢。”东风的回答更绝妙。

主人点点头，表示认可，接着又问：“那么，你扮演什么角色呢？”

“我演船老大。”

“咦？你演船老大？”主人话中隐含的意思是说：你能演船老大，我就能演花街总管。

东风君并不怎么生气，只是立刻以文静的口吻直言不讳地挑明：“您的意思是说我不配演船老大吧？怪就怪扮演船老大，好不容易举行的排练，竟因此而虎头蛇尾地告吹。原先，排练场隔壁住着四五名女学生，她们不知从哪儿得到消息，知道当天有文艺朗诵会，就躲在窗外偷听。当时，我正用假嗓音扮演船老大，并且总算定了调，以为这样去演准成。唉，大概身段扭得过火了些吧。我正演得起劲儿，那些一直忍住没笑的女生突然一下子嗤嗤大笑起来，弄得我很不好意思，既吃惊，又扫兴。你也知道，台词一打断，就再难接上了。大伙只好就此散场。”

口口声声称第一次朗诵会的成功竟是这样，那失败时是何等惨状就可以想象了！当真叫人笑掉牙。不知不觉间，咱家喉头又咕噜噜地作响。主人便更亲切地抚摸咱家的头。嘲弄者受到被嘲弄者的抚爱，说不清是幸运还是难受。接着，主人便在这新年之后的大正月里，说起丧气话来：“真是大不幸啊！”

“正因如此，我们才想从第二次起更加发奋图强，把朗诵会办得更好。我今天来拜访阁下，正是为了此事。坦率地说，我们希望您也能入会，帮我们壮大声势。请大力支持……”

态度消极的主人立刻谢绝：“谢谢你们的好意。但我无论如何也不会发脾气呀。”

“不不，就是不发脾气也可以的嘛！请看，这是赞助者花名册……”东风边说边打开棕色提包，小心翼翼地从里面拿出一个小本子来，展开其中一页放在主人面前。“……请在上面签名盖章吧。”

咱家一瞧，哇！上面记着的全是当今学者名流的大名，个个写得端端正正，排列得整整齐齐。但“牡蛎先生”看着花名册，却明显有些放心不下，迟疑地说：“啊，倒不是不想当赞助人，只是不知道会承担什么义务。”

“说到义务嘛，先生大可不必挂怀。只要签上大名，表示赞助，就算完事。我们没有硬性要求。”

“既然这样，那我就入会吧。”一听说不必承担什么义务，咱家这位出了名的“牡蛎先生”立刻变得轻松起来。那神情似乎在说：只要不承担什么责任，便是造反的联名宣言书也敢签上大名。而且，可以想象，在那么多如此出名的学者珠联璧合的名单上，哪怕只是把名字列在最后，对于从不曾有过殊遇的主人来说，实乃无上荣光。难怪他要那么干脆地回答。

主人说声：“请稍候。”起身进书房去取印章。咱家却咕咚一声摔在地上，痛得直想骂人。

主人进入书房后，那位东风君迅速抓起点心盘里的蛋糕，一把塞进嘴里，贪得无厌地嚼啊嚼，让咱家不由想起早晨的年糕事件。主人很快从书房取出印章来，丝毫未觉察到盘里的蛋糕已一点儿不剩。如果他觉察了，那首先被怀疑的肯定是咱家喽。

东风先生走后，主人又进了书房。咱家跟着进去，往桌上一看，迷亭先生不知何时寄了书信来，上写“恭贺新春”四个大字。瞧主人神色，他大概在想：迷亭君何时变得如此正经起来。咱家知道，这位迷亭先生写信一向不严肃，前些时的来信中，甚至写道：

此后并无新欢，更没有任何丽人寄来艳笺，暂且安度时光，敬请释念。

与此相较，眼下的这一封还算体面：

原拟趋府拜谒，但因愚弟的心境与仁兄之消极情绪有天渊之别，弟将竭尽全力，采取积极措施，迎接这个千古未有之新春，所以终日忙得晕头转向，尚乞海量。

主人其实是很同情迷亭先生的，知道他一到正月，便要为四处游乐而奔忙。

昨日忙中偷闲，拟请东风君品尝“橡面坊丸子”，不巧事与愿违，材料已售罄，倍感遗憾。

主人看到这里，默默地笑了起来，心想：“就要露出本色了。”

明天有纸牌赛，后天有美学会的新年宴，大后天欢迎鸟部教授，大大后天……

主人皱起眉头，说声：“讨厌！”跳过几行往下看。

如上所述，皆因长期以来连续召开谣曲会、俳句会、短歌会及新体诗会等等，每必出席，万般无奈之中遂以书代足，且充趋访之礼，伏乞仁兄海涵。

主人对着信答称："无事何须劳足！"

此番大驾光临，久别重逢，必当共进晚餐。寒舍别无珍馐，唯有"橡面坊丸子"可资品尝，现已开始筹措……

主人恼火起来：这迷亭又来兜售什么"橡面坊丸子"，真真失礼！但还是耐着性子继续看下去。

不料近日"橡面坊丸子"材料售罄，欲烹之，已来不及。届时将敬请品尝"孔雀舌"。

这不明显是脚踏两只船吗？主人冷笑一声，很为自己识破对方诡计而得意。

正如仁兄所知，孔雀之舌，大小不及小指之半。仁兄饕餮之士，若填饱阁下之皮囊……

主人鄙夷地骂了句："扯谎！"

必捕孔雀二三十只。愚弟在动物园及浅草花园亦曾见过孔雀，在一般鸟店却十分难觅此鸟，可谓煞费苦心矣。

主人对此并无谢意，反而怒道："怪你自讨苦吃。"

如孔雀舌这般珍肴，极其风雅华贵，昔年在罗马鼎盛时期，曾风靡一时，思之无不垂涎三尺，尚望见谅。

主人大怒："见谅什么？混蛋！"

及至十六七世纪，珍馐孔雀舌在欧洲宴席上已不可或缺。莱斯特伯爵[①]在凯尼尔沃思城堡曾用此馐宴请伊丽莎白女皇；伦勃朗[②]画《宴宾图》时，亦将孔雀开屏置于案头……

主人愤愤地说："既如此洞悉孔雀菜的历史，又何必那般奔忙？"

总之，像近日如此频繁宴饮，即使愚弟身体健壮，不久亦必得胃病，一如仁兄矣。

主人喃喃自语："一如仁兄？怎么，把我当成胃病患者的典型了？"

据史家记述，罗马人每日饮宴两三次。倘若日日两三餐皆享酒池肉林之馔，纵使壮壬亦难免消化机能失调，如同仁兄……

"又是'如同仁兄'。也太放肆了！"

故而，为使奢侈与健康两全其美，罗马先贤们苦心研究，终于悟出一条秘诀……

"啊！"看到这里，主人顿时来了兴致，一时意兴盎然。

他们餐毕即入浴，并用一种妙法呕尽浴前所食之物，以清扫胃囊。胃囊既清扫一空，复又进餐，再度饱尝美味，之后再度入浴，再度尽呕之。如是，既享尽美味又无损于胃，堪称一举两得耳！

---

① 莱斯特伯爵：英格兰女王伊丽莎白一世的宠臣。

② 伦勃朗(1606—1669)：荷兰著名画家。

“不错不错，这样肯定一举两得。”主人已是心向往之了。

二十世纪之今日，由于交通发达，使宴饮之数剧增。况帝国征讨俄贼已两载，值此多事之秋，愚弟深信吾等胜利国民必效仿罗马古人，细究其入浴呕吐之术，正当其时矣！否则，窃以为虽有幸身为帝国子民，不久之将来亦必如仁兄，沦为胃病患者，思之令人痛心也。

“变成‘必如仁兄’了，这家伙，真是气死人了！”

精通西洋文明之帝国子民，近来纷纷考证西方古籍轶闻，发掘久已失传之秘术，欲在日本明治之世发扬光大，既可防患于未然，又可了报往日恣意享乐之恩也……

主人忍不住摇头晃脑地夸赞：“若真如此，当真妙极了！”

因此，愚弟坚信罗马呕吐妙术即将复兴。然而，近来频频涉猎吉本①、蒙森②、史密斯诸家之作，却未有丝毫收获，不胜遗憾之至！但如仁兄所知，愚弟既立志，则绝不轻易罢休。他日一旦发现，必及时驰报，敬祈勿念。

另，此前所述橡面坊丸子以及佳肴孔雀舌，亦必在发现上述秘术之后制成。如此，不仅有利于愚弟，亦将对饱受胃病之苦的仁兄大有裨益。匆匆草笺，未尽欲言。

主人哈哈大笑起来，边笑边说：“哈哈，到底又被他捉弄了。

① 吉本(1737—1794)：即爱德华·吉本，英国著名历史学家，著有《罗马帝国衰亡史》。

② 蒙森(1817—1903)：即特奥多尔·蒙森，德国文学家和历史学家，一九〇二年的诺贝尔文学奖得主。

只因这家伙写得太严肃，不免令我一本正经地读完，以致上当。新年正月，开这份玩笑！这家伙真是个浪荡公子！”

其后四五日，风平浪静。养在白瓷瓶里的水仙花日渐凋零，但绿萼白梅却相继开放。其间，咱家觉得整日赏花怪闷的，曾两次去看望花子小姐，然而，遗憾得很，居然都未见着。最初还以为她外出访友去了，后来才知道病卧在床。这是咱家躲在洗手钵旁边一株大叶万年青的叶荫下，偷听师傅和女仆在纸屏后的对话而获悉的：

“小花吃东西没有啊？”

“没吃，从早晨到现在始终滴水未进。现在让她躺在火炉旁暖身子。”

老天，这哪里是猫，简直把她当成人了。想想自己的境遇，心里不知有多嫉妒，但一想到心爱的花子小姐能受到如此隆遇，咱家又十分欣慰。只听她们接下来又说：

“不吃饭怎么行呢？那样会把身体拖垮的。”

“是呀，就连我们人一天不吃饭，第二天都干不动活呢。”

听女仆的口气，似乎猫是比她更高级的动物。或许在这户人家，猫的确比女仆更尊贵呢。

“带她去看医生了吗？”

“看了呀。那位医生可真绝！我抱小花到诊所，他问是不是受了风寒?说着便要给我切脉。我忙指着小花说：‘不是我，是她。’跟着把小花放在腿上。然而，医生却笑眯眯地说：‘我也不会看猫病。别理她，她自己会好的。’说这话不是太狠心了吗？我当时便生气地说：‘那就不看吧。她可是一只十分珍贵的猫呀！’把猫抱在怀里，匆匆赶了回来。”

“可真是的。”

“可真是的”这词儿可真高雅，能说出这样的话来，令人钦佩之至，毕竟我们猫族中是不大能听到的。除非‘天璋院的什么人的什么人’，否则，没人能说得出来。

“小花怎么一直抽抽搭搭地哭……”

“是呀，我看多半是受了风寒，嗓子疼。我们人一受风，也要咳嗽……”

果然是天璋院的什么人的什么人的女仆，真会拍马屁。

“听说近来又流行什么肺病了，真让人担心。”

“可不，最近总闹什么肺病啦、黑死病啦，新鲜病越来越多。现如今，可是半点也大意不得哟！”

“除了从前幕府时期有过的，当今什么好玩意儿也没有。你自己也要当心点才是。”

女仆十分感动地说：“可不是么！”

“说是受了风寒，可她平常不怎么出门呀！”

女仆就像谈国家机密似的，洋洋得意地悄声说：“哪里话，告诉你吧，她近来交了个坏朋友呢！”

“坏朋友？”

“是呀！就是临街教师家那只脏兮兮的公猫呀！”

“你所谓的教师，是指每天早晨都吱哇乱叫的那位吗？”

“是呀，当然是他了。这人一洗脸就乱叫，活像快被勒死的大鹅。”

“像快被勒死的大鹅？”这比喻可真绝妙。我家主人向来有个毛病，每当早晨起床在卫生间刷牙时，牙刷往嘴里一塞，就由着性子发出种种难听的怪腔怪调。他不高兴时哇哇大叫，高兴时劲头十足，更要哇哇大叫。总之，不管高不高兴，都憋着气声势浩大地号叫一通。据他老婆说，没搬来这里之前，他并没有这样的坏毛病。但有一天，他忽然仰天号叫起来，结果直到今天，便从未间断。这真是个糟糕透顶的坏习惯！咱家很是不明白，他干吗非要坚持不懈地做这种勾当呢？怎么也无法想象。但说我家主人倒也罢了，却又说咱家什么“脏兮兮的”，这女仆的嘴也太损了吧。咱家心念花子小姐，没工夫跟那女仆计较，当下竖起耳朵，且听下文。

“那样号叫，都不知是在念什么咒。记得明治以前，从武士的侍从到纳履仆人，人人都很懂得礼仪。现如今，便是我们这个住宅区，也没一个人像他那样粗鲁地洗脸刷牙的。"

女仆稀里糊涂地唯唯称是：“可不是么！”

“唉，也难怪，有那么个主人，便会有那样一只野猫。那猫下次再来，你揍它几下子！”

“嗯，一定揍它。没错，小花之所以害病，都是因为它。我一定给小花报仇！”

天啊！想不到咱家竟蒙受如此不白之冤。此处现在可是危险万分，轻易不敢再来了。就这样，咱家终于没能再拜会花子小姐，回家了。

回到家一看，主人正在书房握管沉思，一边哼哼呀呀。正在冒充神圣大诗人。如果咱家将在二弦琴师傅家听到的话据实相告，他肯定会气得跳脚。俗语说：“耳不闻，心不烦。”暂且压下不表吧。

正在这时，声称“事务繁忙，实难趋访”的迷亭先生居然飘然而至。“是写新体诗吗？有何佳作，快拿给我看！”

主人郑重地说：“噢，是一篇好文章，我正想翻译过来呢。”

“文章！是谁的文章？”

“不知道是谁的呀！”

“无名氏吗？无名氏的作品中，也有好些是佳作，可不能小看哟！这文章究竟是刊在哪儿的？”

主人平静地说：“《第二读本》。”

“《第二读本》？”

“我要翻译的名作刊登在《第二读本》上呀！”

“你可真会开玩笑！你是准备在紧要关头报孔雀舌的仇吗？”

主人捻着小胡须，不无得意地说：“我这可和你那些胡吹乱说不是同一回事。”

“有这么个故事，不知你听说过没有。从前，有人去见山阳[①]先生，问：‘先生，近日有何大作面世？’山阳先生拿出一张马夫写的讨债单，说：‘近来妙文，当首推此篇。’我想，你的审美观说不定还挺高呢。究竟是哪篇文章？你念一下，我来评评。”说得好像他就是审美专家一样。

当下，主人便以和尚读大灯国师[②]遗训的腔调，一字一顿地念道：“巨人、引力……”

“什么巨人、引力？”

“标题是《巨人引力》。”

“这标题真怪。我可有些弄不懂。”

“那意思不过是说，有个巨人名叫‘引力’罢了。”

“这样解释也有点儿勉强。不过，既然是标题，就暂且先让你一步吧！你嗓音好，听起来蛮有趣的。快念正文吧。”

“你可不要乱打岔哟！”主人事先声明一下，接着就读下去：

从窗口向外望去，凯特看到几名儿童正在玩球。孩子们把球抛向高空，不一会儿那球就落了下来。他们不停地把球抛出去，球总是落回地面来。于是，凯特问母亲：“球为什么会坠落？它为什么不能继续不停地上升呢？”母亲回答说，“因为地下住着一个巨人，他的名字叫‘引力’。他非常强大，能把世上的万物吸引到自己身边。如果没有他，我们的房子就会飘在空中，小朋友就会飞起来。你看见过落叶吧?那就是巨人‘引力’在召唤它们。你的书本有没有掉在地上过？那也是因为巨人‘引力’在召唤它。皮球飞起来，巨人‘引力’就呼唤它，所以皮球就落回了地面。”

① 山阳：即赖山阳（1780—1839），日本江户末期著名的历史学家、汉学家。

② 大灯国师：即日本名僧妙超和尚（1281—1336），临济宗大德寺创始人。

“就只是这些？”

“是啊。多么动人！”

“得！我总算领教啦，一不小心就遭到对‘橡面坊丸子’的报复。”

主人盯着对方金边眼镜后面的一对眼睛，认真地说：“根本不是报复不报复的问题，因为真写得好，才打算翻译过来。难道贤弟不以为然吗？”

“想不到你竟有这么高明的两下子，太令人吃惊啦！这回算是被你彻底捉弄了。认输，认输。”

迷亭先生自弹自唱，主人却一塌糊涂。

“我可没有要你告饶的想法，只不过觉得文章有趣，试译一下而已。”

“的确有趣，否则就不能算是一篇文章了。了不起呀了不起，佩服！”

“何必这么客气呢。我近来不画水彩画了，想写写文章啊。”

“不胜佩服之至！远近无别、黑白不分的水彩画岂能与写文章相提并论哟！”

主人总爱闹误会，这时又闹起来：“这么过奖，我就干得更起劲儿啦。”

这时，寒月先生前来拜访，进门就说：“上次失礼了！”

迷亭打哑谜地说：“失迎失迎！小弟为驱除‘橡面坊丸子’的幽灵，正在洗耳恭听盖世名著呢。”

寒月的回答也像在打哑谜：“啊，是吗？”

主人无精打采地说：“前些天，你介绍的那位越智东风君来过寒舍。”

“噢，是吗？越智东风君是个非常正直的小伙子，就是有点儿古怪。他要我一定把他介绍给您。我想会给您添麻烦的……”

“倒没什么麻烦。”

“他到贵府，有没有为自己的姓名辩解？”

“没有呀。好像他根本没提起这些。”

“是不是啊，他这人有个习惯，无论去哪儿，都要向新结交的人解释一番自己的姓氏。”

唯恐天下不乱的迷亭先生忙问：“解释什么？”

“他非常担心别人用拼音来读东风二字。”

“哎呀呀！”迷亭怪叫着，一边从金色皱纹皮的烟包中捻出些烟草来，准备抽烟。

寒月说道：“和别人见面，他开口第一句总是说，首先声明，越智东风不能读成‘越智TO—HU’，而应该是‘越智KOCHI’。”

迷亭深深地抽了一口香烟，再把烟雾从鼻孔里喷出来，然后夸张地说：“妙！”

寒月解释说：“这主要是源于文学热。你想，把东风二字读成KOCHI，就成了‘远近’，并且押韵。他对这种读法非常得意。他说：‘如果用拼音来读东风二字，那我所有的苦心就付之东流了。’瞧，他就是这样发牢骚的呢。”

“这人可真够古怪的。”迷亭先生一边说一边握着烟管，不住地咳嗽。烟雾从他的鼻孔中喷出来，在他的嘴边徘徊，很快又被他吸进嘴里。

主人笑着说：“前些天他来时，说他在朗诵会上扮演船老大，结果被一群女生嘲笑。”

迷亭用烟管敲打了一下膝盖，说：“噢，是吗……”

咱家生怕那烟管敲到自己头上，觉得危险，便离主人稍微远了些。

迷亭说：“前几天，请他吃‘橡面坊丸子’时，他就提到过朗诵会，说第二次集会时无论如何也要邀请知名文士参加，还说希望你届时务必光临。我问他是否还会继续演出近松先生的现实题材作品，他表示下次将选择更新颖的剧本，如《金色夜叉》[①]。并希望自己能扮演女主角阿宫。瞧，东风扮演阿宫，多有意思！到时候，我一定参加，为他喝彩。”

寒月阴阳怪气地笑着说：“的确很有意思！”

主人说：“不论身在何处，东风君都那么诚恳，一点儿也不轻浮，这与迷亭之流大相径庭，真是难得。”这番话分明是对安德烈亚、孔雀舌和橡面坊丸子三个大仇的彻底报复，迷亭听了却毫不在意地笑道：“如我者流，横竖都是‘行德镇的菜板’[②]，八面光嘛！”

“说得很对。”

实际上，“行德镇的菜板”究竟是什么意思，主人心里并不清楚，但身为教师的他，早已习惯蒙混过关，当此紧急关头，便将这一丰富经验用于社交上了。寒月先生率直地问：“如何理解‘行德镇的菜板’这句话？”但主人却望着壁龛说：“年末，我从澡池回来时顺路买下了这枝水仙，并将它插在花瓶里。花期还有很长时间哩！”你看看，主人硬是将“行德镇的菜板”撂下不提。

像演杂技一样，迷亭一边在指尖上不停旋转着烟袋杆，一边故作轻松地说：“提起年末，不由让我想到去年年末的一段十分神奇的经历。”

主人见自己转移话题的伎俩得逞，“行德镇的菜板”便被抛到了九霄云外，便大松了一口气。迷亭先生所谓的神奇经历如下：

“记得去年年末的二十七日，东风君事先通知我说：‘会当趋府拜访，聆听您有关文学艺术方面的高论，万望您能在家。’于是，当日我便在家恭候，从清早一直等到中午，然而却迟迟未见此

---

① 《金色夜叉》：日本作家尾崎红叶(1867—1903)的长篇小说，与“近松先生”无关。

② 行德镇：位于日本千叶县，盛产蛤蜊。在日文中，蛤蜊叫作“马鹿具”，马鹿则有蠢笨之意。行德镇当地居民的菜板都被蛤蜊壳磨坏了，所以“行德镇的菜板”，意为圆滑世故。

公。午饭后，正当我坐在火炉边拜读巴里·培恩[①]的滑稽小说时，收到了家母从静冈寄来的一封信。

“在老人眼里，我们无论多大，都是孩子。她在信中嘱咐，说严寒时节，夜晚没事别外出；偶尔也可以洗凉水澡，但要生好火炉，让室内保持一定的温度，不然会受风寒——诸如此类的注意事项多着啦。父母的确高尚啊！外人是无论如何都说不出这番关切的话的。我虽是个粗心汉，看了信后也深受感动，心想自己真不该游手好闲，必须写出伟大的作品来光宗耀祖，唯有如此才对得起父母的拳拳之心。我下决心要让老母在有生之年看到，同时也让天下人都知道——明治文坛上有我这么一位迷亭先生！

“母亲在信中还说：‘你们太幸福了！要知道，自从和俄国打仗，很多年轻人付出了生命，而你们一年到头都像在过节一样，玩得很开心。’其实，我哪像母亲说的那么开心呀！再往下看，可就很有些祸不单行了。母亲在信中举例，说我的一些小学同学这次奉召出征，有的负伤、有的阵亡。我一一念着那些同学的名字，不知为何，心里竟生出尘世乏味、生命无常的感慨来。母亲最后说：‘母已日薄西山，新春杂煮[②]之宴，恐怕也仅此一番了’……

“真想不到母亲的信这般凄凉，我心里有说不出的伤感，只盼东风君快些来好，然而，直到冬日西沉，也见不到他的影子。吃过晚饭后，我想，左右无事，不如给母亲写回信吧，便写了十二三行。家母来信通常都长达六尺以上，说许多话，而我无论如何也没有这么好的文才，写到十行左右就得停笔。写好信后，因整天闷在家里十分难受，便出去寄信，顺便散步，临行前，吩咐家人东风来时，让他在家等我。

“然而，我并未去富士见町的邮局，而是不知不觉到了大坝三号街。很不巧，那天晚上偏偏是个阴天，凛冽的寒风从护城河扑面

① 巴里·培恩(1865—1928)：英国幽默小说家。

② 杂煮：即年糕汤。

而来，寒意透骨。从神乐坂[①]开出的火车在坝下呜呜驶过，让人倍感凄凉。阵亡、迟暮、衰老、无常……诸多念头在我脑中不停闪现，感觉整个世界都是空荡荡的。常听说，很多人大概就是在这种心情下，忽然鬼迷心窍地上吊寻死的吧。神思迷乱中，我抬起头来一瞧，才发觉自己已到了那棵松树下。”

“哪棵松树？是哪棵？”主人不由自主地问道。

迷亭一缩脖，说：“就是上吊的那棵松树呀！”

寒月兴致勃勃地问：“吊颈松不是在鸿台[②]吗？”

“那是悬钟松，大坝三号街那棵才是真正的吊颈松。相传，无论什么人一到这松树下，就想上吊。虽说大坝上有几十棵松树，但一旦要上吊，瞧吧，很多人准是吊在这棵松树上，而其他松树却根本让人勾不起死的念头。每年都有些人专程去那儿上吊的。但见那吊颈松的枝丫恰好伸到大路上。啊，风姿多美啊！但就那么空闲着，也怪可惜的。我很想看到有人在上面吊死，但四下里除了我外，偏偏又没有第二个人。难道该我去上吊吗？噢，不！上去可就没命喽！传说中，古希腊人喜欢在宴席上模拟上吊，以助酒兴。其方法是：一人上吊台将头伸进绳套中，另一人跟着将吊台踢倒，在踢倒吊台的同时，这人以最快的速度给被套住脖子的人松绑，让他跳下台来。倘若此传说属实，那我大可不必惊慌，何妨一试！于是，我便将手搭在松枝上，那松枝果然习惯性地弯下来，垂落到我脖子前。弯曲的造型真美！想象着自己吊在松枝上的身子婆娑摇曳的姿态，我不禁欣喜若狂，发誓要上吊！但又突然想到东风君，总不能让他在寒舍空等一场吧？说来真叫人不忍心。于是，便回了家……”

主人神情古怪地问：“这么说，你总算是拣了条命喽？”

寒月却笑眯眯地说：“有意思！”

---

① 神乐坂：东京新宿的一个地名，是一个历史悠久的繁华地带。

② 鸿台：又名国府台，位于日本千叶县市川市西北部。

迷亭继续说："……然而，东风君终究没来，只是寄来了一张明信片，上写：'今日有事，不能如期赴约，容择日叨教。'看到明信片，我的心总算放下了，窃喜能无后顾之忧而自缢。便穿上木屐，疾步返回原处，一瞧……"说到这里，他煞有介事地朝主人和寒月瞟了一眼。

主人性急，连忙问道："一瞧又怎样？"

寒月搓弄着外衣衣带，无动于衷地说："渐入佳境喽！"

"……我一瞧呀，原来已有人抢先来上吊了。你看，就差了这么一步，便留下了终生的遗憾。回头想想，大概当时让死神附体了吧。若照詹姆斯[①]等人的说法，便是潜意识中的幽灵按照某种因果关系与现实世界交互感应。这岂非咄咄怪事？"迷亭先生从容不迫地说。

主人这才明白又被人家捉弄了，一时说不出话来，只得故作镇静地拿了块糕饼塞进嘴里，细细地咀嚼。寒月先生轻轻摊平盆里的火灰，低头嗤嗤地笑，少顷，才以极文静的语气说："这事听起来的确很怪，让人难以相信。好在最近我也有过类似体验，所以并不怀疑。"

主人又好奇起来，问："咦，你也曾想上吊么？"

"哪里话，我不是说勒脖子，是说去年年末在同一时间发生了一件事，所以深感奇怪。"

迷亭说："真有意思！我们竟然同时碰上怪事。"跟着也将一个团糕塞进嘴里。

寒月说："那天，一位向岛[②]的朋友在家中举办年末茶会和演奏会，大约有十五六位小姐和夫人应邀出席，是一次极其隆重的盛会，可谓年末一大快事。我带上小提琴也参加了。晚餐后，演奏结束，大家便天南地北地闲聊起来。不知不觉地到了深夜，就在我正想告辞回家的时候，一位博士夫人忽然来到我身边，小声对我说A姑

① 詹姆斯：指美国实用主义哲学家、心理学家威廉·詹姆斯(1842—1910)。

② 向岛：位于日本佐贺县西北部东松浦郡。

娘病了。我听了很是吃惊！两三天前，我还和她见过面。那时，她还异常活泼，没有丝毫生病的征兆。一问之下，才知那晚和我见过面后，她便突发高烧，不停地说胡话。如果仅仅如此，倒也罢了，但据说她的胡话中不时出现我的名字……”

听到这里，别说主人，就连迷亭先生都在凝神静听，根本不提什么“艳福不浅”之类的陈词滥调。

“……据说，医生也弄不清是什么病，只晓得热度太高，伤了脑子。如果吃安眠药也不见效，那就很危险了。我听了后心里很厌烦，像被噩梦缠住似的，头昏脑涨，只觉周遭的一切骤然变成了坚硬的固体，从四面八方向我压来。一路上痛苦极了！那美丽、活泼、可爱的A姑娘哟……”

迷亭先生瞟了一眼主人，忽然插嘴说：“对不起，且慢！从一开始就听你不断提起A姑娘。如果没什么不便，老兄还是直言芳名吧。”主人也含糊其辞地附和了一声。

“不，还是免了吧。这样会给当事人带来不必要的麻烦。"

“难道你真想把一切都说得像诗一样朦胧吗？”

“请别嘲笑，这可是个十分严肃的故事呀！总之，我一想到那可爱的女人突然得了怪病，心里委实有花飞花落之叹，全身的力量好像突然间来了个总罢工，骤然消失。我踉踉跄跄来到吾妻桥[①]边，倚栏俯视桥下，只见黑乎乎的河水像凝固成一个摇摇晃晃的平面一样，让人看不出是涨潮还是在落潮。一辆人力车从桥上飞快驰过，车灯隐没在札幌大厦一带。便在此时，远处的上游忽然传来一缕缥缥缈缈、又细又柔的声音，轻轻呼唤着我的名字。天哪！在这样的夜晚，在这样静寂的桥上，怎会有人叫我？又是谁在叫我呢？昏黑的水面上什么都看不见，我想大概是心理作用吧，正要迈步回家，那声音却又响起来。我霎时迷糊了，手虽抓着栏杆，但整个身子却瑟瑟发抖。因为我终于听清楚了，这迷离的呼唤声就发自河底，而

① 吾妻桥：日本东京的一座桥，连接台东区的浅草与墨田区。

非远方。更让我难以相信的是这呼唤声竟是A姑娘的声音！我情不自禁地应了一声‘嗳！’于是平整如镜的水面上发出一串古怪的回响。我被吓了一跳，往四周一瞧，人儿、狗儿、月儿，霎时竟都没了。当此良宵美景，那充满吸引力的呼唤一声声传来，似倾诉、似痛苦、似呼救，我不得不被它迷住。当下我爬上栏杆，俯视着漆黑的河水，心想：如果呼唤声再起，我就坚决跳下去！仿佛心有灵犀似的，这念头刚起，那呼唤声便又传来。于是，我不再犹豫，纵身一跃，像块石头一样飞身直坠下去。”

主人瞪大眼睛问道：“你真的跳啦？”

迷亭先生摸着鼻尖叹息：“想不到，想不到！怎么会闹出这种结局？”

“跳下后我不省人事，感觉如在梦中。过了一会儿，我睁眼一看，见身子虽有些凉，却并无一处弄湿，也不曾呛水。我一时糊涂，心想自己千真万确跳下去了呀，怎么又好好的？正纳闷儿间，忽然发现我本是要跳进河里，谁知前后颠倒，迷失方向，跳到了桥中心，竟没能去到那声声呼唤之处。”

讲完故事，寒月哧哧地笑起来，一边有些害羞似的不停地搓弄自己的外褂衣带。

迷亭忍不住夸赞说：“哈哈！真有意思，而且和我的经历很相似，詹姆斯的好教材可又多一件了。如以‘人的感应’为题写一篇纪实文章，我相信一定会震惊文坛。那位姑娘的病后来怎样了？”

“过了几天我去拜年，见她正和女仆在院子里打羽毛球哩！显然是痊愈了。”

主人一直低头沉思，这时忽然开口：“我也有过！”脸上流露出决不示弱的神情。

“有？有什么？”迷亭迷惑地问。这样问话，分明是不把我家主人放在眼里啊！

“那事也发生在去年年末。”

“竟都发生在去年年末，真是太巧啦！”寒月先生笑起来，露出沾着豆包渣的牙齿。

迷亭先生打趣地说：“而且还一定是同日同刻。”

“不，日期并不同，是二十五日前后。那天，内人对我说：‘我今年不要压岁钱，想看摄津大椽[①]表演的木偶戏，你请我吧。’本来嘛，带她去看也无妨，便问她今天演哪一出戏。内人看了下报纸，说是《鳗谷》。我不喜欢这戏，就没去。第二天，内人又说：‘今天唱《堀川》，可以去了吧？’我告诉她《堀川》不过是三弦戏，虽然热闹，却没什么内容，还是算啦！内人便满脸不高兴地回房去了。第三天，内人又说：‘摄津今天唱《三十三间堂》，你是否连这出戏也不爱看？可我一定要看这出戏！既然是请我看戏，就当是陪我混时间，总可以吧。’这简直是拿刀逼供。我只好说：‘既然你那么想看，那就去吧。不过，既然是绝代名戏，一定满座，便横冲直撞，也很难挤得进去。想要进那种场所，得先要和茶馆联系好，订好座位。不履行这道手续，就会做出越轨的事来。实在抱歉，今天还是算了吧！’内人听了，竟恶狠狠地盯着我，语带哭腔地说：‘我一个女人家，如何知晓那些复杂手续？但铃木家的君代、邻居大原的妈妈可都没办什么手续，却也舒舒服服地听完戏回来啦。你就算是个教师，要看戏也大可不必那么烦琐地办手续吧！太过分了！’我告饶说：‘既然如此，那就吃过晚饭乘电车去吧。’内人情绪立刻高涨起来，喜滋滋地说：‘要去就四点以前赶去，磨磨蹭蹭的可受不了！’我问她为什么一定要四点钟以前赶去？内人拿铃木夫人的话来镇压我：‘只有提前入场，才能看得了戏。过了四点就不行了。’我没话说了，只好痛苦地接受。怪的是就在这时，忽然浑身打起哆嗦来。”

寒月问：“是夫人吗？”

---

① 摄津大椽：艺名南部大夫，日本明治时代的著名艺人。

“她活蹦乱跳的，哪里会？是我呀！不知怎么，身子突然间像气球开了个口子似的，一下萎缩了，两眼漆黑，动弹不得。”

迷亭先生不失时机地加了句小批：“此乃急病是也！”

“唉，真糟糕啊！内人日日操持家务，照料孩子，还要时时忍受我的斥责与冷落，一年才提这么一次要求。我从未报答过她抱帚执炊之劳，这次说什么也该让她如愿以偿，幸而囊中尚有四五枚铜板，尽可以满足她的小小愿望。内人不是想看戏吗?我一定要带她去！可突然间冷得打战，两眼发昏，连穿鞋的地方也走不过去。更别说上电车了。唉，真是太惨啦！或许，赶快请医生来瞧瞧，吃点什么药，四点钟以前能康复吧。于是，经与内人商量后，我便叫人去请甘木医学士。谁知他昨夜在大学值班，还没回家。他家人回话说，等甘木先生两点钟回家后，就叫他来诊病。但真要等到那个时候，恐怕就来不及啦。唉，真是糟糕啊！

“这时，倘若喝点杏仁茶什么的，四点钟以前也说不定能好。但倒霉时连喝凉水都会塞牙。原本是盼望着能有幸欣赏到内人喜滋滋的笑脸，自己也能开心些，想不到这样的愿望也落了空。然而，内人并不理解咱的心情，怒气冲冲地问我到底去不去？我说去，一定去，病一好就去！你放心好了，赶紧去洗脸、换好衣服等我吧。

“嘴上这么说，心里却惆怅不已，而且，寒战越打越凶，眼前更加漆黑模糊。我深知内人是个心眼小的女人，假如这病不能在四点钟以前好起来，难保不会出什么事。竟然弄成这种惨局，我一时真不知如何是好，但为以防万一，应该趁现在她心情还算平静时，晓以盛极必衰之理、生久必亡之道，提醒她要有思想准备，万一不能如愿，且莫神情失常。这该是丈夫对妻子应尽的义务吧。当下，我便把内人叫到书房，问她是否知道西方有句谚语：many a slip, twit the cup and the lip①。

① 源于古希腊传说，译为：“杯与唇近在咫尺，其间也有太多意外”，比喻人生福祸难测。

“谁知，她竟说：‘我一个女人家，哪看得懂那种横行文字？你明知我不懂英文，却偏拿英文来糊弄我。好哇！既然你那么喜欢英文，当初为什么不去教会学校讨个会英文的小妞来做老婆呢？你真是太冷酷无情了！’我精心设计的计划就此被她气势汹汹地拦腰斩断。

“二位须知，我说英文绝无恶意，纯粹是出于对妻子的一片爱意，但她却错误地加以歪曲，真让人啼笑皆非。思量起来，其实全怪我自己。我何必那么性急，过早地向她灌输什么‘盛极必衰、生久必亡’的道理，而完全忘了她根本不懂英文呢？因了这场败局，我的寒战便越打越凶，眼前一阵阵发黑。很快，内人便化好了妆，换好衣服站在我面前，那神情似乎在说：‘随时可以动身了。’

“此时的我，当真心急如焚，看看表已经三点钟，只剩一个小时了，心里直盼甘木君快些来。内人拉开书房门，说：‘该走了吧！’不是我要夸奖自己的老婆，那天，我惊讶地发现妻子竟然如此漂亮，她的肌肤柔润发光，与黑绸小褂交相辉映；加上盼望听摄津大椽唱戏的原因，脸上更是光艳四射。瞧着妻子美丽的容颜，我下定决心陪她去看戏！

“说来却又那么不巧，我刚抽了支烟，正准备动身，甘木医生却突然驾到了。这下真是一顺百顺啊！我当即说了病情。甘木医生瞧了瞧我的舌头，又握握我的手，跟着敲前胸、搓后背、翻眼皮、摸头骨，然后沉思起来。我问他是否很严重？他镇定地说没什么要紧。内人问他就这病出一趟门，有没有问题？医生想了想，说：‘只要心情好……’他话还没说完，我就大叫难受！

“医生见状，便说先给你开点镇静剂和汤药。我问他这病是不是很严重、很危险？他却并未弄懂我反复询问的深意，竟说绝对无须担心，只要神经不要太紧张就行了。

“医生很快走了。三点半钟，内人打发女仆去取药。女仆飞奔而去，疾驰而归，归来时恰好四点差十五分。还有十五分钟哪！内人将汤药端到我面前来，催我快喝。我本想端起碗喝下去，可又突然恶心起来，而且胃里“咕”的一声响，似乎有个什么东西在狂叫。不得已，我只好放下碗来。内人眼看时间不够了，就逼我快喝。我决心一饮而尽，又将药碗端到嘴边，可胃里却又咕咕地叫起来，硬是死死拦住不让我喝。就在这时，挂钟当当敲了四下。啊，四点整！我不再磨蹭，端起碗一口喝干。老弟，真是奇怪至极！随着时钟敲响了四下，我竟然就不再恶心呕吐了，顺顺当当地喝完了汤药。喝过之后，后背不发冷了，两眼也不发黑了，才知甘木先生确系名医。想不到原本让我无法外出的急病，就这样瞬间痊愈。真让人高兴啊！”

迷亭不知趣地问：“那后来偕夫人去歌舞剧院了么？”

“想去，可时间已过，内人说进不去啦。甘木医生要是早来十五分钟就好了。那样，不仅我尽了心，贤妻也会很满意。说来就差十五分钟，真让人遗憾啊！现在回想起来，当时真急死人了。”主人说罢，脸上流露出一副好歹算尽了义务的神情，说不定还以为在二位朋友面前挺露脸呢。

寒月先生又露出沾着豆饼渣的牙齿，笑着说：“的确很遗憾。”

而一向爱搞恶作剧的迷亭先生，却一本正经地说：“你妻子有你这样一位体贴的丈夫，真幸福！”

这时，门外忽然响起女主人故意抬高的咳嗽声。

咱家老老实实地趴在主人膝上听了半天，觉得他的这番话既不好笑，也不可悲！实在不明白他们如此鼓唇摇舌究竟是为了什么。看来，人哪，除了会消磨时间之外一无所长。

咱家早就耳闻过主人的任性与心胸狭隘，只因平素他并不常开口，所以了解得不算深入。但也正因有这未尽之处，才让咱家对他存有些许好感。但在听完他刚才所讲的事后，那仅存的好感也荡然无存，只剩下轻蔑。咱家真不明白，他为什么不乖乖地坐在那里只听别人讲，而非要将自己虚伪之极、又愚蠢至极的丑事，故作神秘地拿出来胡说八道？其结果只能是得不偿失。或许，爱比克泰德在其著作中提示过让他这么干吧。无论主人还是寒月、迷亭，尽管表面上都装出一副超然物外的样子，一言以蔽之，实则不过是太平盛世的逸民，如没用的丝瓜般随风飘摇罢了。他们内心深处充满俗念和贪欲，即便在日常交往中，也常表露出争胜之意、夺魁之心，与其所鄙夷的凡夫俗子原是一丘之貉。只是他们多少还有些学问，不像那些半吊子令人生厌，还算有可取之处吧。

想到这里，咱家顿觉这三人的交谈毫无意思，不如想办法去看看花子小姐为好，便悄悄来到二弦琴师傅家门外。这时，已是正月初十了。温暖的阳光从一碧如洗的高空中照射下来，给这不足三十三平方米的庭院增添了不少生机。门前悬挂的松枝和稻草绳已撤去，纸屏紧闭着，檐廊下摆了张坐垫，但不见人。琴师很可能洗澡去了。咱家心里踏实了些，不再有那些无谓的担心，用泥脚踏上檐廊，在座垫上一躺，准备先美美地享受一下。谁知不大会儿工夫，竟浑然入睡，把探望花子小姐这么重要的事，给扔在了脑后。

睡梦中，突听纸屏后有人说话："做好了么？辛苦你啦。"是琴师的声音，原来她并没外出。

"做好了。我去了那家婚丧用品店，他们说刚刚做好。"

"在哪儿？给我瞧瞧。啊，做得真棒！表面上的金漆不会脱落吧？这么一来，小花总算可以升天了。"

"我问过啦，他们说用的都是上等材料，比死人的灵牌还耐用，又说'猫誉女居士之灵位'中的'誉'字，还是简化些好看，便做了修改。"

"啊唷，那就快把它供在佛坛前。烧香吧！"

花子小姐怎么啦？咱家睡意全无，从坐垫上呼地站起来，隐隐觉得有什么可怕的事要发生。只听"当"的一声响，琴师念道："南无猫誉女居士，南无阿弥陀佛，南无阿弥陀佛……"跟着对女仆说："你也烧一炷香吧！"

女仆烧了香，也念起来："南无猫誉女居士，南无阿弥陀佛，南无阿弥陀佛……"

刹那间，咱家不寒而栗，像木雕一样呆呆地站在垫子上，眼珠一动不动。全傻了！好一阵才回过神来，心里难过得要死。

琴师念完经，伤心地说："真可惜啊！起初大概只是受了点风寒。"

女仆惋惜地说："要是甘木医生肯给它一点儿药吃就好了。"

"都怪那甘木医生不好，他太瞧不起小花啦。"

"不该怪罪别人，这也是命中注定呀！"

"我认为归根结底，还是要怪临街教师家的那只野猫，若不是它死皮赖脸地勾引小花……"

"是呀。那畜生真是小花的煞星！"

听到这里，咱家本想冲进去争辩几句，但又怕冲撞小花的在天之灵，只得忍住悲愤，咽了口唾沫继续听下去。

"这世界真让人难以理解哪！像小花这么俊俏的猫竟然夭折，而那只丑陋的野猫却活得好好的，还四处胡闹……"

"可不是嘛。小花多么可爱啊！就是敲锣打鼓，也找不到第二位哟！"

瞧这女仆，明明该说"第二只"，却说"第二位"，还真把小花当成了人呢。照她这说法，那猫和人该是同宗了。咱家忽然觉得，这女仆的面相还真和咱家的猫脸很像哩。

"要是有什么办法，给小花找个替身，替她去死就好了。"

"最好是教师家的那只野猫丧命，这样，您老人家可能如愿以偿啦。"

她如愿以偿，咱家可就要遭遇灭顶之灾了！咱家还不曾体验死亡究竟是怎么回事，该不该死也就无从说起。前些天，因为太冷，咱家钻进了灭火罐[①]，结果女仆不知咱家在里边，硬是给扣上了罐盖。当时那个难受劲儿哟，现在想想都后怕。据白嫂事后说，再迟一会儿掀开罐盖，咱就没命了。为花子小姐死，咱家没二话，但如果死前一定要遭受那份活罪，那么不论替谁去死，咱家也不干！

"不过，虽说花子小姐是猫，但师傅待她却像亲生女儿一样，

① 灭火罐：日本人把未燃尽的炭装进一个罐子，扣上盖子捂熄炭火以备下次再用。

死后还给她念经，取法名。花子小姐在天有灵，也该瞑目了。”

“是啊！花子真是只幸运的猫。若说还有什么不足的话，就是给它念的经太短了些。”

“我也觉得短了些，问月桂寺的和尚，他却说：‘怎么？一只猫嘛！念这些足够送它上西天了。’要是换作那只野猫呢……”

“它呀，罪孽深重。不论经文多灵验，都超度不了它喽。”

咱家虽说至今还没名字，却也不该被女仆“野猫、野猫”地乱叫，而且反反复复，不知叫了几百次。真没礼貌！咱家不想再听她二人喋喋不休的废话，便离开坐垫下了檐廊。

走在回家的路上，想起心爱的花子小姐就这么去了，我的八万八千八百八十根毛发都倒竖起来，浑身直打战。从那以后，我再也没去过二弦琴师傅家。如今，敷衍了事的月桂寺和尚大概正在替琴师超度了吧。

近来，咱家日益厌倦人世，连出门的勇气都没有，已变成怠惰不亚于主人的懒猫了。主人则继续闷坐书房，人们都说他是由于失恋，就连咱家也觉得这种说法不无道理。

咱家仍然不曾捕鼠，女仆甚至因此下了逐客令。但主人知道咱家是一只不同凡响的猫，故咱家依然优哉游哉地虚度晨昏。对此，咱家实在该重谢主人的深恩，并对他那双慧眼毫不迟疑地深表敬佩。至于不识猫才的女仆对咱家肆意虐待，咱家大猫大量，并不恼恨。假如今天再出个左甚五郎[①]，在门楼的立柱上雕刻咱家的肖像，或日本也有个斯丹伦[②]，在画布上惟妙惟肖地描绘出咱家的风姿，那些有眼无珠的家伙们，就会对自己的昏庸无知而感到羞愧！

① 左甚五郎：日本德川时代的著名木刻家。

② 西奥菲尔·亚历山大·斯丹伦（1859—1923）：法国著名版画家。

第三章

花子小姐已经仙逝，大黑哥又不理睬咱，咱家不免有些寂寞，幸而后来与人类交上了朋友，才觉得日子并不难过。

前些天，有人写信给主人，要求寄张咱家的玉照给他。近日，又有人指名道姓地寄给咱家冈山名产黄米面包子。随着日益赢得人类的喜爱与同情，咱家渐渐不记得自己是猫，感觉有些与猫疏远而与人亲近了，那种纠集猫族与两条腿的动物决一死战的念头，也在这样的演变过程中消失得干干净净。咱家既然越来越以人类的一分子自居，对前途当然就充满希望。不过，话说回来，咱家也并未因此狂妄到胆敢蔑视同胞的地步，实乃人类盛情难却，咱家才在性情相投的人家聊觅一栖身之地罢了。如果就因这个缘故，指责咱家轻浮、变节或者背叛，那可太夸张了。实际上，正是那些摇唇鼓舌之人，才是心胸狭隘、冥顽不化的家伙。

按理说，咱家既为非猫之猫，就不可能再满脑子都是花子小姐和大黑哥的影子，很应站在与人平等的高度，去观察、评价人类的思想和言行，相信这并不过分。然而，主人仍只把咱家当作毛多皮厚的猫，一句客套话不说，就像吃自己的东西一样，把本属于咱家的黄米面包子吃个精光。而且，给咱家拍的玉照至今也未寄出，不胜遗憾之至啊！咱家不高兴是肯定的了，问题是主人总有自己的一套充满逻辑性的解释，咱家也就无可奈何了。

由于处处装人，对隔绝已久的猫类动态，咱家无论如何都难以描绘了。那就作罢！还是评述迷亭、寒月诸公为好。

这是一个天气晴朗的周末，主人踱出书斋，来到咱家身旁，放下笔墨稿纸，便趴在床上念念有词。这种怪腔怪调自然是撰写初稿的序曲了。咱家直起身来留神细看，不大工夫，就见主人浓墨重笔地在纸上写下“香一炷”[①]三个大字。天哪！这是诗还是俳句？就主人的品性而言，能写出这样的三个字来，也未免太过风雅了吧。说时迟，那时快，不待我品头论足完，他又另起一行，挥毫写道：“一直想写一篇天然居士的故事……”

写到这儿，他陡然停笔，提着笔、歪着脖子，似乎在构思什么佳句，边想边伸舌头舔笔尖，弄得嘴唇乌黑。接下来，他在句末画了个不大不小的圆圈，又在圈里点了两点，算是安上眼睛，在正中画了两个大大的鼻孔，跟着一笔横拉，画了个一字形的嘴出来。这可既不是文章，也不是俳句呀！咱家心里正自不解，主人似乎也觉得不雅，便慌忙涂了，又另起一行继续写。他好像主观地以为，只要另起一行，就必会才思泉涌。

少顷，他大笔一挥，一气呵成，以文白夹杂的文体，不伦不类地写出：“天然居士者，探空间、读论语、吃烤芋、流鼻涕之人士也……”然后无所顾忌地高声朗读起来，还破例哈哈大笑，连称“有意思！”想了一下又说：“‘流鼻涕’这词儿未免太尖刻，去掉！在这个短句上画下一杠。本来嘛，画一条杠就够了，可他却接连画了两三条，虽然构成了十分漂亮的并列横线，但却画得越了界，侵入到另一行。他也不管，照旧画，直到画出八条并列横线，还是没想出下一句来，不得已投笔捻须，摇头晃脑地思索。思索不得，便气势汹汹地狠捻胡须，似乎佳句藏在胡须里，定要捻出来给大家瞧。

① 香一炷：取自晚唐诗人司空图（837—908）的诗句“清香一炷知师意”。

这时，女主人从饭厅走进来，一屁股坐在主人身边，说道：“喂，你听！”

“什么事？”主人瓮声瓮气地问，声音好像在水里敲铜锣。

这样的回答自然不合女主人的心思，于是，她又重复一句：“喂，你听我说呀！”

主人将大拇指和食指伸进鼻孔，嗖的拔下一根鼻毛，问：“干吗？”

“这个月的钱有些不够用呢……”

“怎么会不够用？医药费已经付过，上个月欠的书费也还清了，本月必有节余。”主人说着，像欣赏天下奇观似的，泰然自若地欣赏拔掉的鼻毛。

“但您不吃米饭，却吃面包，还蘸果酱……”

“一共吃了几盒果酱？”

“八盒呢。”

“怎么会有八盒？我没吃那么多呀！”

“孩子呢？孩子们就不吃吗？”

“再怎么吃，也只是五六元吧。”

主人无动于衷地说了一句，便聚精会神地将鼻毛一根根竖立在稿纸上。因为沾有鼻涕，鼻毛像针一样立得笔直。主人这下可有了意外发现，心情大为激动，噗地向鼻毛吹了口气。但鼻涕太粘，鼻毛竟未被吹倒。主人骂声：“真顽固！”又用力吹。女主人看着直上火，怒气冲冲地说：“不光果酱，还有许多非买不可的东西呀！”

“或许吧。”主人说着，又将手指伸进鼻孔，嗖嗖地拔出鼻毛来，有红的、黑的、黄的……五彩缤纷中，竟有纯白色的。主人见了惊喜若狂，眼珠子都差点儿要冒出来了。他把鼻毛夹在两根手指缝中，极其小心地伸到女主人面前，颇有感触地说：“瞧，瞧，这鼻毛中的白发！”

女主人忙将他的手推开，含嗔带笑地说：“唉哟，好脏！真讨厌！”她就这样被逗笑了，回到饭厅，不再谈论经济问题。

主人用鼻毛赶走了来意不善的女主人，总算可以静下心来写文章了，于是边拔鼻毛边沉思。可不管咱家在旁边怎样地替他干着急，他的笔尖硬是动也不动。

终于，主人动笔了。然而，动的结果却让我大吃一惊！

“烤白薯?有些画蛇添足，割爱吧！”主人自言自语地说着，毫不留情地把苦思所得的这一句勾掉；“嗯，‘香一炷’是有些太突然，那就见鬼去吧！”……如此这般毫不留情地口诛笔伐，最后，文章只剩下一句：“天然居士，探空间，读论语者也。”却又觉得未免太单调了些，一时大伤脑筋。之后，他又决定不写文章，只写铭文！于是，使出吃奶的力气大笔一挥，横三竖四地在稿子上乱画一气。别说，画得还真像一株粗劣的、南画风格的兰草哩！就这样，先前费尽心思写成的墨迹，现在竟删得一字不剩。然而，他仍不满足，翻过稿纸来，在背面一连写下诸多莫名其妙的字句，什么“生于空间，探索空间，死于空间。空也，间也。呜呼！天然居士！”似乎准备回头再删。

这时，那位迷亭先生又翩然驾到，大概习惯以他人之家为己家，竟不用请，便大摇大摆地直闯进来。有时候，他甚至直接就从后门飘然而入。这个人可说自呱呱坠地起，脑子里就不曾有过什么忧虑、客气、顾忌、辛劳之类的概念。进来后，他不及落座，劈头便问：“又在写《巨人引力论》？”

主人虚张声势地说：“是的。不过，不是写《巨人引力论》，是在撰写天然居士的墓志铭。”

迷亭照例信口开河：“天然居士？难道和偶然童子一样，都是戒名吗？”

“有叫偶然居士的吗？”

“哪里有！料想罢了。”

“我虽不知偶然童子为何许人，但天然居士你大约是认识的。”

“是吗？那这人究竟是谁，竟装模作样地起了天然居士这样一个名字？”

“就是曾吕崎呗！他毕业后进了研究院，研究的课题就是‘空间论’，只因太过用功，后来患腹膜炎死了。说起来，我和曾吕崎还相交颇深哩。”

“原来是他呀。不过，是谁这么大胆，让他成了天然居士的呢？”

“我呀！是我给他起的名字①，像那些和尚们起的戒名，就太俗气了。”言下之意不外乎是说，他起的这个名字有多文雅。

迷亭先生点点头，笑着说：“那就让我看看你写的墓志铭吧。”拿起稿子，高声朗读起来：

噫嘻！生于空间，探索空间，死于空间。空也，间也，呜呼！天然居士。

迷亭读罢，摇头叹道：“好！很好！非常好！与‘天然居士’之名十分相称。”

主人眉开眼笑地说：“不坏吧？！”

“照我看，把这墓志铭刻在腌菜缸的压缸石上，再如扔‘试力石’一般扔到佛殿房后去，那就更显高雅。如此一来，天然居士也该得道成仙了。”

主人十分虔诚地说：“我也正是这意思呢。”接着又说：“暂且失陪一会儿，我去去就来。你逗猫玩吧。”不待迷亭答话，主人已如风一般去了。

咱家想不到还要奉命陪伴迷亭先生，心里虽然很不情愿，但出于礼节，总不该板着面孔，便笑眯眯地叫上几声，跟着跳上他的膝头。谁知，他竟粗暴地将咱家倒提起来，悬在空中，还用心歹毒地评论说：“嘀，好肥呀！后腿长得这么肥嘟嘟的，可捉不成耗子了。”说了这话还嫌不够，又大声问饭厅的女主人：“这猫捉过耗子吗？”

① “天然居士”是夏目漱石的亡友半山保三郎的居士号，这个名号是日本圆觉寺的今北洪川和尚所赠，与文中的“猫主人”无关。

“哪里捉过！就会吃年糕跳舞。”万万想不到，这女人竟乘猫之危，如此揭我短，也太不符合她女主人的身份了吧。另一方面，因被迫表演空中倒立，咱家自己也很难堪，很希望迷亭先生见好就收。然而，像他那样搞惯了恶作剧的人，又怎肯轻易松手？

迷亭先生胡诌八扯，没话找话与女主人搭讪：“的确，一看这猫脸儿，就有会跳舞的面相。嫂夫人，这副猫脸很像以前通俗小说里描写的猫怪，您可不能含糊哪！”

女主人挺难为情地放下针线，来到书房，给迷亭又斟了一杯茶，然后说：“让您久等了。他快回来了吧?”

“仁兄去哪儿了呀？”

“他这人，不论去哪儿，临走前从来都不告知一声，总叫人不得而知。大概是找医生去了吧。”

“是甘木先生吗？甘木先生被仁兄这样的病人缠住，可也真有些活受罪。”

女主人不知该如何应答，只好含糊其辞地嗯了两声。迷亭先生又问：“仁兄胃病好些了吗？”

“时好时坏，压根儿说不清。像他那样光吃果酱，再怎么找甘木先生治疗，又怎么会好呢？”女主人竟当着迷亭先生把刚才的满腹牢骚发泄出来。

“那么爱吃果酱?他真像个孩子。”

“不仅爱吃果酱，近来还胡乱地吃起萝卜泥来了呢，说是什么治胃病良药，所以……”

迷亭惊叹一声：“真新鲜！”

“他说在报纸上读到这么一条消息，说什么萝卜里面含有淀粉酶，可以根治胃病。”

听着女主人幽怨的控诉，迷亭不禁眉飞色舞地说：“难怪！他这样做，是想弥补贪吃果酱的损失啊！亏他竟想得出。哈哈……”

“他还叫孩子们吃……”

“果酱吗？”

“哪里啊，是萝卜泥。他说：‘宝宝，来，爸爸给你们好东西吃。’刚开始，我还以为他突然喜欢起孩子们了，谁知却是干这等蠢事！前几天，他把二丫抱到衣柜上……”

“什么意图？”迷亭不论听到什么稀奇事，总要抠问一下意图。

“哪有什么意图！就是想看女儿如何从高处蹦下来。女儿才三四岁，多乖！怎么会那样撒野?”

“毫无意图吗？不过，话说回来，他心眼儿倒不坏呢。”

女主人气冲冲地说：“幸好心眼儿不坏，否则，可就没法忍受了！”

迷亭毫不在意女主人的情绪，只管兴冲冲地进行不合身份的说教：“呵呵，嫂夫人大可不必发这些牢骚。只要生活样样不缺，长此以往地一天天打发日子，也就够有福气了。实在地说，仁兄就像苦沙弥一般，既不吃喝嫖赌，又不铺张浪费，一向省吃俭用，可说天生是会过日子的人。”

“您这可就大错特错了……”

“他私下里难道竟会有什么见不得人的事？现在这世道，可含糊不得哟！”

“倒没别的，就是爱胡乱买些根本不看的书回来，背了一身债。本来量力而行倒也没什么，可他一想起来就去丸善书店，一去就拿回好几大本，到月末就装糊涂，去年月月拖欠书款，弄得到年底时异常拮据呢。”

“书嘛，他想买多少就买多少，没什么关系。书店的人如来讨账，你只要说：‘很快付钱，很快付钱。’他就会离去的。”

女主人兀自愤愤不平，说：“话虽这么说，可总不能长期拖欠下去呀！”

“那就向他讲清道理，削减他的书费嘛。”

“唉呀呀！他根本听不进去，近日竟说：‘一点儿都不明白书的价值，你究竟哪里像个学者妻子！为了开导你，就给你讲个罗马以前的故事吧！’”

迷亭很感兴趣地问：“这可有些意思。那是什么故事？”与其说是出于对女主人的同情，毋宁说受好奇心驱使更妥当。

“据说，古时候，罗马有个叫圾垃鞋的皇帝……”

“‘圾垃鞋’！竟有这样的名字吗？真新鲜。”

“外国人的名字十分复杂，又长，我可记不住，只晓得他是第七世皇帝……”

“噢，第七世皇帝就是圾垃鞋？真是妙极啦！那么，这个七世圾垃鞋皇帝怎样了呢？”

女主人满脸不高兴地抢白道：“哎哟，连您也来取笑我，真让我无地自容呀！您要是知道，告诉我不就行了吗？真坏！”

“哪里取笑你来！这种缺德事我可不敢做。我只是听您说什么圾垃鞋皇帝，觉得新鲜而已。噢，等等，你说的是罗马七世皇帝吧？这个人我记得不太准确，大概是塔奎·杰·普劳德吧？不管它啦，是谁都无妨。那皇帝究竟怎样啦？”

“据说有个女人拿着九本书去见这皇帝，问他愿不愿意买。他问多少钱？那女人开了很高的价码。皇帝说太贵了，最好能少一点儿。那女人一听之下，突然抽出三本书来，扔到火里烧掉。”

“哎呀，真可惜！”

“是啊。好像那三本书里记载有预言什么的，人世罕见。”

“啊！”

“那皇帝以为只剩下六本书，价钱准便宜些，便又问价。可那女人开出的还是那个价，一分钱也不少。皇帝说这太不讲理喽！那女人二话不说，便又往火堆里扔进三本书。皇帝心里直叫可惜，问女人剩下的三本书多少钱？那女人还是按九本书的价钱开价。九本变六本，六本变三本，但价码却一分钱不少。皇帝心想，如果再讲价，剩下的三本书说不定也会被那女人扔进火堆里呢，无奈之下，只得花大价钱买下了最后的三本书。讲到这里，丈夫问我：‘怎么样？听了这故事，多少该知道点儿书籍的重要性了吧？’说完后他得意扬扬。可我哪觉得有什么贵重的！真让人不解。”女主人讲完，便催迷亭表明看法。

这下，连一向精明的迷亭也不知该如何作答了，便从和服长袖里掏出手帕来逗弄咱家，以掩饰尴尬。忽然，他像想起了什么似的，说：“嫂夫人，也就因他那样胡乱地买书，胡乱地硬塞进肚里，人们才尊称他一声学者。最近，我看到一本文学刊物，里面还专门刊登了一篇评论苦沙弥兄的文章呢！”

女主人兴奋地问：“真的吗？都说了些什么？”对丈夫的评价这么在意，毕竟夫妻情深啊。

“哎呀，只有几句，称赞苦沙弥兄的文章‘犹如行云流水’。”

女主人美滋滋地问：“就这些？”

“还有一些，如什么‘忽生忽灭，灭则永逝忘返’，等等。我记不得了。”

女主人懵头懵脑地问：“这是夸奖他吗？”言语中不无担心。

迷亭若无其事地将手帕垂落到咱家眼前，说：“应该是夸奖吧。”

女主人若有所思地说：“本来嘛，书籍是谋生的工具，原是少不得的，只是他太犟啦。”

迷亭见女主人竟换了个角度冲杀而来，略一沉思，不慌不忙地做出如下绝妙回答：“犟是犟了点儿。但做学问的人，又有几个不是这样子的呢？”既替嫂夫人帮腔，又为苦沙弥老兄开脱。

“是呀。前些天，他从学校回来，说马上还要出门，嫌换衣服太麻烦，竟连外套也不脱，就趴在饭桌旁吃饭，还把饭菜放在火炉架上。我的好兄弟！我捧着饭盆站在一旁，看着他那可笑样儿……”

迷亭以令人作呕的恭维态度说：“这可很有些新式‘验明首

级'[1]的味道！而这也正是苦沙弥兄独有的特色呀！总而言之，他并无'俗调'[2]。"

"俗调不俗调的，咱女人家可不懂。但不管怎么说，他也太胡来了。"

"不过，总比俗调好哟。"

对迷亭的这种过分偏袒的态度，女主人很不满，话锋一转，质问起"俗调"的定义来："人们常说俗调什么的，可"俗调"到底是什么呀？"

"俗调么，就是……啊，这可不大好说……"

女主人以女人特有的逻辑步步逼近："既然模糊不清，那么，就算是俗调，也没什么不好吧？"

"也不是模糊不清，是了如指掌，只是不怎么解释得清楚罢了。"

轻描淡写间，女主人一语道破："举凡令自己讨厌的现象，就可以叫'俗调'吧。"

到了这种地步，迷亭先生也就不能不对俗调作些交代了："嫂夫人，所谓俗调嘛，主要是指这样一些家伙：一见'二八佳人''二九佳人'便朝思暮想，寝寐难安，待到'天朗气清之日'，便准会'携箪酒，嬉游墨堤[3]'。"

女主人如何明白这文绉绉的话？只好含糊其辞地问："有这样的人吗？这么乱糟糟的，我可听不懂！"终于甘拜下风。

迷亭见状，更加卖弄地说："其实很简单，就像在曲亭马琴[4]的

---

① 验明首级：日本古时处死敌方将领后，须将其头颅置于盘中，然后端给长官察验，以验明正身。

② 俗调：当时有一派日本诗人，每月必聚会，其诗歌皆为陈词滥调，故被讥称为"俗调"。

③ 墨堤：即日本东京都墨田区隅田川河岸大堤。

④ 曲亭马琴(1767—1848)：日本江户末期著名作家。

脖子上安上彭登尼斯[①]上尉的脑袋，再用欧洲的空气泡上一两年。”

女主人茫然地问：“这就成了俗调？”

迷亭得意地笑而不答，过了一会儿才说：“何必费那么大事！只消将‘白木屋’[②]老板和中学生加起来，再除以二，就能得出俗调的结论。标准的俗调！”

“是吗？”女主人更加不解，歪头沉思。

不知什么时候，主人回来了，坐在迷亭身旁，问：“你还没走？”

“‘还没走’？瞧，这话说得多刻薄！你之前不是说马上回来，让我等候吗？”

女主人这下来了劲儿，瞧着迷亭说：“他总是这样！”

“你不在家的这会儿，我可点滴不漏地听说了你许多奇闻轶事呢！”

主人抚摸着咱家的头，说：“女人多嘴总是要不得的。人要是也像猫这样保持沉默，该多好啊！”

“听说你常给孩子们吃萝卜泥，是吗？”

主人笑了笑，说：“嗯，是有这事。不过，别看是孩子，她们可真乖。自从给她们吃了萝卜泥后，我每次问她：‘好宝宝，你哪儿辣？’她就准把舌头伸出来给我看。多新鲜！”

“简直就像教小狗练功一样，未免太残酷了吧。对了，寒月兄怎么还不见来呢？”

主人惊奇地问：“寒月也来吗？”

“来啊。我早晨给他寄了张明信片，邀他下午一点钟来你家。”

“叫寒月来做什么？你这人，也不问问人家是否方便，便自作主张。”

---

① 彭登尼斯：英国作家萨克雷(1811—1863)的同名小说中的主人公，是一个俗不可耐的家伙。

② 白木屋：当时东京规模较大的一家店铺。

迷亭自拉自唱地说："唉！今日之约非我意，可是寒月本人的要求。据说，这位先生即将在物理学会上发表演说，需要事前练一练，叫我听听，给他提些建议。我说苦沙弥兄正好也闲着，叫他也一起听听吧。这样，才邀他来你家。你闲着没事，不是正好吗?他这人没说的，听听也好嘛。"

"物理学的讲演，我可不懂！"主人对迷亭的自作主张似乎很有些恼恨。

"不过，他这次的演讲可不像镀镁玻璃管之类的题材那么枯燥乏味哟！据说是个超凡脱俗的题目——《关于吊颈的力学》，颇值得一听啊！"

"你毕竟是上过吊的人了，听听也好。但我……"

迷亭照例说着俏皮话："不至于这样下结论吧——'连看戏都打冷战的人，不许听！'"

女主人在旁边咯咯地笑起来，跟着瞧了丈夫一眼，起身到隔壁去了。主人一言不发，只是抚摸咱家的头，似乎只有在这时候抚摸，才能体现出他的无限温情。几分钟后，寒月先生果然如约而至。他因为晚上要讲演，所以破例穿着漂亮的服装前来，刚浆洗过的衬领不仅十分雪白，而且峭然耸立，为他平添了几分男子汉气概。他进屋后，神色从容地致意说："来迟了一步……"

迷亭忙说："我俩可已等候多时。老兄，请快开始吧。"说着，看了看主人。主人无奈，只好含含糊糊地应了一声。

寒月却慢条斯理地说："先给我斟杯茶吧。"

迷亭独自起哄："啊，还动起真格的来啦?看来接下来，就该要求我们鼓掌了吧？"

寒月先生从内衣袋里缓缓拿出草稿来，说道："这是演习，希望二位不要客气，多多批评！"

于是，一场雄辩的预演便开始了：

"历史上，盎格鲁撒克逊民族对罪犯主要施以绞刑这种刑罚，而犹太人的习惯据说是投石击毙罪犯。远溯上古，吊颈多用以自杀。查《旧约全书》，所谓‘吊颈’的准确解释是：将人的尸体吊起来，让野兽或食肉飞禽扑上去撕咬。根据希罗多德[①]的学说，在离开埃及前，犹太人最忌讳夜里曝尸。而埃及人则不同，他们将罪犯斩首后，将其躯体钉在十字架上，夜里曝尸于野。至于波斯人……”

迷亭插嘴问道：“寒月兄，这些话与‘吊颈’的主题似乎有些越来越远。无妨吗？”

“这……这个嘛，请耐心些，立刻转入正题……且说波斯人，他们大概是动用磔刑的，但罪犯是死前被活活地钉在十字架上，还是死后再钉，就不得而知了……”

主人闷闷地打了个呵欠，说：“这些事，不知道也就不知道了。”

“还有很多事想讲，不过，各位要是厌烦，那就……”

迷亭又吹毛求疵地说：“‘要是厌烦’不如‘会厌烦’听起来更顺耳。是吧，苦沙弥兄？”

苦沙弥爱理不理地说：“随他由着性子说去吧。”

“那么，我立刻书归正传。且听我道来……”

迷亭又开始插科打诨：“且听我道来？这可是说书先生的行话呀！演说还是用文雅的语言好。”

寒月先生问道：“如果这‘且听我道来’太俗，那该怎么说才好呢？”语气里夹杂着怒气。

主人想尽快地跨过这道难关，打发他们走，便说：“迷亭君，你究竟是在听呢，还是在打哈哈凑趣？寒月，别理他瞎起哄，快些讲下去是正经。”

迷亭依然俏皮地感叹：“惆怅久，恰似慢慢道来庭中柳。”[②]

① 希罗多德：公元五世纪古希腊历史学家，被后世誉为“历史之父”。

② 此句是模仿江户中期俳人大岛的俳句“惆怅久，恰似归来时刻庭中柳。”

寒月听了，也忍不住笑起来，跟着演讲："据我调查，处刑时真正动用绞刑的，历史上仅见于《奥德赛》[1]第二十二卷，就是忒勒马科斯绞死珀涅罗珀的十二名宫女那一节。我本想用希腊语朗诵原文，但不免有卖弄学识之嫌。请读四百六十五行至四百七十三行，自有分晓。"

迷亭说："希腊语云云，还是免掉吧。不然，等于是在向人炫耀：看，我希腊语多棒！对吧，苦沙弥兄？"

主人点头同意，说："这点我也赞成。还是免掉这些炫耀之词为好，这样才显得文雅。"不知不觉袒护起迷亭来。原因嘛，只是因他二人对希腊文一句都看不懂。

"那好，我今晚就把这两三句省略掉。听我继续道来……噢，不，听我继续演讲——这种绞刑，我们今天可以想象，其执行方法大概有二：其一，借助欧迈俄斯和菲力西亚斯的一臂之力，那位忒勒马科斯将绞绳的一端系于柱上，然后处处打结，留出活扣，再将宫女们的脑袋一个个地套进去，然后狠命地将绞绳另一端一拉，人就腾空而起。"

"就是说，像西方浆洗房晾衬衫一样地把宫女吊起来，没错吧？"

"不错。再说第二，花样是这么玩的：如上所述，绞绳的一端系于柱上之后，另一端就高高地吊在天棚上。这时，从吊在高处的那条绳上又放下几条绳来，由执行官系好绳套套在宫女脖子上。接下来，只需一声令下，将宫女们踩着的凳子一撤……"

"打比方说，那就像酒馆的草绳门帘上端吊着的彩色灯泡。差不多是这样吧？"

"彩色灯泡？这个不曾见过，无可奉告。不过，要是真有这种

---

① 《奥德赛》：古希腊两大史诗之一，传说为荷马所作。下文中的珀涅罗珀是一个忠贞贤惠的妻子，她的丈夫奥德修斯远征特洛伊十年未归，她拒绝了所有求婚者，独自抚育年幼的儿子忒勒马科斯。在故事的结尾，忒勒马科斯绞死了与求婚人狼狈为奸的十二个女仆。

灯泡，说不定也像……且说，下面，我将站在力学的角度，给大家举证说明，第一种方法是不可靠的。”

迷亭说：“真有意思！”

“嗯，的确有些意思。”主人也开口表示赞同。

“首先，我们假定宫女们是被等距离地吊起来，再假定距地面最近的两名宫女套在脖子上的绳索呈水平状，那便可以把绞绳构成的地平线看成是A 1、A 2以至A 6，再确定各绳段的受力点为T 1、T 2以至T 6，再假设绞绳最低部分的受力点为T 7=X，而宫女们的体重自然是W。怎么样，能听明白吗？”

迷亭和主人你瞧我，我瞧你，然后一起茫然地说：“大致明白了。”咱家知道“大致”这个词是他二人信口编造，换一个人多半不会用。

“各位很清楚，依据多角形的平均性原理，可建立如下十二个方程式：(1)T 1 cosA 1=T 2cos A 2；(2)T 2 cos A 2=T 3 cos A 3……”

主人毫不客气地问：“这方程式是不是讲得太多些？”

寒月十分遗憾地表示：“我演说中的灵魂正是这些公式。”

迷亭也毫不客气地说：“那就改日再领教灵魂部分吧。”

“可是，如果一定要删掉这一部分，苦心钻研的力学可就全告吹了呀！”

主人神情麻木地说：“唉，那有什么！唰唰往下删就行了嘛。”

“看来只好遵命了，那就硬着头皮删掉吧。”寒月无可奈何地说。

“这就对喽！”主人说着，竟不失时宜地“啪啪”拍起掌来，表示欢迎。

“好吧，我现在就跳过方程式这一段，直接将演讲转到英国方面。《裴欧沃夫》[1]这部史诗中有‘绞首台’一词，可见从那时起，

① 《裴欧沃夫》：盎格鲁撒克逊民族史诗，公元七世纪末开始流传，手抄本于十世纪出现。

就已经有了绞刑。照布拉克斯顿[1]的说法，当罪犯被处以绞刑时，如果因绞绳的缘故万一未能及时绞死，便须再接受一次同样的绞刑。但很奇怪，在《皮亚斯·普鲁曼》这部著作中，却冒出这么一句‘纵是恶棍，也绝无二度遭绞首之理。’二者孰真孰伪固然难辨，但我们却可从中了解到，一绞而未绝命的受刑者通常不乏其例。有这么一个故事是这样讲的：公元一七八六年，臭名昭著的恶棍费兹·鸠拉尔被推上了绞刑台。实施绞刑时，他的双脚刚要离开台阶，就在这神奇的一刹那间，绞绳竟突然断裂。接着，又执行第二次。但这次却又因绞绳太长，双脚着地而未死。最后，在围观者的帮助下，才将他送上了西天。”

“哎呀呀！”一到这节骨眼儿上，迷亭就兴致勃发。

主人也激动地说：“真是个该死不死的！”

“还有更妙的呢。一吊起脖子，人的身高就会拉长一寸左右。医生亲自量过。没错！”

迷亭瞧了主人一眼，神情古怪地说：“这可是新技术！苦沙弥兄如果报名上吊，脖子每次拉长一寸，说不定就会成为中等身材呢。”

主人信以为真，惊问：“把身体拉长一寸的人能起死回生吗？”

“这肯定是不行。你想，人一吊起来，脊骨就被拉长，多吊几下，脊骨肯定断喽。”

主人失望地说：“既然如此，那还是算了吧。”

演说的内容还有很多，主要是对绞首的生理作用进行了全面的论述，最后才回到上吊的主题上来。其间，迷亭不住胡乱插言，尽说些不着边际的话，而主人则呵欠连天又毫无顾忌，使得寒月兴致全无，遂中止演讲，回家去了。当天晚上，寒月先生究竟以何等姿态、何等辩术完成滔滔雄辩，因发生在远方，咱家不得而知，故不好乱说。

其后的两三日在平安中度过。接下来的一天下午，大约两点

---

① 布拉克斯顿（1723–1780）：英国著名法学家。

钟，那位迷亭先生照例又像游仙一样飘然而至。他刚落座就说：“老兄！你听说越智东风君的高轮事件了吗？”看那神情，远比读到攻克旅顺的号外新闻还要令人振奋。

主人一如往常地愁眉苦脸，说：“最近没见面，不清楚。”

“我今天可就是为了专门向您报告东风君惨败的事，才于百忙中专程来访的哟。”

“你呀，真是个不正经的家伙，尽说那些充满玄机的话。”

“哈哈哈！与其说‘不正经’，不如说‘没正经’，这一字之差，可事关本人声誉哟！”

主人佯装不解地说：“还不都一样！”

“据说不久前的一个周末，东风君去高轮的泉岳寺。本来嘛，那么冷的天，的确不该去的。别的不说，单就选这么冷的季节去泉岳寺，不就像对城市一无所知的乡巴佬吗？”

“那是东风君的权利，你无权阻止。”

“说来的确没权利。但关于权利，还是让它见鬼去吧！你知不知道那寺院有个名叫‘烈士遗物保管会’的热闹场所？”

“嗯，这个嘛……”

“不知道吗？那你总去过泉岳寺吧？”

“没有！”

“这可就怪了。江户人竟不知道泉岳寺，真太丢人啦！难怪你会极力为东风君辩护。”

主人说话的口气愈发像天然居士了：“就算不知道，也可以照样当教师嘛。”

“那，可真有你的！且说展览会正开得热闹，东风君钻了进去。就在此时，来了一对德国夫妻，用日语问了东风君些什么。东风先生像往常一样，见到德国人总忍不住要用德语说上几句。嘿！他叽里呱啦地说了几句，竟意外地好。事后看来，正是这一点埋下了祸根。”

主人终于上了圈套："后来怎样？"

"后来嘛，看到大鹰源吾[①]的漆金印盒，德国人便问能否卖给他们。东风君当时的回答太妙了！说日本全是清廉君子，不会卖的。直到这时，他都很活跃。那德国人见好不容易碰到这样一个体面的翻译家，便不断向他提问……"

"问什么？"

"如果都听懂了，也就不必那么担心啦。那德国人说话就跟放机关枪一样，突突突地乱问一气，让人不知所云。东风君虽说偶尔也能听懂一两句，但当问到鹰嘴钩子和大木槌时，却没学过这两个名词，一时不知该怎样翻译，东风君顿时懵了。"

联想到自己当教师的遭遇，主人深表同情地说："的确是这样。"

"但就在这时，闲散的游客见到他用德语和德国人交谈，都十分好奇地聚拢过来，围住他们瞧热闹。东风翻译不了，当着众人面更加羞愧难当，狼狈得很！和刚开始时的派头大不相同。"

"说半天，到底怎么了？"

"东风眼见再待下去更出洋相，便用日语说声'贼见'！匆匆离去。德国人不明白这词儿，问为什么贼见？难道贵国习惯将再见说成贼见不成？围观的人解释：'是说再见。只因阁下是西洋人，为与西方发音调和一下，他才念成了贼见。瞧！身处窘境时东风君也不忘调和，这可真是太了不起了！"

"关于'贼见'，请就此打住。西洋人后来怎样了？"

"听说那西洋人听后目瞪口呆地怔住了。哈哈，可滑稽了！"

"这有什么滑稽的。你特意为此来报信，倒是滑稽得很呢。"主人说着，将烟灰抖进火盆里。

这时，门铃儿忽然尖叫起来，跟着一个女人尖细的声音传来："对不起！"

听到这女人的声音，迷亭和主人俱各一怔，顿时默然无语。

① 大鹰源吾：实为日本赤穗浪人大高源吾(1672—1703)之误。

竟有女客来造访主人家，这可真稀奇啊！咱家转身一看，见那尖嗓子的女客年约四十出头，秃顶，身穿双层丝绸的和服，底襟长长地拖在床席上走进屋来。她的发际有一排发帘，至少有半个脸那么长，像高高耸立的大坝一般直插青天；她长着两只细细斜斜的吊角眼，一只鹰钩鼻子出奇地大，宛如将别人的鼻子偷来硬安在自己脸上，又像将靖国神社里巨大的石头灯笼搬来放在仅十平方米的小庭院里，一幅唯我独尊却又有些魂不附体的样子。这个硕大无比的鼻子顶端高耸，到了中间似乎自己也觉得太过分，便谦虚地凹陷了些，而鼻尖好像也很忌讳顶端的气派，主动下垂，窥视嘴唇。只因这女人拥有如此显赫的鼻子，以致她说话时，常让人感觉不是嘴里发声，而是鼻孔在宣讲。为了向这个伟大的鼻子致敬，咱家从此尊称她为“鼻子夫人”。

鼻子夫人叙礼毕，仔细打量了一番室内，然后夸赞起来：“多么漂亮的住宅呀！”

主人口中吱吱地吸着烟，心里暗暗嘀咕：“扯谎！”

迷亭瞧着天棚上的一块图案，不怀好意地说：“老兄，你看那图案多美呀！是雨漏形成的还是木板花纹？”

主人说：“当然是下雨漏的。”

迷亭装模作样地说：“好哇！”

鼻子夫人面露愠色，心里怒道：“真是个不懂交际的人！”一时间，三人僵坐无语。过了一会儿，鼻子夫人忍不住对主人说：“有事请教，特来拜访。”

主人“噢”了一声，反应极其冷淡。鼻子夫人觉得不能总这样僵持下去，便说：“说实话，我家不远，就是对面巷角的那栋房子。”

“就是那个带有仓库的大洋房吗?怪不得门牌上写着金田哪。”主人似乎终于明白了“金田”这个名字的不同寻常，但对金田夫人的敬意依然寥寥无几。

鼻子夫人说：“说真的，有处房子想出租出去，但因公司里太忙，便来和您商量一下……”转动的眼神似乎在说：“这服药该灵了吧？”只因她一进门便装出很熟络的样子，说话有些油腔滑调，主人认为一个初次见面的女子不该如此，于是对她的暗中示好表示无动于衷。

“提起公司嘛，也不是一个，而是兼有两三个公司的头衔哪，还都是董事……想来你也知晓。”夫人这时的神色似乎在说：“我这么指点你，你还不对我鼻子夫人毕恭毕敬些？”

我家主人脾气挺怪，对方倘若是什么博士或大学教授，他一定佩服得五体投地，但对实业家，他却一直缺乏好感。他始终认为与那些实业家们相比，中学教师更伟大。就凭他那死板、固执的性格，也不可能获得实业家和财主们的青睐与恩赐。既然没有可能得到他们的庇护，为什么要对他们恭敬呢?因此，不论对方如何有权有势，咱家主人一概漠然视之，对文人圈子之外的事，他的表现都极其迂腐。眼下纵然知道对方很了不起，却也生不出丝毫敬畏之情。

鼻子夫人做梦也想不到，茫茫人海中竟有如此怪人与她在阳光下一起生存。换一个地方，只要她搬出“金田夫人”这个名号，无不对她另眼相待。不论什么样的会议，不论面对多么高贵的人，“金田夫人”这块招牌都很吃得开。她原以为只要开口说明一下自家住在对面巷角的那处公馆，这个老夫子就该心惊肉跳了，但结果偏偏不是这样。一时间，她心里别提有多别扭了。

可就是这样，主人还不识趣，竟故意漫不经心地问迷亭：“你可认识金田这人？”瞧，就这么随便，竟连先生都不肯尊称一声。而迷亭可就是个很有见识的人了，一本正经地回答：“认识。金田先生是我伯父的朋友。前些天，伯父还参加了游园会呢。”

“咦！伯父？你伯父是谁？”主人此前从未听迷亭说有什么伯父，不免吃惊地问。

迷亭更加正儿八经地说：“牧山男爵嘛！”

主人心里一怔，本来还想说点什么，还没来得及开口，就见鼻子夫人转脸看着迷亭，只好不说话。迷亭这天身穿一件大岛绸的衣裳，外加早年进口的印度花布衫外套，端端正正地坐在那里。鼻子夫人仔细打量了一下他，突然热情地说："哎呀呀！原来牧山先生是你的……什么来着？我可压根儿不知道，真是太失礼了！我家那口子常对我叨念说：'一向承蒙牧山先生关照'呢。"满口敬语，差点儿躬身施礼了。

"啊！哪里话！哈、哈哈……"迷亭忍不住大笑起来。

主人被这戏剧性的场面给愣住了，一时只顾瞧着二人，只听鼻子夫人又说："真的呀！小女的婚事也要求牧山先生多多费心才是呀……"

这时，连迷亭先生自己也感到过于离奇了，不由惊问："咦！是吗？"

"是呀！说真的，四面八方求婚的人多得不得了，只是考虑到我家的身份，不能随便许配给不三不四的人，所以……"

"对对，说得对。"迷亭听明白了话，放下心来。

鼻子夫人望着主人，语气又变得高傲起来，说："也就是因为这件事的缘故，才来拜访你。听说，有个叫水岛寒月的男人常来贵府，这人到底怎么样呢？"

主人多少有些厌恶地问："您问寒月，有何贵干呀？"

迷亭先生却机警地说："夫人想了解寒月兄的为人，大概与你家小姐的婚事有关吧？"

"如能承蒙赐教，那是再好不过了……"

主人顿时好奇起来，问道："那么，您的意思是要把您家小姐嫁给寒月吗？"

"哪里！还谈不上嫁给他。"鼻子夫人出其不意地击败了主人，接着说："除了寒月，说亲的人多着哩。寒月先生即便不肯俯就，我家女儿也不愁嫁。"

主人急躁起来，直截了当地说："既如此，那又何必打听寒月兄的情况呢？"

鼻子夫人立刻摆出一副争吵架势，厉声说：“那也没必要替他隐瞒吧！”

迷亭像摔跤裁判员挥舞指挥扇一样，手握银杆烟袋坐在二人中间，心里不住叫：“动手！摔呀……”

主人认真起来，迎头轰了她一炮：“请问，寒月君可否明确表示过一定要娶你家小姐？”

“这个嘛，倒没明确说过……”

主人见这女人说话迟疑，才明白对她非用炮轰不可，便又逼问：“是你猜他有意迎娶吧？”

关键时刻，鼻子夫人反咬一口：“虽说事情还没到这种程度，但寒月先生也是希望的吧。”

主人将头往椅背上一靠，气势汹汹地问：“你就那么相信寒月君会爱上你家小姐吗？”

鼻子夫人回答得非常自信：“嗯，十有八九吧！”

主人这一炮放出去没奏效，顿时哑了。迷亭本来一直把自己当成摔跤场上的裁判员，饶有兴致地注视着角斗双方，这时见鼻子夫人说的那么自信，不由好奇起来，放下烟袋，欠身道：“听你的话，似乎寒月兄给令爱写过情书？痛快！真痛快呀！新年刚过，就无端生出这么一桩趣闻。这可是一个绝妙的聊天话题哟！”

鼻子夫人沾沾自喜地说：“就算不是情书，可也比情书更火热呢。二位不是知道得很清楚吗？”

听了这话，主人就像被狐仙附体一样，困惑地问迷亭：“你知道吗？”

迷亭晕头晕脑地说：“不知道呀！要说有谁知道，也唯有老兄吧。”

鼻子夫人得意极了，说：“二位居然明知故问，实在让人失望哟！”

主人和迷亭同时“咦”了一声，都愣住了，只听鼻子夫人说：

“二位既然如此健忘，那我就提醒两句吧。去年年底，寒月先生不是参加了向岛阿部先生在府上举办的音乐会吗？那晚回家时，吾妻桥上出现了十分感人的一幕……具体细节我就不说了，想来二位知道的一定比我还多。我认为这件事足以说明一切，二位先生是否有同感呢？”

鼻子夫人说完，有意调整了一下坐姿，故意将戴着钻石戒指的手指放在膝上，接着昂起头，使她那伟大的鼻子更加光彩夺目，主人和迷亭则显得更加渺小了。

“哈哈哈……”主人和迷亭一听说吾妻桥，顿时什么都明白了，不约而同地放声大笑。鼻子夫人不免有些出乎意料，双目怒视二人，心道：这等节骨眼上居然笑得出来，真是太没礼貌了。

迷亭激动地说：“原来那A小姐就是你家小姐呀？的确，您说得对极了……”转身对主人说。“……喂，苦沙弥兄，可以肯定，寒月君是爱上金田小姐了！这事瞒不了，还是实说了吧。”

主人哼了一声，算是作答。鼻子夫人见状，更加得意忘形地说：“证据确凿嘛，就是想瞒也瞒不了多久呢！”

迷亭说道：“既然夫人指的是‘吾妻桥’这件事，那我们倒也的确知道，而且，也确实应该向您说清楚，聊供参考。喂，苦沙弥君，你是主人，可不能只是这么笑嘻嘻的呀！要说‘秘密’这东西也的确够厉害的了，想不到再怎么遮掩，也会从不可知的什么地方暴露出来。说来真是稀奇！好像寒月君并未对其他人讲起过这事，夫人，您是怎么知道的呢？”

鼻子夫人虚晃一枪，说道：“我办事一向有个习惯，要有百分之百的把握，才会做的哟！”

迷亭刨根究底地说：“你究竟听谁说的？说说嘛。这样的好事，我们说不定也能帮上忙呢。”

鼻子夫人笑眯眯地对主人说：“就是你房后那个车夫的老婆。”

主人瞪起眼问：“你说的是养着一只大黑猫的那个车夫的老婆吗？”

“是呀。为了准确地了解寒月先生，我可是花了好大一笔钱呢。为了知道寒月先生每次来你这儿，都说了些什么，我特意委托车夫老婆帮忙打听，事后向我一一报告。”

主人吃惊地大声说：“哎呀，好厉害哟！”

“哎呀呀！有什么大惊小怪的?您干了什么、说了什么，我一概不关心。我只在意寒月先生呢！”

主人恼火地说：“不管你是打听寒月先生还是别人，总之，那车夫老婆一向就是个‘万人嫌’！”

鼻子夫人“理直气壮”地说：“就只是在你家篱笆墙下站站而已，难道别人没有这个自由吗？如果担心有人偷听，那你们说话就该小声些，或搬到宽宅大院去住，就平安无事了。老实说，不单是车夫的老婆，热闹街的二弦琴师傅还帮忙探听了好多情况呢。”

“关于寒月吗？”

“当然不仅仅是寒月。”鼻子夫人这话说得怪吓人的，她以为主人听了一定会惊慌失措，没想到他却脱口骂道：“那个琴师尽摆臭架子，以为只有自己才算是个人，真是混账王八蛋！”

“恕我冒昧地说，她可是女人哟！‘王八蛋’这词，不免有些张冠李戴了吧。”她说这话的语气，真让人觉得她登门来访，就是为了吵架。书房里的火药味一时浓了起来。但即使面对这种情况，迷亭先生也不含糊，像铁拐李看斗鸡一样，津津有味地等着看主人和鼻子夫人争吵。

然而，主人很快便意识到交口对骂，自己还不是鼻子夫人的对手，略一沉默，想出了一个好点子，便说：“你开口闭口总说寒月先生主动追求你家小姐，但据我们所知，多少有些出入。迷亭君！是这样的吧？”强把迷亭先生拉上来做挡箭牌。

见主人这么直截了当地问，迷亭想躲也躲不了，只好说：“嗯，应该是这样。据说当时你家小姐玉体欠安，说梦话……”

鼻子夫人不待迷亭说完，便十分干脆地一口否认：“什么？没有的事！”

“但寒月说，他的确听××博士夫人这样说的呀！”

“那是我托她试试寒月的心。”

“那么，那位夫人真的愿意这样做吗？”

“当然啦。不过，我自然也不能让她白帮忙，左一样右一样，送了好些礼物给她呢！”

只交锋了这么几句，迷亭便知自己也不是对手，心里怏怏不快，便一反常态地直接问：“夫人，您是不是下定了决心，不把寒月君的情况查个水落石出，就绝不肯走？噢，夫人，只要是和寒月君有关的事，只要是能讲的，不论我还是苦沙弥兄，都会讲的。您最好按照顺序一一提问……”跟着又对主人说。“……苦沙弥兄，反正说说也没什么害处，你就说吧。”

鼻子夫人虽不时语言尖刻，但对迷亭却始终恭谨，当下点了点头，问道：“听说寒月先生是理学士，可他究竟学的是什么专业呢？”

主人认真地回答：“在一所大学的研究院研究地球磁力。”

鼻子夫人“哦”了一声，又问：“研究这个就能当上博士吗？”

主人心中不悦，反问一句：“您这么问的意思，是说您女儿非博士不嫁吗？”

鼻子夫人自以为是地说：“当然是这样。如果只是个寻常的学士，那还不是要多少有多少。”

主人冷冷地说：“寒月君能否当上博士，我们可没法保证。还是请您问下一个问题吧。”跟着望了迷亭一眼。迷亭面色也有些不快。

“最近，那个地球什么的，寒月先生还在研究吗？”

主人漫不经心地说：“几天前，理学协会召开研讨会，他在会上演讲了吊颈力学的研究成果。”

“唉哟，什么吊颈不吊颈的，真讨厌！他可真是太怪了，研究什么上吊呀！这样做，恐怕无论如何也当不上博士吧？”

“要说是他自己上吊，那就基本没什么希望。但研究吊颈力学，可不一定就当不上博士。”

“是吗？”鼻子夫人仍然困惑地问，同时观察主人的脸色，想从中寻找准确答案。她虽是好几家公司的董事，但显然不懂得什么是力学，始终放心不下，有心想问清楚，但又觉得如果连这么一点儿常识问题也请教，只怕太丢她“金田夫人”的面子。只是主人的表情偏偏扑朔迷离，难以捉摸。没奈何，她只好把这个问题暂且放在一边，又问：“除此之外，他没研究什么其他容易懂的学问吗？”

“有啊！前一段时间，他还写过《粒子的安定性以及天体运行》的论文呢。”

“栗子也是大学应该研究的课题吗？”

“这个嘛，我是外行，也不大清楚。不过，寒月既然花心思研究它，那它总有值得研究的价值。”

鼻子夫人意识到如果只谈学术性的问题，自己根本问不出个什么来，便转个话题，问：“听说今年正月，寒月先生吃蘑菇时竟崩掉了两颗门牙。是这样的吗？”

“是的，豁牙的地方塞满了年糕。”

迷亭兴奋地想：“她这可是自挖陷阱，掉进内行人的手心了。”

“这……这岂不有欠风雅吗？他为什么不用牙签呢？”

主人格格地笑了起来，说：“下次见面时，我提醒他一下吧。”

“连吃蘑菇这么软的东西也崩掉牙，可见他牙齿并不结实。是吧？”

“是不能说结实。迷亭君，是这样吧？”

“嗯，虽说不能算结实，但也怪迷人的。他后来一直不肯补上，那才妙哩！至今，牙崩掉的地方仍是年糕的安乐窝，真可说一大奇观。”

“他是因为喜欢，还是没钱补牙，才故意留下那么个窟窿呢？”

“放心吧，总之，他是不会甘心总有这么个窟窿的。”迷亭见她问得太势利，冷冷地说。

鼻子夫人又向主人提出新问题：“如果府上有他的翰墨书笺，很想拜读一二。”

主人说："明信片倒是很多，请过目。"跟着拿出三四十张明信片来。

"用不着那么多，只想看看其中两三张……"

迷亭说："我来给您挑几张好的。"很快挑出一张明信片来给鼻子夫人看，口中夸张地叫道："哇！这张真不错！"

鼻子夫人接过来一看，也激动地说："啊！还有画哪，真是太有才啦！我瞧瞧！我瞧瞧！"一会儿指着画上的动物说："哎哟，真烦人！怎么画个山狸子呀？他画什么不好，干吗偏要画个山狸子呢？"一会儿又说："他画得居然能让人一眼认出山狸子来，真了不起呀！"

主人笑着说："请念念文字。"

鼻子夫人便用女仆读报的腔调念道：

山狸在除夕之夜举办游园会，翩翩起舞，唱道："来吧！除夕之夜没有人上山！嘿唷嗬，嘭嚓嚓！"

鼻子夫人念毕，心里大为不悦，恼恨道："这不是捉弄人嘛！这样写像话吗？"

迷亭又抽出一张递给她，问："您喜欢这位仙女吗？"

鼻子夫人见上面画的是一位穿着霓裳羽衣弹奏琵琶的仙女，仔细看了下，竟问："这仙女的鼻子是不是小了一点儿？"

迷亭忍着笑，说："哪里，很正常的嘛。不谈鼻子，您还是念一下上面的题字吧。"

鼻子夫人便念起来：

从前，某地有位天文学家。一天夜里，他照例登上高台仰观天象。忽然，天空中飘然闪现出一位美丽的仙女，奏起人间罕有的仙乐。天文学家痴痴地听着，一时间，竟忘了寒风刺骨。翌日清晨，有人发现这位天文学家的尸体上结了薄薄的一层白霜。一位专爱撒谎的老头说，这是一个真实的故事。

“什么玩意儿嘛，一点儿意思都没有！就这样的文章，还能当理学博士吗？照我看啦，就是读《文艺俱乐部》，也比看这有趣呢！”可怜的寒月先生被批驳得一无是处。

迷亭又拣出三张明信片来，半开玩笑半认真地问：“那你认为这几张如何？”

有张铅印的，上面印了只帆船，船下胡乱写道：

是夜，有二八佳人泊舟于湖，感父母葬身浪下，自己孤苦无依，伤心恸哭，凄凄惶惶如栖身孤岛之小鸟，令人不忍侧目！

鼻子夫人感动地说：“啊，写得真感人啦！这样美的文章，很值得吟咏呢。”

迷亭问：“真值得吟咏？”

“是呀！完全可以在三弦琴伴奏下歌唱的呀！”

“嗯，要是用三弦琴来伴奏，那就很有些讲究了。你再看看这张如何？”迷亭说着，又信手递给鼻子夫人一张明信片。

鼻子夫人下结论似的说：“拜读这几张后，我已经知道此人并不那么胡闹，就不看了吧。”自此，总算结束了对寒月先生的一般性审查，跟着却又明目张胆地说：“今天太打扰了。关于我来了解这件事，还希望二位对寒月先生多多保密。拜托啦！”

可见，她的策略一方面是要将寒月查个水落石出，而另一方面又想严格保密，不暴露自己。主人和迷亭看穿了她心思，爱理不理地应了声：“嗯。”

鼻子夫人又加重语气说了句："容后致谢吧！"便起身离去。

送走客人后，迷亭愤愤地说："她是个什么东西！"主人也几乎同时说："真不知是个什么东西！"女主人在内室听见，忍不住笑出声来。迷亭便向她高声说："嫂夫人！'俗调'的活标本已经来过，您现在总该知道'俗调'的意思了吧。俗到那种程度，却还很吃得开，真没法想象！不必顾忌，尽情地笑吧！"

主人满腹牢骚，恶狠狠地说："最看不顺眼的，就是那张脸了。"

迷亭立刻补充道："鼻子高居中央，神气十足！"

"而且还带着弯钩。"

迷亭大笑说："还有些水蛇腰的模样。哈！水蛇腰一样的鼻子，堪称一绝！"

主人气愤地说："那张脸，克夫！"

迷亭怪话连篇："那张十九世纪卖不出去、二十世纪更加滞销的脸，很难给人带来什么好运喽。"

女主人这时从内室走出来，她到底是女人，警告说："坏话说太多，小心车夫老婆告密哟！"

"告密才好哩，正好叫她知道一下自己到底是什么料。"

女主人说："但私下嘲笑别人的长相，总是不道德。又有谁希望自己有那么一只鼻子呢？何况她还是个女人。你们也不能也太刻薄了。"既帮鼻子夫人，同时也间接为自己的长相辩护。

"这有什么刻薄的！那种人不能算是女人，只是个蠢货！对吧，迷亭君？"

"或许的确是个蠢货，但却很不简单。我俩不是就被她捉弄了好久吗？"

"我真搞不懂，教师在她眼里究竟算什么？"

"应该和你们后屋的那个车夫差不多吧。依我看，只有当博士才能得到这种人的尊重。如果当不上，那就只能怪自己不争气了。对吗，嫂夫人？"

女主人瞧了丈夫一眼，道：“还博士呢，他哪里当得上哟！”

主人立刻反驳：“别看我是个教师，说不定转眼就能成博士哩！谅汝辈也未必知晓，古时有个人叫埃斯库罗斯[①]的大作家，九十四岁才完成巨著；索福克勒斯[②]的杰作震惊天下时，他几乎已百岁高龄；西摩尼得斯[③]一直等到八十岁，才写出美妙诗篇，而我……”

女主人刻薄地说：“真够糊涂！也不想想，像你这样经年累月地害胃病，能活那么久吗？”她毫不留情地把主人的寿命断定了。

主人勃然大怒：“放肆！你去问问甘木医生，看我能活多久！就怪你总让我穿这身皱巴巴的黑布长袍和补丁摞补丁的破烂衣裳，才让那种女人不把我放在眼里，还被耍笑一通。从明天起，我要穿迷亭那样的西装。去给我拿出来！”

女主人嘲弄地说：“‘给我拿出来！’哎哟，看把你美的！你几时有那么漂亮的西装呀？人家金田太太所以对迷亭先生那么客气，是因为他伯父的原因，怪不得衣服。”妻子巧妙地为自己开脱罪责。

提到迷亭的伯父，主人突然想起了什么，问迷亭：“你真的有个伯父吗？”

迷亭看了看主人夫妇，闷声闷气地说：“哼！我那位伯父根本就是个老顽固，竟能从十九世纪活到今天。”

“啊！哈哈！你这家伙净逗乐子。他住在哪儿？”

“静冈。他这人可着实不寻常，头顶挽了个令人肃然起敬的发髻。叫他戴帽子，他却夸口说：‘老汉我活了这么大把年纪，还从不曾冷到要戴帽子呢。’天太冷，叫他多睡一会儿，他又说：‘睡四个小时就足够了，再多就是浪费！’几乎每天天不亮就起床。他还说：‘我把睡眠时间缩短为四个小时，不是没觉睡，是坚持长年

① 为古希腊著名的悲剧作家。

② 为古希腊著名的悲剧作家。

③ 西摩尼得斯：古希腊抒情诗人。

锻炼的结果。’他吹嘘自己年轻时贪睡得不得了，老了才渐入佳境，过得十分快活。他本就是六十七岁的人了。人在这个年纪睡眠当然少，根本与锻炼无关。可他硬说是因为自己苦修苦练。还有，他这人外出时，总要带一把铁扇子。”

主人不解地问：“带着它出去干什么？”

迷亭脸望着女主人，答道：“谁知道呢！总之一定要拿。他说不定是当文明杖来用吧。不久前，还闹出个笑话来呢。”

女主人吃惊地“噢”了一声，不敢多嘴，眼望着迷亭，只盼他快说下去。

“今年春天，他突然给我写了封信，叫我以最快的速度，把圆顶礼帽和燕尾服给他寄去。我很有些吃惊，便写信问是谁要穿？他回信说是他老人家本人穿，下令务必速速寄去，以便他能赶上参加二十三日在静冈召开的祝捷大会。最可笑的，是命令之中居然还有这么几句：给我买顶尺寸合适的帽子，西装也要好好地估量一下尺寸，最好是到大丸和服店定做……”

“大丸和服店什么时候做起西装来了？”

“哈哈！哪里有！是他老人家把白木西服店弄混了。”

“而且，估计着尺寸去做，又怎么做的贴身？这不是很让人为难吗？”

“嘿嘿，这正是我伯父的个性。”

“那你就估量着做啦？”

“还能怎样？也只有估量着尺寸做好给他寄去了。”

“你也太胡闹啦。赶上他参加祝捷大会了吗？”

“总算平安无事。后来，家乡报纸介绍说，牧山翁当天破例身穿燕尾服，手拿一把铁扇……”

“他干吗非带上铁扇不可？真是个怪人。”

“嗯，等他归西时，一定把铁扇放进他棺材里。”

“虽说是估量，可帽子和衣服毕竟都还合身，看来你也够费心的了。”

“哈哈！您这样说，可就大错特错了。我本来也以为万事大吉，谁知隔不了多久便收到一个小包，原以为是送礼品给我呢，打开一看，却是大礼帽。他老人家附信说：‘烦请特制之礼帽，尺寸稍大，难容小头。今特差你前往帽铺予以缩小。所需款项，随后汇达。’”

主人发现天底下竟有比自己还迂腐的人，不禁好生惬意，说：“真够迂腐！”过了一会儿，又问：“后来改了吗？”

“没改！我自己戴了。”

主人瞧着他着头，笑嘻嘻地说：“就是你曾戴过的那顶？”

不容迷亭回答，女主人紧接着好奇地问：“那位是男爵吗？”

“谁？”

“就是你手拿铁扇的伯父呀！”

“哪里是呀！他是汉学家，自幼待在孔庙，潜心于朱子之类的学问，不管白天还是黑夜，都要毕恭毕敬地盘个发髻。真没办法！”迷亭说着，胡乱地搓了搓下巴。

主人迷惑地说：“但是，你刚才对那女人说是牧山男爵呀！”

“是呀。我在茶室里也听见了。”女主人终于赞同丈夫一回。

迷亭先生大笑起来，说道：“是吗？哈哈哈！那是扯谎。我若真有个什么男爵伯父，现如今说什么也要弄个局长来当当。”他说得倒很直率。

主人故作聪明地说：“我本就觉得奇怪嘛。”

女主人却佩服得五体投地，夸赞说：“哎哟哟，撒这种谎，还装得那么像，您真是个吹牛大王！”

“那女人可比我装得更像哟。”

“您也不差嘛！”

“话虽这么说，不过，我吹牛也仅仅是吹而已，但那女人就不同了，句句有鬼，谎中含诈，性质十分恶劣。嫂夫人，如果不严格地把魑魅魍魉与天赋幽默区别开来，可就真到了这样一种地步：连喜剧之神也不得不感慨世人有眼无珠了。”

主人耷拉着脑袋说：“那可难说的很呀！”

女主人却笑着说：“还不是一样。”

金田家所在的那条小巷，咱家一向不曾去过，自然不知金田老板是一副什么德行。今天头一次领教，可以说，不仅主人，就连在他家混饭吃的咱家，也与这位实业家沾不上一点儿边儿。彼此基本上没往来，关系十分冷淡。然而，鼻子夫人的突然来访，却不能不让咱家对她家的权势与富贵、对她家小姐的美貌浮想联翩。有了这种念头，咱家虽说是猫，也不想躺在檐廊下优哉游哉地混日子了。另一方面，说真的，咱家对寒月君十分同情，真想不到鼻子夫人动用那么多资源、收买那么多人，将他的底细查得一清二楚，连门牙崩掉这种不足启齿的小事，也不肯放过。而寒月君本人却整天笑嘻嘻的只替自己外褂上的衣带担心。就算是刚出校门的理学士，这样也未免太窝囊了吧。

对于这场风波，主人照例是漠不关心，而且他本就穷得叮当响，也帮不上什么忙。迷亭先生虽不缺钱花，但既是一位‘偶然童子’，帮助的可能性也就很小。而且，对手既是脸上安了个伟大鼻子的女人家，就更不是什么人都能轻易接近的。看来讲‘吊颈学’的寒月先生实在是很可怜了。然而，还有咱家呢！当此重要时刻，咱家如不豁出去潜入敌阵，侦察敌情，就太不厚道了吧。

咱家虽然是猫，却常年居于学者之府，就算这位学者是个从不认真阅读爱比克泰德著作的货色，但再怎么说，咱家耳濡目染，也比那些呆猫、傻猫更聪明些，冒这么点儿风险，行这么点儿侠义，尾巴尖里还是有些料的。咱家这么做，既不图寒月先生报答，也不求逞威肆狂，往大处说，是将“讲公道、爱中庸”之天理转化为现实，不失为一伟大壮举！须知，既然金田太太自作主张地将什么“吾妻桥事件”四处宣扬，又收买走狗到窗下窃听，然后以此要挟我家主人；既然车夫、马弁、无赖、书生、产婆、佣婆、妖婆都能置国民道德于不顾，那么，猫儿我替天行道，也就理所当然了。

虽然冰雪初融，行路艰难，但既要卫道，就该万死不辞，纵然脚上黏满泥土，甚至在走廊上留下明显的梅花爪印，也顶多是给女仆添点麻烦而已，对咱家来说，丝毫谈不上有多大痛苦。何况，天气也还不错。于是，咱家决定不必等到明天，立刻出发，下决心勇往直前，当即钻入厨房。一进厨房，忽然想起咱家虽然作为一只猫，已达进化之巅峰，且智力发达，和初中三年级学生相比，也绝不逊色，然而咱家的喉咙始终是猫的结构，说不出人语来，纵使多么顺利地钻进金田府，查清敌情，也无法告知主人、迷亭和当事人寒月先生啊！没法说出人话，就等同金刚钻埋在土里，虽艳阳高照，也发不出光来，纵有妙计千条，也难施展。这么一想，咱家顿时气馁，不由蹲在门槛上。

咱家壮志难酬，犹如渴望天降甘露，但偏偏却见乌云从头上掠过，洒向邻土，怎不令人痛惜！为了公道正义勇往直前，甚至不惜献出生命，原本是见义勇为的男猫本色，为何仅仅因为不具备三寸不烂之舌、无法与寒月、迷亭、苦沙弥诸公交流就垂头丧气呢？至于女仆受累、脏了手脚等等，更不应成为裹足不前的理由。想到这些，咱家立时来了劲儿。是呀！咱家虽说不出人话来，但正因为是猫，偷偷摸摸的功夫才远胜于那几位仁兄啊！能为他人之不能，本身就是一大快事。哪怕金田家内幕只有咱家一位了解，也总比无人知晓要好。而且，咱家虽不能讲出真相，但如能让金田家明白阴谋败露，就此知难而退，不也很好吗？有了这么多不得不去的理由，咱家终于出发了。

很快来到对面小巷口，一瞧，那幢洋楼果然盘踞在巷角，俨然一副领主模样，料想这洋房的主人也同样长着一副傲慢的嘴脸吧。进得巷来，将那楼仔细打量一番，但见它高高耸立，除了吓唬胆小的人，别无用处。咱家霎时明白迷亭先生所谓的“俗调”，必是如此。进巷子后，咱家顺路向右拐，穿过花园，很快来到厨房门口。

厨房很大，比苦沙弥家的要大上十倍，而且井然有序，就是和不久前报纸上曾详细介绍过的大隈伯爵[①]府上的厨房相比，也毫不逊色。咱家心里不由赞叹：“好一个豪华又标准的厨房！”跟着钻了进去。进门一瞧，见前面六七平方米夯实的水泥地上，那车夫老婆正和金田家的厨子、车夫站在那儿谈论些什么，咱家忙伏身藏在水桶里。但听厨子说：

“那教师也太猖狂了吧，怎么敢不知道我家老爷的名字？”

拉包车的车夫说：“有谁敢不知道呢？住在这一带而不知金田公馆的人，只能是既不长眼睛、又没长耳朵的残废！”

车夫老婆说：“说来可真丢人啦！提起那个教师，除了看书，什么都不懂，就像怪物。哪怕他稍微了解一点点金田老爷的身份，也会吓一跳嘛。可他偏不！想想看，他连自己的孩子几岁都不清楚。这样的白痴，根本就是个完蛋货！你还能指望他什么？”

“哼！竟敢这样不怕咱家金田老爷，太放肆了！咱们吓唬吓唬这个糊涂虫去，让他知道些好歹！”

“那可太好了。这混蛋嘴上不干不净，净说些刻薄词儿，什么夫人的鼻子太大啦；脸像苦瓜啦……也不看看自己是副啥尊容，就以为自己蛮有人样儿。真是要命得很！”

“那脸算什么？你瞧他腰里系条毛巾上澡池子洗澡的那副架势，傲慢之极！好像以为他自己是天下第一的伟大人物呢。”

几个人七嘴八舌地咒骂不停，看来苦沙弥的确没什么人缘。过了一会儿，那车夫忽然怒气冲冲地说：“咱们索性把人马召集起来，都去他家门外，将他狠狠臭骂一顿！如何？”

“要是这样的话，那他也就只有跪地告饶的份了！”

“但问题是如被他发现是我们在骂，那就麻烦了。太太刚才不是吩咐说，只让他听见骂声，别让他看见是谁在骂，让他无法静心读书，只能干着急上火吗？”

① 大隈伯爵（1838—1922）：大隈重信，日本明治、大正年间的政治家，曾两度出任日本首相。

“明白！明白！”车夫老婆连声说，似在表明可以承担三分之一破口大骂的任务。

好哇！这些家伙竟想去捉弄苦沙弥先生，看咱家回头怎么收拾你们？咱家心里想着，悄悄爬出桶来，“嗖”的一声，从三人脚边轻轻溜进屋内。

猫不论走到哪里，都不会发出笨重的脚步声，一如水里敲磬、洞中抚琴，几不可闻，又似“尝遍人间甘辛味，言外冷暖我自知”。无论充满“俗调”的洋房，还是极尽奢侈的厨房，也无论车夫老婆、包车夫、厨师、伙夫，还是丫环、小姐，甚至鼻子夫人和老爷，咱家想见谁就见谁，想听啥就听啥，伸伸舌头摇摇尾巴，想来就来想走就走，说不出的自由自在。不是吹，咱家越墙入室的本领，在整个日本国都名列前茅，咱家甚至怀疑，旧小说中所描写的那些猫怪，会不会就是我的先祖？据说癞蛤蟆虽丑，头上却藏有夜明珠。而咱家的尾巴便是嘲弄天下的祖传宝物，天地神佛，生死爱恋，无不囊括于这三寸之尾。现在咱家神不知鬼不觉地在金田府中横行，比金刚力士踩烂一堆凉粉还容易，这完全归功于有这么一条尾巴。所以，咱家对自己的大仙尾巴深表钦佩，无时无刻不惜之爱之，可以说到了顶礼膜拜的程度。衷心祝愿咱家的尾巴猫运长久！

不过，略嫌麻烦的是，咱家总找不准看尾巴的方向。每当咱家一回身，那尾巴也随之而转；扭过头来迎头赶上时，它却又保持原有距离继续跑在前面。果然十分厉害！不愧为灵物，咱家甘拜下风。如此这般地追逐了尾巴七圈半，以致力竭体虚，方才作罢。但觉眼前天旋地转，竟有不知身在何处之感。好在这毕竟是区区小事，不劳挂齿。过了片刻，咱家神志清醒过来，便又四处乱闯。

纸屏后忽然传来鼻子夫人的说话声。当此关键时刻，咱家刷地一下站住，竖起两耳，凝神静听。只听她尖声尖气地说：“就这么一个穷教员，竟还很神气哩！”

“哼！既然这么神气，那就给他一点儿教训，收拾收拾他。咱们也有同乡在那个学校哩。”

“是吗？那可太好了！都有谁呀？”

“有津木乒助、福地细螺等人。咱们托他们去挖苦一下那个穷教员。”

真不知这位金田老兄的家乡在何处，那些人的名字怎的如此古里古怪？咱家心里颇有些吃惊。却听金田老板问道：“那家伙是教英语的吗？”

“嗯。车夫老婆说，他专教英语入门课什么的。”

“既然教入门课，那就不回是个正派教员。”

“不回是……”咱家听了不解，心里直犯糊涂，半晌才明白金田老板把“会”字说成了“回”，真令咱家拍案叫绝了。

鼻子夫人说：“我最近遇见乒助，他跟我说他学校有个奇怪的家伙。学生问：‘老师，该怎样用英语说番茶？’那老师一本正经地回答：‘番茶，就是Savage tea[①]’，结果成了笑柄，搞得人人心里不安。现在看来，他说的就是这个家伙吧。”

“除了他还会有谁？光看面相就知道他会说出那种蠢话来，而且还留了大把胡子。”

“是吗?真混账！”

留胡子就混账？这是什么逻辑?看来，我们猫族没一只是好种了。

“还有那个不知叫‘酪酊’还是叫迷亭的家伙，没准也是个发疯的贱痞！居然大言不惭地自称伯父是什么牧山男爵。瞧他那德行！我一眼就看出他不可能有男爵伯父嘛。”

“不管什么野种说话，你都信。真可恶！”

鼻子夫人委屈地说：“骂我可恶，不是欺人太甚了吗？”

奇怪的是，他们竟只字不提寒月，不知是在咱家潜入前，他们就已读完《评论记》呢，还是寒月已然落选，不值一提？对此，咱家心里既担忧，又毫无办法。过了一会儿，走廊对面的一个房间里

① 番茶：本意是指粗茶，教师误译为“Savage tea(粗鲁人之茶)”，出了笑话。

骤然响起铃声。哈哈，那里准有事发生！咱家撒腿奔去，到门外一听，一个女人正在屋里高声讲些什么，听声音与鼻子夫人的很像，据此推测，这人大概便是令寒月君神魂颠倒、险些投河自尽的那位女主角吧。惜乎！隔着一道门，咱家难睹芳容，也就说不准她脸上是否也有那么一只硕大的鼻子，但听她盛气凌人地和人说话的腔调，也大约可知她鼻子至少与众不同吧。房间里，那女子喋喋不休，对方的声音却听不到。难道这就是人们常说的“打电话”？

“是大和茶馆吗？我明天来看戏，给我预订三排座，听见了吗？……什么？不明白！真讨厌。叫你订三排……什么……订不成？凭什么订不成？说！……开玩笑？……有什么玩笑好开的？你究竟是谁？长吉吗？长吉之流懂个屁！去把你们老板娘叫来听电话……什么？你能办一切事……你是个冒失鬼，谁信啦！你知道我是谁吗？不妨告诉你，我就是金田小姐！嘿嘿……什么早知一切？你这人真混……一提金田就……什么‘多蒙惠顾，谢谢！’……谢什么，我不爱听……唉哟，你胆敢又笑，简直混蛋加三级……怎么？我说了又怎样？……哼！要是过分欺负你，那我立刻就把电话挂了！放明白点儿，你不说，谁知道……快说你是谁呀……”

大概对方挂断了电话，听不到半点回音，小姐大发脾气，把电话铃按得当当响，惊动了脚边的哈巴狗，汪汪地叫起来。咱家心想这可大意不得，便嗖地穿过走廊，钻到地板下面。

没过多久，走廊上便响起急促的脚步声和开门声。会是谁呢？咱家仔细聆听，来人说：“小姐！老爷和太太有请。”是丫鬟的声音。

小姐开口就给丫鬟吃了第一颗枪子儿：“不知道！”

“小姐，老爷和太太说有事，叫我来请小姐去。”

“讨厌！我不是说了不知道吗？”丫鬟又吃了第二颗枪子儿。

丫鬟想让小姐消气，灵机一动，说：“听说和水岛寒月有关……”

“什么寒月、冷月，真烦死人啦！那张脸傻傻的，一看就像个窝囊废。”第三颗枪子儿竟给了可怜的寒月兄。

小姐突然惊问起来：“哎哟！你什么时候梳了个西式发型？”

“今天。”丫鬟松了口气，尽可能简明地回答。

“臭丫头！你太狂了，还戴上新衬领！”小姐从另一个角度，将第四颗枪子儿给丫鬟吃了。

“这是前些天小姐赏给我的呀。我本来觉得太漂亮，不好意思戴，一直放在箱子里。但今天旧衬领全穿脏了，我这才拿出来换上。”

“哼！我什么时候给你这个衬领了？”

“今年正月，您去白木屋商号时买的。您看这茶绿色，还印有角力图案。您当时嫌它太素气，就顺手送给了我。”

“唉哟，真烦人！你一戴上就那么合身。真让人恨死啦！”

“不敢当。”

“什么不敢当？是恨你不是夸你！”

“明白了，小姐。”

“这东西如此合身，为什么一声不吱就收下了？”

“咦！”

“你用就那么合适，换了我用，也不至于该出洋相吧。”

“小姐用肯定合适。”

“既知我用合适，为什么还不声不响地收下，而且公然戴上？真坏！”子弹一连串扫射出去。

就在咱家静观局势演变之时，老爷在对面屋里大声喊小姐：“富子！富子！”

小姐应了声，不得已走出电话室。比咱家大一点儿的哈巴狗，将眼睛和嘴挤在脸心，也跟着走了出去。咱家蹑手蹑脚地从厨房蹿到大街上，飞步赶回主人家。初次探险，已获得一百二十分的成功！

因为刚从漂亮的公馆回到肮脏的寒舍，咱家心情很有些像从春光明媚的秀丽山峰突然掉进漆黑幽深的洞窟一样。刚才探险时，咱家虽因精神紧张，没能对金田公馆的豪华装饰处处留神，但回到家后，还是深感咱家住处之糟糕，不能不对所谓的“俗调”之所有些留恋，觉得与教师比起来，还是实业家更了不起。当然，咱家自己也觉得这想法多少有些不对劲，便按惯例竖起尾巴，向它请教。不料尾巴尖竟发出神谕：言之有理！

咱家走进书房，惊奇地发现迷亭先生竟还未走，仍旧大大咧咧地盘腿坐在那儿，没抽尽的烟蒂都插在火炉里，像个马蜂窝一般。寒月先生不知什么时候也来了。主人曲肱为枕，正在凝视着天棚漏雨之处。屋里依然是一幅盛世逸民的欢聚图。

迷亭打趣地说：“寒月君！此前你一直不肯说那个女人是谁，现在总可以公开了吧？”

“如果只牵扯到我个人，说也无妨。但这会给对方添麻烦的。”

“真说不得？”

“而且，我和××博士夫人已有言在先哟。”

“是无论如何也绝不泄密的约定吧？”

“是呀。”寒月说着，又搓弄起和服的衣带来，衣带是一种少见的紫色。

主人对“金田事件”毫不关心，斜眼瞧着衣带说：“这衣带的色彩，很有些像‘天宝调’①呀！”

迷亭的话又臭又长：“是啊，当此日俄战争年代，是不会有这样的衣带哟！扎这条带子，定要戴武士头盔，穿上标有葵记纹章②的开缝战袍，方成格局。据说织田信长当年入赘③时，头上梳了个圆筒竹刷式的发型，腰间系的就是这种带子。”

寒月的回答像真有其事一样：“事实上，我爷爷征伐长州时的确用过这条带子。”

---

① 天宝调：与前文的“俗调”含意相同。天宝是日本江户末期一八三〇年至一八四四年之间的年号，那一时期的俳文格调低俗。

② 葵记纹章：日本德川幕府的纹章，纹章中有三枚带茎的葵花叶。

③ 此句是迷亭先生又在信口雌黄。织田信长(1534—1582)：日本战国末期权倾朝野的著名武将，但是此人并无入赘的经历。有入赘经历的是织田信长的部将、后来完成日本统一大业的丰臣秀吉(1537—1598)。

“但现在的问题是，水岛寒月先生可是‘吊颈力学’的演说家、理学士哟！如果总是将自己打扮得像个封建时代的武士，那可有伤大雅呀！怎么样，是时候捐给博物馆了吧？”

“本应遵旨照办，怎奈有人认为我扎这条带子最合适……”

主人翻过身来，厉声喝问：“是谁说这种不着调的话？”

“你不认识，因此……”

“认不认识有多大关系，这人究竟是谁？”

“是……某某女士。”

迷亭大笑起来，语带讥讽地说：“哈哈哈，太浪漫，真是太浪漫啦！我来猜猜看，多半是躲在隅田川的河水里呼唤你的那个女子吧。贤弟为何不再穿上长褂，再去跳水装死？”

“嘿嘿！这个嘛，她已不在水下喊我，而是去了西方清凉世界……”

“未必清凉吧。她可是有那么一只十分狰狞的鼻子哟！”

寒月惊问一声：“嗯？”

“刚才，住在对面巷子的那位大鼻子女人来过啦，把我俩吓了一跳。是吧，苦沙弥兄？”

主人边喝茶边“嗯”了一声，算是回答。

寒月不解地问：“大鼻子？那是谁呀！”

“就是你那位A小姐的令堂大人！”

“咦！”

主人见寒月还没明白，便严肃地解释：“金田老婆来打听你的情况啦。”

咱家偷偷打量寒月，想看清他脸上的神色是惊喜还是羞怯，不料他竟处之泰然，不疾不徐地说：“反正是劝我娶她家小姐呗。”说着，又搓起紫色衣带来。

“贤弟这下可错了。那位小姐的令堂大人可拥有一个伟大的鼻子……”

主人不待他说完，就转移话题："喂，告诉你，对那位鼻子夫人，我构思了一首新体长调俳句！"

女主人在隔壁房间听见，哧哧笑起来。

迷亭说："真够悠闲的，想好了没有？"

"想好了一些，头一句是'脸上祭雄鼻'。"

"下面呢……"

"鼻前供神酒。"

"下一句？"

"就想到这两句。"

寒月笑嘻嘻地说了句："有意思。"

迷亭立刻来了劲儿："后面接'双孔冥幽幽'，如何？"

寒月说："最后是'洞深毛何有'，这样也未尝不可吧。"

三人正胡言乱语，各逞其才，这时，靠近墙根的马路上突然有几个人吵吵闹闹地大叫起来："卖今户窑的狗獾子[①]喽！"

主人和迷亭一惊，隔窗向外望去，只见几人哈哈大笑，渐渐走远。迷亭奇怪地问主人："今户窑的狗獾子是什么意思？"

主人茫然地回答："谁知道呢！"

寒月评论道："谁知道呢！"

迷亭忽然想起什么，蓦地站起来，像演说一样地大声说："敝人近来从美学角度对鼻子进行深入研究，现略抒管见，有劳二位静听。"

因来势突然，主人愣了一愣，不解地看着迷亭。寒月先生则说："定当洗耳恭听！"

"经多方考证，鼻子为何出现很不清楚。第一个疑问是：如果它是有用的器官，只消有两个鼻孔就足够了，无须留下鼻梁傲然耸立在脸上。但正如诸公所见，这鼻子为什么竟愈耸愈高了呢?"说着，将自己的鼻子捏起来，给二人看。

---

① 今户窑的狗獾子：东京今户町出产各种瓷器，其中的瓷器狗獾子象征丑女。

主人毫不客气地指出："翘得并不高呀。"

"但也没凹下去吧。个人认为，鼻梁如果只和一对窟窿混同起来，就会产生误会。因此，首先提请各位注意……经敝人潜心研究发现，正是擤鼻涕这一细小而微妙的动作，导致了鼻子的日益发达。随着年深日久，便呈现出如此鲜明的结果。"

主人加上一条批语："不愧为货真价实的发现。"

"众所周知，我们擤鼻涕时一定要捏住鼻子。于是，这被捏的部分便长期受到刺激。依据进化论的基本原理，这被捏的部分经长期刺激的结果，就会比其他部位更发达，皮肤也更坚固。同时，肌肉逐渐硬化，最终凝而为骨。"

寒月是理学士，认为此理不通，便提出抗议："肌肉怎么会那么轻易地变成骨头呢？"

迷亭不予理睬，继续论述："事实胜于雄辩，有这样的骨头，你有什么办法！鼻骨既已形成，但鼻涕仍然要流。鼻涕一流，非擤不可。这样一来，鼻骨两侧便越来越薄，逐渐又细又高，鼓了起来……其过程委实神奇，犹如滴水穿石，佛顶闪光，异香天来，恶臭畅流，最终变得又高又硬！"

"可你的鼻子却又肥又软呀！"

"关于演说人鼻子的局部构造，限于自我辩护之嫌，故有意避而不谈。下面，为证明本人的研究成果，特向二位介绍金田小姐的令堂大人，她的鼻子最伟大且最发达，堪称天下奇鼻，足可为证。"

寒月兴奋地大叫起来："对呀，对呀！"

"但是，不论多么壮观的事物，只要一走极端，便会有些令人不敢接近。因此，她的鼻子固然够雄伟，却稍有险峻之感。古人苏格拉底[①]、戈德史密斯[②]或萨克雷[③]等人的鼻子，就构造而言，不能说

---

① 苏格拉底(公元前469—前399年)：古希腊著名的唯心主义哲学家、教育家。

② 戈德史密斯(1728—1774)：英国作家、小说家、诗人、剧作家。

③ 萨克雷(1811—1863)：即威廉·梅克比斯·萨克雷，英国著名的批判现实主义作家。

无可挑剔，但也正因有瑕疵，才格外招人喜欢。所谓‘鼻不在高，奇者为贵’，应该就是这个道理。俗语说：‘舍其名而求其实。’故从美学价值来说，个人认为，敝人的鼻子堪称美的标准。”

寒月和主人嘿嘿笑起来。迷亭也开心地笑了，接着说：“却说，书中道罢……”

寒月趁机报前仇：“等等！‘道罢’这词儿，很有点儿像说书人的语气，太俗气，免了吧！”

“好吧，那就卸妆重新出场。下面，本人想就鼻子与脸庞的比例略加分析。如果我们孤立地只看鼻子，那么，那位令堂大人长着那么一只鼻子，就是走遍天下也毫无愧色，便是在鞍马山①开展览会，也难免不获头奖。然而，十分可悲，她的鼻子一向不理睬口、眼等其他部位，只顾随心所欲地疯长。我们知道，恺撒②的鼻子肯定是非凡的，但如将其剪下来安在贵府的猫脸上，那会成何体统呢？比方说，在猫的额头那个小小的地方，壮观的鼻塔巍然耸立，就像棋盘上突然摆出一个奈良寺的大佛像，比例自然相当失调，尽失美学价值。和恺撒的鼻子一样，金田夫人的鼻子同样拔地而起，雄伟壮观！然而，环绕在鼻峰周围的眼、耳、口等器官又将如何处置呢？固然，这样的安排还不至于像贵府的猫那么面目可憎，但也必然会像患癫痫症的丑妇那样，眉横八字，细眼高吊。鉴于这样一个无可辩驳的事实，列位，这又怎能不令人喟然叹曰：‘有其面，必有其鼻’呢？”

忽听房后有人怪声怪气地说：“还在谈鼻子呢，真够顽固的呀！”

主人悄声通知迷亭：“是车夫老婆！”

迷亭嗯了一声，继续演讲：“在无从预料的阴暗处，发现从不相识的异性旁听者，这不能不说是演说家的崇高荣誉。尤其莺声燕语，更是给枯燥的讲坛平添几许风韵，真让人有意想不到的福气。

---

① 鞍马山：位于日本京都市左京区，是京都最繁华的街区。

② 恺撒：即恺撒大帝，罗马共和国政治家、军事统帅。

基于这样的事实，鄙人本应尽量讲得通俗些，以期不负淑女佳人之惠临，无奈下文涉及力学问题，女士小姐们多半听不懂，只好请多多包涵了……”

寒月听到“力学”一词，“嗤”的一声笑起来。

“……我要证明的是这张脸和这只鼻子何以违背了蔡辛[①]的黄金律，终究势不两立。为此，我将严格地用力学公式向列位演算一遍。首先，请允许我假定鼻高为H，鼻与脸平面交叉的角度为A，而W则代表鼻子的重量。怎么样，各位大致能听懂吧？”

主人笑着骂了声：“懂个屁！”

“那寒月兄呢？”

“我才疏学浅，愧不能领悟你的高论哟！”

“这未免太惨了吧。苦沙弥兄不懂还情有可原，而你，怎么说也是个理学士嘛。鄙人本场演说中的灵魂就是该公式，假如删掉，那其他部分就毫无意义了……唉！没办法，略去公式，直接谈结论吧。”

主人惊讶地问：“有结论？”

“当然有。演讲没有结论和西餐没有水果有什么两样？二位仔细听着，下面就是结论了！且说，依据微耳和[②]、魏斯曼[③]诸家学说，上述公式当然无法否认鼻子的先天遗传特性。而伴随其形体所形成的种种精神现象，已有极其有力的学说证实属于后天形成而非遗传，但也不能否认，在一定程度上会受到遗传影响，这是事物发展的必然结果。因此，综上所述，既然有了与其体态并不相称的特大鼻子的女人，可想而知，这样的女人所生下的孩子，其鼻子也定然与众不同。寒月君，你还年轻，或许并未意识到金田小姐的鼻子有什么特异之处。但我不得不直说，具有这一性质的鼻子的遗传潜伏期很长，一旦因某种原因产生突变，就会迅猛发展，说不定刹那

① 蔡辛(1810—1876)：即阿道夫·蔡辛，德国数学家，相传是黄金分割学说的创立者。

② 微耳和(1821—1902)：德国病理学家，细胞病理学说的创立者。

③ 魏斯曼(1834—1914)：德国动物学家，遗传学奠基人之一。

间便膨胀起来，像高堂老母的一般大呢。因此，迷亭先生经过严格而认真的学术论证，这门亲事莫如趁早断掉，你才能平安无事。对此，我想不仅这家主人，便是睡在他旁边的那位猫怪大仙，也是十分赞同的吧。”

主人翻身坐起，热情地说：“那是自然！那种娘们的女儿谁要？寒月，千万不能要。”

咱家也忍不住喵喵叫了两声，聊表赞同之意。但寒月却和颜悦色地说：“两位老兄既有此见地，我死了心也未尝不可。然而，女方如果一气之下害起病来，我可是罪过呀……”

“哈哈，那就‘艳罪’不浅喽！”

主人小题大做，气哼哼地说：“怎能那样糊涂！那个骚货的女儿肯定也不是什么好玩意儿！初来乍到，就给我难堪。一点儿礼貌也不懂，太傲慢了！”

这时，墙根前的马路上又响起几个人的怪叫声，一人说：“多狂妄的蠢货！”另一人说：“是个幻想狂，在幻想有大房子住吧！”又有一人说：“可怜啊可怜！再怎么神气，也‘在家是老虎，出门是豆腐’。哈哈哈！”

主人跑到檐廊下，不甘示弱地大声吼问：“吵什么？干吗到我家墙根来乱叫？”

墙下的那几人立时破口大骂：“野蛮人，野蛮人……”

主人陡然起立，大发雷霆，操起手杖便冲向马路。迷亭拍手称快，大叫：“好热闹！干哪干！”寒月依旧搓弄着那条衣带，却又笑眯眯的。咱家紧跟在主人身后，穿过墙，追到马路上。

大路上哪里还有半个人影？唯有主人拄着手杖，独自茫然伫立在那儿，似乎是被哪路狐仙给迷住了。

第四章

咱家照例潜入金田公馆。

毋庸赘言，既然“照例”，那就不外乎有很多次。干了一次不过瘾，接着再干，如此一而再、再而三地反复做同一件事，这种充满好奇心的举动并非人类独有，猫也是带着这一天赋来到世上的。和人类一样，对反复做过的事，猫也会冠以“照例”，并把它列为生活和进化不可或缺的重要活动。如果有人对咱家不住脚地往金田家跑的意图产生怀疑，那我倒要反问一句：人为什么会不断地用嘴吸烟，又从鼻腔喷出来？既然人类毫不羞耻又肆无忌惮地习惯于这种既不能充饥、又不能补血的吞吐活动，就没资格责怪咱家经常出入金田家。没错，金田家便是咱家爪子上的那支香烟！

虽说“潜入”这个词十分不雅，听起来像是小偷、奸夫的行径，但咱家还是只能拿它来形容。咱家没受邀请就径自去金田公馆，可不是为了偷鲣鱼干，或跟那只母哈巴狗幽会，那家伙的鼻眼整天像抽风似地聚在脸中间，让咱家看着就烦，而且根本不是同类。咱家此去也不是为了当侦探，在咱家看来，世上最下贱的工作莫过于做侦探和放高利贷了。如果要说是行侠仗义，咱家也的确为寒月行过侠义之举，但仅此一次，此后便再没做过有损猫族良心的勾当了。人们或许要问：既如此，那咱家为何要去金田公馆，而且还是“潜人”？说来很有趣。

本来咱家一直认为，太空升腾为覆万象，大地凝结为载万物，无论谁有多犟，也否定不了这个事实。然而，从来不曾为开天辟地奉献过点滴之功的人类，却无端将天地据为己有，何其蛮横、卑鄙！据为己有也罢了，又凭什么禁止他类出入，甚至连咱猫族也不能进出呢？人类自作多情，在茫茫大地上筑起围墙，竖起木桩，画地为界，据为己有。这种愚蠢可笑的行径无异于以绳断天，并呈请备案说：这片天是我的，那片天是他的。如果人类真能想当然地将广袤的大地切成小块按亩论价进行拍卖，那我们赖以呼吸的空气岂不也可以分割成一小块一小块地买卖了？既然不能零售空气，又无法割占苍天，那么，人类将土地据为私有，岂不是十分荒唐，十分无理吗？

这就是咱家想去哪儿就去哪儿的理由！当然，不想去的地方咱家坚决不去，咱家要去的地方谁也拦不住。无论东西南北，咱家只要想去，便会大摇大摆、从容自如地前去，对金田之流，自然更谈不上什么客气。但很可悲，无论咱猫族多占理，爪子却没人类的硬。而且，这世界信奉“强权即公理”，咱家只有忍气吞声，若定要逞强，没准就会像车夫家的大黑那样，时不时地挨一顿鱼贩子的扁担。谁让真理在咱家手中、权力却在人类手中呢？因此，自降生以来，摆在咱家面前的也就只有两条路：要么委曲求全，要么我行我素。以咱家脾气，自然选择后者，只是考虑到挨扁担的缘故，迫不得已才“潜”而“入”之。因此，咱家潜入金田公馆，绝非不雅之举。

随着潜入次数的增多，咱家虽无当密探之意，但金田家的景象却总是不期然地映入咱家那不屑一顾的猫眼中，刻进咱家实在不愿记忆的脑海里，当真令咱家无可奈何。比如鼻子夫人洗脸时，总爱认真仔细地擦她那伟大的鼻子；富子小姐对安倍川汤圆的钟爱简直到了贪婪的程度；金田老板和他太太不同，明显是个塌鼻子。他不仅鼻子塌，连整个脸都是扁的。咱家很怀疑是不是因小时常打架，被孩子王掐住脖子往墙上狠命地撞，以致四十年后的今天，脸上依然显露着那次战果。

那是一张平坦的脸，固然十分安稳，没有丝毫险象，却又难免过于僵化，就算在暴怒时，那张脸也依然平坦如故。他不仅脸扁，个子也矮，无论什么场合，总爱戴高帽子，穿高齿木屐。车夫瞧着滑稽，偷偷形容给寄食门下的学生听。那学生称赞说：“你的观察力真敏锐……”这位金田老板还有个习惯，就是吃生鱼片时，总要不停地拍打自己的秃头。诸如此类，不胜枚举。

咱家悄悄来到厨房外面的院子，躲在假山后小心观察。如果房门紧闭，房里寂静无声，咱家便慢慢爬进去，反之，则打算绕过水池，从茅房一侧神不知鬼不觉地蹿到檐廊下。咱家不做坏事，本不必躲躲闪闪，但万一被人这种莽撞的家伙碰上，也不是什么好事。这世界上如大盗熊坂长范①之流毕竟为数不多，否则，便是德高望重的君子，也会像我这样时时胆战心惊的。

金田老板乃堂堂实业家，按照常理，根本不必担心他会像熊坂长范那样，向咱家抡起五尺三寸的大砍刀。但是，他天生就有拿人不当人看的坏习惯，当然更不会拿猫当猫。所以，绝不可掉以轻心！也正是“不可掉以轻心”这一点，极大地激发了咱家的好奇心，令咱家一次又一次地忍不住频繁出入金田家，尽情享受冒险的乐趣。

今天情况如何呢？咱家躲在假山后的草坪上，前额贴地，边观察边想。迎着三月阳春，客厅窗门大开，三十多平方米的客厅显得更加宽敞。客厅里，金田夫妇和一位客人正谈得起劲儿。远远地隔着池塘，鼻子夫人那伟大的鼻子正对着咱家，一幅横眉怒目的样子。金田先生那张扁扁的脸被客人的身影遮住了一半，看不清楚，当然也看不到他那塌塌的鼻子。不过，他那蓬乱的花白胡须还是映入咱家眼帘，咱家不费劲儿，就得出一个结论：胡须上方肯定有两个窟窿。于是聊生遐思：如果春风总是吹拂这么一张平淡无奇的

---

① 熊坂长范：传说为日本平安时代末期的江洋大盗。

脸，想来那春风也会觉得很无聊吧！

三人中，当数来客面相最为平庸。只因太过平庸，也就没什么好介绍的。本来嘛，平庸并不为错，但岂可以如此惨不忍睹之平庸，又登如此平凡之堂、入如此庸俗之室呢?咱家心里很是不明白，这位客人，究竟是何人？为何要以这么一副尊容降临于明治盛世?好奇心既生，咱家如果不照例钻进廊檐的地板下听个明白，照例是吃不下饭、睡不好觉的。

咱家刚刚溜过去，就听金田老板粗声粗气地说："……就这样，内人特意去那家伙家里了解情况，想不到他……"

"嗯，他的确教过水岛先生……的确是这样。真是个好主意！"听口气，说这话的人便是客人，而且，似乎正在和金田老板谈论咱家主人。

"不过，要是理出头绪就好了。"

客人瞧着鼻子夫人说："噢，因为是苦沙弥嘛，也就难怪理不清头绪了。从前，我和他同住在一个公寓，也受了不少气。他这家伙就是蒸不熟煮不烂。没办法！您受委屈了吧？"

鼻子夫人重重地叹了口气，气呼呼地说："还问什么委不委屈哟。唉！长这么大，我还从没被人这样冷落过呢！"

客人随声附和："是因为那些不三不四的话吧？他这人，就是这么一副德行。太顽固了！只看他十年如一日地只讲英语入门课，就可见一斑。"说得十分得体。

"真不像话！内人一问他什么，他就怪声怪气地挖苦……"

客人故作公正地说："真是岂有此理！也难怪，人只要有点儿学问，就有那么一点儿傲气，再加上贫穷，就愈发狂了。唉，这世上的刁棍也真多。他们自己没本事，挣不了钱，就心生嫉妒，对财主破口大骂，好像自己的财产被别人夺去了似的。其实，他们穷得叮当响，又哪有什么财产呢。哈哈哈……"说到这里，客人大笑起来，显得十分开心。

“唉，简直荒谬绝伦！这种人没见过世面，又太任性，所以猖狂得很。为了让他知道自己有多少斤两，觉得该让他吃点苦头，便轻轻治了他一下……”

客人不等主人说完是怎么治的，就抢先表示拥护：“这种人的确该治。他这下知道厉害了吧？让他吃点苦头，也完全是为他好嘛。”

“不过，铃木兄，你也知道他是个多么顽固的家伙。听说他现在去学校，竟连福地和津木都不理了。别以为他这是谨小慎微、默不作声。不！他最近就拎着手杖追赶毫无过错的学生呢。一个三十多岁的人，干出这种蠢事来，也太不要脸面了吧。唉，一点儿不走正道。简直疯啦！”

精明的来宾听糊涂了，问：“咦？怎么这么胡闹呢……”

“咳！还不是因为那学生经过他身边时，说了些什么。于是，他便突然拎起手杖，光着脚就追了出去。就算别人偷偷嘀咕几句，不怎么对，可终究是孩子嘛。而他却已满脸胡须，还是教师哪！”

客人叹道：“是呀，还是个教师哪！”金田老板也跟着发出叹息。

按照他们三人一致的观点，咱家主人既是个教师，就该像个木雕似的，不论多大的委屈和侮辱，都要乖乖承受。

鼻子夫人用力猛抽了一下她那高大的鼻子，大声说：“还有那个叫迷亭的，也十分狂妄，一点儿正经也没有，就知道瞎吹。这样的怪物，我还是第一次碰上哪！”

“啊！迷亭也掺和啦？夫人是在苦沙弥家和他发生不快的吗?这家伙看来还在吹大牛呢，让他缠住了可吃不消。从前，他也是我的伙伴。总爱捉弄人。我常和他干架。”

“像他那种人，换谁不恼火？本来嘛，偶尔撒个谎也是人之常情，因为碍于情面，不得不迎合几句嘛。本来不吭声就会平安无事，可这家伙偏要胡诌八扯，岂不太难缠了吗？我真不明白他究竟想图什么？那么爱说谎骗人，太没教养啦！”

“是啊！夫人说得太对了。这家伙撒谎成性，很难缠哪！”

“我特意去了解水岛先生的情况，竟被他搅得一团糟，真让人又气又恨！可人情终归是人情。既然去人家家里了解情况，如果假装不懂人情，那是说不过去的。因此，事后我打发车夫送一箱啤酒过去。可你猜怎么着？他竟叫车夫把啤酒拿回去，还说：‘我没理由接受这份礼品！’车夫好心劝他说：‘一份心意嘛！别这样，还是请收下吧。’可他却说：‘真讨厌！我天天吃果子酱，什么时候喝过啤酒这种苦水子来着？’说完就转身进屋。瞧！这人多不讲理，多没规矩。”

客人也从心里认为过分，便说：“的确太过分了！”

金田老板想了下，说：“本来嘛，暗中捉弄一下那些混账东西也就算了，可没想到竟惹出点麻烦来。所以，才特请你来……”说着，像吃金枪鱼生鱼片时那样，啪啪拍打起秃头来。

按理说，咱家躲在檐廊地板下，没看见他是否真拍秃头，不能妄下断语，但近来对那声音已听得耳熟，就如和尚善于分辨木鱼声一般，一听就明。所以，咱家才会那么肯定他在拍打秃头。只听他一边拍打秃头，一边说：“有劳啦……”

客人爽快地说：“只要力所能及，请尽管不客气地吩咐。不管怎么说，我这次能到东京工作，全是您煞费苦心的结果呀！”原来他是金田老板极力拉拢的人。

这下可好，事情变得越来越复杂，也越来越热闹了。咱家今天本不想出门，只因天气好，便来了，想不到竟探听到这么重要的情况，真是“出门打草，却逮了个兔子”，当下振奋精神，凝神静听。

“这个怪物苦沙弥，竟挑拨水岛不娶我家女儿！”

“岂止挑唆！他说：‘天下哪有这种混蛋，娶那个家伙的女儿！寒月兄，绝对不可娶她哟。’”

“真真无礼之极！他真的说了这种混话吗？”

“车夫老婆一五一十地向我汇报啦，不会有假。”

“怎么样，铃木君？情况你都了解了。可要费些手脚哟。”

“真糟糕！感情这种事，外人不可以随便插嘴，更别说干涉了。苦沙弥再糊涂，这点道理也该明白呀！这到底是怎么搞的？”

“既然你当学生时就和苦沙弥住在一起，不管现在怎样，从前的那份同窗情谊总还在。因此，才特意拜托你。你见了他后要彻底晓以利弊，好吗？那家伙或许会冲你发火，但只要他今后乖着点儿，我会充分考虑他的个人利益，甚至不再叫仆人去惹他生气的。但是，魔高一尺，道高一丈。他如果顽固到底，那么，吃亏的只是他自己。”

“不错，顽固到底，吃亏的只是他自己。您说得一点儿不错！我会好好劝他。”

“还有，向我家小姐求婚的人多得很，不一定非水岛先生不可，只是经过了解后，觉得此人的学识和人品还不错，才考虑他。他如果用功考上博士，成亲的希望也不是没有。这番意思，你也可以自然地透露给水岛先生。”

“这对他也是莫大的鼓励呀！我想他会用功的。放心吧。”

“其次，也真怪……他竟口口声声称苦沙弥为老师，而且言听计从，与他身份很不相称。唉，倒不是我女儿非嫁给他不可。不管苦沙弥说什么，捣什么鬼，对我来说，都不在乎……”

鼻子夫人说：“水岛先生怪可怜的。”

“我还没见过水岛，不知这人到底如何。不过，能和我家结亲，是他一辈子的福气。他自然不会反对吧！”

“当然啦！水岛是巴不得娶，可就是苦沙弥呀、迷亭呀那些怪物，不住地说三道四。”

客人说：“这就不对了。受过教育的人不应该这样。我回头去苦沙弥家和他们好好谈谈。”

“啊，那就让你多多费心啦。还有，水岛的情况苦沙弥最了解。内人上次去时，因为出现了刚才说过的那些乱七八糟的事，所以，了解得不是很全面。所以，希望你这次去后，能把他各方面的情况都详细了解清楚。”

“一定，一定！回头就去。今天是星期六，他这时大概已回到家里了吧。不知他现在住哪儿？”

鼻子夫人介绍说：“出门向右拐，到巷口后再向左走一百多米，看到一道快要倒塌的黑墙，那就是他家。”

“这么说很近嘛，太方便啦。临走时，我顺便拐过去看看门牌号码，就清楚了。”

“门牌可时有时无啊！他们大概是用饭粒粘在门上的吧，遇到下雨天就掉，天晴了再粘上。所以，不能指望门牌。也真是的，他钉个木牌多好，干吗那么麻烦！这人处处都显得阴阳怪气。”

“这样啊！说来真叫人吃惊。不过，打听有一面黑墙要倒塌的那一家在哪里，很容易找到的吧？”

“对，这附近没有比他家更脏的了，很容易问到。啊，对呀！如果这样都找不到，我倒有个好主意，你只消找房顶长草的那家，就绝对没错。”

“房顶长草？特征真够鲜明啊！哈哈……”

听到这里，咱家心想若不趁铃木光临之前先返回，事情恐怕会不妙，便顺着檐廊往回走，从假山后转到大路上，然后快步跑回房顶长草的主人家，若无其事地趴在檐廊下。

只见主人铺了一块白毛毯在檐廊下，然后趴在上面，享受着春天明媚的阳光。说起来，阳光如此公平，这座房顶上长满了荒草的破屋，也照例被它晒得暖洋洋的，一如金田公馆的客厅。唯一遗憾的是，这条毛毯太无春意。本来，厂家织成白色，洋货庄按白色出售，主人也照白色订购，怎奈那已是十二三年前的旧事，如今已经变成了深灰色。咱家瞧着这张已千疮百孔的毛毯，上面横纹竖线，历历可数，实在不知它能否“活”到暗黑色而不烂朽，但想以现在这副模样，去掉那个“毛”字，直接称“毯子”倒更恰如其分些。

照主人意思，这毯子既能用一年、五年、十年，那用一辈子也没什么大问题。真是太能凑合了。

且说主人趴在那张颇有来历的毛毯上干什么？原来，他下颚前探，双手托着腮，右手指缝间夹着香烟遐思，仅此而已。不用说，在他那颗满是头皮屑的脑袋里，宇宙中的最高真理正如火轮一般地在飞旋，只是表面上做梦也看不出而已。

香烟的火头渐渐逼近烟嘴儿，一寸多长的烟灰像断棍似的轻轻掉落在毯子上。主人毫无察觉，只顾死死盯着烟缕去向。春风中，烟缕飘飘袅袅，画出许多流动的烟环，落在女主人刚刚洗完、披散在肩头的深紫色发根上……唉呀呀，本应说说女主人的，竟然给忘了。

女主人屁股对着丈夫……哎呀呀，真是个没规矩的婆娘！可是这没规矩，要看是谁来认定了。像咱家主人，就毫不介意地双手托腮，将脸贴近女主人屁股，而女主人也同样毫不介意地将她庄严的屁股耸立在主人脸旁。这对痴男怨女结婚仅一年，就摆脱繁文缛节和陈规旧习的羁绊，超然物外……

这位将屁股对准丈夫脸的妻子，今天不知哪根神经发痒，趁着天气晴朗，用海藻和生鸡蛋洗了好一阵一尺多长黑油油的乌发，然后将之炫耀似的披散到肩头，便坐在那儿不声不响地缝制起婴儿的坎肩来。也许，为了晾干头发，她才拿着薄呢坐垫和针线盒来到檐廊下，并将屁股毕恭毕敬地对准丈夫的吧，但又或许是主人约莫感觉到妻子贵臀的所在，主动将脸凑近些。

就这样，香烟的烟雾便在那浓密而松软的乌发上飘呀飘，而主人也盯着烟雾瞧呀瞧，眼珠子顺理成章地从妻子的腰部看起，接着是脊背、肩头、脖颈，然后直达头顶，忽然发现与他订下白头之盟的妻子天灵盖正中，竟有好大一块圆圆的秃疤，而且秃疤正洋洋自得地反射着和煦的阳光，不禁大吃一惊！惊讶中流露出惶恐，也不管光线有多强烈，硬是睁大了眼睛死盯着看。显然，他说什么也没想到会有这般意外的发现。

比照这块秃疤，他首先想到的便是他家祖传的、在佛坛上已不知摆了多少辈子的神灯灯碗。他们家信奉真宗[①]，按照规矩，是要将大把与其身份不合的钱破费在佛坛上的。主人自然记得，还在他小时候，他家仓房里就供着一个黑乎乎的贴金大佛龛，佛龛里吊着一个黄铜灯碗，灯碗里从早到晚都燃着朦胧的灯火。仓房昏暗无比，唯有灯碗周遭较为明亮。现在，只因被妻子头上的秃疤吸引，那神灯便在眼前蓦然闪现出来。

但神灯闪现不到一分钟便熄灭，主人又想到了观音菩萨的神鸽。本来，女主人的秃疤与观音菩萨的神鸽没有半点牵连，但主人却在脑海里将二者奇妙地联想在一起。也是在年幼时，主人每次去浅草，都要买豆子给神鸽吃。大豆装在红色瓦缶里，每盘两个铜板。瓦缶不论大小还是色调，都和女主人的秃疤十分相似。联想到这儿，主人不由惊奇地说："太像了！"

女主人背着身问："什么？"

"你头上有块秃疤，你知道吗？"

"知道。"女主人爽快地说着，依然在忙针线活，对缺点的暴露毫不在乎，真是个坦荡的模范妻子。

主人问："是出嫁前就有，还是婚后才有的？"心里暗想：要是婚前就有，那自己可就被骗了。

女主人倒想得很开，说："不知道呀！秃不秃的怕什么？随便它怎么长嘛。"

主人一听，不由微微动了些肝火："随便？这可是长在你脑袋上的呀！"

"就因为是长在我脑袋上，才随它便嘛……"女主人嘴上虽这么说，心里毕竟沉不住气，伸右手绕着那块秃疤摸了摸，忽然惊叫

① 真宗：日本佛教的一个派别。

起来。“……哎呀，真没想到长这么大啦！”总算认识到，以年龄论，这块秃疤长得显然过分了些，便又分辩说：“搁谁也要秃的。”说完一挽发髻，将头发吊起来遮住秃疤，不让主人看。

主人道：“要是这么快就秃头，那到了四十岁就不得了啦，非成秃子不可。我看这多半是病，而且多半会传染，还是趁早请甘木医生瞧瞧为好。”边说边神经质地在自己头上摸来摸去。

女主人不高兴地说：“净挑别人毛病，就忘了自己鼻孔里不也生白发了吗?秃疤若能传染，白发也会传染哟！”

“白发长在鼻孔里看不见，无妨。但是，头，尤其是年轻女人的头，秃成那样真难看。那是残疾呀！”

“既然残疾，那为什么要娶我？明明你自己爱上我才娶回家，如今却又说什么‘残疾’……”

“因为那时不了解，到今天才了解呀。还神气呢！那出嫁时为什么不让我看看你头顶？”

“胡说！谁会等脑袋检查合格了才嫁？哪有那种蠢货？”

“要有秃疤，好歹也将就了吧。问题是你身材特别矮，让人看着真不顺眼……”

“身材一眼不就可以看清吗？当初，你不是明知我身材矮小，也心甘情愿娶我的吗？”

“当时是心甘情愿，但以为还会长高才娶的嘛！”

女主人将婴儿坎肩一扔，扭过头来对着主人喝道：“真是欺人太甚！都二十岁的人了，还能长高吗？”看那架势，倘若话再不投机，便不会罢休了。

主人依旧以极其严肃的神情大谈怪论：“哪有这种规定，人到二十就不能再长高了？当初，我还以为过门之后，你只要多吃些补品，就会不断长高呢。谁知……”

这时，门铃忽然响起来，有人在叫门。铃木先生离开金田公馆后，以查找乱草为记的屋顶为己任，终于知道苦沙弥“卧龙窟”的所在，寻上门来。

女主人见有客人来，慌忙拿起针线和婴儿坎肩躲进饭厅，准备改日再和丈夫理论。主人也飞快地将鼠皮色的毛毯卷起来扔进书房。少顷，女仆拿来客人名片。主人看过后略显吃惊，一面吩咐待客，一面却拿着名片走进厕所。他为什么突然上厕所，又为什么拿着铃木藤十郎的名片上厕所？咱家不得而知，无从解释，总之，倒霉的非咱家，是陪着去粪坑的名片而已。

壁橱前，女仆摆好花洋布坐垫，向客人说声“您请坐”后，便退下了。铃木先生环视室内，见壁橱上摆放着一个京都产的廉价青瓷瓶，瓶里插着春分前后开放的樱花，花瓶上方挂着一幅假冒木庵[①]的画轴《花开万国春》。突然，一只猫从他脚下飞速奔过，扑地跃到坐垫上，旁若无人地坐下来。不用说，这猫正是咱家了。瞧着咱家，铃木先生眼中闪过一丝惊讶的神情，难以相信明明是给自己铺的坐垫，自己还没来得及坐下，就被一个莫名其妙的动物毫不客气地占据了，实在岂有此理！不禁如此，铃木先生本来为了略表谦逊之意，准备在主人来临之前暂且在坚硬的床席上屈尊稍坐，有意让坐垫闲置在那里，一任春风拂荡，不料竟让一只猫打乱了计划，若是人倒罢了，偏偏是只猫，更加岂有此理！更有甚者，这猫不仅没丝毫抱歉的样子，且傲然而居，眨巴着两只令人生厌的圆眼，不住盯他，那神情似乎在问：“你是什么人？”真真岂有此理！

既有这么多的岂有此理，铃木先生理当掐住咱家脖子，将咱家拖下去，但却只是默默地瞧着，并不动手。咱家一时诧异，不明白堂堂人类一分子，何以竟变得如此镇定起来，难道是出于畏惧猫类大兄老虎的缘故，而不敢捋猫须？聪明如咱家很快便明白过来，其实是基于维护他的自尊。嘿嘿！列位试想：若论武力，便是三岁孩童也能轻易令咱家上天入地，但若以此和我争夺坐垫，不仅有失大丈夫尊严，而且滑稽可笑。铃木藤十郎是金田老板的心腹，身负重

① 木庵（1611—1684）：中国明代僧侣，擅长书画，一六五五年赴日本。

要使命而来，当然不愿在使命未完成前节外生枝，故不能不忍。但也正因为有了这忍，他对咱家的憎恶也就呈正比例增加，愈发捏紧拳头，又无可奈何地哭丧着脸看我。我呢，自然很愿意欣赏他这种表情，当下尽量装作若无其事的样子，心里却笑个不停。

就在铃木先生和咱家争先恐后地表演这出哑剧的当儿，主人从厕所走了出来，“噢！”的一声打个招呼，便坐了下来，手里的那张名片已荡然无存，可见他是宣判了无期徒刑，将它扔进粪坑里了。咱家正想这张名片怎么这么倒霉，主人骂声：“这个畜生！”上来一把揪住咱家脖子，将咱家呼地扔到檐廊去，跟着劝老朋友入座，说：“真是稀客呀！几时来东京的？”

铃木翻过坐垫坐下，说：“老实说，我最近已调回东京总公司了，但一直忙，故没来打招呼。”

主人言不由衷地说：“那，那可太好了。自从你下乡后，已经很久不见啦，这还是第一次吧？”

“是啊！一晃就近十年啦。唉，其间也常到东京来，但总是行色匆匆。毕竟所从事的工作和老兄的大为不同，还望别见怪哪！

主人打量着铃木先生，见他头上梳着漂亮的分发，身上穿着英国产的毛料西装，颈上打着华丽的领带，胸前挂着一条金光闪闪的金链，无论如何也难相信他就是当年的旧友，不禁感慨地说：“十年不见，你变化可真大呀！”

铃木故意引导主人欣赏他的项链，说：“就连这个也得非戴上不可呢。”

主人十分唐突地问：“是纯金的吗？”

铃木笑着回答：“十八K金的。你也很见老了啊！应该有孩子了吧。一个吗？”

“不对！”

“两个吗？”

“也不是！”

“还多？那么，是三个吧？”

“嗳，正好三个，不知以后还会有多少呢。”

“呵呵，你还是那么爱逗乐子呀。最大的几岁了？应该不小了吧？”

“嗯，这个嘛，我也搞不清楚，大概六七岁吧。”

“哈哈！看来当教师的可真逍遥呀！我要能当教师就好了。”

“你尽管当当看吧。我想不出三天，你就会厌烦得很。”

“是吗？不是说，教师高尚、快活、清闲，想学什么就能学什么，不是很好吗？照理说，能做个实业家也是人生一大成功，但如我者之流毕竟吃不开。再说了，若做，便非做个大点的不可。若做的小了，便不得不随时都要令人讨厌地逢迎，接过并不想喝的酒杯。”

“是啊，从在校时起，我就十分讨厌实业家。只要肯给钱，他们可是什么都干得出来。借用一句古话：‘市井小人’嘛！”主人竟当着实业家的面，骂起实业家来。

“是吗？但也不是这么绝对吧。有时候，实业家的确有些卑贱，但总而言之，只有下定‘人为财死’的决心，才干得了这一行。钱这东西嘛，毕竟不是好惹的。刚才，我在一位实业家那里便听说，要想发财，必须实行绝义、绝情、绝廉耻的‘三绝战术’。说得真有意思！哈哈……”

“这是哪个混蛋说的？”

“他可不是混蛋，而是个非常精明强干的人，在实业界颇有名气呢！就住在前面那条胡同里。”

“你是说金田吗？他算什么东西啊！”

“真是好大的火气呀！其实，这算不了什么，不过是开玩笑，打个比方而已。意思是说只有做到这‘三绝’，才能赚钱嘛！要人人都像你这么认真，那可就糟糕至极了。”

“‘三绝’？嗯，也不是说不能开玩笑，可他老婆的鼻子算什么玩意儿！你既然去过，总该见过他老婆的那只鼻子吧。”

“你说金田太太呀，那可是个非常开通的人哟！”

“鼻子！我是说她的大鼻子！不久前，我还特地为她的鼻子写了首俳句呢。”

“什么是俳句？”

“啊！连俳句也不懂？你也太无知了吧。”

“啊，我这人一向很忙，对文学之类的更是外行，而且从前就不怎么喜欢呀。”

“查理曼大帝[①]的鼻子，你知道长什么样吗？”

“哈哈！真是吃饱饭没事干！我不知道。”

“威灵顿公爵[②]的‘鼻子’绰号，你总该听说过吧？”

“你为什么单单只注意鼻子呢？管他尖的圆的，都没什么了不起嘛。”

“绝非如此！帕斯卡[③]你知道吗？”

“又是‘你知道吗？’简直像参加考试，让人受不了。帕斯卡怎么啦？”

“帕斯卡说……”

“说什么？”

“他说：‘克娄巴特拉女王[④]的鼻子只要再稍微短一点儿，就能给世界带来巨大变化。’”

“真的吗？”

“当然啦。因此，你可不能擅自菲薄鼻子哟。”

---

① 查理曼大帝（742—814）：法兰克王国加洛林王朝国王（768—814年在位）。

② 威灵顿公爵（1769—1852）：英国首相、英国陆军总司令，在反对拿破仑的战争中，担任滑铁卢战役的总指挥。

③ 帕斯卡（1623—1662）：即布莱士·帕斯卡，法国数学家、物理学家、哲学家、散文家，近代概率论的奠基人。

④ 克娄巴特拉女王（公元前70—前30）：埃及托勒密王朝的最后一任女法老，以其美貌而名传天下。

“啊！这样啊？那好吧，今后必须重视，谢谢你的提醒。我这次来，一是有些事要跟你谈谈。那个，听说你以前教过的那个，那个叫水岛……水岛什么的……唉，一时想不起来，常到你这儿来。”

“你说的是寒月吗？”

“对，对，就是寒月。我就是为他的事而来的。”

“是为了那桩婚事吧？”

“嗯，应该是这样。我今天去金田家……”

“前些天，‘鼻子’已亲自出马，来过我家了。”

“是呀，金田太太也这样说。她本来是想虚心向苦沙弥先生请教的，赶巧迷亭也在，听说还说三说四的，以至搞得大家都很尴尬，分不出个青红皂白来。”

“谁叫她有那么个大鼻子呢。”

“唉哟，她可没有怪罪你呀！她说上次只因迷亭搅局，闹了许多误会，后来弄清楚原委后，深感遗憾，便托我再来详细问问。我还从来没有帮过这种忙。如果男女双方对彼此都有意，我锦上添花，从中成全一下，也绝不是件坏事吧。因此，特意前来造访。”

“辛苦啦！”主人冷冷地说了句。不知为何，他一听到“男女双方”这个词儿，心里为之一动，竟升起异样感觉，宛如酷热的盛夏之夜，一缕清风拂面而来，让人觉得十分惬意。要知道，主人虽是粗俗、固执和无聊等材料的合成品，但又不能与冷酷无情的文明产物同日而语，只需看他平常无端发火、怒气冲天的样子，便可一窥究竟。前些天，他因为看不惯那只鼻子，才和鼻子夫人争吵；另一方面，又因讨厌实业家，而连带对身为实业家的金田也讨厌起来，但对金田小姐本人，倒的确没什么恶感，可以说没有丝毫恩怨，何况寒月还是他爱得胜于手足的门生，哪有不希望其幸福的道理？因此，这时听铃木先生如此一说，便心动了起来，但想男女双方有情有义，若从中破坏，即便不是故意，也很不妥，非君子所为，但问题的关键也在这儿，即：二人是否真的相爱？于是，问道：“那个金田和鼻子，就抛开不谈吧。那姑娘愿意嫁给寒月吗？她心意如何呀？”

铃木先生本来是想了解寒月的情况，能够复命就万事大吉，丝毫没想到苦沙弥会提出这样的问题，而他对这个问题又一点儿也不了解，不由暧昧地说：“这个嘛，怎么说呢……据说……哎，应该是愿意吧。”尽管左右逢源地说了，却不免有些狼狈。

“‘应该是’？这样说太含糊其辞了吧！”主人凡事总喜欢正面猛攻，从不轻易放手。

“不不，是我的话有语病，小姐的确有意，这是真的！嗯，太太说她常骂寒月几声呢。”

“是说金田小姐吗？”

“是呀。”

“岂有此理，怎么骂人呢！这不是很清楚地说明她根本不喜欢寒月吗？”

“这可就不对啦！世上的事就是这么蹊跷，据说有些女人就是爱骂自己喜欢的人呢。”

虽然听了这番对世态人情洞察入微的话，主人却依然不开窍：“哪有这样的糊涂虫噢？”

“这样的糊涂虫可多着呢。有什么办法呢？金田太太刚才也说小姐常骂寒月是个稀里糊涂的窝囊废，这不正说明小姐心里是非常在意寒月的吗？”

对这番离奇的解释，苦沙弥除了瞪大眼睛感到十分意外，什么话也说不上来，只好像推卦的算命先生一样，紧盯住铃木的脸，想从中看个清楚。

铃木心想这家伙太古板，弄不好会白跑一趟，便用连主人这号人听了也不难做出判断的话来开导他：“你仔细想想就明白了。小姐有那么俊俏的模样，有那么多财产，就是走到天边，也能嫁个很好的人家。寒月虽说很了不起，但说到身份……不，说身份未免有些不妥，就说财产吧，我想这个任谁也会觉得他二人不般配吧。但尽管这样，二位老人仍费尽心机，不断来提亲，现在又特地派我来走一趟。凡此种种，不正说明小姐对寒月的心意吗？”

这下，主人总算明白过来，恍然大悟地“哦”了一声。铃木见状，一颗悬着的心才总算稳下来，但知关键时刻如不乘胜追击，便有前功尽弃的可能，当下应快马加鞭，为完成使命而大鼓如簧之舌：“这段姻缘就像我刚才说的，对方对金钱、财产什么的，一概不在意，只希望寒月能有个资格。所谓资格，就是学衔吧。这倒不是说小姐平白端架子，非博士不嫁。请别误会。金田太太上次来，本来就不是那个意思，只因迷亭兄在场搅局，净说些奇谈怪论……唉！这也不怪你呀。太太还直夸你这人真诚坦率呢！全怪迷亭……他们是想，寒月如能当上博士，女方在社会上多少也有些脸面嘛。这也是父母爱女之心，很正常的要求嘛。再说实际点，像小姐这样一个万中挑一的女人，什么都不缺，嫁给你寒月，把什么都给了你，就算什么都不求，总也希望有个好名分吧。想想看，如果人们提到她时，说这是某某博士的夫人，她脸上也很有光彩呀！实在地说，这世上如果只有金田小姐一个人，什么博士、学士、金钱、地位，都不重要，只因有这个社会嘛，当然一切就变得不那么简单喽！怎么样，我说得有道理吧？水岛君短期内能不能提交博士论文，争取个博士学位呢？”

听他这么说，主人也觉得对方并不过分，有个博士学位不无道理。既然觉得不无道理，当然就会照铃木君的意思办。这样一来，单纯而又坦率的主人是死是活，就只有听铃木的发落了。果然，主人这样答复说：“那么，寒月下次来，我就劝他写篇博士论文吧。不过，寒月究竟愿不愿意娶金田小姐，还是要先盘问清楚才好。”

“盘问清楚？唉，老兄，你态度若总是这么生硬，是办不好事的。平常谈话时，有意无意地试探一下，就能得到结果。这才是捷径呀。”

“试探一下？”

“唉！说‘试探’可能又有些语病吧。这样说吧，你不用试探，只需多交谈，就会弄清楚的。”

“这个对你或许管用，可我不问个水落石出，是弄不清楚的。”

“弄不清楚也没关系，只要别像迷亭那样乱打岔就行。男女之事，即使不去成全，也要尊重双方意愿，从中破坏可不好。寒月下次来，尽可能别去干扰。我这不是说你，是说迷亭。他若在一边泼冷水，那再好的姻缘也没指望了。”

就在他大骂迷亭、给主人找替死鬼时，一如俗话所说：“说鬼就来鬼。”迷亭先生照例乘着轻风，从后门飘然而至。他一进屋，就抓起从藤田点心铺买来的羊羹，大把地往嘴里塞，边吃边说：“啊，稀客驾到！难怪这点心比平常的高级了很多，苦沙弥对我这样的熟客总是要怠慢的。看样子，苦沙弥家须十年登一次门才好。”

铃木先生神色尴尬，主人脸上笑嘻嘻的，迷亭嘴里吃得咯咯直响。咱家蹲在檐廊下，欣赏这一幕，觉得完全是一幕出色的哑剧。禅门的无言问答往往是以心传心，这幕哑剧也分明是心灵的沟通。剧极短，却极精彩。

迷亭丝毫不懂什么叫客气，像平常跟苦沙弥说话一样，大大咧咧地对铃木说：“还以为这辈子你必将曝尸异乡哩，真不知什么时候又回来了。看来还是盼着多活几年嘛！说不定你会很走运呢。”尽管学生时代是在一个饭盆里盛饭的老朋友，但十年不见，初见之下总不免会有些拘束吧，可迷亭先生就是没有这种表现。这究竟是伟大还是愚蠢呢？咱家根本搞不清楚！

铃木心里多少有些不痛快，神经质地搓弄着金项链，不冷不热地说：“说得这么可怜，我还不至于那么没出息吧。”

主人突然向铃木提了个奇怪的问题：“喂，你坐过电车吗？”

“我再怎么土里土气，在市内电车公司也还有六十张股票，怎么竟问起我有没有坐过电车呢？看起来，我今天来拜访的目的，似乎是专为接受二位的嘲弄哟。”

迷亭夸张地说："那可更加不能小瞧你哟！我本来有八百八十八张半的股票，可惜全被虫蛀了，现在只剩下半张。要是你早些来东京，趁虫子还没蛀，我尽可以送十张给你嘛。真可惜呀！"

铃木忍不住笑着说："你这家伙，嘴上依然那么刻薄。不过，笑话归笑话。股票年年涨，手里有那种股票总是不会吃亏的。"

"是呀！即便只剩下半个股，过一千年也足够盖三座仓房的。对炒股这一行，你我都是无懈可击的当代才子，只是可怜了苦沙弥之流。他多半以为"股"是骨头的'骨'，'肉的老大哥"呢。迷亭说着，张嘴又吃起羊羹来。主人在他影响下，竟也食欲大生，不由也将手伸向点心盘。看来，万事争先之人，在这世上都享有供他人效仿的权利。

主人望着在羊羹上留下的齿咬痕迹，怅惘地说："管它什么股不股票哟，我只是想让曾吕崎坐坐电车，哪怕坐一次也好。"

"要是让曾吕崎坐电车，他非回回都坐到品川下车不可！依我看，他最好还是将法号刻在压咸菜缸的石头上，当天然居士安全些。"

铃木说："听说曾吕崎死啦。唉，他那么聪明，太可惜了！"

迷亭说道："聪明固然聪明，但烧饭技术却低劣极了。记得轮到他做饭时，我每次总要去校外弄点荞面条来凑合着吃。"

铃木也从记忆的深谷中唤起了十年前的旧怨："真的，曾吕崎把饭做得又糊、又夹生，让人吃不下，而且不炒菜，只给你吃生拌豆腐。那么冰凉的，谁吃得了啊！"

"从那时起，苦沙弥和曾吕崎就成了密友，每晚一同出去喝小豆汤，以致种下病根，成了慢性胃炎，到现在都在活受罪。按理说，吃那么多小豆汤，苦沙弥应该比曾吕崎早死才对呀。"

主人不甘示弱，也揭起迷亭的短来："我吃小豆汤算什么？真真岂有此理！还是想想你自己吧，美其名曰运动，谁知天天晚上提着竹刀去校后的墓地敲打石碑，不是被和尚发现并且挨了一顿骂吗？"

“啊！哈哈……对，对呀！和尚当时说：‘住手吧！死人也需要安眠，你这样会妨害他们的。’我用的只是竹刀，而这位铃木将军却是赤膊上阵与石碑角力，大大小小一共推倒了三座石碑呢。”

“那和尚的样儿可吓人啦！非叫我照原样扶起不可。我说等我雇几个人来吧。他竟不许，说什么为了表示忏悔，我必须亲自扶起石碑来，否则，就是有违佛旨。”

“记得那时，你上身穿件白细布衬衫，下身扎着丁字形兜裆布，站在雨水坑里吭吭唧唧，往昔的风采全无……”

“可你竟装模作样地给我画什么素描，真是太不像话了！本来嘛，我这人轻易不发脾气，可那时觉得你太失礼了，不由怒气冲天。你还记得你当时说的那一套遁词吗？我可至今没忘！”

迷亭又卖弄起他那似是而非的美学来：“十年前说过的话，谁还记得呀？不过，我倒是记得那座石碑上刻的字：‘归泉院佛殿黄鹤大居士，永安五年正月。’石碑是一座按照美学原理修筑的顶拱式石碑，可真是古色古香哟！搬家时，我甚至一度想盗走它呢。”

“那些事不用提，关键是你的那套遁词，什么‘我是美学专业的，为了将来有所参考，现在必须尽可能地将天地间一切有趣的事物全描绘下来。像我这样的忠实学子，什么可怜呀、可悲呀等等循于私情的话，都不应说出口。’我听了火冒三丈，伸出泥乎乎的脏手便将你的写生册扯碎了。”

“就因为这，我原本前途无量的绘画天才遭到摧残，一蹶不振。我的才华被你断送，我和你有仇！”

“别埋汰人啦！我还对你恨之入骨呢。”

主人吃完羊羹，也加入战团，说道：“从那时起，迷亭这家伙就尽吹牛，谈好的事也一向不履行。你要责怪他，他非但决不认错，还尽找理由支吾搪塞，把人给气死。寺院紫薇花开放时，迷亭说要赶在紫薇花飘零前，写一篇有关美学理论的著作。我说你办不到，根本写不出来。这家伙就说什么人不可貌相，我是条硬汉子，不信咱打赌。我听了信以为真，就赌去神田区吃西餐，谁输谁请客。虽说我料到他一定写不出来，但当时心里还是七上八下，因为我身上哪有吃一顿西餐的钱呀！不过，此公更好笑，直至紫薇花飘零，连一朵残红也没看见，他仍只字未写。我想这西餐总算吃定了便催他践约。谁知他竟装疯卖傻，根本不理那个碴儿！”

铃木先生火上浇油地问：“他都胡编了些什么理由呢？”

“哼，这家伙可真够厚颜无耻！说：‘我别的能耐虽没有，但说到下决心，可一点儿也不比你老兄差哟！’那张臭嘴硬得很啦！”

听苦沙弥这么说，迷亭自己也迷糊起来，质问：“真的一页也没写吗？”

“还用问！你当时还说：‘就意志而言，我绝不比任何人少，但遗憾的是，记忆力却比别人差了不止一倍。意志非常坚定地促使我想写篇美学文章，可在对你宣告后的第二天，那么差的记忆力又让我忘得一干二净，以至于无法在紫薇花飘零前兑现承诺。然而，造成这个遗憾的是记忆力，而非意志。既然意志没错，那我也就没什么理由要请你吃西餐了呀！’瞧，这嘴是不是臭得很？”

铃木先生兴致勃勃地说：“迷亭兄将自己最突出的本事发挥到了极致，的确很有意思哟！”不知为什么，他兴致颇浓，和迷亭不在时迥然不同，大约这便是聪明人的本色吧。

主人想起往事，越说越气，忍不住大声喝问：“这样究竟有什么意义？”眼看就要大发雷霆。

迷亭赶紧说：“那件事的确很抱歉喽。你看，为了立功赎罪，此后我便天南海北地寻找孔雀舌。请息怒，等我的好消息吧。不过，说到著作，今天我可是带了个天大的奇闻来哪！”

“铃木，别上他的当！这家伙每次来都说有奇闻。”

“但今天的奇闻可的确是奇闻呀，而且货真价实，不打折扣。知道吗？寒月君居然动笔写起博士论文来了！寒月这人既然一向对自己的满腹经纶大肆夸耀，又怎么肯花费冤枉力气，写什么博士论文呢？依然春心未泯嘛。多么滑稽呀！对了，你可别忘了通知鼻子夫人，告诉她寒月很有可能正做着橡树果博士的美梦啦！”

铃木听他提到寒月，便赶紧用眉眼和下颏暗示主人：别说！不许说！可主人压根儿就不懂。他刚才听了铃木的说教后，觉得金田小姐怪可怜的，很是同情，但现在听迷亭又讲起“鼻子”来，不禁想起前几天和“鼻子”吵架的事，只觉又好气、又好笑，便把铃木的话忘了个干净。不过，听说寒月开始写博士论文了，这倒的确是个特大新闻。他认为，这条新闻确如迷亭所吹嘘的那样，不仅是奇闻，更是鼓舞人心的喜讯！寒月娶不娶金田小姐无所谓，能当上博士总是件大好事，也不枉自己当年呕心沥血地栽培一场。他一直觉得自己像根废弃的木雕，即便扔在佛像店的旮旯处，也依然是白茬，只能受烟熏火燎，被虫子蛀空，毫不足惜！而寒月却不同，堪比工艺精美的雕塑佛像，亟待泥金涂彩。当下热情地问：“真的开始写论文了吗？”

“你这人，怎么总是有那么多的怀疑呢？虽说是在写橡树果还是吊颈力学的论文，我还不大清楚，但他在写，是不容置疑的，而且也一定会让‘鼻子’大吃一惊。”

每当听到迷亭毫不客气地大叫“鼻子”“鼻子”，铃木就局促不安。迷亭对此毫无察觉，仍然心安理得地信口开河：“最近，我深入研究了鼻子，终于在《特利斯脱兰·香代》[①]这本小说中发现了对鼻子的精彩论述。我甚至敢因此断言，斯特恩如果瞧见金田太太的鼻子，一定会将之视为最好的创作素材！遗憾啦遗憾！如此了不起的‘鼻子’，本来绝对有资格名垂千古，不料竟如此怀才不遇而埋没终生，真令人惋惜呀！她下次再来，我一定给她画一幅素描，以供美学参考。”

主人把铃木的话照说一遍：“听说那位姑娘很喜欢寒月，要嫁给他呀！”

---

① 《特利斯脱兰·香代》：英国作家劳伦斯·斯特恩(1713—1768)的小说。

铃木见他全忘了之前的忠告，着急起来，频频向苦沙弥使眼色，要他别惹出麻烦来，可主人就像个绝缘体，根本不通电。果然，迷亭听了后，便又嘲讽起来：“多新鲜哪！那种人生出来的闺女竟然还会谈恋爱！不过，估计也没什么了不起，顶多‘鼻恋’而已。”

“鼻恋就鼻恋，怕什么？只要寒月喜欢就行。”

“咦！你前几天不是极力反对吗，怎么今天就彻底软化了？”

“不是软化，我决不软化！只是……”

“只是被同化了吧。喂，铃木！好歹你也算得上是末流实业家之一，为供参考，鄙人谨进一言。话说那位金田某某，想让天下闻名的秀才水岛寒月娶他不堪入目的女儿，简直是癞蛤蟆要翻天！我们这些做朋友的怎能坐视不管?你虽是实业家，也不应该反对吧？”

铃木逆来顺受惯了，这时又想敷衍过去，说：“依然精力充沛呀！老兄了不起，和十年前一样！”

“承蒙夸奖，说我了不起，那我干脆就把我渊博的知识再展现一点儿，也让您开开眼界。古希腊人对体育十分重视，所有竞技项目都设重奖，但很奇怪，唯独没有对学者的任何褒奖记录，以致至今都是个极大的谜团。”

不论迷亭说什么，铃木只管随声附和：“的确奇怪。”

“然而，就在几天前，鄙人研究美学时，终于发现了个中原因。列位尽可想象，千年疑团一旦揭开，犹如茅塞顿开，令人进入欢天喜地的妙境。”

迷亭的话如此夸张，以至于连一向精于此道的铃木先生，也情不自禁地流露出甘拜下风的神色。主人料想一场雄辩又将开始，便用象牙筷子砰砰地敲打起点心碟来，低头奏乐。迷亭这下更加得意，愈发夸夸其谈：“那么，这位解开千载之谜、将我们从黑暗深渊中拯救出来的人是谁呢？他就是号称人类文化史上的天字第一号学者、古希腊大哲学家、逍遥派始祖亚里士多德。”他说：“喂，不许敲点心碟，快洗耳恭听！实际情况是，古希腊人在竞技场上所获得的奖品，远比他们所展现的技艺更贵重；因此，奖品才具有表彰和鼓励的价值。但说到学识，情况又如何呢？如果想用什么来奖励学识，那这些奖品就必须比学识更昂贵才对。”

“但问题是，世上有比学识更贵重的奖品吗?不用说，肯定没有。如果奖品的价值抵不上学识，一旦授予出去，便只会辱没学识的尊严。当时，古希腊人宁愿将万两金箱堆积得和奥林匹克山一样高，倾尽克罗伊斯①之富，也要对学识予以足够的奖赏，然而想来想去，却始终找不到能与学识媲美之奖品。最后，唯有忍痛割爱。”

“由此可见，学识的价值大大超越了金钱。这条真理既然令人信服，那我们就不妨将之用于眼前的事实。可想而知，在无价的知识面前，金田算什么东西！不就是个见钱眼开的家伙吗？以精辟而形象的比喻论之，一张流通券罢了。既然他顶多是张流通券，那金田小姐也不过是张邮票而已。反之，我们再来看看寒月。感谢上帝，他将祖上那条征讨长州时系过的战袍衣带至今坚持不懈地牢牢扎在身上，以名列榜首的资格毕业于最高学府，之后夜以继日地深入研究橡树果硬度，且丝毫不满足于既有成就，即将发表超过开尔文②的高论。不错，偶过吾妻桥时，他的确曾误演过一出投河丑剧，但那终究是热血青年常有的冲动行为，算不得什么，于他学者名誉丝毫无损。若以迷亭第一流的比喻来评价寒月，那他就像一个流动图书馆，是用知识铸成的二十八厘米大炮弹，时机一旦成熟，必将在学术界引发惊天大爆炸……假如叫他爆炸……他总会爆炸的吧……”

他自诩为“迷亭第一流”的比喻显然并不怎么恰如其分，很有几分虎头蛇尾之嫌。他略一停顿，又说：“邮票嘛，便有千万张也

① 克罗伊斯：亚细亚西部古奴隶制国家里底亚的最后一代国王，以富甲天下而著名。

② 开尔文（1824—1907）：即英国物理学家威廉·汤姆森。

会被炸个粉碎。因此，如此不般配的女人，寒月是要不得的，这好比百兽之中最贪婪的猪崽和最聪明的大象结婚一样。我绝不同意！对吧，苦沙弥兄？”

主人仍旧敲着点心碟，不发一言。铃木却有些招架不住了，说：“不至于这样吧？”

刚来时，铃木说了迷亭不少坏话，这时如果再说些什么，很容易引得像主人那样的冒失鬼，将之前的老底抖出来，故有意避开锋芒，尽可能好自为之地平安渡过险关。他是聪明人，认为身处当今世界，要尽量避免没有意义的反抗，无益的争辩不过是封建残余，人生的奋斗目标不在唇舌，而在实践。如果没有犹疑和争论，事事皆能如愿以偿地顺利进行，那人生便有说不出的快乐和幸福。毕业后，他便是靠着这极乐主义取得了成功，现在又接受金田夫妇的委托，凭此巧妙而圆满地说服了苦沙弥。眼看就要马到成功，偏偏流浪汉迷亭又不合时宜地跳出来乱说一通，铃木不能不心慌意乱起来。明治绅士发明了乐天精神，铃木藤十郎实践了这一精神，而现在，使这一精神陷入困境的，也正是这位铃木藤十郎君。

“正因你一无所知，所以才故意装模作样地说：‘不至于这样吧！’并且破例地摆出一副斯文架势，寡言少语。然而，如果前些天目睹鼻子夫人驾到的场面，阁下现在再怎么想给实业家捧臭脚，也必定会泄气的。苦沙弥兄，是这样吧？你不是已经大战了一场吗？”

苦沙弥说：“话虽如此，但我的名声可比你的好听哟。”

“啊！哈哈……真是个太过自信的家伙，不然，既被师生们嘲笑为‘野蛮人’，又怎么还有脸进出学校呢？我的倔强劲儿虽说绝不比人差，但还是做不到这样的厚颜无耻。所以，不胜钦佩之至！”

“师生间有几句飞短流长，再正常不过，有什么可怕的？法国人圣佩韦[①]身为冠古绝今的评论家，在巴黎大学讲课时却很不受欢迎。据说为了对付学生进攻，他外出时经常袖藏匕首，以做防身之备。伯吕纳吉埃尔[②]也在巴黎大学，攻击左拉的小说……”

“可问题在于你压根儿就不是什么大学教授，顶多是个教英语入门的中学老师罢了。如此引用世界文豪的例子，很有些像‘小泥鳅硬充大鲸鱼’。说那样的话，定会遭人耻笑。”

“住口！我和圣佩韦虽有职务之别，但都是学者。”

“噢！真是大学问家呀！只是袖里藏剑般地走路一点儿都不安全，还是别模仿的好。试想，大学教授袖里藏剑，那教英语入门课的中学教师便只佩带一把小刀喽。但身藏凶器终究危险，最好还是去摆小摊的那里，买个孩子玩的气枪背在身上走路好些。那样也怪招人喜欢的。铃木兄，对吧？”

铃木见谈话终于离开了让人紧张不已的“金田事件”，长长地松了口气，说：“想不到你还是那么天真活泼呀！十载别离，一朝相逢，宛如走出狭隘的小巷来到辽阔的原野，但觉天地一望无际，令人心旷神怡。不过，和同学们谈话，我是一点儿也马虎不得，不论说什么，都得提防着点儿，担心呀，紧张呀，真是苦恼哟！当然，言者无罪。而且从前学生时期最是无拘无束。现在好像又回到了学生时代，真是太好了！啊！今天巧遇迷亭君，真让人高兴。二位，我还有事，就此告辞了。”

见铃木要走，迷亭便说：“那我也走。我必须立刻去一趟表演矫风会，就陪你走一段吧。”

“那太好了。我们好久没见，就一同散散步吧。”

于是，二人携手离去。3

① 圣佩韦（1804—1869）：法国文艺评论家、诗人。

② 伯吕纳吉埃尔：法国文艺批评家、文学史家。

第五章

十分遗憾，尽管咱家主人每天无时无刻不在倒卖他深思熟虑的奇谈怪论，但咱家既没本事、也没毅力向读者一一报告。原因很简单，如将一天二十四小时所发生的事点滴不漏地记下来，并一字不差地阅读，恐怕至少也需二十四小时吧。咱家再怎么提倡“写生文”[①]，也不得不承认这是不可奢求之事。

且说铃木和迷亭君走后不久，主人便一头钻进书房，孩子们也到小屋安睡去了。主卧室里，女主人正安详地躺在床上，给年仅三岁的幼子喂奶。就像冬日里寒风乍息一般，整个屋子突然变得寂静起来。邻街的公寓里传出断断续续的笛声，不时搅动昏昏欲睡的耳鼓。街上行人踏着低齿木屐行走的脚步声也隐约可闻。樱花时节，云雾天很短，转眼便见红日西沉，夜幕悄然降临。晚餐时，咱家只吃了点蛤蜊肉，喝了半碗汤，很早便觉肚子空了。

依稀记得，世人有写所谓《猫恋》这种诙谐性俳句与和歌[②]的兴趣，又听说早春时节的夜晚，猫胞们在街上狂热地奔走，吵得人魂梦不安。然而，咱家还不曾有过这样的心理变化。说起来，爱情可

① 写生文：正冈子规首倡的一种诗风，以写生画的手法如实描绘自然和人生。

② 和歌：日本的一种诗歌体，包括长歌、短歌、片歌、连歌等，以短歌为主。

谓宇宙活力之源，上自天神宙斯，下至地里蚯蚓，无不为之神色憔悴，此实乃万物之常情。“三绝主义”创始人金田老板的千金，就是那位大吃甜年糕的富子小姐，不也有思恋寒月的艳闻传出吗？因此，就算猫辈春心萌动，也算不上什么非分之想。普天下的雄猫、雌猫们，在一刻千金的春宵里情意绵绵、如痴如狂，十分正常，不该视之为自寻烦恼而横加轻蔑。回想从前，咱家也曾苦恋过小花妹子。但现如今，纵然有雌猫主动上门勾引，咱家也无情可动。有什么办法呢！以目前状况，咱家只想休息，哪有什么心思谈情说爱啊！咱家慢腾腾地走进孩子们的小屋里，爬到被子边，美美地睡了……

不知什么时候，主人已从书房回到卧室，钻进了妻子的被窝里。按主人的习惯，临睡前一定会从书房把几本横写的洋文书带到卧室，只是他躺下后，从未读上几页，有时干脆就放在枕旁，碰也不碰一下。既然连一行都不想看，又何必硬要将书千辛万苦地带进卧室呢？这正是主人之所以为主人的独特之处。妻子爱嘲笑，也只能由她。前些天，他甚至将韦泊斯特①主编的大辞典也抱进卧室。其实，正如阔家公子不听龙文堂茶壶的松涛声②便难以安眠一样，没有书在枕边，主人也同样不能入睡。如此看来，就主人而言，书不仅仅是为了供他阅读，还是催他入睡的工具，是活版铅印的催眠剂。

今夜会带书回卧室么？咱家猜测着，忍不住跳下床跑过去一看，果然，他胸前靠近胡须尖端的位置上，平放着一本敞开的红皮薄书，左手拇指还夹在书页间，没抽出来。看来，他今夜格外用功，竟破天荒读了五六行。斜躺在书旁的镍金怀表，频频闪动着有负春色的寒光。

---

① 韦泊斯特(1758—1843)：美国辞典编和纂者、政治家、编辑，主编的各种韦氏辞书享有盛名。

② 日本江户末期至明治初期，有一位著名的铁匠，他制造的茶壶在水沸时声如松涛。

女主人翻个身，将婴儿推出一尺多远，跟着头撇开枕头，张开嘴打起鼾来。恐怕世上再没有比人张嘴睡觉更不成体统的了，我们猫，无论如何也不会有这等丢人现眼的丑态。本来嘛，口乃发声之器官，鼻为吞吐之工具。虽然北方人因为太懒，总爱吭吭哧哧地用鼻子说话，但考虑到天气寒冷的缘故，故且视为情有可殊。但人类睡觉时普遍地鼻孔紧闭，以嘴代替鼻子呼吸，就比用鼻子说话更不像话了。别的不说，假如从天棚掉下老鼠屎来，岂不自取鼠辈之辱！

孩子们的睡态之丑丝毫不亚于他们的老娘。姐姐敦子将右手伸出来搭在妹妹的耳朵上，似在宣称：“姐姐权力如此如此！”妹妹骏子为表示不平，则将一只脚压在她的肚皮上，傲慢地仰着脸睡。双方委实比刚睡下时做了九十度的移位，且都要尽可能地保持住这种别扭的姿态，才肯毫无怨言地乖乖甜睡。

春宵一刻，的确不同寻常。这既天真烂漫又极不雅观的睡姿，似乎在提醒人们要珍惜如此良宵。咱家想知道是什么时辰了，便在室内巡视了一番，结果发现，四周寂然，能听见的只有壁钟的嘀嗒声、女主人的鼾声和女仆的磨牙声。说到这女仆磨牙，实在让咱家来气。别人好心提醒她，要她睡觉时别磨牙，她却矢口否认，硬说有生以来直到今天从不曾咬牙，也决不肯说一句“今后改正”或“抱歉得很”这样的话，生怕就没了面子。其实，人类在熟睡中暴露出不雅的丑态，是很自然的事，但就有女仆这样的人，一面干着坏事，一面又以君子自居。殊不知，磨牙终归是磨牙，丑态也终归是丑态，无论绅士淑女还是这位女仆，都难遮其羞。

夜已深。忽然，厨房的套窗上发出两声微响。响声虽然轻微，又怎能逃得出咱家的耳朵？深更半夜不会有人来，十之八九是老鼠光临。咱家早下决心不捉，随它们闹腾去吧。过了片刻，响声又起，比先前大了些，鬼鬼祟祟的像个贼！咱家心里忍不住嘲笑，暗想今晚来的老鼠，胆子未免太小，应该当咱家根本不存在才对。

主人家的老鼠，咱家是颇了解的，很有些像他教的那些学生，不论白天黑夜，只管操练行凶撒野，以惊破主人的美梦为天职，且一向不会进屋前先敲敲窗户试探一下。前些时，主人家的一只肥老鼠大约是怪主人白日间没让它吃好，夜晚闯进卧室，在主人的塌鼻尖上狠咬了一口才凯旋。比起这只老鼠来，厨房窗外的那只老鼠显然太胆怯了，有失老鼠的体面呀！

咱家正暗暗惋惜，忽听“吱”的一声，雨板自下而上地揭开，同时，传来格子门轻轻地沿槽沟滑动的声音。哎呀！老鼠可不会有这么大本事、有这么机灵的举动呀！难道不是老鼠?咱家心里一阵紧张，寻思若非老鼠，那只能是人了！只有人才有这么大的本事，可以于夜深人静之际撬门而入。但这人又会是谁呢?肯定不会是迷亭、寒月或铃木君，难道……难道竟是久闻大名的梁上君子！一想到梁上君子，咱家心里就更紧张，但又有说不出的好奇，想尽快瞻仰其尊容，竟希望他快点儿进来。有这念头，未免太对不起主人，但就在咱家这么想着的时候，竟真的有人进屋来了。

听声音，那君子似乎高抬泥足，跨过厨门，往前迈了两步，当迈到第三步时，咕咚一声，摔在地窖盖上，声音响彻静夜。咱家吓得毫毛倒竖，像用刷子在身上逆向梳了一把似的。但就是这么大的声响，主人和他妻子却都未曾听见。尤其是女主人，依旧张着嘴吞吐太平空气。

过了片刻，厨房里隐隐传出擦火柴的声音。想来这位梁上君子并无咱家这么一双犀利的夜眼，可以暗中视物，所以不得不借火柴来照明吧。但听推门声响过，来人悄悄走出厨房，向左转穿过堂门，走向书房，忽然杳无声息。

哎呀！看来真是梁上君子来访呢，应赶快叫醒主人夫妇才好。但怎么唤醒他们呢？咱家脑子里一时闪过无数念头，像水车一样，轱辘辘地在脑海中一一转过，但都是些笨法子。咱家心想时间不等人，便张嘴咬住被子用力晃动，晃了那么几次，一点儿效果也没有，又用冰凉的鼻尖去摩擦主人的两腮，想将他冻醒。谁知主人春梦浓得很，不但醒不过来，还在梦中伸手用力打了咱家鼻尖一下，仿佛还骂了句：“滚！”将咱家推开。咱家心里无限委屈，而且鼻子对咱猫类来说，也同样是个重要部位，无端挨揍，当真痛杀我也！眼见别无他策，咱家只好大起胆子来，忍痛喵喵叫了两声。可不知怎的，声音竟卡在喉咙里发不出来。好容易发出一声极其沉重的低音，又把咱家自己吓了一跳。这时，那君子的脚步声愈来愈近了，渐渐到了走廊外面。该来的到底来了！咱家眼见势头不对，忙奔到纸格门和柳条包之间的暗处躲藏起来，跟着屏住气息，全神贯注地静观事态发展。

那君子很快来到卧室门外，悄悄伸舌头将房门的第三道格纸舔湿。咱家但见那地方很快露出一条血红的舌头来。少顷，舌头消失，替代它的是一只亮晶晶的眼睛。无疑，这是梁上君子的眼睛了。但怪的是，这眼睛不瞧室内的任何物品，却紧盯在柳条包后的咱家身上，盯得咱家也像人类一样，浑身尽起鸡皮疙瘩。咱家心想老让他这么盯下去，一定会短寿，忍无可忍，正想不要命地溜开，忽听吱的一声，卧室门被推开，恭候多时的梁上君子终于露面了。

瞧着这位梁上君子的面容，咱家险些惊呼起来，忍不住大发感慨：上帝之所以被誉为全智全能，就在于他创造的人没一个是雷同的。但反过来说，万能的上帝如能将人都造成一个样，那才更有本事。为何咱家在如此危险时刻，有如此大的感慨？只因来者和寒月几乎就是一个模子铸出来的！

这位君子身材修长，眉毛浅黑，气宇轩昂，和寒月长得一模一样，不仅如此，瞧年龄约莫二十六七岁，也是抄袭寒月的。上帝能造出两个如此相同的人来，虽说只有两个，咱家也是打心眼里佩服。初见之下，咱家还以为是寒月精神失常，深更半夜跑了来，待见这位君子鼻下并没蓄浅黑色胡须，才断定不是同一人。从长相看，寒月是个堂堂美男子，是上帝的精制品，足以令迷亭称之为“流动邮票”的金田小姐之流神魂颠倒，而眼前这位梁上君子的魅力，也绝不亚于寒月。老实说，金田小姐如果只迷恋寒月的眼波与嘴角，而不以同等的热量倾心于这位盗贼，那就太不公平了。对此，咱家先不深究，只说一点，万一寒月因迷亭破坏，失去一桩大好姻缘，设若以眼前这位君子替代，我敢说，金田小姐也肯定会向他献出全部的爱而收琴瑟谐鸣之美的。只要这位盗贼健在，金田小姐也就不愁找不到如意郎君。这么看来，梁上君子能够俯仰于天地之间，是金田小姐生活幸福的一大前提。

且说这位梁上君子腋下挟着个什么东西，咱家定睛一瞧，才看清原来是主人扔在书房的旧毯子。君子身穿兰底花格布短褂，腰间扎一条博多产的青灰色绢带，膝下裸露出两条苍白的腿，跨进室来。

这时，主人一直在做梦，大概他大拇指被书紧紧夹住了，让他感觉到痛，便"噗"地翻了个身，高喊一声："寒月！"这一声叫，直把盗贼吓得浑身哆嗦，慌忙将跨进门来的那只脚收回，毯子也掉在地上。主人叫过之后，口里叽叽咕咕的，推开书又做起美梦来。

君子在门外站了一会儿，看清主人夫妇都在酣睡后，便又大着胆子往门里跨。这次，主人不仅不再呼叫寒月，连身子都懒得翻。君子暗喜，将另一只脚也跨了进来。

春夜里，荧荧青灯将房间照得通亮，但因不速之客的出现，又显出几分诡谲。那君子从柳条包旁边越过咱家头顶，身形大大地映在墙壁上，隐约晃动。虽说这家伙是个美男子，但如只看他的影子，也跟芋头没什么两样，实在有些可笑。君子来到床前，偷偷打量了一下女主人的睡脸，不知如何，竟眉开眼笑起来。连这笑容都像是从寒月脸上扒下来的，咱家见了又是一惊。

女主人枕旁放着一只四寸宽、一尺五六寸长的箱子，里面装的是多多良三平君前些日子归省时特意送来的土产山药。她十分珍爱，便将它放在绣枕旁。女主人这人，是个连炖菜用的上等白糖也要往衣橱里放的女人，一向缺乏"适材适所"的观念。别说是山药，就是把咸萝卜放进卧室，她也毫不在乎。君子不是神仙，不可能预知像夫人那样的女人，竟会将并不值钱的山药如此贴身珍藏，以为一定是宝物，偷偷拿起来一掂量，感觉很有分量，便更加相信，眼中不由流露出惊喜的目光。咱家见这么一位美男子到底偷起山药了，颇觉滑稽，差点儿笑出声来。

君子用毛毯包起这小箱子，跟着四下张望，想看看有没有绑绳。碰巧主人睡觉时解下了一条绉绸腰带，他便顺手牵羊地拿来捆绑，然后轻轻扛在肩上。得了这样意外的“宝物”，他还嫌不满足，又把孩子的两件外罩坎肩偷过来塞进女人的紧腿线裤，再将线裤紧缠在脖子上。跟着，又把主人的丝绸上衣当作大包袱摊开，将男主人的短褂、背心和女主人的腰带等有用没用的东西统统放在里面，再包起来。真是不拿白不拿，拿了还要拿！咱家见他动手时动作十分熟练、麻利，果真是做此行当的行家里手，心里暗暗佩服。

偷了这么多，他竟然还嫌不够，又歪着脑袋东瞅西瞅，看看还有什么忘掉的，很快又将女主人的和服腰带和装饰衣带接成一条绳，绑在包上，用手拎着，然后将主人放在枕头边的一包朝日牌香烟也偷了，还公然从烟盒里拿出一支烟来，就着灯火点燃，美美地狠吸了一口。不待烟灭，君子已沿着外廊渐渐走远，终于消失。而主人夫妇仍酣睡不知。

人哪，竟这么麻痹大意！咱家重重叹息一声，料想次日便有暴风雨来临，虽不一定会针对咱家，但很难说我不会成为受到殃及的池中之鱼。还是赶紧睡，养足精神以应对不测吧。于是，酣然大睡。

醒来时，但见三月的天，晴空万里，主人夫妇正和一位巡警在后院的便门前谈话。

“那么，是从这儿进院，接着溜进卧室吧。二位在卧室里睡，怎么就一点儿也没察觉呢？”

主人不好意思地说：“是……这个，睡得太死了些。”

“几点钟作的案？”巡警这话可问得没有一点儿水平。主人夫妇要是知道盗贼什么时候来，就不至于被盗了，正因为不知道，才失窃的嘛，也因此才会要你巡警来查嘛，但他却问出这样的话来。咱家不禁摇了摇头。然而，主人夫妇并没有想到这一层，竟为了回答这个问题，低声商量：

“是几点？”

“这个……”妻子沉思着说，以为只要一沉思，就会想得起来似的。

“那你是几点钟睡的？”

“我睡得比你晚。”

“嗯，对！我是在你睡之前躺下的。”

“那我们是几点钟醒来的呢？”

“……大约，好像是七点半吧？”

“那你觉得盗贼该是几点钟闯进来的呢？”

“这样算来，总该是半夜以后了吧？”

“谁不知道是半夜呀！我是问你半夜的几点钟？”

“这个呀……太准确的时间，不仔细回想一下，是很难说清楚的呀。”

女主人又苦苦地想，却哪里知道巡警不过是例行公事地随便问问，压根儿就不在意。她哪怕是撒个谎，信口开河地说一句，也都了事。但她偏偏很认真。而主人也没头没脑地东问西问。巡警不耐烦起来，说：“是不是被盗时间不明啊？”

主人哦了一声，忙说：“是呀，是呀！”

巡警板着脸说：“那就请你们写一份失盗申报书交上来，上面写：‘明治三十八年某月某日，闭门就寝后，盗贼爬进某某套窗，翻进某某室内，盗走某某物品。以上情况属实，特此申诉。’记住，这不是报告，只是一份申诉，最好别注明收信单位名称。”

“是一一列举被盗物品吗？”

“是。短褂几件，价值几何，都写清楚，并按品名、规格、数量、价格这样的格式制表呈报上来。既然已经被盗，再进屋查看也无济于事。我就先走啦。”巡警轻松地说完，转身便走了。

主人将笔墨砚池拿到卧室，叫来妻子，以几乎吵架般的大嗓门儿说：“赶快写失盗申诉书！把被盗物品一件件地说清楚！喂，快说呀！”

“哟，真烦人呢！这么盛气凌人的，谁肯说呀？”女主人拿了条细带子来缠在腰上，系也不系，只是随便一缠，便一屁股坐下来。

主人满脸怒气地说：“你这像什么样子！活像卖不出去的窑姐！为什么不系好腰带再出来？”

“既嫌这么难看，那就给我买一条来！什么窑姐不窑姐的，腰带被盗了，有什么办法！”

“啊！连腰带也要盗？这家伙真可恶！算啦，就从腰带开始写吧。那是一条什么样的腰带？”

“还能有什么样？就是那条黑缎面、绸子里的腰带呗！”

“好，黑缎面绸子里的腰带一条！价值几何？”

“六元左右吧。”

“啊呀！你竟然扎这么贵的带子，太铺张了！今后只许扎一元五角钱左右的。”

“哪有那么便宜的带子卖？你这人一点儿都不通情达理，也不管老婆穿得多邋遢，只顾把自己打扮得漂亮就行。”

“唉，算啦，算啦！你还丢了些什么？”

“缎子褂，就是河野婶送的遗物，也同样是缎子。那缎子和时下卖的可大不相同哟！”

“没工夫听你瞎吹。价值几何？”

“应该才十五元吧。”

“你……你竟穿十五元的和服外褂！太不合身份啦！”

“凭什么不能穿？又不是花你的钱！”

“……这个，那还被偷了什么？”

“一双黑布袜子。”

“也是你的吗？”

“是你的呀！买价两角七分。”

“还有呢？”

“一箱山药。”

“连山药也偷？这家伙究竟有没有精神病啊！他偷回去是想煮了吃，还是熬汤喝？”

“谁知道。你去盗贼家瞧瞧就知道了。”

“那报多少钱？”

“我可不清楚山药价钱。”

“嗯，那就写上十二元五角吧。”

“真胡诌！就算是从唐津刨来的山药，也值不了十二元五角呀！值那么多钱还了得？”

“可你不是说不知道吗？”

“我是不知道，但若说十二元五角，也未免太过分了。”

“说不知道价钱，可又偏说十二元五角太过分，太不合逻辑了。这究竟是怎么回事？看来，得把你叫作奥坦钦·帕里奥洛格斯①才合适呢。”

“叫什么？”

“奥坦钦·巴列奥略。”

“哼！那是什么意思？”

“管它什么意思呢。你衣服没被盗吗，怎么一件也没写？”

“其他先不管。快说奥坦钦·巴列奥略是什么意思？”

“随便说说，哪有什么意思好讲。”

“有什么不好讲的？你真是欺人太甚啦！以为我不懂英语，便张口骂人。”

---

① 拜占庭末代皇帝君士坦丁十一世（1449—1453年在位）的名字叫君士坦丁十一世·帕里奥洛格斯。奥坦钦，日本江户口语为“糊涂虫”的意思。苦沙弥故意将“君士坦丁”念成“奥坦钦”，既贬斥了妻子又让妻子不明所以。

“少说蠢话。不迅速交上申诉书，失盗物品就没法找回来啦。快接着往下说。”

“反正立刻申诉也来不及。快说清楚奥坦钦·巴列奥略究竟是什么意思。”

“不是跟你说了没什么意思吗，怎么这么讨厌！”

“那好，被盗物品也就只有这些。”

“真是胡搅蛮缠！随你便好了。我也不写什么申诉了。”

“那我也不讲什么失盗件数了。是你自己要写申诉书的，又没人逼你。不写与我何干！”

“那就不写啦！”

主人忽地站起，大步冲进书房。女主人也跟着进了客厅，在针线盒前落座。约有十来分钟，夫妻二人什么都不做，只是瞪眼瞧着纸屏，呆呆出神。

便在此时，那位寄山药来的多多良三平君情绪高涨地推开大门，走进屋来，他原是主人的门生，法政大学毕业后在某公司矿山部供职，是典型的实业家苗子，属于铃木藤十郎的后进力量。因为昔日的师生关系，他常来草庐造访，碰上星期日，便玩一整天再回去，和这家人是无须客气的。

一见女主人，他就支起腿坐下，说：“师母，多好的天气呀！”满口唐津口音。

“噢，是多多良君呀。”

“老师不在家吗？”

“在书房。”

“师母，老师这么用功，会伤身子呢。难得赶上个星期天，应多休息才是。”

“这话跟我说没用，去当面对你老师讲吧。”

“不过……咦！怎么今天小公主们都不见了？”他刚这么一问，敦子和骏子便从屋里跑了出来。

“多多良哥！带饭卷来了吗？”姐姐敦子想起前些时的约定，一见三平面就讨起债来。

多多良没带来，搔着头皮坦白地说：“本来记着的，临出门时又忘了。下次一定带来！”

姐姐手一伸，说：“不行！”妹妹也立刻照学：“不行！”

女主人瞧着两个女儿，心情渐渐好转些，脸上露出一丝笑容。

“我虽忘了带饭卷，可却送来过山药。小公主们尝过了吗？”

姐姐问：“山药是什么？”妹妹也学着问：“什么是山药呀？”

“你们没吃吗？那快叫妈妈煮来吃呀！唐津山药和东京的大不相同，甜着哪！”

等三平夸完故乡的山药，女主人这才想起来说：“承蒙你关心，送来那么多山药。谢谢啦！”

“怎么样?是不是很甜呀？我特意做了个木箱。以免山药折断。应该还是原来那么长吧？”

“唉！您辛辛苦苦寄来的山药，昨夜被盗了。”

三平大吃一惊，问道：“啊！被盗？真是个混账的贼！怎么连山药也偷？”

姐姐惊慌地问：“妈妈，昨晚来小偷了吗？”

女主人点点头，伤感地说：“是呀！”

妹妹问：“小偷……小偷来……来的时候，是什么样子呀？”

对这个问题，女主人也不知该怎样回答，只说：“长着一张十分吓人的脸。”

姐姐瞧着三平的头，问母亲：“吓人的脸?是不是跟三平哥的脸一样呀？”一个月前，三平脑后长了块直径一寸上下的秃疤，虽找医生治过，一时却很难治愈。敦子这时首先发现了，便问。

女主人忙说：“不像话！真失礼！”

三平搔着头，笑着说：“哈哈！我的脸竟有那么吓人吗？这下可糟了！”

妹妹也问："妈妈，昨晚那个贼的脑袋也发亮吗？"

听了这话，女主人和三平不由失声大笑起来。女主人对两个女儿说："喂，喂，你们去院子里玩，妈妈这就给你们做好吃的点心。"好容易把孩子们哄了出去，便问三平先生脑袋怎么回事？

"被虫子咬了，医生说不容易好。师母的也是吗？"

"乱弹琴，我的哪是虫子咬的！女人嘛，发髻下坠的地方总会稍稍秃一些的。"

"秃，就是有细菌呢。"

"我的可不是细菌。"

"师母可别固执呀。"

"随你怎么说，总之不是细菌。对了，英文管秃头叫什么？"

"好像是'包尔德'吧。"

"不，不是这样说的，应该还有更长的名字吧？"

"问问苦沙弥老师，马上就清楚了。"

"他不肯说，所以才问你嘛。"

"除了'包尔德'，其他我就不知道了。你说很长，那是怎么说的？"

"叫……'奥坦钦·巴列奥略'，是不是'奥坦钦'说的是秃，后面说的就是头？"

"也许吧，我可说不准。这样，我去老师书房查查韦氏大辞典。对了，老师也够怪的了，这么好的天气，怎么总闷在家里？这样下去，胃病怎么好得了呢？师母还是劝他去上野观赏樱花吧。"

"你老师决不肯听女人话。你领他去吧。"

"老师最近还吃果子酱吗？"

"老样子，照吃不误。"

"前不久，老师向我发牢骚，说：'老婆总说我吃太多果子酱，真愁人！我明明没想到要吃那么多的嘛。她是不是算错了？'我就说：'那多的部分，一定是让太太和令爱一起吃掉了……'"

“讨嫌的多多良，干吗要那么说呀？”

“可是，看样子，师母也像吃过的呀！”

“看样子就能看出？”

“这个，的确是看不出来。不过，师母就一点儿也没吃吗？”

“吃倒是吃了一点儿，但也就一点点。自家的东西嘛，吃些有何不可？”

“哈哈！不出所料。不过，说正经的，被盗可是意外之灾呀。只是山药被偷走了吗？”

“要是小偷只偷走山药，我现在也不用这么发愁了。连平时穿的衣服都被偷啦！”

“这下岂不有燃眉之急？看来又要借钱了吧？唉，要是这猫是条狗就好了。真让人遗憾！师母，还是养条狗吧。猫光知道吃，一点儿用都没有。这猫捉过耗子吗？”

“捉耗子？它哪有心思捉哟！整天就知道吃啦、睡啦，真是条懒猫！”

“这样啊，那可一点儿用处也没有，还尽添麻烦。赶紧扔掉吧。要不，我拿回去炖来吃。”

“哟，多多良先生还吃猫呀？”

“吃过呀。猫肉可香了呢。”

“真是十足的英雄气概！”

咱家也曾听过这样的传说：下等门生当中，的确有些野蛮人爱吃猫肉，但连素蒙关照的多多良君竟也是一丘之貉，这是不曾料到的。咱家很不明白，此公已非寄人篱下的穷学生，虽说出校时日尚浅，但好歹也是一名堂堂法学士，且在六井物产公司供职，竟也萌生此种歹念？这真令咱家惊讶十二万分呀。

寒月二世——梁上君子的行为证实了“逢人要防贼”这句格言，多多良君此番光临主人家，又让我悟出“逢人要防吃猫鬼”这句真理。俗话说：“阅历深处见精明”。精明固然应该，但愈精明的人，危险也愈多，相应的，日子过得也就一天比一天劳累。狡猾、卑鄙、伪装、算计，是精明的结果，而年高则是精明的渊薮，正所谓“老奸巨猾”嘛。由此，精明如我等之猫辈，在多多良君的热锅里陪着葱花一同升天，便很有些理所当然了。想到这里，咱家不禁蜷缩在墙角，瑟瑟发抖。

这时，躲在书房里面壁的苦沙弥听见多多良的声音，徐步走了出来。多多良一见他，劈头就是一句：“老师，听说被盗啦？怎么会这样？真蠢啦！”

主人任何时候都以圣贤自居，立刻板着脸说：“闯进来的贼才愚蠢啦！”

“偷者固然愚蠢，被偷者也不见得有多聪明。”

外敌当前，女主人自然要助丈夫一臂之力，讥讽说：“看来无物可失的多多良是最聪明的啦。”

多多良笑了笑，说：“不过，最蠢的还是这猫。也不知它究竟安了什么心，既不捉耗子，也不捉贼……老师，这猫留在家里反正也没用，干脆把它送给我吧。”

“给你也行。你拿去做什么呢？”

“不做什么，就是炖来吃。”

听了这句狠毒的话，主人隐隐作呕，脸上流露出一丝胃病患者常见的病态笑容，并不明确作答。多多良见他那样，也就不表示一定要吃。咱家真是万幸。隔了一会儿，主人话锋一转，十分沮丧地说：“猫吗，就不去谈它啦。衣物被盗，让我冷得受不了呢。”

又怎么能不冷呢？主人以前身穿两件棉衣，而现在仅穿了件夹褂和半截袖的衬衫，从清早起，就闷坐在斗室里一动不动，本就不足的血液一直在全力支持他的胃，哪能兼顾其他部位呢！

“老师，教师这份职业，终究是做不得哟！你看你，稍一被盗就危机重重。还是另打主意吧。当实业家不是很好吗？”

女主人立刻翘起嘴说：“你老师最讨厌实业家了，说了也等于白说。”

“老师，您毕业有几年了？”

女主人代答：“今年应该是第九个年头吧。”说罢，回头瞅了丈夫一眼。主人未置可否。

“干了九年，都还不涨薪水，这叫人怎么干？而且别人也不会说你好，真是‘郎君独寂寞’啊！”多多良感叹地说着，情不自禁地将中学时背熟的一句诗朗诵给女主人听，可惜对方听不懂，默不作声。

主人心不在焉地说：“教师当然不想当，实业家就更不想干喽。”心里似在盘算到底该干什么。

女主人说：“你老师对什么都看不惯，所以……”

多多良开了个不合身份的玩笑：“看来只有师母最受欢迎啦。”

主人回答得极干脆：“最讨厌！”

妻子听了，伤心地转过脸去，过了一会儿，又扭过头来，望着丈夫，说：“看来你连喘气都厌烦了吧！”一心想要彻底制服他。

主人回答得格外从容：“那倒不怎么稀罕。”女主人顿时束手无策，不知该说什么了。

“老师，您还是轻松些，多散散步，不然，身体会受不了的……还是当个实业家吧。赚钱其实很容易，真可说轻而易举。”

“可我也没见你赚几个钱呀。”

“这！老师，我去年才进公司嘛，但即便如此，也比老师有点儿储蓄。”

女主人热心地问：“储了多少？”

“有五十元了。”

女主人一听，顿时来了兴致，又问：“你月薪究竟是多少？”

“三十元。每月在公司存五元，准备有事时花用。师母，环城路电车股票很不错，您也不妨买点吧。现在买，用不了三四个月就能翻一番，稍有点钱，很快就可能涨到两三倍。”

“要是有那么多钱，我也不至于为被盗犯愁了。”

“因此，老师还是当实业家的好呀。如果学的是法律，老师在公司或银行做事，每月至少也会有三四百元的收入。太可惜了，老师，工学士铃木藤十郎你认识吗？”

“嗯，认识。他昨天来过。”

“是吗？前些天，我在一次酒席上见到他，提起老师，他说：‘原来你是苦沙弥兄的门生呀！从前，我和苦沙弥兄曾在小石川寺一起食宿。你下次去时，给我带声好，就说我不久便去拜访。’”

“听说，他最近调到东京来啦？”

“是。他之前一直在九州煤矿，最近才调到东京，混得很好，也拿我当朋友看待……老师，您知道他每月挣多少钱吗？”

“不清楚。”

“月薪二百五十元啦！年中年末还有分红，加起来，平均每月有四五百元呢。像他那样的人都能拿那么多钱，而老师您是教英语入门课的专家，却混得‘十载一狐裘’[①]，也实在太傻喽！”

“的确太傻！”

像主人这样的人，即便超然物外，对金钱的认识也与普通人毫无二致。不，或许正因穷困潦倒，甚至加倍渴求呢。多多良把实业家大大吹捧了一通后，没什么再讲的，便说：“师母，有个叫水岛寒月的人来过老师这儿吗？”

“嗯，常来。”

“他是个什么样的人呀？”

“好像很有学问吧。”

“是美男子吗？”

“嘿嘿……和您差不多吧。”

“和我差不多，是吗？”多多良问这话时，态度很严肃。

主人问：“你怎么知道寒月的？”

多多良摆出凌驾于寒月之上的派头，说：“不久前，有人托我

① 《礼记·檀弓篇》中有“晏子一狐裘三十年”之说。

了解一下他。可他值得人了解吗？”

“你可远远比不上他。”

多多良既不笑，也不恼，只说：“比我还了不起吗？他能当上博士吗？”

“听说，他目前正写论文啦。”

“又是个傻子！这年头，有钱不挣，写什么博士论文呢？我还以为是个很不一般的人哩。”

女主人略带嘲笑地说：“看起来，你依然见识不凡呀。”

“有人说什么只要当上博士，就会有哪家姑娘嫁给他，等等。真是岂有此理！当博士就只是为了讨老婆吗？我对这人说，那姑娘与其嫁给寒月那号人，还不如嫁给我更好呢。”

“那人是谁？”

“就是求我了解寒月的那人。”

“那么，应该是铃木吧？”

“不，他那种人还不配托我办这种事。对方可是大富翁哩。”

女主人笑着说：“原来多多良不过是背后的本事呀！在我家神气十足，可一到铃木面前，马上就变成小不点儿了吧？”

“当然，不然就岌岌可危喽。”

主人突然说：“多多良，我们出去散步去吧。”他始终只穿一件夹袍，冷得无法忍受，便想稍微活动一下，于是破天荒第一次提出这种建议。

逢场作戏的多多良自然不会反对，当即说：“那好！老师，我们是去上野还是去芋坂吃饭团?那里的饭团你吃过吗？师母，你去吃点尝尝，又柔软又便宜，还给酒喝呢。”在他照例语无伦次地胡诌八扯时，主人已戴上帽子，换好了鞋。

主人在多多良陪伴下，究竟去上野公园干了些什么，或在芋坂吃了几盘饭团，咱家既无跟踪的勇气，也无侦察的必要，一概略去，趁机休养起来。

苍天赋予万物以休养之权利。举凡负有生息义务而又蠢动者，为尽其职责，必当定期休养。若真有什么神仙说：“尔等当为劳动生，岂可为昏睡活。”那咱家定要回敬，曰：“君之所言甚是。然则，吾既为劳动生，故当为劳动而息。”像主人那样总是牢骚满腹的犟筋斗，不也常安排时间休息吗？咱家多愁善感、日夜劳神，虽说是猫，也该有比主人更多的休息才符合天理。多多良君适才辱骂咱家是一个只会偷懒、无所事事的废物，真是丧尽天良！这等凡夫俗子，才是只会寻求感官刺激而一无是处的笨蛋。他们评价他人时，形骸之外概不涉及，认为只有头拱地、背朝天弄出一身大汗才算劳动。真令人讨厌！据说，达摩[1]潜心打坐至两脚溃烂，即使常春藤从石缝中爬出，将他的眼睛和嘴封得无法动弹，让人搞不清楚他究竟是睡了还是死了，但他大脑依然在不停地活动，思索至真大道，领略“廓然无圣”的玄奥禅机。还有，儒家也有静坐一说，这并非仅仅深居斗室，修炼安闲与跪坐，而是心中洋溢活力，其炽烈远胜常人。只因外观太过端庄，看似极为沉寂，天下的泥胎凡眼才会无知地将知识巨匠视为昏睡假死之庸人，进而用心歹毒地诽谤，说什么废物、饭桶等等。这些人的眼睛不过是一双只见其表而不见其里的瞎窟窿罢了。多多良三平之流正是这类人中的头等货色，这样的货色，把咱家看成干屎渣也就再正常不过。但可恨的是，连略知古今诗文、稍识真相的主人，竟也不分青红皂白地随声附和多多良三平的浅薄之语，对其“锅煮活猫”的倡议竟不阻拦。

退一步说，他如此蔑视咱家，似乎也不无道理，正所谓“大声不入俚耳”“阳春白雪，曲高和寡”嘛。如果硬要让除了形体之外对一切都视而不见的人仰视咱家灵魂的光辉，犹如逼秃子挽发、逼金枪鱼演说；叫多多良三平放弃赚钱的欲念，也实在有些勉为其难。

不过，即便是猫，也属自然界的动物。既然是自然动物，再怎么自命清高，也须在某种程度上与大自然相协调。主人、太太、女

① 达摩：中国佛教禅宗的始祖，曾在嵩山少林寺坐禅面壁九年。

仆及三平之流不公正地评论咱家，固然遗憾，但若只因人类无知，就和他们斤斤计较，一旦被他们扒下皮卖给做三弦琴的，或剁了咱家肉做成多多良的盘中餐，那问题可就大了。因此，咱家心里虽万分恼怒，却也无可奈何，只得作罢。

想咱家奉天命来到人间，凭自己的智慧运筹于斗室，实乃冠绝古今之猫，身子骨十分珍贵。古语“千金之子，坐不垂堂”，好高骛远，徒增麻烦，不但殃及自身，抑且深拂天意。纵然是猛虎，若拘于动物园，也只能与猪猡毗邻；即便为鸿雁，若执于猎夫之手，也只能与鸡雏共俎。咱家既和庸人混在了一起，就不能不退而为庸猫；既为庸猫，就不能不捕鼠……终于，咱家决定捕鼠了。

日俄两国的大战早已开始。咱家为日本猫，自然偏袒日本。恨不得组成一只猫兵混成旅，去挠死俄国鼠。可以想见，以咱家的充沛精力而言，要捉那么一两只老鼠，真可谓不费吹灰之力。据说，从前有人向一位著名的法师请教：“如何方可达悟境？”法师颇风趣地回答：“如猫扑鼠般。”那意思自然是说，咱猫只要全神贯注，无论多么狡猾、猖狂的老鼠，也难从咱爪下逃过。虽说谚语有“女子无才便是德”的话，但还从未有“猫不扑鼠便是德”的格言。可见，贤明如咱家者，没理由不会扑鼠，更没有理由捉不到老鼠。之所以至今还未捉到，不过是不想捉而已。

像昨天一样，春日早早西沉了。晚风阵阵，吹来缤纷落英，它们轻轻穿过厨房门的破洞，飘落在桶里的水面上，在昏黄油灯的照耀下，显得白花花的。看着这些落英，咱家决心在今夜立下赫赫战功，让瞧不起咱家的阖家老少们大惊而特惊。为此，有必要先巡视一番战场，熟悉一下地形，以防战线拉得太长。

厨房的地面上没铺地板，若铺上席子，大约可铺四张。厨房从中隔开，一边是水池，一边用来和饭馆、菜店伙计谈生意。靠墙的炉灶建造得十分豪华，很不合贫家身份。火炉上的紫铜水壶擦得油光锃亮，更与主人的脸面不合。右边至板壁之间的二尺地盘，是咱家吃蛤蜊壳的专属地。挨近饭厅处立一柜橱，使小小的厨房显得更窄小，里面装着碗呀、盘呀、钵呀之类的东西。柜橱边，立着一个和它一般高的简陋的横格架子，架下，放着一个底朝上的研钵，钵里横放一小桶，桶底儿正好对着咱家，钵旁，一个灭火罐孤零零地挂在墙上，被炉灶的烟熏得漆黑，椽子交叉处悬了根铁链吊钩，勾着一个平底大竹筐。竹筐不时随风飘动。刚来主人家时，咱家很不明白为何要把这竹筐挂那么高，后来才知道是为了防止咱家去拿竹筐里的食物，不禁痛感人类的心，是多么的不端啊！

看过地形，咱家心里有了底，便开始制定作战计划。按只是在洞口单方面死守，那也不能称其为战争。因此，咱家仔细研究老鼠出洞后的路线，准备大打歼灭战。这时候，咱家觉得自己很有点儿像东乡大将[①]。

女仆刚才去了浴池，到现在还没回来。屋里，孩子们睡得正熟。主人不知什么时候吃罢饭团回来，依旧闷坐在书房中。客厅里不见女主人，大概回卧室打瞌睡，梦山药去了吧。门外，虽说不时有人力车经过，但街上始终冷冷清清。房里房外八方萧索，显得异常凄凉，令咱家心生悲壮之感，直把自己当成猫中的东乡大将看待。置身于这样一种临战的气氛中，咱家心里难免于恐怖中夹杂着些许愉悦之情，想来人同此心。不过，咱家发现愉悦深处，还存有一大隐忧。

与鼠作战乃计划中事，来多少只也不可怕，但如摸不清老鼠来路，那就十分被动。经周密观察后咱家得出结论，认为有三条路线可供老鼠出动：其一，如为地沟中的老鼠，必沿下水道入水池，再转至炉灶后面，咱家可伏身于灭火罐后，断敌退路；其二，外来老鼠很可能钻进已放掉洗澡水的浴盆里的白灰洞中，再绕过澡池，出

① 东乡大将：即东乡平八郎(1848—1934)，鹿儿岛人。中日甲午战争时为日本“浪速”舰舰长，日俄战争中任日本联合舰队司令官，一九一三年获赐“元帅”称号。

其不意地攻入厨房，对此，咱家就在锅盖上安营扎寨，待老鼠出现，立刻居高临下地扑下去捉拿；其三，柜橱右下角有个月芽形小洞，咱家疑心这是老鼠咬出来的，凑近一闻，果然有老鼠味儿。假设老鼠从这洞里冲出来，咱家便借助柱子的掩护，从旁突然给它一爪。

但如从天棚来呢？咱家仰头一看，但见上面被油烟熏得黑乎乎的，在灯光的照耀下，犹如地狱倒悬，心想以咱家本事，既上不去也下不来，老鼠何能，敢从这等高处跳下？大可不必挂怀。鼠兵若从一个方向攻来，咱家闭上一只眼也能打得它们跪地求饶。若分两路来攻，咱家自信照样能打败它们。但如三路围攻呢？无论多么指望猫类天生就该捕鼠，咱家恐也束手无策了。既然孤猫难敌众鼠，何不向车夫家的大黑求援？但这样岂不有损颜面……咱家绞尽脑汁，也想不出周全妙计。

这当儿，最能稳定咱家情绪的，莫如认定这样的危险不会发生，或将力不能及之事，一概视作从未发生。请看寰尘，昨日娶回家之新娘，很可能天一亮就谢世，什么吉祥如意、花好月圆、天长地久，全成了扯淡！故而，咱家也可毫无根据地断言：三面夹攻之事绝不会有，大可安心。万物皆需安心。咱家盼着安心，自然不信三面围攻的惨状会发生。

尽管如此，咱家还是安不下心来，为何？只因细一思量，才想到三个方案中，该选哪一个为上策呢？苦于没有了如指掌的结论，咱家烦恼不堪。若鼠兵从壁橱攻来，咱家自能应付；若从澡池攻来，咱家自有对策；若从水池进发，咱家也有退敌之计。但定要在三者中确定主攻方向，咱家可就拿不定主意了。据说，关于俄国波罗的海舰队穿过对马海峡之后，究竟是在轻津海峡出现，还是远远绕过宗谷海峡，当年东乡大将心里也是费尽思量。设身处地，咱家现在对他当时左右为难的心情，也就不难理解。这样看来，咱家不仅形貌与东乡阁下相似，便是对敌心情，也毫无二致。

咱家正专心致志地思考对策，破格子门忽然被拉开，露出女仆的一张脸来。说她只露出一张脸，并非说她没手脚，只不过她的其他部位无法让咱家的锐眼看清，唯有那张脸儿光彩鲜明，能映入咱家眼帘罢了。此时，她那张红脸蛋比平日更显鲜艳，究其原因当是沐浴所致。她随便扫视了一下厨房，便将破格子门早早关上，看来是吸取了昨晚被盗的教训吧。

忽听主人在书房里大喊把手杖给他放在枕边。咱家很不明白，何以要用手杖点缀枕头？谅他也没胆子异想天开地扮演易水壮士①，倾听横笛悲歌吧。

昨日是山药，今日是手杖，真不知明日又是什么。

夜色渐浓，老鼠还未出现。大战前，咱家很需要休息一会儿。

厨房没气窗，但在相当于门楣的地方凿了个洞，有一尺来宽，以便通风透气。风儿携着无奈飘落的樱花，飞进洞来。炉灶的影子长长地斜映在地板上。不知什么时候，月儿已上梢头。咱家担心睡过头，抖动了几下耳朵，细察房里动静，但听挂钟嘀嗒作响。老鼠该出洞了吧，但会从哪儿来呢?

忽然，壁橱里响起咯吱咯吱的声音，好像有老鼠在用爪子抓碟子，偷吃里面的食物。原来是从这里钻出来呀！咱家忙奔过去，蹲在柜门外守候，可它却始终不肯出来。很快，咬碟子的声音停息了，却又传来咬大碗的声音，还十分沉重，而且就在靠近柜门的地方响起，距咱家鼻尖竟不足三寸。咱家心想这家伙也太大胆，居然如此不把咱家放在眼里，便去扳门，想把爪子伸进去抓它，不料门没扳开，它早退得远远地。壁橱里，老鼠进进出出的脚步声不断响起，但就是没一只肯出来，末了，还在一只大碗里举行盛大舞会。只隔了一层门，这些家伙如此猖狂，而咱家则蹲在门外，偏又奈何它们不得，真把咱家给气死！心想那笨蛋女仆事先若不将柜门关死，何至于让咱家如此难堪！唉，乡下女人就是糊涂哟。

炉灶背后，属于咱家吃蛤蜊壳的地方，传来嘎巴声响。敌人竟

① 《战国策·燕策三》记载，荆轲欲刺秦王，临行前与燕太子丹在易水岸边告别，歌曰：“风萧萧兮易水寒，壮士一去兮不复还。”

从这儿窜出来！咱家大怒，蹑手蹑脚地走近，见两个水桶之间闪出一条尾巴，当即伸爪子抓去，不料那家伙竟飞快地钻进水池下边去了。跟着，只听“当”的一声，澡池的漱口盂掉下来，撞在洗脸盆上。敌人就在那里！咱家一扭头，张嘴便咬去。一个不过五寸长的家伙，竟以令咱家眼花缭乱的速度，啪的一声撞掉牙粉，逃到外廊去了。“哪里逃！”咱家大喝一声，紧追过去，可哪还有半点儿踪影。想不到捕鼠竟这么难，咱家心里不免有些泄气，暗想自己是否先天缺乏捕鼠本领。

咱家转到浴池，鼠兵便从壁橱逃掉；在壁橱等候，它们又从水池下窜出；在厨房中心位置下寨，它们便四处骚动，更难应付，弄得咱家晕头转向，真有些说不出它们到底是狂妄还是胆怯了。咱家反反复复追杀了十五六次，不仅没一次成功，还劳气伤神，气喘吁吁。说来也真可怜！威风凛凛如东乡大将的咱家，竟对这帮小人无计可施。刚开始，咱家既有勇气，也有必胜信念，甚至还有崇高的悲壮情怀，而现在却四肢酸麻，委屈、懊丧、无奈、厌倦……种种感受齐上心头，欲战不得，欲罢不能，最终只能傻乎乎地站在那里，勉强装出眼观八方的样子静待敌来，心里却巴不得它们快些滚蛋。战争的光荣感、神圣感就这么去了，剩下的只有厌恶；厌恶过度，便意气消沉；消沉之后便是放任自流；放任自流的结果，便是咱家睡了。即使在战斗中，休息也是必不可少的嘛。

从檐下的一个气窗里飘进来一些落英，夹带着丝丝寒气，肃杀的令人心悸！咱家刚觉不妙，一个枪子儿大小的东西，便从橱门里蹦出，扑上来一下咬住咱家左耳。咱家还没来得及做出反应，又一条黑影窜到咱家身后，紧紧抓住咱家尾巴。一瞬间，咱家竟险象环生，危机四起，忙将全身之力集中于毛孔，本能却又盲目地纵身一跃，想抖掉那两个怪物。咬住咱家耳朵的那家伙身子忽然间失去平衡，一下掉落在咱家脸上，胶管似的柔软尾巴竟插进咱家嘴里。真是天赐良机呀！咱家心里大喜，说什么也想不到世上竟有这么容易让咱家一展神威之事，赶紧咬住不放，接连左右摇晃，谁知用力过猛，竟咬断了尾巴。那家伙身子重重摔出去，撞在糊着旧报纸的墙壁上，跟着“啪”的一声掉在地窖盖上。咱家不待它站立起来，立刻扑过去，万万不料那家伙竟于间不容发之际，身子像个皮球似地凌空弹起，掠过咱家鼻尖，呼地跳到房顶架子上去了。一时间，它蹲在那里俯视咱家，咱家跳不上去，也只能蹲在地板上，在五尺之外干巴巴地仰望着它。

这当儿，月光如练，斜斜洒进屋来。咱家气极，忽将全身力气用在前爪，猛力一挺，刷地往房架子上跳去，前爪虽然神奇般地搭在了架子边，但后爪乏力，却只能悬在空中乱踢。这当儿，咬住咱家尾巴的那个黑不溜秋的家伙偏偏又死不松口。它愈用力咬，咱家便愈抓不稳架子。眼见大事不妙，咱家探出一只前爪，想抓得更牢些，谁知因尾巴上那家伙的捣乱，不仅没抓牢，反而更向后退。只需再退那么两三分，咱家便非给摔下来不可。

说来真是祸不单行，眼见咱家只剩下一只右爪在支撑全身重量，架子上的那家伙看出时机已到，像抛下块石头似的，不顾一切地向咱家扑来。霎时，咱家右爪失去了最后一丝依靠，和那两个家伙扭成一团，穿过月光笔直落下。这当儿，也不知是本来就没放稳，还是因咱家和那两个家伙下坠的力道太大而受到震动，架子下面的研钵、研钵里的小桶和果子酱空瓶，还有下边的灭火罐一起飞降：一部分掉进水缸里，一部分摔在地板上，发出震耳欲聋的轰然巨响，让躺在地上垂死挣扎的咱家，害怕极了！

“有贼！”主人扯起他那公鸭嗓子大叫一声，一手提灯，一手持杖，从卧里气势汹汹地杀将出来，蒙眬睡眼中射出充满杀气的炯炯光芒。

那两个家伙早已消失，咱家无力走动，只在蛤蜊壳旁静静躺着。主人没发现贼，好不甘心，怒气冲冲地吼问：“是谁？谁搞出那么大的声响？”

月儿西沉，银光如练。夜，已深了。

第六章

酷暑难当，便是咱猫也受不了。听说，有个叫什么锡德尼[①]的英国人叫苦说：“恨不能剥了皮、挖了肉，只剩骨头凉透透。”其实，只要能凉爽，就是连骨头也不剩，把咱家这身浅灰色带花纹的皮毛剥下来，送进当铺也行嘛。

在人类看来，我们猫春夏秋冬同是一张皮，一年到头总是一副脸色，过着最简陋、最平静、最不需金钱的生活，却不知猫也知冷暖。天热，咱家并非不想去河里洗澡，怎奈洗过后想晒干这身皮毛可不容易，不得不忍受一身汗臭味儿。唉，长这么大，咱家还没进过澡堂的门呢。咱家也想过扇扇子，试过好几次，就是握不住扇把。又有什么办法呢！

每每想起这些苦，咱家就觉得人类太铺张浪费了，本应该生吃的东西，偏要特地煮呀、烧呀，又添醋加酱的，多费周折之后，才欢天喜地的拿来吃。衣着也是如此。的确，对天生就有许多缺陷的人类来说，要他们像咱猫一样，一年四季都不换装，是有些过分，但他们又何必非要把那些乱糟糟的玩意儿套在身上，才可度日呢？至于靠羊的搭救，受蚕的照顾，承棉田之恩，等等，几乎可以断言：这种种想当然的奢侈，都是无能的体现。

① 锡德尼·斯密士(1771—1845)：英国牧师、作家。

本来，对衣食这些小事，咱家姑且睁一眼闭一眼，高抬贵手算啦。然而，便是连那些与生存毫无直接关系的事，也硬要依样画葫芦地干，就很令咱家费解了。比如头发是自然生长的，但人类却枉费心机，以将之梳成千奇百怪的发式而沾沾自喜。有一种发式，人们称之为光头，无论何时脑袋都是光秃秃的，难看得要死，人类却偏偏喜欢。天热时，将伞撑在头上避热；天冷时，又缠上头巾防冷。早知这么麻烦，当初又何必把头发刮得一根不剩呢？岂不是莫名其妙?这还不算，人类还用像锯条似的无聊玩意儿，叫“梳子”什么的，来梳理头发，或两分，或三七开，更有甚者，让分界线直通脑后，搞得像芭蕉叶。还有人把头顶剃得溜平，左右两侧陡然直下，让圆圆的头扣上个方盘。还有，人类本来有四肢；却偏偏只用两只脚走路，空着双手无所事事，不是浪费又是什么？总而言之，人类那么呕心沥血地铺张浪费，真不知是变态还是穷极无聊。

但便是如此优哉游哉，有的人一见面便大肆声张：“哎呀！真忙呀！忙得很呀！”一味地鼠肚鸡肠，好像不说忙，就不足以证明自己有多清闲、多无聊似地。还有人见到咱家，就说什么“要是像猫那样，该有多快活呀！”想快活就快活呗，谁也没嫉妒你们蝇营狗苟地混日子呀！还有叫苦连天的，喊热的，骂冷的，不停地给自己找麻烦，又不停地穷于应付，末了竟又羡慕起咱猫的逍遥自在来。唉，真不知该怎么说人类了！

还是别管人类吧。天这么热，咱家午睡也睡不成，想看看有没有什么新闻，又因怠于观察人世已久，实不知还有什么新闻可言。偏偏主人在睡眠这一点上，与咱家极其神似，想从他那里打听有什么新闻，于酷热的太阳下，也变得不可能。

主人之贪于午睡，丝毫不比咱家逊色，尤其放暑假后，举凡有点人样的事他都一概不做，只与咱家比肩。真扫兴！这时节，迷亭一来，主人一见之下，那受消化不良影响的皮肤就会有些反应，可暂失猫性，多少恢复些人的本来面目。咱家正盼他来，真是要多巧就有多巧，他果然来了。他从后门一进来，听得有人在澡池里哗哗浇水冲凉，便高声大叫："噢，很好！太舒服啦！来，再来一勺！"声音响彻全宅。咱家待在檐廊下，本不见他来，但听到这声音，便晓得不是他才怪。

他来了，咱家今日又能好好地混上半天了。他大摇大摆地走进客厅，把帽子往床席上一扔，便急不可待地高声问女主人："嫂夫人，苦沙弥兄这会儿在干什么？"

女主人本在隔壁房里，伏在针线盒旁睡得正香，忽然听到他几乎能震破耳鼓的大嗓门声音，吓了一跳，硬是睁开睡眼，奔进客厅来，见迷亭身穿萨摩产的上等麻布衫，手摇小扇，高居上座，不无尴尬地寒暄说："噢，您来啦！我一点儿都不知道呢。"也不说擦擦流在鼻尖上的汗珠子。

"是啊，刚来。这天真热呀！适才经过澡堂时，多亏求女仆浇了点水，才好歹保住了小命。"

女主人说："这几天，就是一动不动，浑身也冒汗呢。您好吗？"依然不擦鼻尖上的汗。

"我很好，谢谢。本来嘛，热个一星半点儿也没什么，但热到这种程度，可是四肢无力哟。"

"我一向都不睡午觉的。可天这么热……"

"睡过了吗?要是白天晚上都能像这只猫一样酣睡，那就再好不过了。"迷亭这家伙又拿咱家打比方，信口开河起来。"像我这号人就不行，没这福气。每次来，都见苦沙弥兄酣睡不已，真叫人羡慕呀！当然，天气这么热，胃病患者的确难熬。便是健康人，碰到今儿这样的天气，别的不说，单是肩膀上扛着个脑袋，也累得慌呢。只是既长了这么个脑袋，又总不好把它拧掉。像嫂夫人，不仅肩上扛着个头，头上还顶着个东西，是万万坐不住的。光那发髻的分量，就令人直想躺下睡呢。"

女主人没意识到迷亭又在瞎说，以为发髻有什么不对，便一边整理发髻，一边笑骂："嘴太刻薄！"

迷亭毫不在意，又说：“嫂夫人，昨天我在房顶上搞了次煎鸡蛋试验，真够离奇的。”

女主人一听，顿时充满好奇，问：“房顶上？怎么煎的？”

“我见房瓦被阳光烤得太烫手，不忍白白浪费，就倒了些牛油在上面，又打了鸡蛋……”

“我的妈呀！真的吗?”

“不是真的，难道还有假不成？只是太阳光并不十分理想，鸡蛋只煎了个半熟。我便从房顶下来看报，刚看几眼，赶巧有客人来，就把煎鸡蛋的事给忘了。今天早晨起床后，忽然想起那鸡蛋该煎得差不多了吧？上房一看……”

“怎样？”

“全熟透了。”

女主人皱起眉头，感慨不已：“哎呀呀！真神奇啦！”

“是挺神奇的。三伏的时候十分凉爽，到了现在却偏偏热起来，岂不怪哉？”

“可不是吗。前些天穿单衣都还觉得很冷呢，前天一下就热起来了。”

“现在正是螃蟹横行的时候啊。今年的天气真是反常，说不定在预言：‘倒行逆施，无止境乎？’”

“你说什么？”

“噢，没什么。我是说气候这么反常，倒很有些像赫拉克勒斯[①]的牛呢。”

迷亭得意忘形，越说越离谱，而女主人却越听越莫名其妙。只因刚被“倒行逆施”这句话弄得晕头转向，后面的赫什么牛便不敢再问，只“咦”了一声。

女主人不追问，迷亭便觉得无趣极了，于是又问：“嫂夫人！你听说过赫拉克勒斯的那头牛吗？”

① 赫拉克勒斯：希腊神话中的大力神。

女主人傻里傻气地认真说："什么赫……什么的牛，我可不知道。"

"不知道吗？那我给你讲讲吧。"

女主人碍于面子，不好拒绝，只得随便应了一声。迷亭便煞有介事地说起来："从前，有个叫赫拉克勒斯的人，牵了一头牛……"

"这个赫拉克什么的，是个牛倌吗？"

"他可不是牛倌，也非不懂事的丈夫。那时，希腊可连一家牛肉铺也没有哩。"

女主人惊呼一声，说道："哟，是希腊故事呀？何不直说呢？"她知道有希腊这么个国家。

"我不是讲了是赫拉克勒斯了吗？"

"哦。这么说，赫拉克勒斯就是希腊吗？"

"哪里话，他是一位希腊英雄。"

"哦，难怪我不知道。那他怎么样了呢？"

"他呀，像嫂夫人刚才一样，咽得不行，呼呼大睡……"

"哎哟，这我可不爱听！"

"他正酣睡时，赫淮斯托斯[①]的儿子来了。"

"赫淮斯托斯？那又是谁？"

"是个铁匠呀。他儿子偷走了那头牛。因这小子是扯着牛尾巴倒退着偷走的，赫拉克勒斯醒来后发现牛不见了，便顺着牛蹄印子四处寻找，边找边叫：'我的牛啊，我的牛啊！'就是找不到，哪想到小偷儿是倒拉着牛走的呢！这铁匠的儿子可太聪明啦。"讲完这故事，迷亭已忘了天热，又说："苦沙弥老兄近来如何，照例睡午觉吗？汉诗中记载的有午睡，还挺风流的哩！像苦沙弥兄天天按部就班地睡，就俗气了。整天无所事事，像个死人似的。嫂夫人，麻烦你叫醒他，好吗？"

① 赫淮斯托斯：希腊神话中掌管火和锻造的神。

他这么一说，女主人也深有同感，便说："是啊，的确不像话。不说别的，身子也会睡坏嘛。他刚刚吃过饭。"说着便要走，迷亭却道："提起吃饭，嫂夫人，我还不曾用膳哩！"脸一点儿也不红。

"哎呀呀，正是吃午饭的时候嘛，我怎么全给忘了。那么，将就吃点茶水泡饭，行吗？"

"不，若是茶水泡饭，就别吃啦。"

女主人扑哧一笑，话里带刺地说："好吧，反正也没有你可口的东西嘛。"

迷亭恍然大悟，这才明白不小心掉进嫂夫人的陷阱，只得说："不，茶水泡饭也好，冷水泡饭也好，一概全免。我刚才在路上经过一家饭馆，顺便叫了些饭菜，就在这儿享用了吧。"瞧这话说得，外人真是开不了口。

女主人"啊"的一声叫，将惊讶、不快和因免却麻烦而谢天谢地等含意，全表示出来了。

客厅里的谈话声终于吵醒了主人，他从床上爬起来，踉踉跄跄地走出书房，边打哈欠，边哭丧着脸对迷亭说："你这人，怎么总是七吵八闹的？好不容易想好好睡一觉……"

"呵，醒啦？惊破夙梦，十分惭愧。不过，偶尔为之，尚无碍吧！来，坐下。"

如此寒暄，实在是主客难分呀。主人默然落座，从烟盒里抽出一支"朝日"牌香烟，点燃火吧嗒吧嗒地抽起来，忽然瞧着迷亭的那顶草帽，问："你买帽子了？"

迷亭立刻将草帽高举在手中，炫耀地问："怎么样？"

女主人拿过帽子来，一边摩挲，一边说："呀，真漂亮！格很细，真柔软！"

迷亭笑道："嫂夫人，这顶帽子可是万宝囊哟！想叫它怎样，它就会怎样……"说着，攥紧拳头，"啪"的一声打在巴拿马草帽的侧面。草帽果然遵旨，立刻瘪了拳头那么大个地方。

女主人惊叫一声："哟！"说时迟，那时快，迷亭一拳打进帽里，帽盔又鼓了起来。接着，他双手捏住帽檐两边，用力压扁它，草帽变成了用擀面杖压过的荞面饼，溜平。迷亭再把它像卷席子一样地，一圈又一圈地卷了起来，然后揣进右袖，双手一摊，说："瞧，就这样。"

女主人这下就像看到了"归天斋"的正一[①]变戏法，感慨地说："真神奇呀！"

迷亭嘿嘿一笑，又装模作样地特意从左袖口里将草帽拿出来，让它恢复原状，再用大拇指顶住帽盔中心，让草帽滴溜溜地转起来，得意地说："看，哪儿也没坏。"女主人以为把戏就此结束，正想说什么，没想到迷亭突然使出最后一招，竟将草帽"啪"的一声扔在身后，跟着一屁股坐了上去。

"喂！这样没事吗？"连主人见状都不安起来，女主人就更不消说了。她担心地提醒迷亭："好容易买了这么一顶出奇的帽子，要弄坏了怎么得了！还是见好就收吧。"

迷亭兴高采烈地说："要知道，就因弄不坏，它才出奇哪！"说着，把坐得七扭八歪的草帽从屁股下取出来，也不整理一下就直接戴在头上。说来真奇，那草帽竟霎时恢复了原状。

女主人越看越佩服：说："这帽子真结实呀！究竟是什么缘故呢？"

迷亭得意扬扬地说："噢，没什么，这帽子本来就这么神奇嘛。"

女主人听了，便劝丈夫说："你也买一顶这样的帽子吧。"

迷亭问："苦沙弥兄不是有一顶漂亮的草帽吗？"

"有是有，可前些天，孩子们把它踩烂了。"

"哟，哟！真可惜呀！"

---

① "归天斋"的正一：魔术师，生卒不详，传说就是此人把西方魔术首次引进日本。

“就因为这个原因，想买一顶像您那样结实的帽子呢……”女主人不知道巴拿马草帽有多贵，再三劝丈夫：“买顶这样的吧。嗯？喂！”

“洋草帽就先介绍到这里，”迷亭说着又从右衣袖里掏出来一个红盒，从盒里拿出一把剪刀给女主人看，“嫂夫人，请看这剪刀，它有十四种用途，也是非常贵重的宝器哩。”

这把剪刀如不露面，主人必将因为不肯买巴拿马草帽而遭妻子呵责，幸亏妻子出于女人特有的好奇心，留心起剪刀来，才让他免去了一场浩劫。这与其说是出于迷亭的机智，还不如说侥幸更妥当。女主人不解地问：“十四种用途呢！一把剪刀怎会有这么多用途呢？”

迷亭君便吹嘘起来：“我现在就详细说明，请看！这个月牙形洞眼，把烟卷儿往里一放，咔嚓一声就切断了；刀根上的这些齿痕装饰是用来剪铁丝的；把它平放在纸上，又可用它画线，而刀背上的刻度表，则具有格尺功能；旁边的小锉子是磨指甲用的；把剪刀尖插进螺丝口，用力拧，就能代替小锤；把这一头插进一般铁钉钉成的木箱缝隙一撬，不费吹灰之力就能将其撬开。再看刀尖，可当锥子用；这里能擦掉写错了的字。全都拆开就是一把刀。最后，喂！这最后一项可太有趣了。看这个有苍蝇眼珠那么大的圆球……”

“我不看，否则，您又要拿我寻开心了。”

“别那么不信任我好不好！就权当再上一次当，瞧瞧这里吧，只瞧一眼……”迷亭说着，把剪刀硬递给女主人。女主人迟疑地接过剪刀，眼睛贴住那地方不住往里瞧。二人同时一问一答：

“看见没有？”

“一片漆黑，什么也看不到呀！”

“这还了得！您把剪刀稍微面向纸格门一些，别倒放……对啦！看见了吧？”

“呀！怎么是照片呀？这么小的照片怎么能贴在里面呢？”

“妙趣就在这里。”

主人见他二人说得神神秘秘的，也想看看，便说：“喂，也让我看看。”

女主人正看得兴致勃勃，压根儿就不想交给他，说：“太漂亮啦！还是个裸体美人呢！”

主人顿时急了，大声说：“喂，快给我看看！”

“等等嘛。那头发多美呀！一直搭到腰部，还微微扬起脸来，身材太高了！真是个美人哟。”

主人急不可耐地训斥起来：“喂，叫你给我看，怎么就是不听？我看了你再看。”

“唉，有什么好争的！你就拿去瞧个够吧。”女主人不满地说着，将剪刀交给主人。这时，女仆从厨房里走出来，说客人预约的饭菜送来了，跟着将两笼荞面条端进客厅，放在茶桌上。

迷亭极认真、又极礼貌地说：“嫂夫人，真对不起，我就在这儿吃自备的伙食吧。”

女主人很少见他这么客气过，明知是在开玩笑，却又不知该说什么好，只得低声说：“嗯，您请！”

主人这时终于看够了那个裸体美女，抬起头来，关切地说：“迷亭，大热天吃荞面可伤胃哟。”

“没事儿！病菌通常不会跟爱吃的东西混在一起的……”迷亭边说便揭开笼盖，把佐料放进汤里，胡乱搅了一通，然后边吃边说。“……好面！幸运啊幸运。把荞面条切这么长，真是蠢得要命！”

主人担心地提醒他说：“放那么多姜末在里面，可是很辣的哟。”

“吃荞面嘛，就得要蘸汁拌山姜。你不怎么吃荞面条吧？”

“我喜欢馄饨。”

“馄饨不过是马夫吃的玩意儿，有什么好喜欢的？说起来，再没有比不知荞面味的人更让人觉得可怜的了……”迷亭说着，随随便便地用杉木筷子往笼子里一插，将一大把荞面条挑起来，足有二寸多高，说："嫂夫人，吃荞面条也有很多派头呢。初吃的人，只知道一味地蘸汁，吃进嘴里后吧嗒吧嗒不住地嚼，根本吃不出荞面味儿来。要这样一筷子挑起吃，才够味嘛！"边说边将面条挑起一尺多高，估计差不多了，正要往嘴里送，却发现还有不少面条的尾巴仍留在笼子里，舍不得出来，便又往上拉。同时问女主人："这家伙可真长呀！见过这么长的面条么？"

女主人显出十分钦佩的样子，说："的确够长的。"

迷亭说道："像我这样把长面条的三分之一蘸上汁，再一口冲下去，不能嚼，一嚼就走味。突噜噜一口吞下，才带劲儿呢！"口中说着，将心一横，把筷子用力往上一提，那些面条好歹才全部离开了笼子。接着，将面条的下半部分放进盛着佐料的碗里，轻轻搅了一搅。按照阿基米德原理，荞面条放多少在碗里，汁就会涨多高。碗里的汁原本装了八分，面条放进去还不足四分之一，汁就已经满了。迷亭不得不将筷子停住不动，表现得有些犹豫。忽然，他以猛虎搏兔之势飞快地将嘴凑近筷子，哧溜一声，喉头仅仅动了两下，就将荞面条一吞而尽，眼角跟着淌下两滴泪水来，向面颊流去。这究竟是姜汁所致还是太过狼吞虎咽所致，咱家不得而知。

主人情不自禁地夸赞道："竟然一口吞下。佩服！"

女主人也由衷地赞叹起来："真带劲儿！"

迷亭放下筷子，拍拍胸脯，得意地说："嫂夫人，我顶多三口半或四口就吞下一笼面条。细嚼慢咽就没味儿了。"说罢，掏出手绢来擦了擦嘴，暂且歇息一下。

这时，不知什么缘故，这么热的天，寒月君竟戴着棉帽，两脚泥乎乎地跑来。迷亭大大咧咧地说："啊，美男子驾到！我正用餐，失陪一会。"于众目睽睽之下，镇定自若地解决了另一笼荞面。他这次不像刚才那样狼吞虎咽了，吃完后也没掏出手绢来，那么不成体统地擦嘴，表现得还算不错。

主人问："寒月君，博士论文已写好了吧？"

迷亭跟着说："金田小姐已等得不耐烦了，快些交卷吧。"

寒月有些胆怯地说："罪过，罪过！我也想尽快交稿，以便她安心。怎奈问题终究是问题，要费很大心血研究哩。"将违心话说得像肺腑之言一样。

迷亭又捣起乱来，用和寒月同样的腔调说："是呀，问题终究是问题，是不能以'鼻子'的意志为转移的。不过，鼻子足够大，倒值得仰其鼻息哟！"跟着问。"论文题目是什么？"

"是《紫外线对青蛙眼球电动作用的影响》。"

"妙啊妙！真不愧是寒月先生。真离奇，怎么会研究到青蛙的眼球上去？苦沙弥兄，论文脱稿前，是否应该向金田公馆报告这项发明呢？"

主人不理睬迷亭，问寒月："研究很辛苦吧？"

"是的，的确是个很复杂的问题。如何准确地认识青蛙眼球的构造，是最大的难点，有必要进行种种实验，首先就要做一个玻璃球，进行比照研究。"

主人说："玻璃球还不容易！去玻璃店走一趟不就完事了嘛。"

寒月挺起胸膛，说："不，不！没那么简单。像那些圆呀、直线呀，都是几何学上的定义，完全符合理想的圆与直线，现实世界根本不存在。"

迷亭不满地说："既不存在，又何必苦求？"

"是呀！所以我先试制一个能对付着搞试验的玻璃球，前些天已开始做了。"

主人满怀信心地问："一定成了吧？"

寒月懊恼地说："怎么能成呢……"说完，又觉得有些前言不搭后语，便进一步解释说，"……十分困难，要一点点地磨。刚觉这边半径过长，磨去一点儿，呀，不得了！另一边的直径又变长了，再费九牛二虎之力去磨那一边。可这下整个都变成椭圆形了。

好容易矫正了椭圆形，直径又不对。刚磨时，圆球足有苹果大，现在只有杨梅果那么小了。我鼓励自己坚持磨下去，直到磨成豆粒。虽说即便小如豆粒，也难保磨成纯粹的圆，但我还是很热心地磨……从正月起到现在，我已磨废大小六个玻璃球了。”说得真假莫辨，却仍喋喋不休。

主人奇怪地问：“你去哪儿磨了那么多呀？”

“学校实验室。每天清早开始磨，中午吃饭休息会儿，再接着磨到天黑。很不轻松哟！”

主人感慨地问：“你近来忙啊忙的，连周末也待在学校，就为了磨这玻璃球？”

“对！我现在从早到晚都在磨玻璃球。”

迷亭照例做起又臭又长的说明来：“这正是：磨球博士‘混进来了’。鼻子夫人如果听说你如此刻苦用功，她再怎么了不起，也会感动吧？前些天，我有事去图书馆，办完事刚跨出门，就遇见老梅。想不到此公毕业后还跑图书馆，就佩服地说：‘真用功啊！’谁知他却做了个怪脸，说：‘我哪里是来看书的，刚走到图书馆，突然憋得慌，这才进来借地方方便一下。’说完哈哈大笑。老梅和你，恰是完全相反的两个例子，无论如何也该收进新编的《蒙求》[①]里吧。”

主人严肃地问寒月：“你这么白天黑夜地磨球，也不能说不可以，但要到几时才磨成呢？”

寒月镇定自若地说：“按目前进度，估计少说也要十年吧。”

“十年？快些磨成多好哇。”

“依我看，十年还算快的，搞不好要花二十年呢。”

“这还了得！那么，这博士看来是很不容易当上喽。”

“是的，不把玻璃球磨成，就无法进行试验。但愿我能早一天

① 《蒙求》：唐代李瀚编著的儿童启蒙读本，大部分内容是历史人物故事，带有激励劝勉的意味，也有文学上脍炙人口的名家轶闻。

磨戒，好令金田小姐放心，总而言之……”寒月说到这里，稍稍停顿了一下，又骄傲地说。“……嗯，也用不着那么担心，金田小姐也知道我在一心一意地磨球。老实说，两三天前我去她家时，已把情况都说清楚了。”

这时，什么也听不懂的女主人忽然问：“可他们不是上个月就全家出动，去大矶了吗？”

寒月这下很有些招架不住，便装疯卖傻地说：“那就怪了，怎么会呢？”

每当碰到这种时刻，迷亭就成了上等活宝。不论是羞于启齿、打瞌睡、陷入僵局等等任何原因造成谈话中断，他都会及时冲杀出来。这时，迷亭说：

“本是上个月去大矶，却硬说成两三天前在东京相遇，够神秘的！大概这就是心有灵犀一点通吧。此等情景，常出现于相思最苦之时。乍一听来像在梦里，但就算是梦，也比现实更真切。就拿嫂夫人来说吧，竟嫁给一个既不思念你、而你也不思念的苦沙弥，一辈子都不知道什么是恋爱。这样看来，嫂夫人的不理解，也就很自然喽……”

女主人突然给了迷亭重重一击：“哟，你这么说有什么根据？可真把人看扁啦！”

主人也从正面相助夫人一臂之力：“我也没听说迷亭君害过什么相思病呢。”

“唉，我的风流史嘛，无论多少都成旧闻，在你们的记忆中自然早已荡然无存……说真的，这么一大把年纪还独身，也恰是谈恋爱的结果呀。”迷亭辩白完，细心观察每一张面孔。

女主人冷笑说：“嘿嘿……有意思！”

主人眼望庭院，说道：“又想寻开心吧。”

寒月则依然笑眯眯地说：“为了有助于后进，还望能请教您的昔日艳史！”

“我的爱情故事都很神秘，如果已故的小泉八云[①]听说，一定会大加赞许。但很遗憾，先生已长眠地下。老实说，我已没兴致再讲。不过，看来盛情难却呀！我就实话实说吧。但有个条件，列位必须耐心听完，不许中途开溜。”迷亭约法三章，跟着言归正传：“回想起来，那是距今……啊！应该是好几年前啦……真麻烦，记不清了，姑且定为十五六年前吧……”

主人嗤之以鼻：“真会开玩笑！”

女主人也奚落道：“记性也不至于坏到这种程度吧。”

寒月严格守约，一言不发，盼着迷亭尽快讲完。

“就算在那么一个冬天吧。我去越后国，经蒲原郡的笥谷，登上蛸壶岭，眼看就要进入会津境内……”

主人又打岔：“真是个怪地方。”

女主人却制止他说：“请静静地听！说得蛮有诗意呢。”

“……其时，天黑了下来。我路不熟，肚子又饿，没办法，便去敲山腰一户人家的门，请求借宿一宵。只听屋里有人说：‘请进吧。’进屋一看，见一个姑娘手举蜡烛照着我。一见这姑娘，我就忍不住浑身哆嗦起来。从那时起，我才切切实实体会到，恋爱这个妖怪的魔力到底有多大。”

女主人大叫起来：“哎呀，那么个半山腰，怎么会有美女出现？骗人！”

“夫人，不管是山是海，我真想让您亲眼瞧瞧那位姑娘。她可梳着高高的发髻哟！”

“咦！”女主人立刻听得出了神，瞪大眼睛想知道下文。

“屋里八张床席中间，横着一个炕炉，炉旁围坐着姑娘、姑娘

① 小泉八云(1850—1904)：文学家。原是英国人，1896年加入日本国籍，先后在东京帝国大学和早稻田大学担任英国文学教授，精通英、法、希腊、西班牙、拉丁语等多种语言，学识极为渊博。

的爹和妈。我在他们身旁坐下。他们问我：‘喂，饿了吧？’我恳求说：‘什么都行，请快些给我弄点吃的吧。’老人就说：‘既然有贵客临门，那就做一餐蛇饭吧。’唉，马上就要讲到失恋了，可要竖耳细听哟！”

女主人说：“竖耳细听倒不是不可以，问题是越后国的冬天，恐怕未必有蛇吧。”

“嗯，言之有理。但故事既然这么富有诗意，就不该死抠细节了。泉镜花[①]的小说中，不是也有雪中出现螃蟹的情节吗？”

“不错。”一直在洗耳恭听的寒月说。

“那时候，我这个美食大王什么都敢吃，什么蝗虫啦、蛐蜒啦、蛤什蚂啦，而且刚好都已吃腻，听说吃蛇饭，倒也觉得别有风味，便对老人家说：‘请尽快让我品尝吧。’于是，老人家便把锅放在炉子上，倒了些大米进去，咕嘟嘟地煮起来。我见那锅盖上有大小十个窟窿，不一会儿，便有香气从窟窿眼里呼呼冒出，心里暗觉奇怪，心想乡下人做饭别出心裁，好叫人佩服！便在此时，老人忽然起身出门，不知去了哪里，回来时腋下却挟着个竹篓。他随手把竹篓搁在火炉旁。我往篓里一瞧，哇！但见里面装着好多长长的家伙，大概因为太冷，个个扭成一团……”

女主人听得蛾眉倒竖，忙说：“这话请免，叫人听了心里怪别扭的。”

“不行！这可是导致我失恋的最大原因，无论如何不能免。只见老人左手提着锅盖，右手伸进篓里，将那些扭成一团的家伙信手抓起，嗖地扔进锅里，盖上锅盖。我吓得喘不上气来……”

女主人嘴唇哆嗦，说：“快别讲了。怪吓人的！”

“再忍耐一下，马上就失恋了。刚过一分钟，一个蛇头突然从锅盖的窟窿眼中钻出来，眼睛直勾勾地盯着我，把我吓一大跳！我刚想说钻出来了！但见另一个窟窿里也钻出蛇头来。转眼间，锅盖

① 泉镜花(1873—1939)：原名镜太郎，日本近代幻想文学大师。在其作品《银短册》中，曾描述有人在暴风雪中的山上小屋里寻找螃蟹。

上的十个窟窿里都钻出了蛇头，个个面目狰狞，吓人的很。”

主人紧张地问：“为什么都钻了出来？”

“因为锅里热呀！蛇想活命，就得拼命往外钻啊！老人见十个窟窿里都布满蛇头，说声：‘开拽！’老妈妈和那姑娘一人抓住一个蛇头，用力一拔，刷地拔出长溜溜的两条蛇骨来，但见蛇嘴大张，蛇头连着皮，蛇身全是白森森的骨架，蛇肉却都留在了锅里。三人轮流动作，很快将蛇都拔了出来，个个蛇头以下，只剩骨架，瞧来骇人之极，却又十分有趣……”

寒月笑问：“这就是传说中的剔蛇骨吧？”

“不错，正是剔蛇骨。恐怖吧？漂亮吧？蛇骨拔完，老人揭开锅盖，用勺子将米饭和蛇肉拌匀，舀了一碗给我，说：‘喂，尝尝！’”

主人浑身战栗，问：“你……你吃了吗？”

女主人哭丧着脸说：“快别讲了！别讲了！好恶心呀！怎么让人吃得下……”

“嫂夫人，你要是吃过蛇饭，就不会这么说了。有机会吃一次试试，那味道真是终生难忘呀！”

“呀！真受不了！我才不吃呢！”

“我当下饱餐一顿，浑身热乎乎的，便不客气地欣赏起姑娘的芳容来。没多久，只听一声：‘请安歇吧。’只得客随主便，一头睡下。也许是因旅途劳累，这一睡，便睡得死死的……”

女主人这时不怕了，催他快讲。迷亭叹了口气，道：“……次日醒来，便失恋了。”

“怎么回事？”

“唉！一觉醒来，我吸着烟往窗户外一看，见院中引水的竹管旁，有个秃子正在洗脸……”

女主人好奇心大生，问：“是老头还是老太婆呢？”

“当时那人背向着我，我也分辨不清。待她洗完脸，转过身来正对着我时，我顿时大吃一惊！原来，这人正是昨晚令我神魂颠倒的那位姑娘！”

“你刚不是说，她头上梳着高高的发髻吗？”

“之前是梳着高高的发髻呀，而且还是漂亮的岛田发式①，可到了次日清晨，就变成了秃子。”

主人眼望天棚，说：“不用说，又在拿人寻开心了。”

“我当时深感意外，心里也着实害怕，但还是从旁观察，只见她将放在一块石头上的岛田式发套轻轻扣在头上，然后若无其事地走进屋来。唉！就这样，我终于失恋，沦为徒叹伤悲之人。”

主人对寒月说：“竟有这等无聊的失恋！寒月君，是吗？正因无聊，他才一方面失恋，另一方面却又兴高采烈的。”

寒月说：“不过，那姑娘如果不是秃头，迷亭君有幸将她带来东京，说不定迷亭君现在会更加精神焕发呢。总而言之，这么难得地遇见了一位美丽的姑娘，却不巧是个秃子，真是千古遗恨啦！一个年轻少女又怎会掉光了头发呢？”

“我当时也百思不得其解，后来猜想，多半是蛇饭吃得太多。蛇这玩意儿，毒火攻头呀！”

女主人不满地说：“可你吃了却没事，完整无缺的，真不公平！”

“我虽然十分幸运没有秃头，但从那以后却变成了近视眼。”迷亭说着，摘下金边眼镜来，用手绢小心地擦了擦镜片。

过了一会儿，主人猛然想起什么，问：“个中到底有什么秘密？”

迷亭擦好镜片，将眼镜重又戴上，说：“她的发套是买来的还是拣来的？这一点就十分神秘，令我百思不解。”

女主人轻轻呼出一口气，如释重负地说：“简直就像听了一段单口相声。”

迷亭的胡诌八扯虽就此告一段落，但他并不会善罢甘休。以这位先生的禀性，除非堵住他嘴不让他说，否则，他是绝不甘于沉默的。果然，他很快像独有高见似的，又聊起另一件事来：“我的失

① 岛田发式：日本未婚女子梳的发髻。

恋虽然充满痛苦，但如在不知情的前提下，就将她娶回家来，那才足够让我遗恨终生啦。因此，结婚这档子事，不慎重考虑是很危险的哟！每到关键时刻，总会发现意料不到的地方充满危险，所以奉劝寒月君最好别那么朝思暮想、神魂颠倒地折磨自己，一心一意地磨玻璃球吧。”

寒月故作为难地说：“我也想只管磨我的玻璃球，但问题是对方不同意。真是糟透了！”

“嗯，你是因对方纠缠，不得不如此，可有些人却很滑稽。那个老梅就真真令人好笑。”

主人听得蛮起劲儿，问：“他怎么好笑了？”

“哎呀呀，是这么回事！此君很久前曾在静冈县的东西旅馆住过一夜，就一夜。可就这一夜，就很不得了呀！那时，旅馆里有个出名的美女叫阿夏，当晚，正是她去老梅房间侍候。老梅几曾见过美女哟！立刻跪在她脚下求婚。我这人够没心没肺的了，却也不曾滑稽到这等程度。”

“这有什么奇怪！你到什么岭去，不也如此吗？”

“或许有一点点相似吧。但总之，老梅向阿夏求婚，还不等回话，就想吃西瓜了。”

“什么？”

不仅主人不明白吃西瓜是什么意思，女主人和寒月也歪头细想起来。迷亭口若悬河地讲下去：“老梅问阿夏静冈有没有西瓜？阿夏说静冈再不怎么好，西瓜总还是有的，便切了满满一大盘西瓜来。老梅将西瓜一扫而光，然后等阿夏答复。不料肚子忽然痛起来，痛得呀呀直叫，便又问阿夏静冈有没有医生？阿夏照例说，静冈再不怎么好，医生总还是有的，又请了医生来。那医生名叫德库特尔，名字好像是从天地玄黄的《千字文》中抄袭来的。第二天，谢天谢地，肚子不疼了。老梅离开前，又问阿夏是否应允求婚。阿夏笑着说：‘我们静冈有西瓜、有医生，就是没有一夜成亲的新媳妇！’说罢，拂袖而去，从此芳容难觅。老梅就和我一样失恋了，从此除了解手，他再也不肯去图书馆。思量起来，女人真是罪过呀！”

对这不同寻常的结论，不同寻常的主人竟接受了，说：“一点儿不错。不久前读缪塞[①]剧本，见剧中人引用罗马诗人的一首诗，说：‘灰尘比鸿毛更轻，清风比灰尘更轻，比清风更轻的是女人，比女人更轻的是虚无……’精辟之极！女流之辈真是无可救药。”

见主人竟这么怪声怪气地大放厥词，一直洗耳恭听的女主人说什么也不肯放过，大声质问：“请问，你说女人轻了不好，难道男人重了就好吗？”

主人茫然地问：“重？什么意思？”

“重就是重呗！像你说的那样。”

“我什么时候重了？”

“你还不重吗？”

随着战火的燃烧，一场莫名其妙的争论又开始了。迷亭看得蛮有兴致，评论说：“所谓夫妻关系的真实写照，应该就是这样面红耳赤地互相攻击吧。从前做夫妻的，一定索然无味。”说不清是奚落还是赞赏，说到这里，他本该适可而止，不料兴致难尽，又继续发挥起来：“据说在古代，是没有一个女人敢跟丈夫顶嘴的。若真如此，那普天下的媳妇岂不都成了哑巴？这种规矩，我一向认为不足取，倒是巴不得都像嫂夫人那样地训斥几句：‘你还不重吗？’事实上，如果不隔三岔五地同老婆吵上几架，会闷死人的。就拿我妈来说吧，她在老爷子面前唯唯诺诺，老两口共同生活了二十年，除了参拜神社之外从不曾跨出大门一步，岂不太惨？唉，说起来，也多亏我妈，我才记住了列祖列宗的戒名。男女间就是这样的。年轻时，我们可毕竟不像寒月君那样，和意中人合奏一曲啦、灵犀相通啦、梦中相会啦……”

① 缪塞(1810—1857)：法国浪漫主义小说家、诗人、剧作家。

寒月低下头来，同情地说：“的确可怜呀！”

“是的，的确可怜。而且，那时女人的品行，不见得就比现在的女人好。嫂夫人，近来盛传女学生堕落等等，其实根本算不了什么，早些年，可比这严重得多哩！”

女主人很认真地问：“是吗？”

“当然！这可不是胡说，证据确凿。苦沙弥兄或许记得我们五六岁时，还有女孩像茄子一样被父母装进笼子里，用扁担挑着沿街叫卖的情景吧？”

“我可不清楚那些事哟。”

“我虽不清楚你家乡那时候是不是这样，但在我们静冈，可的确如此哟。”

女主人轻声说：“真想不到……”

寒月也问：“这会是真的吗？”

“真的。我爸爸就讨价还价过，我还亲眼见到。我那时大约六岁左右。一天，我和爸爸从油町去通町散步，忽然，有人挑着担子迎面走来，边走边高声大叫：‘卖女孩喽！谁买女孩哟！’刚走到二号街拐角，我们就在‘伊势源’成衣铺门口碰了个头。‘伊势源’有十间门市、五个仓库，是静冈最大的服装店，至今仍保存完好，是一间十分漂亮的门市。掌柜的叫什么兵卫，哭丧着脸坐在账房里，就像爹娘三天前刚死了一般。一个二十四五岁的年轻徒工，叫阿初什么的，坐在他身旁。这小子面色苍白，像极了云照大师[①]那些三七二十一天光喝荞麦汤的徒子徒孙。跟他坐一块儿的是……”

“你究竟是讲卖小女孩的事，还是讲服装店的事？”

“是，是，我讲贩卖小女孩的事。怎能不讲呢？不过说真的，‘伊势源’成衣铺有好多奇闻，今日暂且割爱吧。如果要对当今女性和明治初年的女性进行人格方面的对比研究，那么就要深入了解贩卖小女孩的历史材料。且说，那人贩子见到我爸爸，便说：‘老

① 云照大师(1827—1909)：日本明治时代真言宗的和尚。

爷，这儿还剩点底货，削价处理给你，如何？’说着，放下扁担擦起汗来。我见筐里前后各装一个女孩，都是两岁上下。爸爸说：‘你的货太少了，要便宜些，我才会考虑买下。’人贩子说道：‘瑷，赶巧今日都卖光，就剩这么两个了。想要哪个都行，随你挑。’跟着便像拿茄子似的，将两个女孩高高举到我爸爸眼前。我爸爸敲了下两个女孩的头，说：‘声音很响嘛……’便讨价还价起来。杀完价后，我爸爸又担心货不对板，还有些犹豫。人贩子便说：‘前边那个我始终看在眼里，担保不会有问题。至于后面的嘛，因我没长后眼，不能时时留神，往坏处想，就算有点儿毛病，也差不到哪里去。存心想买，这个可以少算。’最终，我爸爸买下了前面那个。此事至今记忆犹新。在明治三十八年的今天，类似这样贩卖小女孩的蠢事再也没人干了。多亏西方文明，才让女人的地位有了很大提高。对吗，寒月君？”

寒月郑重其事地清了清喉咙，然后才郑重地说：“在往返学校的途中，在音乐会、慈善会或游园会上，现代女性高喊：‘请买下我吧！’……之类的话，她们自己拍卖自己，不必再雇那些难缠的商贩来喊什么‘谁买女孩喽！’这正是女性人格独立和尊严得到保证后的自然结果。故此，年长者大可不必杞人忧天、说三道四。老实说，这是文明发展的大趋势，是我们万分憧憬的理想模式。暗地里，大家都在祝贺哩！何况，身在万般复杂的今日社会，如还要像从前那样，买主敲敲脑壳，问问货色是否地道，手续极尽繁复，就可能让女人五六十岁也找不到主、嫁不出去。”

寒月君真不愧为二十世纪的优秀青年，一边大谈当代女性独立思想，一边将“敷岛”牌香烟的烟雾往迷亭脸上喷去。然而，迷亭究竟与主人不同，可不是“敷岛”牌香烟能轻易呛昏的。他当即说：“仁兄所言甚是。如今的女人，不论学生、小姐、家庭主妇还是贵妇人，从她们的自尊到身体皮肤，可以说是处处瞧不起男人，的确令人好生钦佩。我邻家的女生就很不简单，敢穿短袖和服吊铁杠，真是令人折服。每当站在二楼窗前，看她们做体操，我就不免思念起希腊妇女来。”

主人冷笑一声，说：“又是希腊！”

“有什么办法！举凡给人以美感的，大抵皆源于希腊。希腊和美学家毕竟难舍难分嘛。尤其是在欣赏那位黑皮肤女生专心致志地做体操时，我便总会情不自禁地忆起阿古娜底斯来。”

寒月依旧笑眯眯地说：“又说出一个古怪的名字。”

“阿古娜底斯是位了不起的女人，我对她可是佩服得五体投地哟！按当时的雅典法律，妇女是禁止当产婆的，因为太不方便。可阿古娜底斯有觉得不方便吗？”

女主人睁大眼睛问：“什么？你刚才说的是……”

“女人呗！是女人的名字。她认为女人不能当产婆实在可悲，而且很有些大逆不道，便接连三天三夜交臂沉思，想找到当产婆的捷径。恰在第三拂晓，听到邻居家出生的婴儿“哇”的一声哭叫，降临人世，立时想到法子，剪去长发，女扮男装，去听希洛菲勒斯讲课。听完课后，她认为自己已学得差不多，便当起接生婆来。一时间，来找她的人很多，东家婴儿呱呱坠地，西家婴儿哇哇降生，全托她的福。生意真是兴隆得不得了！她因此发了大财。然而，福无双至，祸不单行。秘密终于暴露，法官说她违犯政府法令，准备将她从严惩处。”

女主人努起嘴来，说：“又在说单口相声。”

“很动听，是吧？不料雅典的妇女们联名请愿，长官们不敢敷衍了事，只好将她无罪释放，甚至发布公告，允许妇女有选择产婆职业的权利和自由。幸哉，幸哉！一场风波就此平息。”

女主人酸溜溜地说：“你怎么知道那么多事？真令人佩服！”

“嘿嘿，鄙人天下事无所不知，所不知道的，就只有自己干的蠢事。”

“哈哈哈！净逗乐子……”女主人笑得前仰后合。忽然，门铃声清脆地响起来。她说声：“啊，又有客人来了。”起身出去迎接。很快，越智东风君便和她一起走进客厅。

连一向少见的东风君都大驾光临，那么，此刻出没于苦沙弥家的怪物们，虽不敢说网罗殆尽，至少头数不少，足慰咱家寂寥之心了，若还不满足，就真有些得陇望蜀、不知好歹了。可以想想，咱家要是运气不佳，养在别人家里，到头来，很可能毕生不知人类竟有此等人物便一命呜呼。幸而能为苦沙弥先生门下之猫，朝夕相伴左右，别说苦沙弥自己，连迷亭、寒月乃至东风这些偌大东京绝无仅有的英雄豪杰们的言行举止，咱家都能随时躺着欣赏，实在是三生有幸！而且，大热的天，也多亏有了他们的出现，才使我忘却毛皮裹身之苦，开心地消磨半日时光，心中不胜感激之至。当此群英荟萃之时，决不会惨淡收场。咱家栖身于纸屏后，神色庄严地拭目以待。

穿着小仓布外褂的东风君头发梳得光鲜明亮，他躬身一拜，道："久疏问候，少见了！"若仅仅从头部论起，他很像是一个唱小戏的戏子。但从他装腔作势又道貌岸然的样子，又须把他当作榊原健吉[①]家中的弟子看待。实在地说，他只有从肩到腰部这一段与常人相仿。

迷亭像在自己家里招待客人一样，招呼说："噢，大热的天，难得你来。快请进！"

东风君说："不见迷亭先生，已很有些日子了。"

"是呀，自从今年春天的朗诵会后，我们再没见面了。说到朗诵会，近来还热闹吧？你后来又演宫小姐了吗？你演得真棒！我那天一直在为你鼓掌，你看到了吗？"

"看见啦！正是蒙您捧场，我才鼓起极大勇气，一直演到闭幕。"

主人插嘴问："下次公演是在什么时候呢？"

"打算在九月份大干一场，之前的七、八两个月嘛，就好好休息一下。有什么好题材吗？"

① 榊原健吉（1829—1894）：日本著名剑术家。

主人有些不知所措地说：“这个……”

寒月忽然说：“东风君，请公演一下我的作品吧，拜托啦！”

“噢！寒月君的作品一定很有趣。不过，究竟是什么作品呢？”

寒月尽可能加重语气说了声：“剧本！”果然，所有人无不惊得目瞪口呆，齐齐望着他。

东风君问：“是剧本呀，那可了不起哟！是喜剧还是悲剧呢？”

对东风君的追问，寒月先生依然镇定地说：“承蒙夸奖！但既不是喜剧也不是悲剧。近来，什么旧剧呀、新剧呀纷纷登场，好不热闹。我想出个新花样，写了出俳剧。”

“俳剧？这是什么剧？”

“就是‘具有俳句风格的戏剧’，所以才简称为‘俳剧’。”

听他这么一说，主人和迷亭都关注起来，急于了解详情。东风君又问：“请问，是什么风格？”

“既然源于俳风，就不能冗长无聊。所以，写成了独幕剧。”

“原来如此呀。”

“先说道具吧，最好简单些：一棵柳树插在舞台中央，树干向右横出一枝，枝头上蹲着只乌鸦……”

主人浮想联翩，喃喃地说：“乌鸦要一动不动才好……”

“这个不难。将乌鸦的腿用线绳绑在树枝上就成。树下放一澡盆，盆里侧坐一位美人，正用毛巾搓澡……”

迷亭忽然说：“这可有些近似于颓废派了。还有，那位女人由谁来扮演？”

“这个也很容易。去美术学校雇一名模特儿就行了！”

主人担心地说：“那样的话，警视厅可要来找麻烦了。”

“只要不公开演出，应该没什么关系。若连这些也计较，美术学校的裸体画可就画不成了。”

“但那是为了教学，可不是供人观赏哟！”

“如果期待日本每天都进步，先生们就该少讲这样的话。绘画也罢，演戏也罢，都是艺术。”

东风君像是既害怕承担阻止日本进步的罪过，又很想了解剧情，便打圆场说：“我们暂且不必为深奥的道理争论吧，先听听接下来怎样。”

“且说，俳句诗人高滨虚子[①]头戴防暑帽，身穿薄纱，手握文明杖，足蹬短腰靴，碎银花的衣襟掖在腰间，从观众席款款出场。若单看他衣着，很像陆军军需商人，然而，他却是个地地道道的俳坛诗人，因此，必须尽可能表现得从容不迫，面露推敲诗句的神态。当他即将跨上舞台时，忽然抬起凝思妙目，往前一看，但见浓密柳荫下，一位浑身洁白的美女正在沐浴，不由吃了一惊！再向上看，却见一只乌鸦站在柳枝上，俯视美女沐浴。于是，诗兴大发，沉思不到五十秒，便高声吟出绝句：‘美人浴，呆了枝头鸦不去。’以此为号，一声梆子，大幕徐徐落下。怎么样？这种风格您还中意吧？东风君，你与其扮演宫小姐，还不如扮演高滨虚子更引人注目呢！”

但东风君深感不足，严肃地说：“刚开场就结束，这样未免太简单，很有些不过瘾呀。要是中间多穿插些富于人情味的情节，就好啦。”

一直难得沉默的迷亭，又发话了：“俳剧不过如此，太没意思了。上田敏[②]先生一向认为最消极的莫过于俳风和滑稽戏了，是亡国之音。说得多好啊，真不愧是上田敏！你编得俳剧这么无聊，要是让上田敏先生看到，一定会取笑你的。对不起，寒月，俳剧嘛，任凭你写一百篇、两百篇，因为是亡国之音，都没用！还是回实验室磨玻璃球的好。”

寒月有点儿恼火，情绪激动地说：“真那么消极吗？我认为它的作用很积极呢。虚子说：‘美人浴，呆了枝头鸦不去。’然后捉

① 高滨虚子（1874—1959）：俳句刊物《杜鹃》的主编，日本派俳句的中心人物。

② 上田敏（1874—1916）：京都帝国大学教授、评论家、翻译家。

住乌鸦，叫它别迷恋女人。这不是很积极吗？”

“此说倒很有新意，愿闻高论。”

“站在理学士的立场考虑，我让乌鸦迷上美女，于情理不合吧？”

“是呀。”

“信口说出这种不合理的事，但听起来却又很合情理……”

主人疑惑地问：“是吗？”

“……若问为什么听起来很合情理，从心理学角度一说便知。客观地说，乌鸦是否迷得发呆，纯粹源于诗人的感情和认识，与乌鸦本身毫无关系。因此，说吟成‘美人浴，呆了枝头鸦不去’，并不是说乌鸦真的不想去，归根结底，是诗人自己看呆了不肯走。诗人自己见美女沐浴，从惊喜的一刹那便开始钟情，又因钟情而产生错觉，以为停在枝头向下俯视的乌鸦也和他有同样的心情，才说：‘妙呀！乌鸦竟和我一样倾心。哈哈！’这的确是一种错觉，但也是文学，而且有其积极意义。试想：把自己的感受强加到乌鸦身上却又佯装不知，这难道不是一种很大的积极精神吗？”

迷亭说：“的确堪称高见。高滨虚子如果听见，一定会非常吃惊。你说得倒很积极，只怕实际演这出戏时，观众却会变得很消极。是吧，东风君？”

东风严肃地说：“不错，感觉总过于消极呢。”

主人想把谈话范围再扩大些，便说：“东风君，近日可有杰作？”

东风谦虚地说：“倒没什么能值得先生嘉许的作品，只是近来想出本诗集……正好稿子也带来了，就请多多指教！”从怀里拿出一个紫绢包来，从中取出有五六十页的诗稿，恭敬地放在主人面前。主人一本正经地说：“那就拜读了。”只见首页写了两行字：

莫效世人。应纤纤而读。

献给富子小姐！

主人紧盯着“富子小姐”默默看了多时，脸上不由自主地流露出一种神秘的表情。

迷亭问：“什么？是新体诗吗？”凑上去只扫了一眼，便窥见个中名堂，故意大声称赞。“噢，‘献给’呀！东风君横下一条心献给富子小姐，当真了不起！”

主人仍在纳闷儿，问：“东风君，这个富子小姐确有其人吧？”

东风也一本正经地说：“是的，她家就在这附近，我和迷亭先生之前曾邀请她出席朗诵会。坦率地说，我本来是想请她看看诗集，也去过她家，只是上个月她们一家人就去大矶避暑，不在家。”

迷亭瞧着主人，很有些不怀好意地说：“苦沙弥兄！如今是二十世纪啦，别总是那么一副格格不入的表情，快朗读杰作吧！不过，东风君，你‘献给’的说法可有些欠妥，还有，这文绉绉的‘纤纤’二字，究竟是什么寓意呀？”

寒月酸溜溜地说：“我想，大概是表示‘轻盈’和‘仔细’的意思吧。当然，也不是不能这么讲，但更应该是岌岌可危的意思哟。换作我，是不会这么用的。”

东风问：“那么，要怎么写才更富有诗意呢？”

“是我，就这么写：‘莫效世人。应岌岌而读。献给富子小姐鼻下。’出入仅在两字。但有没有这‘鼻下’二字，给人的感觉可是大为不同。”

东风本不解，却硬装明白，说：“不错！”

主人一声不响地掀过首页，读起卷头第一诗章来：

丝丝倦怠，烟雾袅袅，
还有你的芳心和情丝缭绕。
啊，我哟，在这凄苦的尘世，
唯有猛吸时那火热的一吻最甘甜。

读到这里，主人叹息着将诗稿交给迷亭，说："这诗嘛，我可有点儿不敢领教。"

迷亭粗粗看了下，又将诗稿交给寒月，说："未免有些新颖过头了。"

寒月随便翻了翻，便将诗稿还给东风，说："的确有那么点儿过头。"

东风说："先生，您读不懂这首诗不足为怪，因为今日的诗坛与十年前相比，已经面目一新了。现在的诗，终究不是躺在床上或蹲在车站就能随便读懂的，连作者自己如果遭到质问，也常常穷于应付。因为全凭灵感而写，诗人没办法承担除灵感外的任何责任。注释和训诂，是学者们的事，牵扯不到我们诗人身上。前不久，我有个叫送籍的朋友，写了《一夜》这么个短篇小说，谁看了都稀里糊涂，不得要领，便问他《一夜》究竟想写什么？他说他自己也不清楚，便不予理睬。我想，这大概正是诗人的本色吧。"

主人说："他或许是个诗人，但更是个特号怪物呢。"

迷亭索性枪毙了那位大诗人："就是一蠢材！"

东风君似乎觉得仅仅这两句评语还不够，便又说："就连我的伙伴们也不大理睬送籍这个人。诸位还是请稍微细心些谈谈我的诗作吧。请特别注意'凄苦的尘世'和'火热的一吻'，采用的是对仗手法，这是我心血之结晶。"

主人说："看得出来，你煞费苦心了。"

迷亭也煞有介事地说："还有，'甘甜'与'凄苦'反衬，简直是'十七香'[①]，有趣！这纯属东风君独特的艺术技巧，佩服得五体投地！"他总是在跟老实人说话时没完没了地插科打诨。

这时，主人不知道想起了什么，突然起身去书房，不大工夫又拿一张稿纸出来，说："诸位已看过东风君的大作。现在，我读一

① 十七香："七香"本是烹饪佐料，此处故意把十七个字的俳句说成"十七香"。

篇短文，请予指正。”

迷亭说：“如是天然居士的墓志铭，我可早已恭听两三遍了。”

“别多嘴！东风君，这绝非我得意之作，不过即兴吟咏而已，有劳阁下尊耳了。”

“一定领教。”

“寒月君也顺便听听。”

“自然要听的，又何必‘顺便’？不过，不会是长篇大论吧？”

“仅仅六十多字。”苦沙弥先生说着，终于朗读起那篇亲笔名作了：

> “大和魂！”日本人一边高喊，一边像肺病患者似的咳嗽……

寒月情不自禁地夸奖：“异峰突起，好！”

> “大和魂！”报童在高喊；“大和魂！”窃贼也在高喊。大和魂一跃而起，远渡重洋！大和魂在英国做演说；大和魂的戏剧在德国公演……”

迷亭先生也挺起胸膛来，感慨地说：“寥寥数语，便见气魄。果然远胜天然居士。”

> “东乡大将有大和魂；鱼贩阿银有大和魂；骗子和杀人犯也都有大和魂！”

“先生，请补上一笔，就说我寒月也有大和魂。”

> “若有人问：‘何为大和魂？’答曰：‘就是大和魂

呗！’言毕即远去。但听百米之外，传来哼的一声。”

“这一句极其绝妙！尽显文采。下边呢？”

“大和魂是三角形，还是四角形？大和魂，实乃一魂耳。因为是魂，所以总是恍惚不定。”

东风提醒说：“先生写得蛮有意思。只是这‘大和魂’，未免用得多了些吧？”

“赞成。”说这话的自然是迷亭先生了。

“每个人都在念叨它，却没有一个人看见过它；每个人都听说过它，却没有一个人遇上过它。大和魂，大约与天狗无疑吧！”

主人读完，自以为余音袅袅，兀自回味不已。只因奇文太短，三位听众又不知主题为何，皆以为还有下文，可等了半天也不见主人说个青红皂白。寒月便问：“就这些？”

主人情绪激动地嗯了一声。奇怪的是，迷亭对这篇妙文竟不像往常那般胡诌八扯一番，他沉默了一会儿，转过身来对主人说：“把短篇收集成册，再奉献给谁，如何？”

主人信口说：“就献给你吧。”

“恕难从命！”迷亭说着，拿起刚才向女主人炫耀的那把剪子，咯吱咯吱地剪起指甲来。

寒月问东风：“那位金田小姐，你怎么认识？”

“自从今年春天请她参加朗诵会以来，相交日渐亲密。其后一直交往。不知为什么，我一见她，总有种异乎寻常的冲动，不论写诗吟歌，都一挥而就，心情畅快至极。这本诗集之所以以爱情的内容居多，恐怕正源于从异性朋友那里得到灵感吧。因此，我认为很有必要献上我的诗集，向金田小姐表达诚挚的谢意。自古至今，没有女性朋友的人，难以写得出绝妙好诗。”

寒月忍住笑，说道：“是呀！”

无论属于什么层次的雄辩家盛会，都不会持续多久。终于，谈话的火焰渐趋熄灭。咱家可没有义务必须逐日听他们老生常谈，便悄悄溜到院子里找螳螂去了。

梧桐树的绿叶间，疏疏落落地洒下片片夕阳的余晖。蝉儿在树干上不知疲倦地鸣唱。今夜，只怕会有一番风雨哩。

第七章

近来，咱家开始运动了。很快便有人对咱家大肆冷嘲热讽，说区区一只猫搞什么运动，瞎逞能！正是他们，几年前尚不知运动为何物，奉好吃懒做为天职，将坐烂屁股也不肯离席视为权贵的荣耀而沾沾自喜。这是西方传到神国日本的一种疾病，可视之为霍乱、肺炎、神经衰弱等疾病的同宗。

虽说咱家今年才满一周岁，记忆中也不存在人类染上这些疾病时是什么样子，而且猫的寿命也要比人短一半以上，但猫活一年，大抵是能等于人活十年的。因此，咱家的见识若以时间来衡量，说有十年之多，也不为过。像主人家的三女儿，好歹三岁了吧！但智力发育得异常缓慢，除了会抹眼泪、尿床、吃奶，什么都不懂。要是拿咱家和她比，那简直有辱咱家的猫格。同理，要是和那些诋毁咱家搞运动的人一般见识，也同样显得咱家没智慧。咱家才不想拿他们当人看呢。

人类自古就是蠢材。懒洋洋地过了这么多年，才开始大肆吹嘘运动功能，宣传海水浴特效，把它当作千年大发现来看待。可这些小事咱家还没出生就知道了。若问海水为什么可以治病，只需去一趟海边就很清楚，用得着大张旗鼓地搞什么科学研究吗？一七五〇年，理查德·拉赛尔[①]博士大惊小怪地大打广告宣称：“只要跳进布莱顿[②]海，保您当场治愈四百零四种疾病。”这话也说得太迟了吧，简直贻笑大方。

遗憾的是，猫类现在还没有能力对抗大海的巨澜狂涛，无法安享海水浴的神奇功效，那就先开展运动也无妨。咱家明白，在二十世纪的今天，不运动就会像贫民一样让人瞧不起，会说你根本就不会运动，进而颠倒黑白，大大羞辱一番。这就像从胯下倒看“天之桥立”[③]一样，别有一番情趣。说来也是，如果没人从胯下倒看哈姆雷特[④]并否定他，人类文学也就不会有什么进步。这样看来，贬斥咱家搞运动的人突然“运动”起来，连女人也手握球拍往来于长街之中，倒是从对立的角度印证了咱家对开启人类智力的贡献有多大。

或许有人纳闷儿：猫不过迈迈方步，叼着金枪鱼片四处乱跑而已，还能做什么运动？既如此，那就不妨露个底吧。咱家虽不会使用任何运动器材，比如球或球拍什么的，但也不至于笨到仅仅根据力学原理，服从地心引力而横行于大地，这未免太简单、太没想象力了。这样的运动，只适合主人、迷亭、寒月之流，他们终究要辱没神圣的运动。当然，在纯运动的刺激下，钓木松鱼和捕大马哈鱼之类的勾当，也并非没人干，但这类勾当又毕竟不能与真正的竞赛等同。较之这些低档次的运动而言，咱家的可就高级多了，如：从厨房檐板跳上屋脊；高高站在屋顶的梅花形脊瓦上；在晾衣竿上悬空行走……哪一样不惊险？哪一样不刺激？哪一样不有趣？又有几人能做到？人啦！总是自以为是，非得要咱家亮亮相，要几招绝活，才肯心服口服。

---

① 理查德·拉赛尔：英国医生。

② 布莱顿：濒临英吉利海峡，位于英格兰东南部，是英国最大海水浴场，海底各种矿物质异常丰富，据说此处海水有独特的治病疗效。

③ 天之桥立：日本三景之一，位于日本京都府与谢郡风景区内，系狭长沙滩延伸入大海而成，滩上青松成排倒映水中，横架两岸，状如天桥入海，故名。

④ 哈姆雷特：莎士比亚的同名悲剧中的主人公。

不仅如此，咱家还有许多高级运动呢！谅人类也做不到。

比如在书本上绕着转圈儿，引逗主人挥拳来打，而又一定不能让他打着或抓住，这是很考验咱猫的机警和灵活性的。想想看，在那么小的一块方寸之地，咱家不仅要奔走自如，还要随时躲避雨点般的暴击，没几下真功夫能行吗？

又比如捉螳螂运动。螳螂虽没耗子那么大，捉它们时也不必担什么风险，但它却格外灵敏，机警不亚于咱猫，就速度和敏捷度而言，真可说是两大高手间的对决。因此，玩起来相当刺激。这游戏适于从盛夏到仲秋这段时间，其方法是先在院子里寻找螳螂，发现后立刻风驰电掣般地扑上去，速度一定要快！通常情况下，螳螂都会像人类一样，不知天高地厚地扬起它镰刀形的脑袋来反抗。这时，咱家便挥动爪子用力拍下。螳螂见势不妙，这时往往便将精心折叠的翅膀张开，一跳遁去。咱家立即追上，再挥爪吓它。如此周而复始，大可尽情玩弄它于猫爪之上。直到玩够了，才狼吞虎咽地将它送进肚里。顺便提醒一下没吃过螳螂的人：螳螂肉并不好吃，没多大营养。

比捉螳螂更高级的，是捉蝉运动。蝉不止一种。人有“絮叨货”“哇啦哇”“叽叽鬼”之分，蝉也有油蝉、蛁蝉、寒蝉之别。油蝉“唠唠叨叨”；蛁蝉“稀里哗啦”；寒蝉“知了知了”，不见秋风起，决不现身悲鸣，是最爱唧唧哇哇的一个，吵得咱家烦死，想不去捉都不行。

首先声明：咱家要捉的可不是在蚂蚁的领土上翻翻滚滚的货色，而是高高站在枝头，“知了知了”地叫个不停的那些家伙。就捉蝉运动来说，只要以蝉声为号，爬上树猛扑过去便妥，看起来挺简单，其实最难。首先，爬树便是一大难题。这一点，咱家自认不如人类的祖宗猿猴，可以荡秋千似地在树与树之间不停地荡来荡去，而且，爬树本身也属于违反地心引力学的蛮干行为，费力又费神。其次，爬上树后在枝干上行走，那可是超高难度动作！要知枝干细小，连风吹雨打都经不起，又怎能承受咱家体重？稍不留神，枝干一折断，咱家就会摔下去，轻则腰酸背痛，半天爬不起来，重则粉身碎骨，一命呜呼。因此，如何在又细又长又高悬半空的树枝上行走，是玩此游戏的关键。咱家的秘诀是爪子高高举起，轻轻放下，尽量控制力道。用力要轻，还要快，要闪电般从树枝上溜过，才能来回自如。可这样一来，问题也就出现了。要想轻，力就要弱；要想快，力就要强。轻重之间，生死攸关啦！换了笨手笨脚的人类，在那样细小的树枝上自然掌握不好轻重，不过，咱家毕竟是猫嘛，猫和人类就是不一样！咱家天生就知道该如何掌握轻重。从如此细微之处，也可看出咱猫和人类有多大的差别来。闲话少说。仅仅掌握轻重还不行。要知道，蝉和螳螂仁兄不同，长一对翅膀不是用来跳，是拿来飞的。它要是突然飞掉，咱家就会前功尽弃，费九牛二虎之力爬上树，最后什么都捞不到。因此，捉蝉时一定要猛，要以迅雷不及掩耳之势，凌空扑出，一爪抓住。说来真够危险啦！在极为细小、脆弱的树枝上扑击，万一掉下去摔成烂泥怎么办？嘿嘿，要不，啥叫惊险呢？啥叫刺激呢？为啥咱家那么瞧不起人类呢？最后，还得提防被浇一身蝉尿。咱家很不明白，逃就逃呗，干吗起飞时总要撒尿，还尽往咱家眼睛上浇，和乌贼吐墨、瘪三泼脏话、主人卖弄拉丁语有什么两样？真变态！总之，玩这类游戏需要极高的智慧、胆识和技巧，要完整地说清楚，足够写一篇博士论文的，非猫类千万别玩。一不小心出了人命，咱家可负不起责。

捕蝉之外的另一种运动就是滑松，也是爬树的一种。自从北条时赖[①]在最明寺饱餐一顿后，原本四季常青的松树便变得光溜起来，让咱家无处下爪，因此，滑松的难度和乐趣也就油然而生，或顺爬，或倒爬，或绕爬，不一而足，全看心情如何。或许有人以为源

① 北条时赖：日本镰仓时期的执政官，后弃官出家。传说他曾踏雪巡游，途经佐野源左卫门家时，主人特意烧掉珍藏的梅、松、樱等盆栽为他取暖。

义经翻下鹎越古栈[1]时，是头朝下而去，猫类倒爬也是如此，实则错之极也！咱家倒爬，是头在上、尾巴在下往下爬，和人类的倒退相差仿佛，不过，也可以学学源义经头朝下往下爬的姿势。对此，只要能增添乐趣，咱家照例是允许的。但须提防这样下爬时，由于前爪没有足够的力量支撑体重，很可能会由降而变成落，“咕咚”一声摔在地上。“痛煞我也！”想学源义经翻越鹎越古栈是困难的，猫族中恐怕唯独咱家有此等本事，故美其名曰：滑松。

最后说说跑墙。主人家的院子是用竹篱围成的四方形，和檐廊平行的一边有五六丈长，两侧总共两丈五长。所谓跑墙，就是爬到这篱笆墙上去跑一圈，中途不许掉下来，否则算输。这项运动也很考验本领，如能顺利完成，当然十分开心。咱家今天成绩不错，从早到晚跑了三圈，没一圈掉下来，待跑第四圈时，三只乌鸦忽然从邻居家的屋檐上飞落下来，正正停在当道，阻住去路。咱家措手不及，又跑得正快，慌乱中怕伤了它们，便跌了下来，却非本事不济。咱家很是想不通，这些个乌鸦几时变得如人类一般讨厌，竟阻挠起咱家运动来？当即跳上去怒斥：“真不像话！咱家正运动呢，快闪开！”

哪知这些乌鸦要么嬉皮笑脸，要么东张西望，要么磨磨蹭蹭，全然不把咱家放在眼里。都说乌鸦是丧门神，果然一点儿不错。咱家不想担个恃强凌弱的罪名，便说给它们三分钟时间，要它们快滚！咱家能这样说，已够客气了吧？不料它们依旧不睬。咱家气不打一处来，怒目圆睁，须发倒竖，一步步慢慢靠近，要给它们厉害尝尝。须知，咱家此时是在丝毫不亚于钢丝绳的篱笆墙上行走，就算前面没任何障碍物，也是难上加难，何况此前数圈跑下来，也确有些累，又因为没有翅膀可以长时间保持平衡，这般一步步地迈过

① 鹎越古栈：位于日本神户兵库区，系横断六甲山地的古道。当年源义经（1159—1189）协助其兄剿灭平家军，率部途经此道，因道滑路险，不慎摔下古道，后被部下救起。

去，自然异乎寻常地艰难，心里便暗暗希望它们畏惧于咱家龇牙咧嘴的威势，知难而退，从而免除一场生灵涂炭的惨祸发生。孰料这些家伙们不仅不体谅咱家的一番苦心，反而幸灾乐祸地大叫起“阿笨、阿笨”来。咱家听了肺都气炸了！猛地扑上去。

这一扑，如果是在地面上，绝对没得说，又或者咱家此刻面对的不是乌鸦，而是同样行动不便的乌龟什么的，也一定胜券在握。唉，可恨却偏偏是那么几个丧门神！三只乌鸦见咱家扑过去，不慌不忙地抖开翅膀，轻扇两扇，眨眼便飞到半空。咱这一扑正当紧呀！非得要抓住它们才能保持平衡，可它们竟在这间不容发之际飞到了空中，结果可想而知。咱家摔得那个惨哟，真不好意思形容。要说摔就摔了吧，可恨那几只乌鸦，竟又飞回篱笆墙上，瞧着咱“阿笨、阿笨”地乱叫，更让咱家羞愧难当！咱家躺在地上，颜面丢尽，好一会儿才有力气撑起身来，一瘸一拐地回到廊檐下躲起。

很快到了吃晚饭时间，按理说，民以食为天，咱猫也是，无奈咱家此刻就像散了架一样，哪还能动？没办法，只好趴在那里干挨饿。说来又是祸不单行。咱家今日因运动量过大，全身都是汗，偏偏汗水粘在毛上，久久不肯散去，弄得咱家又热又痒，又毫无办法，真是活受罪！

咱家正为饱受奇痒、酷热之苦而发愁，忽然想到主人每当浑身脏兮兮时，便总要带上毛巾和肥皂去澡堂倒腾一会儿，出来后之前阴沉沉的脸便有了生气，而且人也精神了许多，便想澡堂既为人类所造，肯定不含糊，左右无事，何不去试试？说不定也能恢复咱猫族美男子的本色呢！就算不行，洗洗爪子也好。主意既定，当下打起精神来，忍痛向澡池进发。

出小巷，向左拐，迎面见到耸立屋顶、呈竹筒形状不停冒出淡淡白烟的一个大怪物，那便是澡堂了。咱家蹑手蹑脚地从后门溜进去，毫不在乎有人说什么“从后门溜进是胆小”“做贼心虚”的话。自古聪明人有谁不是从后门出其不意地闯入的呢？《绅士养成法》第二卷第一章第五页就这么说，在下一页中的绅士的遗书中还有“后门乃绅士之遗迹，亦修身明德之门也”的古训。咱家身为二十世纪的猫，这点教育还是受过的，可别看扁了咱家！

进得澡堂，放眼所见，都是光着身子的人，真不知羞耻！咱家暗暗替他们害臊，却见类似消防水桶的池子里，并排站着两个年轻人，互相往对方身上哗哗撩水，玩得怪开心的。这两人浑身漆黑，谁也不比谁好，都是十足的妖怪模样。其中一人边用毛巾搓胸，边问另一人：“阿金，这地方疼得厉害，怎么回事？”

那阿金热心地说：“那里是胃。胃这玩意儿可要命喽！稍不注意就有危险哟！”

“不，我是说左侧呀！”

“那是肺。左胃右肺嘛。”

“是吗？还以为胃在这儿呢。”

那人又敲了敲腰部。阿金说：“这是疝气呀。”那人蓄着小胡子，约莫二十五六岁，听了后扑通一声跳进水里，身上的肥皂沫与泥垢很快漂浮在水中，有些像闪着光的、亮晶晶的铁锈。

水池中，一个秃顶老头儿和一个蓄长发的人泡在水里，只露出脑袋，两人争论不休。

“唉，这么大的年纪啦，不中用喽。人一老就没法和年轻人比。洗澡水倒是一直没变，至今也是不热不好受。”

“你老人家很结实呀！这么有精神，很不错啦。”

“哪有什么精神？只是没病而已。人哪，只要不干坏事，活一百二十岁没问题。”

“咦！能活那么久吗？”

“当然能，只要不干坏事，保你活一百二十岁。明治维新前，牛达区有个叫曲渊的武官，他手下一个仆人就活了一百三十岁。”

“他可真能活呀！”

“人啦，活太长容易忘记年龄，据说活一百岁时还能数得出来，再多就记不起来了。我帮他记到一百三十岁，可他并不是到一百三十岁就死了。后来怎么样就不知道，兴许还活着哩！”老头儿说着，爬出浴池。留胡子的人往身边撒了些云母片，然后哧哧地笑。

这时，一个背脊上刺着文身的妖怪跳进池中。那文身好像是岩见重太郎[①]抡起大刀斩杀巨蟒，可惜没见到那条巨蟒，“重太郎”先生不免有些扫兴。这人骂道：“妈的，水温温的……”另一个人跟着跳入池中，露出一副忍受不住烫的样子，说：“啊，真够受！若不凉点……”见到“重太郎”，恭恭敬敬地叫了声：“老板。”

“重太郎”从鼻孔里哼了声，问：“阿民怎么样了?”

“还能怎么样?就是爱要钱呗。”

“不仅仅是爱要钱……”

“是吗？他这人一向心眼不正……怎么说才好呢？大家都讨厌他……真不知该怎么说才好！反正没人信他。手艺人不该这样呀！”

“是呀！阿民太不谦虚啦，趾高气扬的，谁能信他？”

“是呀！总以为自己有两下子……到头来还是吃亏哟。”

“白银町的老人很多都去世了，如今只剩下桶匠铺的元兄、砖瓦铺的掌柜和师傅还在。咱们可是这里土生土长的。像阿民，谁知他从哪儿来。”

“就是嘛，偏偏他还那副小样！”

“哼，没人理他，看他还能嚣张什么！”

“消防水桶”这边的情况到此不提。且说“白浆水”那边人满为患，那儿与其说人进水池，不如说水漫人群更妥当，里面的人只进不出，争相往里挤，照此进度，估计不出一星期，水就彻底脏了。惊讶之余，咱家往池中一瞧，见苦沙弥竟也泡在其中，他浑身红扑扑的，龟缩在左角，实在可怜！他大概是想把二分五厘的洗澡票用到大大超值，才泡成这样吧?咱家是忠于主子的猫，虽远远站在窗框上，却也担心他热得发烧哟！

主人旁边的一个人眉头皱成八字，说：“这水热过头了。后背

① 岩见重太郎：日本十六世纪传说中的英雄豪杰，曾只身斩杀巨大妖蟒。

热辣辣的直冒火呢！”在妖怪群中暗暗寻找同情。

一人得意地说：“药物池水不这么热，可就没效验啦。换了我们家乡，那水才叫热呢！”

另一人将毛巾搭在凹凸不平的头上，问：“这种水究竟能治什么病？”

“效力可大啦！听说能治百病，很厉害哟。”回答的人是个瘦子，脸像黄瓜，形色具备。照理说，药池既然那么灵验，他更健康才对，但又根本不是。

一个肥嘟噜的汉子说：“听说投药后的三四天最好。看来今天洗澡正是时候。”

不知从哪儿冒出一声尖叫：“喝下去有效不？”

立刻有人怪声怪气地回答：“凉了之后喝，喝完睡觉。神奇得很，不用起夜哟！”

冲洗室里，难描难画的亚当们密密麻麻地挤在一起，随心所欲地清洗身体的各个部位，其中，最出奇的有两位，一位仰面朝天地躺在地上，望着高高的天窗出神；另一位趴在水沟边发愣。一个秃子蹲在石墙边，让另一个小秃子敲他肩头，估计这二人是师徒关系，并由小秃子代行搓澡人之职。专职的搓澡人也有，只是他似乎得了感冒，房里这么热，还穿着坎肩。小秃子用毛巾从袖珍书般大小的小桶里蘸满水，然后往师傅肩上浇，右脚趾夹着一条羊毛搓澡布。不远处，一个小伙子气势汹汹地霸占了三个小桶，一边劝身旁的人用他的肥皂，一边大声说：“枪是从外国进口的。从前，大家都是对杀对砍，各逞威风。外国人胆子小，怕杀，便造出枪这种玩意儿来。具体点说，应该不是中国造，是外国人造的……”

咱家不明白这家伙在胡说些什么，正有些懊悔不该来这里，忽见一位身穿浅黄棉衣、年近古稀的秃子走进来。毕恭毕敬地对那些裸体妖怪们鞠躬说：“嗬，承蒙各位天天照顾，多谢了！今天天气有些寒冷，请各位慢慢洗吧，最好去白浆水那里多泡几次，暖暖身子……掌柜的，看看洗澡水的温度够不够？”

掌柜应了声，忙去查看。“和唐内”对老头儿大加赞赏地说：“真会来事儿呀！不这样就做不好生意吧？”

一个大约四岁的孩子正费力地爬出浴池。那老头儿见状，忙伸出手去帮他，口中说道：“来，到这儿来，小宝宝！”

那孩子见老头儿的一张脸像豆馅年糕被踩扁了一样，吓得非同小可，哇的一声大哭起来。老头儿有点儿出乎意料地说：“呀！怎么哭啦？爷爷有那么可怕吗？”哄了一会儿，见哄不住，便对孩子的父亲说：“啊，敢情是源先生呀！今天可有点儿冷哟。昨晚溜进近江铺子的那个小偷……叫什么名字的混蛋，把铺子门给开了个四方口子，却什么也没拿就跑了，估计是看见查夜的巡警了吧。”大肆嘲笑小偷的做贼心虚，接着又问另一个人：“喂，好冷！你还年轻，不觉得冷吗？”

突然，在澡堂和冲洗房之间的地方发出了激烈的吵闹声，咱家扭头一看，竟是苦沙弥在和一个穷学生争吵。不知什么时候，他已离开了澡堂。主人声音的洪亮奇特和沙哑刺耳，并非始于今日，这我是知道的，但总该分个场合吧，然而，并不分。咱家惋惜之余，也只好替他着想，姑且将原因视作在热水中泡得太久，且是愤愤地咬着牙泡。若此因乃病魔所致，倒也没什么说的，然而，明明不是，从他明明上火却又不失本性这一点就能看出。

“往后点！不许往我水桶淋水！”能发出这般严厉的吼叫声的，自然是主人了。主人愤怒中带着不平，很有些引人注目的意思，大概是希望能让人联想到高山彦九郎[①]怒斥山贼的情景吧。然而，看得出来，对方并未想到要做山贼，也就没有丝毫配合的举动，只以平和得让人惊讶的语气说：“我原来就在这儿。”令戏剧效果大打折扣。而他说出这样平和的话来，也无非想要表达一下不

① 高山彦九郎（1747—1793）：名正之，上野人，江户后期加入勤王派，当时三大奇人之一，后自杀。

肯移动的决心，也有提醒怒吼者，大可不必像对待山贼那样地对他破口大骂。对此，主人不管怎么上火，心里都应该是很清楚的。但他并不愿意就此冷场，因为对他来说，一生中占据主动的时候并不多，尤需格外珍惜，因此，便决不肯默默地走进冲洗室，又喝道：“畜生！有你这样让脏水哗哗往别人桶里倒的吗？”

咱家心里也是很瞧不起这名穷学生的，听了主人的怒吼，心里大叫痛快！但转念一想，主人以教师之尊，这般连吼带骂，多少有失检点吧。主人这人，向来都死硬得很，心像煤炭般又黑又硬，总爱拣软柿子捏。从前，汉尼拔[①]率军翻越阿尔卑斯山时，见一巨大岩石横阻路中，便命人浇上醋用火烧，待巨石烧软了，再用锯拉，直至像切鱼糕似地切成平平整整的许多小块，这样大军才得以顺利通过。咱家主人在这么灵验的药泉里，日复一日地像水煮似的泡了那么久，也没泡出个所以然来，看来非浇上醋用火烧不可。像眼前这穷学生，即使再多上几百人，再耗上几十年，也治不好他的顽固症。

主人终于跨过冲洗室与更衣室之间的门槛，眼看着便要回到“嘻嘻哈哈、你好我好”的热闹世界，仍顽固地吓唬穷学生说：“再敢犟嘴，我就宰了你！”看来，顽固之于他，已是根深蒂固的了，除非被校长革职，否则改不了。主人一旦被革职，便走投无路；既走投无路，就只有等死。然而，他虽爱闹病，却是很怕死的，晓得自己只剩下死路一条，便不能不悔改。这样，或许还能绝处逢生。

有位诗人说：“一饭君恩重。”咱家虽是猫，也知诗中之意，故不能不时时刻刻替主人的臭脾气捏一把汗。主人好歹离去了，咱家正略感宽心，突然听见呼天抢地般的叫骂声，转身一看，见白浆水浴池里，无数有毛的小腿和没毛的大腿蠕动不已，妖怪们情绪激动，大骂不休。从浴池到天棚，整个房间不知何时竟密密麻麻地笼

① 汉尼拔（约公元前246—183）：北非古国迦太基的政治家、军事家。

罩着腾腾热气。那些妖怪们便挤在这样的热气中，大叫“热呀，热呀！”声音重重叠叠，状如无法形容的噪音。咱家从未见过这么大的骚动，一时惊呆了！忽然，一个凶狠至极的大妖怪闯了出来，冲着掌柜大喊：“妈的，烫死人了！加冷水，快加冷水！”

这人一出现，便令咱家眼中只有他而再无众生，忍不住大赞：“超人！”心知尼采①所谓的超人、魔鬼的大王、妖怪的头领，必是此人模样！那掌柜听到这样的叫喊，慌忙奔进热雾中，叫伙计快添冷水。但火炉旁，那个穿坎肩的搓澡人却丝毫不管眼前的景象，一边大叫着：“烧啊！烧啊！”一边挥舞铁锹不停地往火炉里加煤。炉子里喷出的火苗儿映红了他扭曲的脸，显得十分诡异。“这人失心疯了！”咱家被热气闷得透不过气来，不敢再待在澡堂，忙从窗户跳下，奔回家去。

回家一看，主人活在太平盛世，出浴后的面色异常光艳，正舒心地享用夜餐，看到咱家，便说：“这猫儿真逍遥自在，大半天工夫，也不知跑哪儿溜达去啦。”

瞧桌上饭菜，明明缺钱，却还摆了好几样，其中还有一条烤鱼。咱家看不出那是条什么鱼，但想多半就是主人昨天在东京湾炮台附近抓住的那条，记得当时看到还很健壮，但经又煎又煮，恍如病魔缠身，终于瘦得不成鱼样了。咱家这时已经很饿了，便来到饭桌前，想弄些吃的，但又怕被主人驱赶，便故意装出心不在焉的样子来。

主人很快吃了几口鱼，脸上露出不怎么好吃的神色，放下筷子。女主人坐在他对面，眼睛一眨不眨地注视着他吃鱼的样子。主人忽然对她说：“喂，敲两下猫头。”

“干吗要打它？”

“想打就打！先打它几下。”

女主人伸手轻轻拍了下咱家的头，还是不疼。主人皱起眉头

① 尼采：德国唯心主义哲学家、唯意志论者，鼓吹超人哲学，认为历史由强人创造。

说：“怎么没叫唤？”

“是呀。”

“那就再打几下！”

“再打也还是这样。”女主人说着，又拍了下咱家头，照样不痛。咱家正襟危坐，很有些主人那样道貌岸然的气派，心里却在想：“为什么总要打咱家？”虽然不痛，可主人也实在不是个东西，竟命令妻子不停地打。这么一来，不仅动手打的女主人十分为难，挨打的咱家也格外难堪。想想看，咱家坐姿气宇轩昂，而女主人的纤纤玉手却不住拍打咱家的头，岂不太过滑稽！但就这么着了，主人还不肯称心，急不可耐地说：“打狠点，打哭它！”十足的狼心狗肺。

妻子厌烦地问：“干吗非把它打哭不可？”问完，又打了一下，还是不痛。

咱家这下总算明白主人的意思了，觉得他真有些变态，难道非得要咱家哭，他才吃得下饭么？说起来，又觉得主人真够笨的，想要咱家哭，早说不就得了，难道还是天大的难事不成？打，是对方的事，哭，是咱家的事，从一开始，他就成心想叫咱家哭，却只下命令“打”，以为一个“打”字就能将属于咱家权利的哭也包括其中，孰料词不达意、言不由衷。咱家可怜他，不屑和他抠字眼也就罢了，但那些学生呢？他们要是听见，会怎么想？又会怎样看待这个所谓的为人师表的教师？唉，主人天生就是这么个愚蠢的人，没法子！大概他是因智力不足而产生出一些蚊子似的念头，以为吃点饭，肚子就一定会鼓起来；破点皮，血就一定会流出来；割一刀，就一定会一命呜呼吧。若照此逻辑，那掉进河里肯定得死；吃点炸虾肯定泻肚；上班肯定拿工资；读书肯定有出息；打一巴掌肯定就哭……什么逻辑！咱家先在内心深处把主人狠狠贬低一顿、驳斥一通，然后才给他面子，假模假样地哭了一声。

主人立刻兴奋起来，对妻子说：“哭啦！还嗽的一声。这是感叹词还是副词？”

这问题也提得太突然了吧，女主人顿时一言不发，只瞪着眼看他。本来嘛，大家已认为他是个彻头彻尾的怪人了，现在看来，的确应该说成“神经病”才更合适。他曾自信地和邻居争辩，说：“我没神经病！从来没有！你们才是神经病哩！”邻居们便叫他：“狗、狗！”主人为维护正义，也大声说邻居：“猪！猪！”唉，女主人嫁给这么一个男人，也的确够委屈了。在他看来，提出这么一个莫名其妙的问题，不过是一段小插曲而已，可听者会怎么想？会不觉得他是神经病吗？

主人见妻子如坠云里雾中，一副懵然的样子，更大声地叫：“喂！”

妻子慌忙回答：“嗳。”“这声‘嗳’，是感叹词还是副词？”看，又来了！的确发神经了吧？

“谁知是什么呀！爱是什么就是什么！真无聊！”

“什么爱是什么就是什么？这可是国语学者头脑中当前的重大问题哟。”

“唉呀呀！什么国语学者的，不就是猫叫吗？猫叫归猫叫，也不是什么国语呀！”

“所以嘛，这才是一门高深的学问呢！这是‘比较研究’。”

“是吗？那么，弄清楚了这是什么词吗？”女主人就是聪明，根本不和他一起发神经。

主人见妻子岔开了话题，便无趣地说：“这么重大的问题嘛，当然不会那么快就弄清楚。”说着，吧嗒吧嗒地将鱼夹进嘴里咀嚼，跟着又吃起炖猪肉和芋头来。吃了两口，又问：“这是猪肉吧？”

“嗳，是猪肉。”

主人以极轻蔑的口吻哼了一声，夹起一块猪肉吞下，拿起酒杯，说：“再喝一杯吧。”

“你已经满脸通红了，今晚就别酒气醺醺的啦。”

“喝嘛……世上最长的单词你听说过没有？”

“大概是前任关白太政大臣的称谓吧。”

“那是人名。我说的是最长的单词，知不知道？”

“词？又是那横写的洋文吗？”

“当然。”

“不知道！别喝了，吃饭吧。嗯？”

“不，喝！听我告诉你最长的单词。”

“随便，但说完就要吃饭。”

“就是Archaiomelesidonophrunicherata①”

“又在胡编吧？”

“哪里胡编呢？是希腊语。”

“用日语说，是什么意思？”

“谁知道什么意思哟！只知道怎么写。如果写得长些，可写到六寸三分左右。”

换作其他人，自不会在酒桌上深究这词的长短，可他却一本正经，堪称一大奇观！若说他醉了，他听后一定会像听说“神经病”一样，说：“我没醉！根本没醉！”实际上，按照规定，他平时只喝两杯，但今晚已四杯下肚了，仍还在喝。一个喝两杯就脸红的人，现在多喝了一倍，脸明明热得像烧红的火钳，却偏说自己还没醉，还要喝，真是个酒鬼！妻子怕他喝过量，板起脸说：“别再喝啦！好吧？真受罪。”

“嗯，就算是受罪吧。你今后也得学着点儿。大町桂月②说：‘喝吧！’”

“桂月是什么月？”即便著名如桂月，一碰上女主人，也变得

① 意为可爱的人，原是古希腊喜剧作家阿里斯托芬（约前446—前385）的作品《蜂》中的一句台词。

② 大町桂月（1869—1925）：日本著名文学家、评论家，在日本文学界享有较高声望。

一文不值了。

“桂月嘛，就是当代那个一流的批评家了。他说‘喝吧！’就准没错。”

“那是屁话！什么桂月、梅月，哪有叫人喝酒受罪的？真是神经病！”

“他不仅叫人喝酒，还叫人多交际、嫖女人、出门旅行啦。”

“那不是更坏吗?这种人怎么还能算一流的批评家？竟劝人家有妇之夫吃喝嫖赌，真要命哟！”

“吃喝嫖赌也没什么大不了的嘛。就算桂月不劝，只要有钱，我说不定也会做呢。”

“没那些事多幸福！你要是敢吃喝嫖赌，我可跟你没完！”

“你说没完，那就不去吃喝嫖赌吧。不过，前提是你必须更小心地侍候丈夫，而且，晚上要有更多佳肴。”

“这已经是尽最大努力了呀。”

“是吗？那么，什么时候有了钱，就去吃喝嫖赌吧。今晚就到此为止。”说着，吃起饭来，一连吃了三大碗茶水泡饭。

那天夜里，咱家享用了三片猪肉和一个盐烤鱼头。真过瘾！

第八章

这日中午，咱家吃得舒舒服服地，来到檐廊下睡午觉，很快梦见自己化身为虎，对主人大喝一声："拿鸡肉来！"主人战战兢兢地应了声，慌忙将鸡肉呈上。便在此时，迷亭先生也来觐见，躬身侍立一旁。咱家见他左右无事，便说："咱家要吃雁肉。去！叫飞禽餐馆上道菜来。"

迷亭照旧胡扯，说："把咸煎饼和酱菜掺合起来吃，就有雁肉味。"

咱家一跺脚，张开血盆大口冷冷哼了一声，顿时吓得他脸色煞白，忙奏称："大王！山下做雁肉火锅的那家店早已关门，这可如何是好呀！"

咱家说："那就将就吃点牛肉算了。速去西川肉铺切一斤牛肉里脊来！如敢怠慢，便拿你充饥。"

迷亭听得，撩起大襟跑得飞快，转眼不见踪影，料想他一生中，决不曾如此奔行如飞。咱家体魄只因突然变大，躺下时竟占满整个檐廊，正想赶在牛肉呈上来之前先眯一会儿，忽听轰隆一声巨响，美餐未能下肚，美梦却已惊醒，弄得咱家不住舔口水。

刚才梦里还在咱家脚下胆战心惊地叩头的主人，此刻竟从厕所里蹿出来，照咱家的小肚子就是狠命一脚。咱家"嗷"了一声，他却趿拉着一双轻便木屐绕过栅栏门，直奔落云馆而去。咱家陡然间由老虎落为猫，心里总是愤愤不平，想想做老虎的威风，再看看做猫的遭遇，气不禁为之馁，回思梦中美味，这才哑然失笑。忽然想到主人气势汹汹地踢咱家一脚，又大踏步而去，莫非有好戏可看？当即纵身跟上。刚出门，便听主人一声断喝：“大胆强盗！……”

那名光天化日之下胆敢入室行窃的盗贼，却是个十八九岁、戴学生帽的小子，他听到主人惊天动地的一声断喝，吓得魂飞魄散，翻过篱笆墙拔脚就逃。主人顿时发力追去，咱家见他那奔跑的架势，比梦中的迷亭还快，便想那小子一定逃不了了。哪知主人追到那篱笆墙前便驻足不前。原来盗贼已越墙而去，主人要想追上，便必须翻墙而入，可那样一来，他又成了盗贼。但如不翻，又怎么抓住盗贼？主人一时犯了难。正犹豫间，一个嘴上蓄着稀疏而又蓬乱的小胡子的“将军”，从“敌军”阵中大摇大摆地走上前来，双手叉腰，示威似地向他“哼”了一声。这一哼，竟把主人的火气给“哼”了上来。于是，二人以篱笆为界，唇枪舌剑地争执起来。咱家奔过去一听，竟然十分无聊：

“他是我校学生！”

“他那样子像学生？学生怎会擅闯他人住宅？”

“不，他根本没闯，只不过棒球刚才飞落你家，进去捡球而已。”

“既然捡球，为什么不先同本主人打个招呼？”

“……今，今后注意吧。”

“……那，那就算了吧！”

一场满以为会呈现出如龙争虎斗般壮观景象的谈判，最后却以近乎抒情散文式的吟唱而收场，要说滑稽，的确没有比这更滑稽的了；要说虎头蛇尾，也的确没有比这更虎头蛇尾的了。主人威风凛凛，又一下子气焰顿消，就像咱家从“梦中虎”一下子还原为猫。主人的这等小小意外，聊博一笑罢了！说完这桩意外小事，接下来说一件大事吧。

落云馆是最近才建成的一所学校，校址就紧挨着主人家。自从这所学校建成后，主人就被吵得烦躁不安、晕头转向，没有一天能静得下来。咱家心里也很替主人鸣不平，不明白他们何以要把学校建得如此之近，让主人妙笔生不出花来。

且说次日，主人躺在床上苦苦思索对敌之策。其时，落云馆正在上课，运动场上没有学生，十分安静。教室里，老师正给学生讲授伦理课。听那洪亮而又铿锵有力的声音，讲课的老师应该便是昨日拍马上阵和主人谈判的那位将军：

“……所以，公德极为重要。看看西洋，无论法、德、英诸国，皆无不讲公德者。相较而言，我们可就差多了，真可悲呀！或许，有人会说公德乃新近从外国传入，有差距很正常，其实大错特错。岂不闻古人云：‘夫子之道，一以贯之，忠恕而已矣。’恕，正是‘公德’之源泉。推己及人；己所不欲，勿施于人，此皆大公德也。凡事替别人着想，懂得宽恕他人，就是恕！比如，我有时很想放开喉咙唱歌，但想自己读书时，若听邻人高唱，心必不静，便作罢。吟咏《唐诗选》时，也是这样，总怕打扰别人而内心有愧，便去旷野处读，心始安。诸君风华正茂，正当少年有为时，能推己及人，克己复礼，便是行忠恕、讲公德。善莫大焉……”

主人洗耳恭听，听后扑哧一笑。讽刺家如看到这里，定会认为这笑声中夹杂冷嘲成分，但主人决非品格如此低下之人。他固然笨极，却非坏极，只因听了伦理老师如此这般地说教，晓得此后必将免于达姆弹的狂轰滥炸，可以安心读书、写作，脑袋也暂不会秃了，方忍不住开怀大笑起来。至于易上火的毛病，虽不能立时根除，但假以时日，总会心静如水的。置身于二十世纪的今天，主人依然天真而顽固地认为“欠债必还”，对这等道貌岸然的说辞信以为真，也是自然而然。

下课时间很快就到了。于是，各教室门纷纷打开，一直被关在牢笼里的八百雄兵，如决堤洪水般呼啸冲出，杀声震天！其势之雄壮，好比被捣翻了的大马蜂窝，成群结队的蜂子从四面八方呜呜嗡嗡地飞出，酿成大乱。

要说清这场大乱，便先从“马蜂窝”阵地说起。读者若以为这种战争不需要什么阵地，那可就错了。一般人嘛，一提起战争，便总想到沙河、奉天[①]或旅顺，似乎除此无战事。爱好史诗的野蛮人，则一味夸大那些经过渲染了的战斗场面，如什么阿喀琉斯[②]拖着赫克托尔的尸体在特洛伊城下绕行庆贺；燕人张飞手持丈八蛇矛在长坂坡喝退百万曹兵，等等。但如说只有这些才算战事，那就太欠公允了。须知，上述那些荒唐战争和野蛮行径，不可能出现在今日的太平盛世和大日本国京城的中心的。学生们再怎么骚动，也不可能比火烧警察署的犯罪行为更厉害。因此，咱家将卧龙窟主人苦沙弥先生和落云馆八百健儿之间的战争，列为东京都有史以来的大战之一，是有历史依据的。

左丘明瞎眼写鄢陵之战[③]，先从敌军营寨入笔，之后，举凡精于记叙之作家无不奉为圭臬，争相效仿，几为惯例。咱家双眼明亮，依样画葫芦而先说敌军布阵，也无可厚非吧。

且看敌军如何布阵。篱笆墙外，但见一队雄兵呈一列纵队排在墙下，不住高声大叫，刺激我主冒险出战。其叫喊内容为：“服不服？”“不服，不服！”“糟了，糟了！”“快出来！”“没溜吗？”“叫两声给他听听！”“嗷，嗷！”“汪汪”……随后是震耳欲聋的起哄声。稍右的操场上，一支威力强大的炮队在险要之处

① 沙河：辽宁省旧名；奉天即今之沈阳。一九〇四年，日俄双方在中国东北地区开战，晚清政府无力制止。俄军战败后退出，辽河、沈阳、旅顺等地遂为日军侵占。

② 阿喀琉斯：希腊神话中的英雄。荷马史诗《伊利亚特》记述他用“木马计”攻占特洛伊城后，击毙守将赫克托尔，令希腊联军转败为胜。

③ 左丘明：中国春秋时期著名史学家，曾任鲁国太史，双目失明后著《左传》一书。鄢陵为春秋鄢国之地，大约在今河南鄢陵西北。公元前五七五年，晋伐楚，败楚军于鄢陵，史称“鄢陵之战”。

设下阵来。为首的大将手提大号研磨棒，随时准备向卧龙窟发起攻击，他身前身后相距不远处各占一人。这两人是发炮手，昂首挺胸地怒视着卧龙窟，只待一声令下，便发出炮弹。有邻居说，学生们是在练棒球，决非想打仗。咱家虽是球盲，不知棒球为何物，但瞧对方这等穷凶极恶、欲置之于死地的阵势，便万万不敢苟同。

据悉，棒球这种游戏是从美国进口的，是各中学以上的学校运动中最时髦的体育项目。美国是个很能想出些花花点子的国家，说不定正因为肯教会日本这种即便被误认作炮弹也要扰得四邻不安的游戏，才表现出足够的热情哩。还有，美国人到底把这看成是一项运动还是游戏，也是很值得推敲的。既然纯粹的游戏都具有如此惊搅四邻的能量，那么，根据情况用作炮弹，也照样管用。依咱家观察，美国人必定是利用游戏之功，而收炮击之效，用心不可谓不险恶。而且，人有一张嘴，咋说咋有理。既然有人假公德之名，行奸巧之实，又有人口念慈悲，却偏爱上火，那么，以玩棒球的名义下开战，出口棒球者再坐收渔翁之利，也顺理成章。更何况，人们说的棒球通常是指世界上通用的那种，和咱家所说炮战之利器，有很大不同。所以，千万别以为棒球不会引发战争。

下面，再具体介绍一下达姆弹的发射方法。咱家所说之达姆弹，即人类之棒球，以皮革精心缝制而成，坚硬如石。战斗中，投炮手摆出长蛇一字阵，右手紧握达姆弹，随着一声号令，风驰电掣般地向大棒投去。发炮大将以全身之力外加吃奶之力抡起研磨棒，对准炮弹奋力击出。只要打中，炮弹便会以迅雷不及掩耳之势，直奔主人家而去，便将患神经性胃炎的主人打个七荤八素、甚至脑浆迸裂，也是轻而易举。一般情况下，发炮手多能十发五六中，也有打飞的，视用力大小、技艺是否娴熟而定。但就是打飞了，也没太大关系，因为周遭还有很多凑热闹的援兵等着一哄而上。他们只要听见木棒砰的一声击中棒球，便劈劈啪啪地拼命鼓掌，跟着高声起哄：“好哇，好哇！”“真够劲儿啊？”“怕了吗？”“服不服？”……光这示威声，也足够吓破主人的胆儿。

近来，各地都在加班加点地制造达姆弹，但价格仍居高不下，无法大量供应。大体上，一个炮队能装备一二发炮弹。考虑到不能仅仅为了那“砰”的一声，就把那么贵重的炮弹报废掉，他们又特设了一个“拾球部队”，专管拾球。换一个场合，由于没有明确的战争对象，拾球手的日子一般都很好过。但现在不同。击球手深知大战当前，万万不可贪玩，便总是故意将达姆弹击进主人家。这样一来，拾球手必须进院拾球，最方便的办法就是翻过篱笆墙。打从战争一爆发，主人就在篱笆墙内严阵以待，随时出击。就这样，战争层级越来越高，战斗也越来越激烈。

敌军适才发出一发炮弹，十分精准地飞过方格篱笆打落梧桐树叶子，然后命中第二道城墙——竹篱。炮弹落地的声音很大。牛顿定律第一条说：在无外界阻力的情况下，物体一旦飞出，将以平均速度运动。如果棒球仅受这一定律约束，那主人的脑袋已遭受了和伊索克拉底斯的头一样的命运。幸而在说出第一定律的同时，牛顿又定了第二定律：“运动的变化与所受之外力成正比，但该变化发生在直线运行的方向。”正是有了这一定律，主人的头才幸免于难。咱家对牛顿定律虽不懂，但见达姆弹并未穿过窗户砸碎主人头颅，也知他肯定是托了牛顿的洪福。

很快，便有敌军跳进院内，故意装作没看见掉落的达姆弹，用棒子四处敲打竹叶寻找，同时口中大喊大叫，意在捉弄主人。按莱布尼茨[①]的定义：“空间是可能同时存在的秩序。”因此，数字一、二、三、四、五……一定依序排列；柳树之下，必有泥鳅；蝙蝠之上，必有弯月；主人家院子里，也必定飞落达姆弹。可是，即便是这么明显的事，他们也硬要装出懵然的样子，而且还要闹得人声鼎沸，真是太目中无人了。

敌人虽然猖狂，主人又岂是省油的灯？他脸上的笑容转瞬即

① 莱布尼茨（1646—1716）：德国著名的自然科学家、数学家、唯心主义哲学家，和牛顿并称为微积分创始人。

逝，从床上奋然跃起，大步冲出，毅然迎战，竟当场活捉了一名敌兵，这对他来说，真是奇功一件。待将敌兵捉进屋来仔细一看，对方竟是个十四五岁的孩子，远远不够资格列为主人之敌。看着这孩子，主人的满腔怒火竟无从发泄，想打又不便打，想骂又不便骂。而那孩子又不失时机地连声道歉，主人便更加骂不出口，打不出手，徒呼奈何？咱家在旁看着，只觉敌人真够阴损的。

现在战局已经很清楚，由于敌军昨天见识过主人的厉害，知道如派一个年龄大些的孩子过来，一旦被抓，将十分麻烦，因此，有意派一个一、二年级的学生来捡球，并教他被抓后需如此如此，这样，一方面无碍落云馆之清名，另一方面，主人如胆敢不知天高地厚地跟小孩子一般见识，势必被人耻笑、瞧不起，那后果也不用想了。这样的毒计不可谓不绝妙！但正所谓人算不如天算，敌人什么都想到了，就是没想到主人根本不是普通人，以为他昨日的上火，和普天下所有的男人、女人、老人、小孩的上火没什么两样，是拿不上台面炫耀的。殊不知，像主人这样的上火专家，将一个无知的一年级学生活捉过来当战争人质，再平常不过。判断和事实的差距如此之大，胜负的天平不倾斜才怪。

这一来，敌军计划完全被打乱，一大帮人生怕战友受辱，争先恐后地翻过篱笆墙，闯进院子来。这些人至少有一打，有的光着上身，有的挽起袖子，有的叉着胳膊，个个露出发达的肌肉，横眉冷目，仿佛在说："吾等乃丹波国好汉，昨夜方自口山杀来也①！"瞧着他们杀气腾腾的阵势，咱家深以为让他们读书太可惜了，去做渔夫、水手，才会更有利于国家吧。

主人毫不示弱地向他们怒吼："你们真是强盗不成？"那狠劲儿就像用大钢牙去咬铁炮，而且，鼻翼剧烈地扇动，好像有大把烈火从鼻孔里喷出来一般。咱家见了，双腿也不住打战，心想越后地

---

① 丹波国：日本古国名，今京都府及兵库县一部分。篠山，位于古丹波国境内，旧传山中有野人。后人遂将"自篠山来"当作没见过世面的粗野之人初次进城的代称。

区那狮子头像的鼻子，可能就是照此模样仿制出来的吧。不然，咋会那么吓人。

“不，我们绝不是强盗，只是落云馆的学生而已！”

“胡扯！既然是落云馆的学生，又怎会擅入他人之地？”

“不胡扯！我们头上戴着制帽，明明有校徽的呀！”

主人凶狠地哼了一声，问一年级学生：“冒牌吧？落云馆的学生怎么会擅自侵入？”

“球飞进来了。”

“球为什么会飞进来？”

“这我怎么知道？它就是飞进来了嘛。”

“真是个混账东西！”

“下不为例！这一次，就请你饶了我吧。”

“面对来历不明的人翻墙闯进私宅，又有谁会轻易放走呢？”

“不，我的确是落云馆学生，不是来历不明之人，这是一点不错的。”

“既然说是学生，那你几年级了？”

“一年级。”

“真的吗？”

“是真的。”

主人回过头来，朝屋里大喊一声：“喂，来人哪！给我来人！”

埼玉县出生的女仆在屋里“嗳”地应了声，跟着拉开纸格门走出来。主人命令她：“去落云馆叫个人来！”

“叫谁来？”

“谁都行！快去给我带来！”

女仆虽然应了声“是”，但由于敌我双方剑拔弩张，出使目的模糊不清，且整件事从头至尾十分无聊，让她难生慨然赴死之决心，故忸怩不动，傻笑不止。怒发冲冠的主人志在大战一场，以便将上火的本事发挥到极致。此时，手下佣人该当同仇敌忾才是，谁曾想她竟是一副嘻嘻哈哈的模样，不由主人不急火攻心，大声说：

“不是说了吗？谁来都行！管他什么校长、干事、首席教师……”

“那就把校长先生……”女仆长这么大，只知道有校长，便准备拿校长做出使目标。

“不是告诉你了吗？管他是校长、干事、首席教师！你听不懂吗？”

“要是都不在，叫杂役来可以吗？”

“胡说八道！杂役懂个屁！”

至此，女仆终于明白自己是箭在弦上，不得不发，只得踟蹰而去。主人焦躁地等了一会儿，正担心她叫来个杂役，那位讲伦理学的大将军破门而入。主客双方都是老相识，用不着客套，一落座便唇枪舌剑地交锋起来。

“这小厮适才胆敢擅闯敝人私宅……”主人开场便用《忠臣榜》戏中的古老道白，声音洪亮，中气十足，跟着却又低三下四地问。“……他……他的确是贵校学生吧？”

伦理大将军毫无惧色，泰然自若地扫视了一眼站在庭前的勇士们，然后眼中放出光来，直射向主人，做出答辩：“是的，的确是敝校学生，我们一直教育他们别这样，可他们总不听话……”转身向学生怒问，“……为什么要跳过墙来？”

学生毕竟是学生，面对伦理大将军的喝问，自是低下头一言不发，宛如羊群遭遇猛虎。看到他们这等胆怯样子，主人不是打蛇随棍上，却反而给他们铺起了台阶，说：“球飞进来，也是难免的嘛。学校既与寒舍结邻，便总会有球飞进来。不过……他们也确实太凶了些，即便翻过墙来，只要不出声，把球偷偷拾去，也可饶恕……”

“所言极是。敝校尽管一再提醒，怎奈良莠不齐……今后一定好好注意。假如今后再有球飞进院子，一定从正门入，打招呼后拾球，再从正门出。学生太多，真让人太操心，而运动课又是教育必需的课程，不能禁止。这一点，请无论如何都要多多原谅。今后一定光明正大地正门入，正门出。”

“嗯，既然这么通情达理，那就十分好说了。其实，不论多少球投进来，只要孩子们从正门入，给个知会再去拾球，都是可以的。那么，这学生就交给你带回去了。有劳大驾，真不好意思。”照例的致歉，照例的虎头蛇尾，主人就是这种德行。

咱家所谓“大大的事件”，至此告一段落。如果有人耻笑，说这算得了什么大事件，那就任尔等笑去，咱家自稳坐钓鱼台。须知，咱家叙述的是主人的、而非其他人的大事件呀！如有人骂主人“虎头蛇尾”“强弩之末”等等，奉劝他记住这正是主人的一大特色。主人之所以能成为滑稽小说中的主人，也正缘于如此特色。如有人一定要批评主人不该和小孩子计较，咱家也只好认同。大町桂月就曾对主人说：“你胡子一大把了，怎么还没去掉孩子气？”

推而论之，定有不少读者对咱家笔下的一切，都会冠以“信口开河”的美名吧。但咱家绝非肤浅之猫，字里行间处处包含宇宙间的巨大哲理，毋庸置疑。想咱家笔下文章，以气为主，以自然为宗，以俊逸高畅为贵，穷极笔力，犹人圣城；盖夭矫离奇，横绝一世，不可方物，故兴会标举，非学可及。在只会鼓如簧之舌而道尽闲言碎语的读者眼中，自便成了犹如天书的经典之作。据说柳宗元每每读韩愈文章，必先用蔷薇花泡水净手。那么，读者对咱家所著之书，也该当诚恐诚惶地、二话不说地掏腰包购买，方显现得出对至尊至圣的虔诚之心才是。警言道罢，且人正题。咱家写完小小的风波，又写完大大的事件，便想再说下余波，以作全篇之结尾。如有人以为“既为余波，自必无聊，不读也罢”，一定会追悔莫及。好文章必须从头至尾地细心研读，方知个中妙味。

次日，咱家想散步，便来到门外。只见对面巷子一角，金田老板正和铃木藤十郎先生窃窃私语，旁边停着他的座车。二人当是中途相遇。

近来，金田府上无事发生，咱家因此很少前往，此刻见到老熟人铃木先生，顿生亲切之感，便走过去想与之攀谈几句，这样自然听到了他们的对话。这可不是咱家罪过。想金田老板身为“有良心之人”，多次派密探监视主人，咱家偶然窃听一下，也属应有之义吧。他如计较，只会显得小气。

藤十郎先生毕恭毕敬地弯腰施礼，说：“正要去府上拜访，不料却在此相遇，真是巧得很！”

“唔，是吗？老实说，这几天我也很想见你呢。你来得正好。”

“是吗？那真是太巧了。请问有何吩咐？”

“倒没什么大不了的。不过，虽说这事儿怎样都行，但又非你不可。”

“只要力所能及，定当效命！究竟是什么事呢？”

“唔……这个嘛……”

“如果现在不好说，那鄙人改日再来拜访。请问哪天较为合适？”

“唉！也没什么了不起的事……既然这么凑巧，那就有求于你了。”

“请别客气……”

“……说来，也就是那个怪人喽！嗯，就是你老友，叫苦沙弥的……”

“哦，苦沙弥呀！他怎么啦？”

“也没怎么。就是自打那事闹出来之后，我心情一直不怎么好。”

“这苦沙弥太狂妄……他本该摆正自己的地位，甘心等而下之，可偏偏以为老子天下第一！”

“是啊！胡说什么‘不向金钱低头’‘实业家算个屁’等等，真是疯狂得不得了！他既这么狂妄，我就让他尝尝实业家的厉害！这阵子，他终于收敛了些，但仍很顽固，还是有些令人吃惊。”

“这家伙不知好歹，徒然逞能罢了。他以前就这样，明明吃了亏，却故作不知，真不可理喻。”

“啊！哈哈……看来的确不可理喻呀！我变着法子整治他，终于让学生们训了他一顿。”

“这主意妙呀！效果怎样呢？”

“那家伙好像深陷窘境。我看用不了多久，就会告饶啦。”

“呵呵，这就好啦。他再怎么神气，也是寡不敌众哟！”

“是啊，孤家寡人怎么抵得住人多势众呢？因此，不能不收敛些。不过，究竟情况如何，我还是希望你能去观察观察。”

“噢，是这样吗？这倒不难。我立刻就去看看，然后再向您报告。这么顽固的人居然变得意气消沉起来，一定大有看头。"

“那好，我等你。回头见。”

“那么，告辞了。”

哈，又搞出来一个阴谋，实业家果然财大气粗！让形容枯槁的主人徒增无限苦恼，以至于让他的脑袋和伊索克拉底斯一样变成秃头，变成连苍蝇飞上去也无法站稳的危险之地，这一切都极大地体现出实业家的不同凡响来。咱家虽不知道是什么力量在促使地球旋转，但却很明白能让当今社会疯狂转动的就是金钱。洞悉金钱的能量、并能自由发挥其威力的，正是实业家诸公。若无实业家，太阳很可能不会平安地从东方升起，又平安地落向西方。若说像咱家这样聪明的猫，连实业家的价值都不清楚，也未免太没眼光了。不过，我想，主人就算再怎么冥顽不灵，这回也该有所觉悟了。如果顽抗到底，那可就太危险了。主人最爱惜的就是生命了，不知他见到铃木先生后会说些什么？咱家心里暗暗揣摩，悄悄跟在铃木先生后面回了家。

铃木先生果然是老于世故之人，见到主人后，对金田老板只字不提，只唠叨些无关痛痒的家常。

“你面色可不大好哟，有什么不舒服的吗？”

“没什么不好呀！”

“时令不好，不当心点可不行。夜里睡得好吗？”

“嗯。还可以吧。”

“不会有什么挂心的事吧？只要我能办到的，都可以帮忙。你别客气，尽管说出来！”

“挂心？什么事挂心？我挂什么心？”

“我是说如果有的话，没有就更好嘛。忧虑是最伤身体的呀！我总觉得你过于消沉了些。人世间，能在笑声中开开心心地生活，是最重要的啦。”

“但笑也很伤身体。有些人，就是因为狂笑而送了命呢。”

“别开玩笑！笑怎么会送命呢？俗话说：‘笑门开，洪福来。’”

“你恐怕未必知晓古希腊一位名叫克里西帕斯的哲学家。”

“是不知道。他这人怎么啦？”

“因过度狂笑，最终笑死了。”

“咦！有这样的事？也太离谱了吧，好在这是很多年前的事……”

“以前也好，现在也好，还不都是一样？毛驴偷吃银碗里的无花果，他见着滑稽，忍不住大笑起来，结果抑制不住，终于给笑死了。”

“哈哈！他怎么那么毫无节制地大笑嘛！要微笑！适当地、渐渐地……这才快活。”铃木说着，暗暗观察主人的表情。就在这时，正门忽然哗啦一声打开。他还以为有客登门，定睛一看，却是一名学生。那学生向主人鞠躬说：“球落进院子里啦。请允许我去拿。”

主人嗯了声，说：“请！”学生转身出门，走向后院。铃木一愣，问：“这是怎么回事？”

“没什么，学生把球打进院子里来啦。”

“学生？这里什么时候有学校了？”

“刚建不久吧，就在屋后，是一所叫落云馆的学校。"

“这样呀。那一定很吵吧？”

“唉！还提什么吵不吵哟！根本看不了书。我要是文部大臣，早就下令把它关了。”

“哈哈！看来你火气还挺大的嘛。有这么伤脑筋吗？”

“还说！真真气死人呢！”

“既然那么生气，那就干脆搬家吧。”

“鬼才搬家！岂有此理，我为什么要搬家？”

“你向我发火有什么意义！该是那些小孩子哟。既不肯搬，那就置之不理嘛。”

“你做得到，我可不行。昨天，我硬是把他们老师叫来好好训斥了一顿。”

“这可有些意思。他们一定害怕了吧？”

“嗯。不怕也不行哟，谁叫他们擅闯私宅呢！”

二人才说了这么几句，门又开了，又进来一个学生，说：“球落进院子了，请允许我去拿。”

铃木看在眼里，故作吃惊地说：“啊！又是球？喂，怎么来得这么勤？”

“哼！说好他们要走正门来拾球的。”

“怪不得。我明白啦。”

“什么明白了？”

“是来拾球的原因。”

“从早晨到现在，已经来第十六次了。”

“你不嫌麻烦吗？叫他们别进来就行了嘛。”

“叫他们别进来？说起来倒很轻松。问题是他们偏要来呀，有什么法子！”

“既然没法，那就不提吧。不过，你要是不那么固执就好了。这人啦，一有棱角，便时时吃亏，还是圆滑些好。圆滑的人滴溜溜转，转到哪儿都吃得开。而有棱角的，不仅成天活受罪，每转一次，棱角也会大受其伤。毕竟，这世界不属于某一个人专有，别人是不会让你事事如意的哟！唉，不管怎样，同有钱有势的人作对，注定吃亏，不仅伤身，讨不了好，还伤不了人家半根毫毛。人家才不在乎呢！坐在家里随便开个口，就把事情办妥了。胳膊拧不过大腿哟！稍微固执点倒没什么，但太固执，甚至顽固到底，可就一点儿好处也没有哟！”

又一个学生进来，说：“对不起，刚才又有球飞进来了。我去拾球，可以吗？”

铃木大笑说：“哈！看，又来啦！”

主人满脸通红，无可奈何地叹了口气，说道：“真真无礼至极！”

铃木已很好地完成了出访使命，不用再看了，便起身告辞。他前脚刚走，甘木先生后脚便到。

敢自称“上火专家”者，自古鲜有其例。然而，当他翻过“上火”的悬崖，感到有点儿不对头时，却为时已晚。在昨天的大事件中，主人将上火表演发挥到登峰造极的地步，到了今天晚上，便开始后悔了。他说不清究竟是落云馆不对，还是自己不对，心想：和一个中学学校结邻，一年到头不断受气，总有点儿不对头，得想个什么法子解决才好。但想来想去也想不出什么好法子，便只有服下医生开的药，贿赂一下肝火病源，让它暂且安静些。

甘木医生见他吃了药，便面露笑容地问：“怎么样？”一般来说，有真本事的医生开过药方后，大多很自信地问一声“怎么样”，对那些不问的，千万别信。

“医生，不怎么有效哟。”

“嗯?怎么可能？”

“这药到底有没有效果呀？”

甘木医生心里有些吃惊，但他是一位温厚的长者，也素知患者情绪一向不稳定，便安慰他说：“效果是有的，别急，慢慢来。”

“但我不论吃多少药，也没见胃病好转呀！”

“绝对不会！”

“不会？那么，是好转一些了吗？”明明胃长在自己身上，主人却问起别人来。

“不会好那么快，但总会慢慢好起来。现在就比从前好多了。”

“真的吗？”

“你又动肝火了吧？”

“动啦。做梦都生气呢。”

“多运动运动，就好得快些。”

“我一运动，就更火上浇油哟。”

甘木医生吃惊起来，说：“是吗？那我再瞧瞧吧。”

诊治又开始了。主人只安静了几分钟，便不耐烦起来，突然高声问：“医生！我前些日子看了本介绍催眠的书，书上说催眠术能治好许多顽症和疾病，是这样的吗？”

“嗯，的确也有那么治的。”

“现在也能这么治吗？”

“嗳？”

“用催眠术治病，难吗？”

“哪里话？挺容易的，我也常给人催眠呢。”

“先生也常催眠？”

“嗯，要不，就催一下试试吧。按理说，人人都该接受催眠治疗。你要是同意，那就催催。”

“这倒挺有意思。那就催一下吧。其实，我早就想催了，只是担心催眠过后万一醒不过来，可就糟啦！”

“没那回事！那么，就开始吧。”

主人忐忑不安地接受催眠术了。咱家还从没见识过催眠术，有人肯当场示范，又有人肯像猪一样当场被人催，心里自然偷偷地乐，当下蹲在墙角看结果如何。医生先从主人的眼部开始催眠，他用手指按住主人的上眼皮轻轻往下揉，接着轻轻地摩挲眼部周围，过了一会儿，说道：“眼皮渐渐发沉了吧？”

主人缓缓地说：“的确沉了。”

医生继续用摩挲眼皮的方法催眠，再过了一会儿，又轻声问：“眼皮很沉了，没事吧？”

这时，主人好像真的被催眠了一样，默默地躺着，一句话也不想说。甘木医生见状，便得意地说：“噢，这下眼睛睁不开喽！”

可怜的主人，眼睛终于紧紧地闭住了，但嘴上却在问：“再也睁不开了吗？”

“嗯，再也睁不开了。”

主人很安详地闭着眼睛，看起来挺享受的，咱家心里不免有些羡慕，也很想被催眠。甘木歪着头打量自己的催眠作品，眼中不停地闪耀着自豪的光芒。过了一会儿，又轻声对主人说：“这下是彻底睁不开眼睛了。若能睁开，你就不妨试试。但毕竟是睁不开的哟！”话刚说完，主人就把眼睛睁开了，笑着说：“我睁开了。催眠不成功哟！”

甘木医生也笑着说：“是的，不成功。”

催眠失败，甘木医生走了。不久，又来了一位客人。主人府上这么接二连三地来客人，是很少见的，让咱家还真有些不敢相信。然而，客人的确是来了，而且还是稀客。

咱家不知他叫什么名字，只见他长着一张长脸，留着山羊胡，年纪约莫四十岁上下。与美学家迷亭相比，他很有些哲学家的派头。若问为什么？咱家可不愿意像迷亭那样胡吹，只是看他风度，便觉得很像哲学家。他和主人似乎也是同学关系，两人交谈得很融洽。

“噢，说到迷亭嘛，他倒很像漂在池面上喂金鱼的麸子，总是飘飘摇摇的。前些天，他和一个朋友经过一个素昧平生的贵族家门前时，竟硬拖着朋友进去讨茶喝。真够大大咧咧的了。”

“后来如何？”

“后来怎样，我没问。他大概天生就是这样的怪人吧。但没思想、没意识，脑袋空空如也，和喂金鱼的麸子有什么两样？铃木这人虽不明事理，却很精通人情世故，是块戴金表的好材料，就是太浅薄、太不稳重了，最终还是一块废料。他逢人便说要圆滑些、再圆滑些。可究竟何谓圆滑，却十分不懂。这么说吧，若说迷亭是喂金鱼的麦糠，那铃木便是被草绳绑着的凉粉，滑得很。”

主人很久没听到过这么精辟的比喻了，感觉妙极，破例大笑起来，问：“那你是什么？”

“我嘛，大概也就是个野生的山药蛋吧，渐渐长大，但又始终埋在土里。”

“难得如此旷达，真叫人羡慕啊！”

“哪里！其实和常人一样，有什么好羡慕的？不过，无心羡慕别人，我对此还是满意的。”

“手上还宽裕吧？”

“还是老样子，照旧紧巴巴的。只要不饿肚子，死不了人，也就不必大惊小怪哟！”

“我可不行。整日闷气难忍，看什么都不顺眼，总发牢骚。”

“能发牢骚也好嘛。牢骚一发过，心情就好了。人嘛，千人千样，不能强求一致。便是苦苦哀求，也无法让所有人都和你一样。好比说，你不拿筷子就吃不成饭；又好比说，面包还是自己切的最爱吃。定做衣服，高级服装店裁剪得总是合身些，而劣等服装店就难说喽。实际上，社会就是一件裁剪得最合身的服装，不管是谁，也不管爱不爱穿，最后都合身。人生有幸，碰到个本领高强的上等爹妈，让我们一生下来就能适应社会，那就是福气。但如不幸碰到个下等爹妈，便只有两条路可以走：要么与世格格不入，要么强行忍耐到与社会合拍时为止。”

“但如我等之流，怕是永远也不会与社会合拍的哟。”

“西装太不合身，硬穿上它就会撑破。因此，吵架啦、自杀啦、暴动啦，就会时时发生。就拿你来说吧，不过无聊而已，断不会自杀，连吵架的事也是少有的，应该说，还算混得不错呀。”

“问题是我现在整天都在吵架哩！没有吵架的对方，只要一生

气，自己就吵，也算是吵架吧？”

“嗯，这叫单人吵架。说来很有意思，吵多少次都无所谓。”

“问题是我有些腻了……”

“那就不吵好了。”

“问题是又想吵！不瞒你说，我的心不怎么听我话。”

“既然如此，我倒很想知道你何以有如此大的反复？”

主人长叹口气，便从当下的落云馆事件说起，跟着谈到户窑狗獾子、津木针助、福地细螺及其他种种不平。哲学家默默地听着，等他牢骚发完了，方如是说：“管他针助、细螺说些什么，佯作不知道就行了嘛。中学生妨碍你啦？不屑一顾嘛。谈判也罢、吵架也罢，最终不是依然烦恼吗？就这方面来说，我认为古代日本人可比西洋人伟大得多。最近，西方流行什么‘积极’，想法倒好，就是有很大缺陷。首先，‘积极’可是没有终止的行为呀！任你怎么积极地干，也没有完美之境。你看见对面那棵扁柏树没有？它妨碍视线，砍掉吧。可砍掉之后，前边的旅店又碍你走路了。那再把旅店也推倒，可再前边的那户人家又碍着你了……任你砍掉多少、推倒多少，也没有止境哟！西洋人就是这样。拿破仑也好，亚历山大也好，没有谁胜了之后会心满意足的，杀了又杀。眼瞅着人家不顺眼，就吵架；吵了没结果，就去法院告状。满以为官司打赢了会心满意足，错了！世上根本就没有‘心满意足’，就如镜花水月，能如愿以偿吗？认为寡头政治不好，就改代议制；代议制搞了也不行，便又换，换过来、换过去，最后还是满足不了……人类欲望太多，满足无止境哟。人啦，究竟多大程度上能积极地将自己的主观意愿转变为现实呢？西方文明或许是积极的、进取的，但终究是失意者发明创造出来的文明。日本和西方文明最大的不同，就在于日本文明是在‘不去根本改变周围环境’这一前提下发展起来的。我们日本人认为，亲情必须保持固有状态，不可改变，凡事都要在维护这种关系的前提下谋求安神之策，以求安康。君臣之间、夫妻之间、父子之间、武士与商人之间莫不如此……见高山挡路，无法去邻国谋生，便该培养自己因地制宜的能力，而不是去推倒这座大山。知足常乐嘛！君不见，佛家也好，儒家也好，都是这样认为的吗？”

“无论你有多了不起，也不能事事称心如意。落日不能回升，江河不能倒流，可以约束的，便只有心灵了。只要耳根清净，内心安宁，落云馆学生吵闹的再凶，也会处之泰然吧。

“今户窑的狗獾子虽凶，闭眼不见就没事了嘛。针助者流说的蠢话再多，我自清风拂山冈，又能奈我何哉！据说，从前有个和尚，刀按脖子还说风趣话：‘电光影里斩春风。’[①]人啊，只有真正做到修身养性，达到无为而无不为的妙境，才能于生死之际，说得出这样的话来哟！我这号人是不大懂得那些玄妙之理的，但总觉得西洋人一味鼓吹的那种积极进取精神，是不大对头的。就说你吧，不管怎么积极争取，学生们还是照样要打棒球，要捉弄你，你能关闭那所学校，能去向警察控诉，说他们在做坏事吗？既然不能，又何必这么积极地跑来跑去，非要争出个所以然来呢？跟人家争，就会碰上金钱、寡不敌众的问题，换句话说，在财主面前，你不得不低头；在恃众作恶的孩子面前，你不得不求饶。像你这样的穷汉子，就知道无休无止地去争输赢，这正是你心中烦恼的祸根啊！怎么样，这下懂了吗？”

主人听着，既不说懂，也不说不懂。稀客走后，他回到书房，并不看书，只是沉思。

铃木藤十郎先生要主人屈从于金钱、势力；甘木医生劝主人用催眠术忘掉烦恼；而这位稀客，却只要主人求心安。究竟哪一种才合适，是主人自己的事，咱家为猫，照例是过问不得的。

① 电光影里斩春风：宋末，无学禅师（1226—1286）被蒙古兵俘获，问斩前口吟此诗，意思是说我肉体虽被杀，但灵魂不死，就像妄图用一道电光斩断春风一样。

第九章

主人是个麻脸。据说，麻脸在明治维新以前是很时髦的，但自打缔结了日英同盟，就日渐落伍了。科学家的研究结果表明，麻脸与人口繁殖成反比。这样看来，麻脸总有绝迹的一天。这一结论得益于在精密计算的基础上得出的医学统计。如此高见，聪明如咱家也无法置疑。环视天下，还有几人是麻脸，咱家不清楚，但去交际场走一遭，不见猫中有，不见人中有，回到家里只见主人有。可怜！

主人前世究竟造了什么孽，遭了什么报应，才在今生这么难得地长出一张麻脸来，并厚颜无耻地混迹于所有没有麻点的脸中，得到二十世纪新鲜空气的滋润？古代的麻脸是否很有气魄，足够傲视群雄，是个很值得人类学家、考古学家和医学家们深入研究、探讨的课题，但当一切麻点都被勒令退到双腿以下时，它们却依然顽固地盘踞在主人脸上，尽管多少有些挽落日于中天[1]的气概，但还是很丢面子的。看来，那些虽说因抵抗滚滚俗流而千古长存的坑洞集合体值得吾人特别尊敬，但总是脏，不可掉以轻心。

主人年少时，曾见一位住在牛込区山伏町名叫浅田宗伯的汉药

① 挽落日于中天：传说平安朝末期，武将平清盛执掌大权，为便于统治，将京城迁至他的别墅，但在规定时间内仍未建成，他便将落日又提回中天，延长时间，直到完工。

名医，出诊一定坐轿，谢世后，他的养子便用人力车代替了轿子。依此推算，他养子死后，接下来的一代便该将葛根汤换成阿司匹林了。想想看，即便在宗伯老人活着的当时，坐轿子巡游东京，也并不怎么雅观，而能这样我行我素的，也只有陈腐的亡灵、待毙的猪猡和宗伯老人了。主人的麻脸和宗伯老人的轿子一样不光彩，旁人见了都觉可怜。然而，主人的顽固更甚于宗伯，为了能去学校教英语入门课，不惜日日将孤城落日般的麻脸曝光于天下。

带着满脸上世纪的污点，傲然伫立于教坛之上，对学生来说，是解惑之外的又一收获。他们与其说在反复听讲英语的“猴子有手”，莫如说对“麻点对面孔的影响”这一重大问题更感兴趣，默然思索个中奇妙答案。无形中，主人的麻脸很积了些功德。假如没有这张活生生的麻脸，学生们就要花费大量精力和时间，来来回回地跑图书馆或博物馆，甚至去埃及挖掘木乃伊，才知道该如何生动活泼地取笑它。当然，主人也并不是为了功德才弄出这么一张麻脸来。他是种过痘，而且还是种在手腕上，只是不知什么原因，不幸传染到脸上去了。那时，主人还很小，全没有今日的青年们喜欢漂亮、爱打扮的心思，只是觉得痒，就在脸上乱搔，一来二去，便搔出个麻脸来，没想到竟将爹生娘养的这张脸给活活地糟蹋掉了。婚后，主人常对妻子说，没长痘疮以前，自己是怎样一个白玉般的美男子，甚至夸口和浅草寺庙的观音像有一比，连洋妞见了都要回眸顾盼。我相信这是真的，只是很遗憾，从未找到任何证据。

功德也好，授业也好，回眸顾盼也好，都掩饰不了麻脸的肮脏。主人心知肚明，私下里十分发愁，很希望能焕然一新。但宗伯老人的轿子可以扔掉，他脸上的麻子却无法消除，只能一生一世与之长相厮守。每当在街上碰到什么人，或站在学生面前，见人家十分好奇地数他脸上的麻子，便落寞地想：“下辈子也数别人的麻子就好了……”光想不够，他还勤写日记。比如今天仿佛见到几张麻脸，是男还是女，是在小川町摊贩街还是在上野公园，等等，统统记录下来。

主人确信自己的麻脸知识博大精深，无远弗届。一位留洋的朋友回国后来访，主人问他西人可有麻脸？朋友回忆良久，又迟疑良久，方说很少。主人不肯罢休，再问：“就是说，多少还有一些吧？”朋友宅心仁厚，不忍他太伤心，勉强回答：“便有，也不过叫花子苦力之类，有教养的人没有。”主人喜曰：“我大日本国果然与众不同。”

以哲学家充满禅机的忠告为指导，主人不再和落云馆学生一般见识，之后总是龟缩在书房中苦思冥想，间或也养养浩然之气。然而，他心胸始终狭窄，一味沉下脸来孤坐，很难说会有什么好下场。咱家也曾提醒他，不如干脆将英文教材免费赠送当铺，跟歌女学唱《喇叭小调》更好，但他太孤僻，又很偏激，根本听不进劝告。咱家也只有悉听尊便。因这缘故，咱家近几日都是远远地待在一边，独自打发时光。

今天已是第七天了。禅宗说：人死后七日方能成佛。世人信以为真，便拼命打坐，主人更加不例外。分开七日，想来该修成正果了吧？咱家心中到底挂念，叹了口气，回去看他。

十二平方米的书房坐北朝南，本来还算宽敞，但现如今在阳光充足的地方放了一张大桌子，便显得很窄小了。此桌长六尺，宽三尺八寸，高度与宽度相当，不是正品，是主人向附近的木器店定做的卧铺兼书桌，堪称绝世珍宝。他为什么要新做这么一张大桌子，又为什么会产生睡这桌子的念头，咱家不曾请教，不得而知，估计与打坐太久鬼迷心窍有关，但也有像常见的精神病患者那样，硬把风马牛不相及的东西牵扯到一起的可能。总而言之，标新立异！七天前，咱家曾亲眼见他在这张桌上午睡，翻身时不小心滚落到地上。之后，就不曾见他再把桌子当卧铺用了。

桌前放着的薄纱坐垫，被烟卷烧了好几个窟窿，里面的棉絮黑乎乎的。主人倒背着脸，正襟危坐在坐垫上，脏得不像样的腰带打了个死结，带子的两头吊儿郎当地悬挂在脚边。这当儿，咱家如去抓带子玩，肯定会遭敲头之厄运，故切不可随便靠近。

人们常说："傻想就会想傻。"主人还在想，估计也快傻了。咱家不耐烦多瞧他一眼，见桌上放着一个崭新的玩意儿，双眼不由接连眨了几下。那可真是个奇怪的玩意儿啦！咱家忍着刺眼的强光，定睛细看，才看清那光亮原来是从桌上晃动的镜子里发出的。主人何以无聊到躲在书房里照镜子来？这问题太深奥，非咱家能解。镜子是洗澡间的，且家中仅此一面。主人每天洗完脸梳分发时都要用它。读者也许会问：如你家主人之流的货色，够格梳分发么？实不相瞒，虽然做别的事无精打采，但梳起分发来，主人却是很细心、很认真的。主人无论春夏秋冬，都不会剪短发，定要留二寸长，以便装腔作势地两边分开，还故意把右边的头发往上抹去，抹得服服帖帖的。这种哗众取宠的梳法，和眼前这张桌子毫不搭界，但主人却硬将它们扯到一起，虽说是于人无害的小事，别人不说什么，但太发神经，总是不好。

若问主人何以要留那么长的头发，坦率地说，天花不仅吞噬了他的脸，而且还攻占了他的天灵盖。他如像正常人那样将头发剪得只剩半寸或三分长，就会露出几百个大大小小、高低不平的麻坑来，如何见人？而且，女主人也肯定不乐意。因此，他不仅要留长发，还希望脸上都长出毛发来，将所有麻坑遮住，就可大肆声张："瞧呀！我水痘没啦！"

据说，从前有位学者去寺庙拜访一位和尚，那和尚正脱光膀子磨一块瓦片。学者问他磨瓦片做什么？和尚说想把瓦片磨成一面镜子。学者一惊，说："任你修为如何高深，也难将瓦片磨成镜子。"和尚哈哈大笑，道："是吗？这就像任你读书万卷也不能穷究学问，是一个道理吧。"咱家心想，主人很可能信了那个和尚的话，从浴室拿来镜子，也想磨一磨吧。

此刻，主人正全神贯注地凝视着唯一的宝贝镜子，浑不知咱家深夜暗访。本来，镜子这玩意儿就怪吓人的，又是在黑漆漆的夜晚，就着孤灯，对镜孤芳自赏，确是需要很大勇气的。主人勇气虽不大，但却很有发神经的底气，故能视镜子为无物。咱家从不发神经，便没有这样的底气了。记得第一次被东家小姐用镜子照着时，咱家吓得不得了，在屋里来回跑了三圈，仍不敢看镜中的怪物，那天还是阳光灿烂的白日呢。主人可就了不起了，不仅死盯着看，还直斥己丑："这脸真脏！"令人好生敬佩。的确，他举止如疯子，可言语却是真理。人，如果不能入木三分地看清自己是个多么可怕的坏蛋，就称不上饱经风霜；不是饱经风霜之人，就无法得到解脱。既如此，他本该再顺口说一句："多么吓人呀！"却怎么也不肯说。说完后，又将两腮鼓得高高的，还用手去拍，不知在念什么咒。瞧着他那样儿，咱家忽然觉得似在哪里见过，细一思量，才想起女仆的面孔来。

女仆的那个胖啊！唉呀呀，真不想说，怕说了就吐。打个比方吧，前些日子，有人从东京羽田区六守神社送来一对河豚型灯笼，女仆的脸就和河豚灯笼一样胖。因为胖得太过分了，连双眼都不见了。河豚虽够臃肿，但通体浑圆，不失矫健，而女仆骨骼本就很突出，加上满脸的膘，简直就成了六角钟。脸如此，身子就更别提了。回过头来，再说主人的这张脸，各位大概也清楚是什么样了吧。主人将宇宙所有的空气都吸进嘴里，鼓起大大的腮帮子，边拍打脸蛋，边瞧着镜子，边说："脸皮厚到这种程度，应该看不见麻子了吧。"

主人扭过头，将烛光照着的半张脸映入镜中，激动地说："天呀！这边的麻子依然显眼，看来脸皮还要再厚一点儿才行……"说着，将镜子稍微放远了些观看，跟着自我品评。"……嗯，这个距离便看不见，太近了果然不行。看来脸皮不仅要很厚，而且距离还要较远，才让人看不到麻子。其实，不仅是脸，世事莫不如此哟……"突然放下镜子，将额头、眼睛、眉毛、鼻子一起乱糟糟地皱起，惊叫一声。"……怎么这么凶恶？这招使不得！"赶紧拿开镜子。

他不看镜子，用右手食指刮了一下鼻尖，往桌上的吸墨纸上使劲儿一抹，便将鼻涕弄到吸墨纸上，然后将就用这手指去将右眼皮往下拉，再长长地伸出舌头，扮成人们常说的"鬼脸吓人"状，十分惟妙惟肖。看看，咱家主人多会玩小把戏，多富有情趣！可他究竟是在研究麻子，还是和镜子做“瞪眼比赛”，咱就搞不懂了。不过，对镜孤芳自赏，也能赏出这许多花样来，倒实在让人佩服。如果将其善意地视之为具有《魔芋问答》①的精神，那么，很可能主人正是为了悟道，才会有这么多不可思议的怪诞行径呢。

应该说，人类学就是研究自我的学问，什么天地、山川、日月、星辰，不过是自我的别称罢了，任何人也研究不了无我的事物。虽说有什么超越自我一说，可在超越的刹那，便同时失去了自我。并且，也只有自己才能研究自我，他人是无法代劳的。这道理就像人不能求人帮他吃饭、睡觉、生儿育女一样简单明了。什么坐井观天、管中窥豹、指鹿为马、问道于盲等等被世人歌之颂之的认识自我的具体方法和手段，都是行不通的。他人所述之法，他人所论之道，以及汗牛充栋的虫蛀书堆里，是没有自我的，如有，也仅是自我的幽灵而已。认清自我的最好的参照，就是镜子！从这层意义来说，主人摆弄镜子还算通情达理，至少比那些摆初学者架势、死搬硬套爱比克泰德学说的人要高明多了。

镜子，是自鸣得意的催化剂，是自我吹嘘的溶解液。假如以轻浮之举、虚荣之心面对明镜，那么，对于一个愚蠢的人来说，镜子无疑是最具有煽动力的器具。自古以来因不懂装懂、一知半解而害人害己的史实，有三分之二与镜子有关。法国大革命时，有好事之医生自诩为革命者，发明“改良杀头机”杀人无数，犯下滔天大罪，便因镜子之故。发明镜子的人，面对镜子时也会寝食难安吧。厌弃自己或萎靡不振时，照照镜子是再好不过的了。镜子里美丑分明，一览无遗。看过后一定会感叹：呀，就这副尊容，竟趾高气扬地活到现在！在镜子面前，所有自命不凡者都得低下头来，自惭形秽。主人虽然未必是个“对镜知愚”的贤者；却能客观地读懂镶嵌在脸上的天花瘢痕，承认容颜丑陋，进而看出灵魂深处的卑鄙与无

① 《魔芋问答》：日本的一个相声节目，讲的是一个卖魔芋的店主与行脚僧在路上相遇，两人盘道问答，句句答非所问，行脚僧为此佩服得五体投地。

耻，前途倒也不可限量。而这，说不定正是被那位哲学家臭骂一顿的结果呢。

咱家心里想着，又观察了一下主人，见他快乐地玩着“鬼脸吓人”的游戏，口中说：“好像严重充血，不会是慢性结膜炎吧？”接着，用食指一侧用力揉眼睑，大概眼睑发痒吧。他不揉，眼睛都红肿得很厉害，再这么一揉，红得就更厉害了，估计用不了多久，就会像咸加吉鱼的眼珠一样烂掉。

少顷，他睁开眼睛看镜子。果然，那眼睛像北国灰蒙蒙的寒空一样，十分浑浊。平时，他眼睛就不清澈，甚至可以夸大地说，混浊得分不出眼白和眼球来，一贯不着边际，和他恍惚、突变的神经系统有异曲同工之妙，而且，眼珠也总是自甘堕落地挂在眼窝深处。有人说这是胎毒所致，也有人说是痘疮余孽。无论什么原因，最终结果都使之成为精神病患者的一个重要标志。听说，他小时候父母为给他治病，伤害过成千上万的柳树虫和蛤什蚂，但最终还是没治好。咱家倒不认为这是由胎毒或痘疮引起的，他眼珠之所以在深渊中沉沦，脱离不了苦海，恐怕更多地与他像糨糊一样不透明的大脑有关。大脑毕竟是最高指挥官嘛，它要眼珠滚到深渊里去，眼珠敢不听吗?何况眼睛还是心灵的窗户呢。心里想什么，眼珠还不赶快表现出来？据说，天宝年间的铜钱中心有个空洞。依我看啦，他的眼睛也跟天宝铜钱一样，虽然大，却大而空，空空如矣。

主人折磨完眼睛，还嫌不够，又调戏起胡须来。胡须原本不整齐，又长得七扭八歪，不知道在民主口号连天响的时下，极端自由主义仍会给主人带来极大的麻烦。好在主人也注意到了这个问题的严重性，近来大力整治，严格要求胡须讲规矩、守秩序，整齐划一地排列。功夫不负有心人。现在，百来根胡须中，已有一两根的步调能一致了，长此以往，到他入土为安时，是一定能全部变整齐的。主人为此不无自豪地说，从前，胡须是自然生长；现在呢，要它怎么长就怎么长。主人看出胡须孺子可教，前途光明，心里大受鼓舞，便愈发用心调教起来，一有空，便扯、撕、打、抓、挠，种种卑劣手段无所不用其极！很有些恨铁不成钢和拔苗助长的苦心。按他的野心，是定要像德国皇帝那样，长一撮向上高高翘起的胡须来的。因此，无论胡须是长是细，是粗是短，是横是竖，只要看着不顺眼，便毫不犹豫地揪下。每揪一根，又痛得龇牙咧嘴。他痛已如此，胡须之痛可想而知。但痛归痛，痛过后还是照揪不误。局外人不明，看他揪得来劲，还以为是闲情雅趣，心里暗暗钦佩他的品德，也当面夸奖他能忍辱负重，教导胡须有方。比如，迷亭就是这么感慨的。

主人正把胡须折腾得够呛，女仆六角灯笼似的面孔突然在他眼前一闪而逝。她羞涩地站在半开着的门后，支出半张脸，瞧着地下，说："来信了。"然后将通红的手突然伸进书房，丢下信便一溜烟跑了，根本不敢仔细看主人那奉命倒写成八字的胡须，回到厨房，却又趴在锅盖上，捂着肚子大笑不止。主人是个很珍视身份和礼节的人，自认为只比坐怀不乱的柳下惠稍逊一筹，伸出右手，很庄重，也很优雅地用拇、食二指轻轻拈起信来，见信有三封，头一封信为铅印，读之如下：

敬启者！谨祝身心安康！回首日俄战争，我军势如破竹，连战皆捷，克期恢复和平有望。自宣战大诏颁发。义勇将士奉公久驻万里之遥，含辛茹苦，披肝沥胆，乃至为国捐躯。其至诚之心，永昭天地，无暇或忘。日前，我忠勇刚烈之将士，泰半于"万岁"声中高歌凯旋。万民欢腾，其乐融融。为此，本会谨代表本区全体居民，兹定于本月十五日为区内千余出征将士召开盛大凯旋之庆祝会，并借以抚慰军烈家属，竭诚欢迎军属莅席，以衷谢忱。壮志将酬，盛会待举。敬请诸位大力支持，慷慨解囊，踊跃捐款，务必赞助，共襄盛会，则本会无上荣光！不胜翘盼之至。

谨致

寄信人是一位贵族老爷。主人默读了一遍，随即若无其事地将信装进信封。咱家见这情势，便知主人是不肯捐助的。前些天，他拿出两、三元赈济东北灾区，之后逢人便说："我被敲竹杠啦！"既然赈灾，自然是主动捐款，又没遇上强盗，何来敲竹杠一说？但主人又的确像被抢了一般，痛苦万分。以此次捐款而论，贵族老爷如来点硬的，主人双腿一软之下，自然另当别论，但仅凭一信，不管说得多么动听，也难让他拔出半根毫毛来，更别说钱了。按主人的想法，于欢迎军人前，先欢迎欢迎他，再欢迎其他人，方是正理。正理非理，那什么慷慨、踊跃、务必等等，便只好有劳贵族老爷和大人们自己分神了。

第二封信同样是铅印，内容如下：

当此寒秋，谨祝盍府金贵。

敬启者：自前年以来，敝校累受二三野心家干扰，苦不堪言，陷入极大困境。窃以为，此乃不肖"针作"无德之所致，当深自戒之。遂卧薪尝胆，决心以一己之力和符合理想之方案筹措新建校舍经费。方案无他，出版《缝纫秘法纲要特辑》耳。本书乃不肖针作依据工艺学原理，集多年苦心研究而成，诚为泣血之作！书成面世，既能为普及大日本国缝纫机尽绵薄之力，又能推广缝纫技术，使千家万户得享缝衣制袍之乐，而不再受穿针引线之苦，且薄利广积，恩惠多施，当能解新校舍燃眉之急也。深望贵府解囊购买，多多益善，既可自学，也可转赠朋友、邻居，更可教导女仆，使之无片刻偷懒贪玩之时。敝人于成本费外只略收小资，谅不致有超支之累。万分惶恐，百拜求援，匆匆谨启。

大日本女子裁缝最高等大学院
校长缝田针作三拜九叩

如此诚恳、郑重的书信，主人竟将之揉成一团，啪的一声扔进废纸篓里。可怜呀！针作先生极难得的三拜九叩与卧薪尝胆，就这样全泡汤了。接下来，主人看第三封信。这封信的信封描有红白相间的横纹花样，煞是好看，像极了卖棒棒糖店的散发着异样光芒的招牌，当中用八分书大书：“珍野苦沙弥先生帐下”。瞧这信封外表十分华丽，信笺内会不会蹦出个什么大人物的名字来，可就不敢说了。且看内文：

假使吾管天地，当一口喝干西江水；假使天地管吾，则吾不过陌上一微尘耳。或曰：天地与我何干？最先吃海参之好汉，胆量可敬；最先吞河豚之豪杰，勇气可嘉。夫食海参者，诚如亲鸾[1]再世；吞河豚者，恰似日莲[2]重生。若夫苦沙弥之流，但饮葫芦干中酸酱，便以天下名流自居。未得见也……

你会被亲友出卖，你会被爱人抛弃，连你父母也对你心存杂念。何故凄惶至斯？富贵从来刀下求，功名岂止笔中生！蓄而不用，你头脑中秘藏的学识终将会发霉。试问，汝当何所恃？俯仰天地间，又将何所依？神乎？凡乎？身不由己也，不得而知也。

神佛者，人类万般痛苦之余所捏之泥偶，狗类粪便所聚之臭狗屎也。轻信渺茫希望，偏说心安理得。嗟乎！醉汉胡乱地危言耸听，蹒跚地走向坟墓。油尽则灯灭，财竭则无遗。苦沙弥先生！且请奉茶，呜呼尚飨！

人不将人看成人时，便无人可惧。试问，把人不看成人的人，面对把你不看成你的社会，会否愤怒？自古飞黄腾达之士，视不把人看成人为至宝，不被别人尊重时却又勃然大怒！管他怒与不怒，都是混账东西……

---

① 亲鸾(1173—1263)：日本京都人，镰仓初期高僧，为净土真宗的开山祖师，谥号见真大师。

② 日莲(1222—1282)：亦称大日莲，与亲鸾同一时代的高僧，日莲宗开山祖师，谥号立正大师。近代日本新兴宗教大部分属于日莲系。

当我把人看成人，而他人却不把我看成我时，心中之不平便爆发式地喷射而出。此爆发式喷射，谓之曰革命！革命非鸣不平者之必为，乃权贵显达者欣然造就也。

朝鲜人参多，先生何以弃之不用？

天道公平再拜于巢鸭

针作先生行“九拜”之礼，而此人仅仅“再拜”，只因不募捐，便一笔勾销了七拜。此信虽不募捐，却似天书、如疯语，暗含杀机，包藏祸心！瞧最末一句，分明是朝鲜革命党。

人以人参相诱，要主人和他们一起造反，多半还要给个军师当当，只是不好赤裸裸地说出来罢了。但这等杀头之事，岂是做得的？此信行文乱七八糟，时而文言，时而白话，语意时断时续，于词不达意处，偏还要奇峰突起；明明请主人喝茶，紧接着却来个“呜呼尚飨”！难道茶中有毒，主人喝过便死，所以定要哭祭不成？至于那人什么人，我什么我的，更加玄奥莫测，不知所云。通观整篇，仅开头一段点评主人还算差强人意。这样的文章，不论向哪个刊物投稿，都会弃如敝屣。以头脑不清而闻名的主人，自然难以看懂，将它撕得粉碎也毫不意外。不料，他竟津津有味地翻来覆去看了一遍又一遍，而且，愈看愈兴趣盎然。

看来，他已看出信中隐藏深意，故决心要将这深意挖掘出来。盖天地间未知之事虽多，却又无一不可信口雌黄。骂人愚蠢容易，夸人聪明也不费什么唇舌。即便想证明人是狗、狗是猪，故人等于猪，人、猪、狗皆属同类，也实在轻而易举。因此，这封信就算再无意义，只要绞尽脑汁，也可弄出点名堂来。想咱家主人，虽犟、笨如牛，但对自己不懂的英文，硬是可以东拉西扯地串通起来胡乱讲解，且乐此不疲，这种牵强附会的本事，自然非同小可、旷世无匹了。像他这号人，果如信中所言，喝了葫芦干中的酸酱便自以为天下名流，吃了朝鲜人参便以为革命一定成功，随便想到什么，都能左右逢源的。

过了一会儿，主人击节大叹："好文章！绝妙好文章！难怪半天都看不懂，真乃千古奇文也！信中无一不是高见，无一不是大家之言，想来此人的哲学造诣已然登峰造极。佩服，佩服！"跟着焚香净手，虔诚而恭敬地捧起信来再读，不时摇头晃脑，啧啧有声。

瞧他这副怡然自得的陶醉模样，咱家就知道他还没看懂，还在瞎猜，还在用极迟钝思维领略极糊涂文章，坐实对朝鲜人参的情有独钟，这和他一向喜欢捕风捉影是分不开的。当然，也不是单单就主人这样。人类无知，总爱把看不懂的文章说成是好文章，对复杂的事物穷根究底，对简单的问题却一塌糊涂。君不见，大学教堂中，学生们总是对教授口沫横飞、滔滔不绝地讲解的未知世界神往不已，而对已知事理却不屑一顾吗？

事实上，主人之所以对这封信赞叹不已，不是看不懂字句，而是不明主旨何在，这就如同道家之尊崇《道德经》、儒家之尊崇《易经》、禅宗之尊崇《临济录》一样，只因一窍不通，便胡乱注释，装作懂了的样子。不懂装懂，还要表示尊敬，千古以来都是人生一大快事。主人终于看懂后，毕恭毕敬地将八分书的名家大作放在桌上，然后意犹未尽地遐思冥想。

便在此时，屋外有人大叫："开门！劳驾开门！"听声音正是迷亭。主人听见了，却纹丝不动。只因迎接客人不是他的任务，所以，他从来不在书房答话。女仆出门买肥皂去了，女主人理当回避，能出去迎接的只有敝猫，但敝猫懒得去。

客人叫了几声不见人应，便不客气地从换鞋处跳上台阶，拉开屋门，大摇大摆地直走进来。正是主人纵有千条妙计，来客自有一定之规。他刚一进屋，就直奔书房，大喝一声："喂，开什么玩笑！没见客人来了吗！"

主人迷迷糊糊地睁开眼来，又揉了揉眼，才说："噢，是你呀！"原来他早睡着了。

"什么'是你呀'？既然坐在这儿，听见叫门就该说话呀！真像到了废墟一般。"

“噢，我刚刚神游物外，在想心事。”

“就算神游物外，说声请进，总不是什么难事吧？”

“说倒是能说，只是神游物外嘛。”

“还在狡辩！”

“不是狡辩。前些天才开始致力于修养精神，还没到物我两忘的化境嘛。”

“真稀奇！既没到物我两忘的化境，就应该还有知觉，还能说话才对，怎么偏又装出一副神经兮兮的样子来？不是狡辩是什么？以精神修养做借口，客人可受不了哟！老实说，我还领了好多客人来哪！你快出去见见！”

“领谁来了？”

“出去见见不就知道了吗？他们一定要见你。”

“都是谁呀？”

“管他是谁，快站起来！”

主人站起来，却又犹豫着说：“别又是在捉弄人吧？”说着，漫不经心地走进客厅。

客厅里，一位老人面对六尺壁龛正襟危坐。主人将拢在袖筒里的双手抽出来，一屁股坐在彩糊隔扇边，和老人一起面西而坐，谁也无法相向叙礼。从前的正人君子，都是很讲究繁文缛节的。因为这个缘故，老人便指着对面壁龛下的位置，对主人说：“噢，请坐那儿去。”

很久以前，主人认为客厅是招待客人的地方，随便坐哪儿都一样，后来听一位先生说起，才知壁龛下方的座位属于贵宾席，原本是钦差御使就座之处，有许多规矩要讲究，从那以后，便不敢再靠近此地。此刻，这位素昧平生的长者气呼呼地叫他去坐上座，他如何敢？紧张得连请安都忘了说，低下头来，一字不漏地照搬对方的话说：“噢，请坐那儿去。”

“不不！那就不便请安了。还是请您去那儿吧。”

主人继续模仿对方说话：“不不！那就不便请安了……还是请您……”

“这么客气，那可不敢当。我怎么好意思呢！还是请您别客气，请……”

“这么客气……那可不敢当。还是……”主人愈模仿，愈没底气，脸上通红，说话也结结巴巴起来，可见精神修养也并无效果。迷亭站在纸屏后观看，觉得已瞧够了，便推了推主人后背，说：“喂，滚吧！你紧靠纸隔门，我就没座位啦。别客气，去前边坐去！”

主人迫不得已，只好磨磨蹭蹭地走过去坐下。迷亭介绍说：“苦沙弥，这就是我常跟你提起的静冈的伯父。伯父，他就是苦沙弥先生。”

老人文绉绉地说：“啊，初次相逢，不胜荣幸！听说，迷亭常来打扰你。老朽早就想登门造访，当面聆听雅教。今日恰好路过，特来致谢，并拜会芝颜。今后尚请多多关照。”

主人本是个交际不广、反应迟钝的人，又头一次见这种旧时代的老人，便很怯阵，顿时将“朝鲜人参”什么的忘了个一干二净，语带哭腔，莫名其妙地说：“我……我本应登门拜访，请……请多海涵……”说罢，抬起头来，见老人还在叩头，吓了一跳，忙又低头拱席。

老人抬起头说：“早年，寒舍也在天子脚下，幕府倒台那年，才从江户迁居静冈，之后便不曾来过。今番故地重游，完全找不到方向。若非迷亭带路，可就往那儿走了。真是‘沧海变桑田’啊！自德川家康[①]将军受封以来三百载，连那样的将军府……”

迷亭见老人说得啰唆，便道：“伯父，德川将军或许值得怀念，但明治时代也很好嘛。从前并无红十字会吧？”

“那倒没有。尤其是瞻仰皇族仪容，也只有在明治时代才能做到。老朽幸而长寿，得蒙出席今日大会，并恭听皇族殿下玉音，实在五内铭感，便就此呜呼哀哉，也无憾了。”

“是啊，仅仅久别后重游东京，就够福气的了。苦沙弥兄，伯

① 德川家康(1543—1616)：日本战国时代末期杰出的政治家和军事家，江户幕府的第一代将军。

父嘛，这次因红十字会召开全体大会，特地从静冈赶来参加。我今天陪他一同去上野，刚回来。瞧，他还穿着我从白木裁缝铺定做的那套大礼服呢！”

的确，老人是穿着大礼服，但一点儿也不合身，领口大敞，袖子过长，后背凹进去，肩膀却高耸起来，便是存心使坏，也很难做得这么不合尺寸。而且，白色的衬领和衬衫也各自为政，只要老人一仰起脸，便会露出喉骨。黑领结的位置也不对，看不出是打在衬领上，还是打在衬衫上。如果说，大礼服看起来勉强还算顺眼的话，那么，头顶上的那个白发小髻，可就称得上天下奇观了。那驰名天下的铁扇呢？咱家一看，正放在老人膝边，不禁莞尔一笑。

主人神志渐清，将修养功夫尽可能地用在盯视老人的着装上，越看越惊奇。本来，他认为大礼服并不会像迷亭说得那么不成体统，此刻一见之下，方知实情更为严重，便得出结论：老头儿的小髻和铁扇远比自己脸上的麻子更富有史学研究价值。他本想打听一下铁扇来历，却又不便刨根问底，便随便地问：“去了很多人吧？”

“噢，那可真是人山人海哟！而且，很多人都好奇地盯着我看。唉，从前可不是这样……”

“是的，从前一定不是这样的。”主人附和说，听口气倒像长者。

“还有呢，那些人盯住我的铁扇看个没完。”

“这铁扇一定很重的吧？”

“苦沙弥，你拿在手上试试看，重得很呢。伯父，让他试一试！”

老头儿吃力地拿起铁扇，递给主人，说：“让您受累了。”

主人接过铁扇，手一沉，竟差点儿没抓住，瞧他神情，就像在东京黑谷神社参拜时，接过莲生和尚[①]当年用过的大刀一样。他掂量了一下，说声“的确是”，又还给老人。老人解释说：“人们都把它叫作‘铁扇’，其实，这玩意儿本该叫‘劈盔刀’，和铁扇完全是两码事儿……”

① 莲生和尚（1141—1208）：本名熊谷次郎直实，日本源平时代的一名武将，后来在京都黑谷的金戒光明寺出家，改名为莲生。

“唔！这玩意儿是用来做什么的？”

“砍敌人盔甲。我当年趁敌人不备，得到了这件宝物。听说楠木正成[①]时期就有了……”

“伯父，楠木正成用的就是这把劈盔刀吗？”

“不是！这把不知是什么人的。不过，看它年深月久，很可能是建武时代[②]的产品呢。”

“苦沙弥兄，寒月君可大吃苦头喽！今天开会回来，路过大学时，带伯父顺便去理学部参观。参观完物理实验室后，正要出去，因劈盔刀是铁的，竟害得试验室的磁力装置全部失灵，惹了个大乱子。”

“且慢，此说不妥！此刀系建武时代的优质铁打造，不可能有如此吸力！”

“再怎么优质也不行。寒月兄刚刚说过，有什么办法！”

“寒月就是磨玻璃球的那人吗？年纪轻轻的却干这种活儿，真可怜！做点儿正经事嘛。”

“是可怜呀！把玻璃球磨光就算科学研究，就能成为了不起的学者？不可思议。”

“若磨光玻璃球就能成为一名非凡的学者，那老朽也行哟，玻璃铺掌柜更做得到。这种行当，被汉人称为玉石匠，身份原本十分低下。”老头儿说罢，瞧着主人，盼他出声赞同。

主人便果决地说：“一点儿不假！”

“现如今，一切学问都是形而下，看起来像模像样，其实毫不管用。从前就不同，那时候，武士们干的都是玩命营生，平时就注重修身养性，一旦有事绝不慌张。想必您也知道，这等功夫，可绝不是磨个球啦、搓根铁丝啦，不费吹灰之力的小事可比的哟！”

主人又果决地说：“的确是这样！”

“伯父，你所谓的修身养性，就是不磨球，袖起手来打坐吧？”

---

① 楠木正成（1294—1336）：日本南北朝时期的著名武将。

② 建武：日本南北朝时期（1336—1392）的年号。

“真像你这么说，那可就糟糕至极了。哪有那么简单、轻松的！孟子说：‘求其放心’①，邵康节②说：‘心要放。’佛门有个中峰和尚，告诫说：‘决不退缩！’都是很玄妙的。”

“说到最终，还是不懂。到底该怎样呢？”

“泽庵禅师的《不动智神妙录》你读过吗？”

“听都没听说过，那会读！”

“心起于何处，便于何处相关。起于敌人之体，便为敌人所收；起于敌之长剑，便为长剑所取；起于杀敌之念，则为杀敌所摄。起于我之长剑，则为我长剑所吸；起于我必胜之念，则为必胜所驱；起于美人之风姿，则为美人所惑。总之，心无留存处。”

“这么长，你都一字不漏地背下来啦？伯父记性可真好呀！苦沙弥兄，听懂了吧？”

“的确。”主人不正面回答，想随便遮掩过去。

迷亭逮住不放，说：“喂，问你啦，是这样的吗？心起于何处，便于何处相关。起于敌人之体……伯父，苦沙弥兄最近一直在精心修炼，对这种事也很在行，客人来了都不迎接，还替什么没到物我两忘的化境惋惜，可是很不寻常哟！”

“啊！佩服，佩服……要是你也一起修炼就好啦！”

“嘿嘿，我可没那么多闲工夫哟。伯父自己一身轻松，便以为人人都有时间玩吧？”

“但你实际上不是整天都闲着吗？”

“虽说闲着，也是闲中偷忙呀！”

“你看你，就凭这点，就非修炼不可。成语说‘忙里偷闲’，可没有‘闲中偷忙’。”

主人也赞同地说：“是哟，未之闻也。”

“哈哈，前后夹攻，这下我可招架不住啦。伯父，好久没吃东

① 语出《孟子·告子篇上》“学问之道无他，求其放心而已矣。”

② 邵康节：北宋儒学家，他提出“心要放”的学说，重视心灵的自由驰骋，不受拘束，与孟子的“求其放心”正好相反。

京的鳝鱼了，咱们去尝尝怎样？我再请你喝几杯。从这儿坐电车去，转眼就到。”

“吃鳝鱼虽是好事，但今天约好去见杉(读沙)原的，就不奉陪了。”

“是杉(读山)原吗？那老爷子身子还硬实吗？”

“不是杉(山)原，是杉(沙)原嘛。你这家伙尽胡诌，真麻烦。要知道，念错别人姓名是失礼的行为，今后可要好好注意哟！”

“可是，明明写的杉(山)原呀！”

“写的固然是杉原，但念的时候，却要念成杉(沙)原才对。”

“这可怪啦。”

“有什么怪的？习惯读法，自古就有嘛。就像蚯蚓的和式读法是‘咪咪兹’，与‘瞎眼睛’读音相同，这就是习惯读法。把癞蛤蟆读成‘卡衣路(蛙)’，道理也一样。”

“啊！高见、高见！”

“再比如，癞蛤蟆翻倒在地，仰起颏来，仰颏的读音就是‘阿欧牟气尼卡衣路’。因此，我们习惯上就称癞蛤蟆为‘卡衣路’。称篱笆为竹篱、菜茎为菜秆，都是如此。杉(沙)原念成杉(山)原，是乡巴佬的话。不谨慎些，随便念错，就会被人家笑话。”

“那你现在去杉(沙)原家吗？真麻烦哟。”

“怎么，你不想陪我去？那也行，我自己去的了。”

“你自己能去吗？”

“走去困难，给我叫个车吧。我从这儿坐车去。”

主人唯唯称是，派女仆去车夫家叫车。车来后，老头儿将圆顶礼帽戴在小髻上，没完没了地道别。送走老人后，主人问迷亭：“他是你伯父吗？”

“是我伯父呀！”

主人嘀咕一句：“好嘛。”便又在坐垫上袖手打坐，陷入沉思。

迷亭开心地说：“哈哈，他真是个豪杰！我也为有这样的一位伯父而自豪。不论带他去哪里，他总是这副神态。吃惊吧？”

“哪里，没怎么吃惊。”

“连这都不吃惊？看来，你可真是入定啦。”

“不过，你伯父的确很了不起，诸如提倡心无定处等，很让人敬佩。”

“很值得敬佩吗？你现在要是也六十岁上下，多半和我伯父一样落后于时代呢。要是轮流当落伍者，那心眼儿就太死了。加油吧！”

“你总担心会落伍，但在一定时空里，落伍者倒很了不起哟！首先，如今的学问只讲向前、向前，永无休止。殊不知过刚易折！东方学问虽然消极了些，但进退自如，尤能以柔克刚。其着力处，便在精神修养……”主人学起哲学家，大吹起法螺来。

“你可真了不起啦！什么时候洞悉八木独仙的学说了？”

主人猛然听到八木独仙这名字，顿时气馁。说起来，前此造访卧龙窟，说服主人后即飘然而去的那位哲学家，正是八木独仙。主人刚才一本正经所言，正是从八木独仙那儿偷学来现炒现卖的。迷亭以为主人不知道八木独仙，千钧一发之际点破此人姓名，戳穿主人装模作样的假象，不消说，主人受不了了，他略一迟疑，便心慌意乱地问：“你听过独仙演讲吗？”

“听没听过有什么关系。从十年前到今天，他的学说始终就是那一套，毫无改变。”

“善变的就不是真理了。正因为不变，才值得信赖嘛！”主人无力地狡辩起来。

“是呀，是呀！因为有人捧场，独仙才能始终混下去嘛。首先，八木这姓就起得好，胡须更和山羊的一样，而且自从当年寄宿求学以来，就一直照老样子长着。再者，独仙这名字也的确够带劲儿。他去我那儿投宿，总是大讲特讲精神修养，而且没完没了。我提醒他该休息了。这位先生真够幽默，居然说：‘不，我丝毫不困！’一个劲儿地装腔作势讲什么消极论，真烦人！后来，我几乎是央求他睡，说我实在困极了，他才勉强睡下。那天夜里，老鼠爬出洞来咬了他的鼻尖，吓得他大喊大叫。他嘴上讲什么超越生死，其实惜命得很哪！他后来责备我说：‘鼠疫染遍全身，可就不得了了！你快想个办法呀！’我这下可真是服了，便去厨房，在纸片上粘些饭粒来糊弄他……”

“怎么糊弄？”

“说这是洋膏药嘛，是德国一位名医刚发明的。又说印度人被毒蛇咬伤后，贴上这膏药立见功效。要他赶紧贴上，一定平安无事。”

“看来，从那时起，你对糊弄人就深得其妙喽。”

“嘿嘿！独仙君是大好人，以为我说得有理，便安心大睡。第二天扯下来一看，见膏药上竟黏着好些线头，却是他的山羊胡须。说来真有意思。”

“他现在的山羊胡，可比那时神气多了。”

“你最近见过他？”

“一星期前，他来过。谈了很长时间才走。”

“难怪！我说你怎么会突然无端卖弄起独仙的学问来。”

“说真的，我听了十分感动，立志要好好静养一番呢。”

“发奋没错，但将别人的话过于当真，可就犯糊涂了哟。你这人，什么都好，就是太容易相信别人的话，这怎么行！独仙也不过玩嘴上把戏，关键时刻还不是和你我一样。喂，九年前的大地震你还记得吧？当时，只有他一人从宿舍二楼跳下去，结果却摔伤了。”

“那件事，他本人不是振振有词地解释了吗？”

“解释了又怎样？若照他本人所说：‘禅机果然玄妙呀！当此十万分火急之时，其他人一听说地震都晕头转向，唯独自己能惊人而迅速地做出反应，从二楼窗户直接跳下去，正表明了禅修的功效。真让人振奋……’跟着一瘸一拐地走上来，脸上还笑盈盈的。嘴真硬哟！要说终归，实在没有谁比成天叫嚷什么禅呀、佛呀的人更假情假意的了。”

苦沙弥先生泄气地问：“是吗？”

“他前些天来时，一定跟你讲了些和尚道士们必然会说的鬼话吧？”

“嗯。他说了句‘电光影里斩春风’，便飘然而去。”

“真好笑！他十年前的拿手好戏就是玩‘电光’。那时，只要一提到无觉禅师的‘电光’，宿舍里无人不晓。而且，这位先生每每着急起来，就会将原句错念成‘春风影里斩电光’，笑死人了！下次他再来，你不妨试试看，等他慢条斯理地宣讲得正来劲时，从各方面反驳，他立刻就会颠三倒四，说得牛头不对马嘴。”

“碰上你这样的捣乱鬼，谁也受不了。”

“究竟是谁捣乱？我十分讨厌那些和尚，还有什么得道者。我家不远处有个南藏院，里面住着个八十来岁的老和尚。前些天暴雨倾盆，一个暴雷突然落在院中，将一棵松树劈倒。众和尚怕得要命，那老和尚却安然无事。后来一打听，才知他是个聋子，自然会处之泰然的喽。大抵就是这样，独仙只管自己悟道算了，别动不动就勾引别人，影响很坏。现而今，就有两人在独仙影响下成了疯子。”

“啊！是谁？”

“谁？一个自然是里野陶然呗。托独仙的‘福’，他去镰仓潜心禅学，终于疯了。丹觉寺门前有个铁路的岔路口，你还记得吧？他跳到岔路口，在铁轨上打坐，张牙舞爪地想挡住飞驰而来的列车。司机拉闸保住了他一条小命。可从那以后，他便自称刀枪不入，又跳进寺内的荷花池，结果灌得咕噜噜直打转。”

“死啦？”

“算他万幸！赶巧有个参加道场的和尚路过那儿，救了他。他后来回到东京，得腹膜炎死了，究其原因，是在佛堂吃了太多的大麦饭和咸菜，等于是独仙间接杀了他。”

主人沮丧地说：“看来，太认真也不好啊！那么，还有一个又是谁呢？”

“立町老梅呗！此人也纯粹是在独仙的怂恿下，才张口就是什么‘鳝鱼升天’，最后，还真成事儿了。”

“真成什么事儿？”

“就是鳝鱼升天、肥猪成仙了呀！”

“怎么会这样？”

“你想嘛，八木既是独仙，立町自便是猪仙了，有谁像他那样没日没夜地贪吃呢？再加上出家人心肠一向很坏，就彻底没救了。那时，我们也没怎么留意，现在想来，才觉得事情果然蹊跷。比如，他一到我家就问怎么没有炸肉排飞到松树下呢？又说在他家乡，鱼糕能坐在木板上游泳……尽是些奇谈怪论。后来竟催我跟他一起去门外的脏水沟挖地瓜面馒头！你说，恐不恐怖？过了几天，他终于成猪仙啦，还被人关进了巢鸭疯人院。毛猪之类本没资格发疯的，但因有了独仙，便都疯了。独仙的力量真是十分强大哟！”

“哦。他现在还在巢鸭吗？”

“不仅在，而且照样狂妄自大，嚣张得很哩！最近，又说立町老梅这名字没什么意义，居然自号天道公平，要以替天行道为己任。可猖狂啦！喂，你最好去瞧瞧！”

“啊！天……天道公平？”

“是呀！别瞧他是疯子，这名字起得可真漂亮，有时又改成‘孔平’。他还四处宣扬，说世人误入迷途，身受三万九千九百九十九苦，陷万劫不复之境，立志普度众生，便给朋友乱写信。我也收到了几封。有些信写得又臭又长，还因超重被罚款呢。”

“这么说，寄给我的信也是他写的喽。”

“也给你寄啦？那才真绝哪！是红色信皮吧？”

“是呀。中间红、上下白，别具一格。”

“这种信封，据说还是特意从清国进口的，很印证猪仙的格言：‘天道白，地道白，人在中间放光彩’……”

“原来信封还这么有来历。”

“因为发疯，才这么讲究嘛。但他尽管发疯，贪吃的本性却丝毫未改，每信必写饮食。他给你的信里也有吧？”

“嗯，写了海参……”

“老梅这家伙最爱吃海参了。还有呢？”

“还有河豚、朝鲜人参，等等。”

“人参配河豚，妙哇！他意思大概是吃河豚中毒，就煎朝鲜人参汤喝吧。”

“似乎并非如此。”

“不是也无妨。反正疯子说疯话，全当真不得。就只有这些吗？”

“……还有，‘苦沙弥先生！且请奉茶，呜呼尚飨！’”

“哈哈！‘且请奉茶，呜呼尚飨！’真是太刻薄啦！看来，他一定是成心想整治你呢。好！干得好！天道公平君万岁！”

直到这时，主人才明白他以极大虔诚之心反复捧读的信，竟是由一个地地道道的疯子所写，心里的恼恨可想而知。想到自己堂堂一个教师，就这样被疯人随心所欲地玩弄，又不禁脸红。跟着，又想自己对狂人作品如此赞许，是不是也有些精神异常呢？因而怀疑。一时焦躁不安，汗流浃背，如坐针毡。忽听门外有人大叫开门，随即传来砰砰的敲门声，想动又不想动，便仍坐着。他不想动，迷亭却是个沉不住气的人，不等女仆应声，问声“是谁”，便大步奔了出去。这家伙来时大摇大摆，毫无主客之分，这时又主动承担起书童的接待重任，倒也很给人带来方便。他与主人一静一动，倒是很好的搭配。

迷亭出去后，很快便连珠炮似的和谁争辩起来，过了一会儿，向屋里大喊：“喂！房东大人！你不出场是解决不了问题的。有劳大驾，快出来吧。”

主人不得已，这才慢腾腾地走出去。咱家自然跟随。迷亭站在门边，手拿一张名片和来人交谈。名片上写警视厅刑警吉田虎藏，便是来人了。紧站在刑警身后的，是个年约二十五六岁、高个子、穿一身进口条纹西服的英俊男子，和主人一样袖手站立。咱家瞧此人眼熟，似在哪儿见过，细一端详，顿时想起他正是之前大驾光临主人家的那位梁上君子！

迷亭向主人说：“喂，这位刑警说逮住了早先行窃的小偷，特来通知你。”

主人明白了原委，这才低下头，毕恭毕敬地向偷儿施了一礼，看样子竟是见偷儿比虎藏先生更仪表堂堂，便将他也当成了刑警。偷儿心里吃惊，又不便表明身份，便装起糊涂来，大剌剌的安然受了一拜。换作寻常人，稍一观察，也会看出谁是警察，谁是小偷，决不会弄错。但我家主人就是非同寻常，见识自然也和常人大不相同。他天生有个毛病，对官吏和警察十分畏惧，明知警察之流是包括自己在内的公民花钱雇来的门卫，但一旦碰上，却总是畏缩。咱家猜想，多半他老子昔日曾是某荒郊村长，过惯了对上峰点头哈腰的日子，后来便将这秉性传给了他吧。真真可怜极了！

刑警见主人如此滑稽，便笑眯眯地说：“明天上午九点以前，请来一趟警察分局吧。你都被盗了些什么物品？”

“失盗物品有……”主人刚说了个头，便忘了后面，只记得多多良山平的山药，心里想着要不要说出来，但一心不能二用，这么一想，后面的话便接不上来，竟然词穷，不免张口结舌，大失体统，让人很怀疑他是否成年。警察见了更笑。他心里一慌，忙横下心来，说：“……有山药一箱。”

偷儿见他那副心虚的模样，忍不住便笑，但想到自己的身份，便弯腰将脸埋在衣襟里。迷亭哈哈大笑，说：“丢了点山药，很心疼呢！”

刑警收起笑容，认真地说：“山药是弄不回来了，不过，其他物品基本上都到手啦，你明天去看看就清楚了。对了，领回时要交一份收条，去时记得别忘了带图章。一定要在九点钟以前赶到日本堤分局，记清楚是浅草警察署管辖的日本堤分局哦。再见！”说罢，带着偷儿离去，出门时也没说顺便把门给关一关。主人虽然诚惶诚恐，但见他不主动带上门，便很不满，鼓起腮帮子，走上前“砰”的一声将门关了。

迷亭在旁大声嘲笑起来：“哈哈！你对刑警格外尊敬嘛。如果你对所有人都这么谦虚和蔼，倒也算是个好男儿，但问题是仅对刑警如此，也就不怎么样了。”

“可……可，人家是费心费力地赶来通知嘛。”

“来通知又怎样？那是他的职责呀！平平常常地接待就够意思啦。”

“但……但是，毕竟不是一般的职责哟！”

“当然不是一般的职责，是所谓探子这种不招人喜欢的职责，比其他职责更卑劣。”

“喂！说这种话，可要倒霉呀！”

“哈哈！那就不骂刑警了吧。你尊敬刑警总还说得过去，但尊敬盗贼，可就让人费解了。”

“谁尊敬盗贼了？”

“你呀！”

“我什么时候结交过盗贼？”

“什么时候？刚才你不是对人家客客气气的吗？”

“几时呀？”

“就刚才呀！卑躬屈膝的向盗贼行礼呀！这么快就忘了吗？”

“胡说！那可是刑警哟！”

“那派头能是刑警吗？”

“正因为是刑警，才有那派头嘛！”

“真顽固！怎么这么颠倒黑白的？”

“你才顽固啦！我什么时候颠倒黑白了？”

“啊！还不认账？那我问你，刑警去别人家，会这么袖手低头，直挺挺地站着吗？”

“谁说刑警就不能袖手低头地站着了？”

“吼得那么凶，我可有些害怕哟。要知道，在你说话时，他可是一动不动地站着哟！”

“刑警嘛，这样站着很正常，有什么奇怪的。”

“真够糊涂！怎么说都听不进去。”

“当然不能听嘛！你只是嘴上说‘偷儿、偷儿’，并没当场见他破门而入过，又怎么可以仅凭空想象，便非常片面地一口咬定他是偷儿呢？”

看到主人如此不可救药，迷亭彻底绝望，竟一反常态地默然无语。主人自以为说服了他，打胜了一场极为难得的嘴仗，十分开心。迷亭因主人冥顽不灵而认为他人格贬值，但在主人看来，正是靠了自己的固执己见，才高出迷亭一等。人世间的咄咄怪事就是这样。错误者总以为掌握真理，为不曾到手的胜利而得意、欢呼，却没想到自己的人格已大大贬值，愈发遭人轻视。据说这种自以为是的胜利，被命名为“猪猡的胜利”。

“总之，你明天去吗？”

“去呀！说九点以前到，我八点就出发。”

“那学校怎么办？”

主人强硬地说：“停课呗！学校算什么。”气魄还很大哩！

“口气真大！停课能行吗？”

主人坦率地说：“行啊！我们学校是发月薪，根本不会扣我工资，没事儿。”说得既滑头又天真。

“可是，你认识路吗？”

“知道个屁！回头坐车去，就不得了？”

“呵呵，您是‘东京通’，认路的本事丝毫不亚于我伯父，佩服！”

“佩服嘛，愈多愈好。”

“哈哈！日本堤分局，那是个不寻常的地方哟！可是在吉原哟！”

“啊！你说什么？”

“我说在吉原。”

“是不是有很多妓院的那个吉原？”

“东京这么大，就只有那么一个吉原，你说还会是哪里？怎么样，有心去吗？”

主人见迷亭又开始捉弄起他来，心里好不恼怒，稍微犹豫了一下，便大声说：“管它是吉原还是妓院，去，一定去！”唉！通常在这类事情上，蠢人总是要虚张声势的。

迷亭笑道："呵呵，那一定很有意思的。去吧，去吧！去开开眼界吧。"跟着又胡说八道起来，到日暮时分，担心回去得晚了伯父会发火，便走了。

吃罢晚餐，主人匆匆回到书房，又开始袖手沉思，思绪如下：

照迷亭的意思，我所敬佩并极力想效仿的八木独仙，并不值得学习，且所倡导的学说总有些不合逻辑，一如迷亭指出，属于疯癫之例。况且，他两个徒弟也都是十足的疯子。如不警惕，自己不免也落得可耻下场。学他太危险了！

真想不到天道公平原来就是立町老梅！初读其文，惊叹之余，竟以为是见高识广的伟人，不料又是疯子，且还是大大的疯子，眼下就住在巢鸭疯人院做了活生生的例子。迷亭的话固然有夸大的成分，但立町的沽名钓誉，甚而以天道主宰者自居，恐怕也属实吧。常言说，物以类聚，鸟以群分。这么看来，自己多少也有些狂想的趋向哩！既然认同狂人之说，对狂人的文章赞誉不绝，恐怕与疯癫也相去不远吧。就算不是一路货色，也未曾沆瀣一气，但既然择狂为邻，比室而居，那么，推倒间壁欢聚一堂，促膝谈心，也只早晚间事。这怎么了得哟！回想起来，这一阵子的精神修养，可谓奇上加奇，怪上加怪，不由人不大吃一惊！姑且不论脑浆的化学变化，单说意志变行动、声音化言语，就有很多有失中庸的地方。虽说舌上无甘泉，腋下绝清风，但牙根有恶臭，筋斗生疝气，奈何！幸而未伤人，也未危害社会，还能孤居陋室，做一名东京市民，真乃不幸中之大幸也！这可不同于"消极""积极"之类的区区小事，当先从脉搏查起，好好检查一下全身，连一根汗毛也不能放过。然而，脉搏并无异常，头虽发热，却也不见急火攻心。可又为什么总让人放心不下？

这么看来，拿疯癫做比较，计算相似之处，是很难逃出疯人的圈子了。或许方法不对头，才总是向疯子看齐，得出这等离奇的结论吧。那么，以健康人为参照，将自己摆在健康人的位置上予以剖析，是否就能得出健康的结论来呢？怕也未必。理由很简单，自己总是先走火入魔了的，须怪不得他人，又怎能贸然而入健康人之列？而且，从外部看，似乎也没有多少正常的成分。首先，身穿不合尺寸的礼服来访的迷亭伯父，便有心无定处一说，与心在心脏的事实不符，显然是不怎么正常的。其次，寒月从早到晚磨玻璃球，也属疯人之流。那么，迷亭本人又如何？他以搞恶作剧为天职，处处作恶，无疑是个快乐的疯子了。第四，金田夫人心肠恶毒，行事不拘一格，完全背离常情，也是个地地道道的疯子。金田老板虽未曾谋面，但据说他对老婆低三下四，而且居然很有钱，也十足是个非凡之人了。非凡乃疯狂之别称。他也当和疯子同类。还有，那些落云馆的诸君子们，虽说从年龄上看，还都嫩得很，但若论及狂躁，可一点儿也不比那些不可一世的暴徒逊色……这样算来，普天下人以疯子居多，能不疯者，反倒寥寥无几。我虽然有些疯，但比之上述诸君，尚有所不及，倒也可以心安理得了。

或许，这世界本就是疯子的世界吧，不然，何以会有那么多谩骂、争吵、残杀？其中，固然有人明辨是非、通情达理，但就众多的疯子而言，他们反倒成了障碍，便不能不建疯人院，统统关进去，不许见天日。这样，外面的疯子才可以正常地作恶、健康地发疯。由此可见，疯人院里的疯子是正常人，而疯人院外的正常人则是疯子了。一个疯子固然可以被人说成是疯子，但当普天下人都成了疯子时，还会有人说那人是疯子么？而且，愈发疯，便愈非凡、杰出，权势熏天、手握重兵、富甲天下、风流倜傥、才高八斗，自然便是疯的结果……

以上，便是主人当晚在孤灯下的所思所想，咱家极其忠实地记录下来，不敢有丝毫添加。主人的昏庸与疯狂，从中也可略窥一斑了。他虽然蓄着德皇恺撒式的八字胡，却连正常人与疯子都分不清，无疑是呆子。而且，好容易提出这么一个问题来思考，却不等得出结论便半途而废，也是明显的疯子征兆。他这人，不管做什么，都缺乏做到底的勇气和力量，便不能期望他有什么结论，否则，便和他一样成了疯子。这就如同从他鼻孔里喷出的“朝日”牌香烟的烟雾，缥缥缈缈而又难以捉摸。别忘了，这原是他思考问题时的唯一特色。

也许有人会问，咱家不过是一只小猫，怎么能把主人的思想和内心世界说得这么详尽呢？其实，在人类看来是神奇至极的事，但对咱家而言，不过区区小事，何足挂齿！咱家很早就精通读心术了。你别问几时学的，这等小事，咱家懒得回答，反正精通就是了。可以说，咱家只要趴在人的膝盖上，或将柔软的毛皮轻轻贴在人的肚皮上，但见“唰”地一道电光飞过，人的思想和心理动态便立刻映入咱家眼中了，而且十分鲜活。前些天，就发生过这样的事：主人正温存地抚摸咱家头时，脑海中忽然生出一个千不该万不该的念头来：“若剥下猫皮做个坎肩，一定十分暖和。”咱家立即察觉，不由得浑身发冷。真可怕！

总之，能将主人头脑中的种种念头公之于众，敝猫是很乐意的，且引以为莫大的光荣。当主人发现自己越想越糊涂后，便蒙头大睡。次日一早醒来，已不知曾想过什么，只记得起“疯子”二字。以他本来面目，原该是记得住这两个字的。之后，他又对“疯子”苦苦思索，极力回忆，最终是否得出什么结论，咱家懒得去深究，也就不知。但不论他再想多少次，也不论他循何种思路苦思，到头来总要说：“一切都搞糊涂了！”却是板上钉钉的事。

第十章

女主人隔着纸屏叫喊："喂，七点啦！"

主人背过脸去，一概不理。他是醒了还是没醒，没人知道。

有问不答，是此公秉性，只在必须开口时，才轻哼一声。如果人懒得连说话都嫌麻烦，或许很有个性，却偏偏不讨女人喜欢。现而今，连日日相伴的妻子也不怎么敬重他了，其他人便可想而知。常言说得好："被亲兄弟遗弃之人，又怎能得到美女怜爱？"由此可以想见，既然妻子都不把他放在眼里，他又怎会得到其他女人的垂青呢？咱家倒不是暗中使坏，趁机将他在异性面前毫无魅力的老底抖搂出来，只因他行事太过乖张，不能不有所提醒。基于这些理由，女主人断定错在丈夫，便以一副"误事别怪我"的神情，扛起笤帚和掸子走进书房。

不多时，书房里传出噼噼啪啪的敲打声，清扫工作例行公事地开始了。这样的清扫究竟是为锻炼身体还是为玩耍，咱家无权过问，不能妄下断语。不过，也不能说清扫就毫无意义，好歹女主人是为清扫而清扫。你看她，把掸子往纸屏上一拂，将笤帚往床席上一晃，就算清扫完毕，而对清扫的原因和结果，则不负任何责任。这样一来，干净的地方始终干净，肮脏的地方永远肮脏，但又总比根本不扫要好。当然喽，清不清扫，扫不扫得干净，对主人这号人来说，是无所谓的。可话又说回来，正因为他无所谓，而女主人却又日日不间断地来书房清扫，正体现出她的不同凡响来。这样看来，经过长时间的磨合，妻子与清扫已珠联璧合，以固定模式牢牢地结合在一起了，二者就像形式逻辑命题中的名词，不问内容如何，尽管黏合便是。

由于咱家和主人不同，习惯早起，此时肚子已饿得受不住了。然而，主人一家还丝毫没有用早餐的意思。就咱家的身份而言，舍此一家，也实在找不到可享用早餐之处，但又很不甘心就这么可悲地饿下去，心想蛤蜊壳里说不定正有袅袅香气升起呢！便直奔蛤蜊壳而去。

按理说，明知希望渺茫，就该把希望藏在心里，表面不动声色，方是上策。但以咱家脾气，如何做得到？不亲自试探一下，是不肯罢休的。即使试探结果注定是失败的，咱家也总要撞下南墙，才好回头。咱家来到厨房，向锅后的蛤蜊壳瞧去，果然老天不负有心人！昨晚舔净的地方，依然在从天窗照射进来的初秋阳光下，悄然闪耀着奇异光芒。

米饭煮好了。女仆站在火炉边，搅拌倒进饭桶的米饭。饭锅边缘溢出的米汤，已经干巴巴的了，有的活像棉纸。饭菜既已做好，应该可以进餐了吧？蛤蜊壳里的光影，是填不了咱家肚子的。这种节骨眼上无须客气，就算最终不能如愿以偿，也吃不了什么亏。何况像咱家这等吃闲饭的，时时都会饿呢。咱家拿定主意，便咪咪叫起来，又媚又娇，如怨如诉，催女仆快快开饭。女仆却不理会，仗着主人的威风，尽摆臭架子，一点儿也不近人情。咱家要唤起她泯灭的良知和同情心，便更动听地叫，叫声不乏悲壮，令人肝肠寸断。但女仆却全然不睬，依旧满不在乎的样子。

她不是聋子，何以这般无动于衷？难道大清早脑子里灌了水，竟单单听不见猫叫声？世上有些自以为视力很好的色盲，医生称之为“睁眼瞎”。由此及彼，她便该是声盲吧。声盲也是残疾。既然残疾，还那么傲慢，真真岂有此理！咱家忽然想起这女仆的种种刻薄来。夜里，咱家常要出去解手，但她却总不给开门，偶尔开了，待咱家出去，却又将门关上，不准咱家回屋。夏天的夜露都很恼人，何况秋霜。咱家孤零零地彻夜蹲在屋檐下，静候日出，多么凄凉啊！前晚甚至被野狗袭击，若非及时爬上仓房屋顶，早一命呜呼了。这等悲惨而又可怕的遭遇，皆拜不通人情的女仆所赐。想到此际，咱家心里便对她恨之入骨。常言说："饿极拜佛脚，贫极起盗心，爱极写情书。"既然势不两立，咱家便什么都干得出来。

当下，咱家运用难度极高的奏鸣法，"咪哟、咪哟"地叫个不停，乐声之优美，几乎不亚于贝多芬的交响曲，却仍不起作用。她俯身抓出一根生黑炭来，在炉边咔咔地敲，将之敲成三截，然后投进火炉。激起的炭灰带着火星扑面而来，有些还飞进菜汤里。她忙这忙那，就是不肯停下来听听我的交响乐。没办法，咱家只好强忍饥饿回到客厅去。经过洗澡间时，见三个女孩正在你争我抢地洗脸，竟十分热闹。

说到洗脸，两个大的才上幼儿园，老三更小，只能跟在两个姐姐的身后转，因此，都不可能熟练而灵巧地洗脸、化妆。就说最小的吧，竟然直接从水桶里捞出湿抹布来，在脸上揩来揩去。谁都知道不该用抹布揩脸的。但要知道，每当地震时，她便趴在床上大声叫喊："太有意西(思)啦！"像这种吐字不清的孩子，用抹布来揩脸，实在不足为奇，她很可能比八木独仙还懂得多呢。

大小姐不愧是长女，哐啷一声放下手中的漱口杯，夺过抹布，说："丫蛋！这是抹布呀！"

死犟死犟的丫蛋当然不肯轻易听姐姐的话，说声："烦你，嘎咕！"便去抢抹布。

"嘎咕"为何意，何语种，没有人知道。大家只知道三小姐一发脾气就用。两姐妹你拉我扯地争抢抹布。抹布被拧得紧了，布中的水便嗒嗒地流出来，淋在小妹脚上。如果只淋在脚上，也就罢了，偏偏水还淋在她花布衫上。姐姐见花布衫湿了，便说："你花布衫湿了，别争了！嗯？"说话的声调很温柔，却把"花布衫"念成了玩骰子的“双六点”[①]。

大小姐说错话的事太多了，常叫人晕头转向，如：“着火啦，直飞蘑菇丁(火星)！”“去御茶酱汤(御茶水)女子学校上学！”有一次，她居然还说：“我可不是草绳铺里生的。”反复追问，才知她是把“草绳铺”和“小胡同”读混了。主人每次听到这些错误的发音都要笑，但他自己去学校教课，很可能会传授许多更严重的错误给学生们呢。

丫蛋(本人并不这么叫，她一向自称丫丫)见花布衫湿了，大哭着说：“布衫狼(凉)！”

花布衫凉了，怎么了得！女仆慌忙从厨房里跑出来，拿抹布给她擦。

在这场风波中，二小姐澄子最安静了。她从架上拿出扑粉瓶，打开盖子，先伸手指在瓶里蘸了些粉，轻轻抹在鼻上，使鼻子的轮廓清晰些，接着又把粉抹在脸上。她刚打扮完，女仆便冲了进来，擦干净丫蛋的花布衫，又顺手揩澄子脸蛋。澄子顿时怏怏不快。

咱家一见女仆心里便烦，来到主人卧室，想看看他起床没有。床上不见主人的头，只床尾的被角外，露出一只八寸半的大脚来。主人大概是担心露头会被叫醒，因此才想有意像乌龟一样，将头缩进被子里，只露出脚来吧。这当儿，女主人已打扫完书房，拿起笤帚和掸子走来，在门口叫声：“还不起来？”见不露人头的被窝里什么反应也没有，便大步跨进门来倒转笤帚往被窝上一戳，再催促：“喂！快起来！”

其实，主人这时已醒了，正因为醒了，为防妻子突袭，才有意把脑袋缩进被窝里，大概以为只要头不露出来，就会躲过吧。他听到妻子在门口喊，心想相距六尺远，还早呢，便不放在心上。待妻子来到床前催促，知道躲不过了，这才轻轻嗯了声。妻子说：“不是说好九点钟以前去吗？再不起床，就来不及了。”

主人瓮声瓮气地说：“我本来就要起床了。”

---

① “花布衫”和“双六点”的日语发音相近。

女主人以前听到他这话后，常常上当，晓得今次事情重要，便不肯信，又催："快起来！"

说过就要起床的嘛，还不停地催，真别扭！主人满脸不高兴地将蒙在头上的被子一下掀掉，睁大两只虎眼，喝道："吵什么嘛?我说过起床自然就会起床的嘛！"

"你嘴上说起床，可就是不起呀！"

"我什么时候扯过谎？"

"任何时候都扯谎！"

"你胡说！"

"不知是谁在胡说！"女主人说着，"嗵"的一声，用力将笤帚往床上一戳，跟着怒气冲冲地往床旁一站，威风凛凛。

这时，车夫家的孩子阿八突然大哭起来。阿八的哭，是他老娘下的命令：只要主人发火，你就给我放声大哭。很可能因这一哭，便会有些赏钱吧。但对阿八来说，就够麻烦了。试想，有这样的老娘，岂不从早哭到晚？主人如能稍微体谅些，尽量控制火气，阿八的寿命说不定就会延长些。但同时也该看到，应了金田先生的恳求，车夫老婆便干出这等事来，可见她比天道公平更危险。

不仅如此，金田先生还雇请近邻的瘪三，装成丑女人扮鬼脸，来吓阿八哭。这一招是在不知道主人是否动怒，但估计他即将发怒，或有意让他发怒的情况下使用的。可用的次数多了，也让人弄不清到底是主人气阿八，还是阿八气主人了。其实，如真想捉弄主人，是无须大费周折的，只要臭骂阿八一通，就等于是轻而易举地掌了主人的嘴。理由很简单，古时候，西方的犯人如逃亡国外，未能逮捕归案，警方便用木偶人作他替身来火葬。通晓西洋典故的军师，金田公馆是一定有的，只是没想到这一层，才搞得这么麻烦。说起来，主人这人太没本事，到处树敌，金田公馆、落云馆、阿八他娘，都成了他难以对付的强敌。其他敌人也有，说不定全街人都是，但暂且与本文无关，就先不提吧。

主人一听到阿八的哭声，立刻大动肝火，忽地起身，一屁股坐在被褥上，什么精神修养、清心寡欲、平心静气乃至八木独仙，全没了。他一边起床，一边狠命地搔头，险些扒下一层头皮来。这样，辛辛苦苦积攒了一个月的头屑便毫不费力地飞落下来，蔚为壮观。胡须如何？根根倒竖如剑拔弩张，显得既雄壮又悲壮。料想胡须自以为此时万万不可置身事外，便以迅猛之势，向四面八方挺进，帮主人逞威吧。果然亲爹养的，就是不同。

记得几天前，主人照过镜子，胡须都还是服服帖帖地排列得整整齐齐，而且很有些德皇恺撒的气势，但一夜之后，又恢复了原状，自由散漫起来，和他天一亮便忘掉的精神修养很有些雷同，便不以为意。唉，如此粗野的男人，蓄如此粗野的胡须，嚣张至今却还未免去教师一职，实在有悖天理。可见我日本国之大，无奇不有，无怪不生了。也许，正因为这大，金田老板之类才能周旋于世吧。似乎主人也相信，只要这干人能算得上人，那自然也无革他职的理由，必要时，尚可发电报给巢鸭疯人院的天道公平先生，胜负立见分晓。

且说主人怒睁他那混沌的双眼，紧盯对面壁橱。壁橱高六尺，上下两厢，各带一橱门。下面的橱窗与滑落到地上的棉被下角仅咫尺之隔，裱糊在窗上的花纹纸千疮百孔，恬不知耻地公然露出“肠子”来。那些“肠子”五光十色，有的里朝外，有的脚朝天，有些是印刷品，有些是手写体，不一而足。主人看到这些“肠子”，便好奇地想看看上面都写了些什么，将恨不得往车铺老板娘嘴上踹两脚的怒火忘得一干二净。转眼之间，情绪变化如此之大，似乎颇有些荒诞不经，其实，十分正常。各位读者如觉难解，不妨给哭泣的小孩豆包吃，就会发现他立刻破涕为笑，高兴得很。二者虽有大小之别，但个中道理是一样的。

从前，主人在一间寺庙借宿，只隔一扇纸屏的屋里，住着五六个尼姑。本来呢，尼姑是坏心肠女人当中心肠最坏的，倒也用不着拿来羞辱主人，但据说其中一位似乎摸透了主人脾气，边敲饭锅边打拍子唱：“乌鸦哭，转眼笑。乌鸦哭呀转眼笑！”主人对尼姑的深恶痛绝，便是从那时开始的。尼姑固然可恶，但唱出来的歌却是真理。主人忽哭忽笑、忽喜忽怒的瞬间变化，远甚于常人，且如白驹过隙，令人叹为观止。总体来说，他这人没常性，心眼儿太活，用俗语来讲，就是个太肤浅、又太死犟的磨人精。既是磨人精，原本怒气冲冲地想起床干上一架，转眼却又对那些“肠子”产生起兴趣来，便很正常了。

他首先看到的是双脚朝天的伊藤博文[①]，上端标有“明治十一年九月二十八日”的字样，可见这位朝鲜总督从那时起，就紧跟政令走路了。主人不知大将军其时任何职，一路看下去，竟认出了“大藏卿”[②]三个字。真了不起呀！“不管再怎么双脚朝天，总还是个大藏卿呢！”主人这么想着，向左一看，见又是大藏卿，正躺着午睡，便说：“难怪哟，拿大顶持续不了多久呢。”再往下，是木版印刷的“尔等”两个大字。他想接着往下看，可后面的字迹没露出来，下一行也只露出了“迅速”二字，想念也念不成。主人如果是警视厅侦探，为掌握真凭实据，自然什么都干得出来，看清楚全文并不难，但他不是。而且做侦探的，因为没受过什么高等教育，性格也很粗暴，甚至敢罗织和捏造罪状诬陷供养他们的良民，主人心想，若自己也像他们那样无耻，岂不是连禽兽也不如，便坚决不肯行窥探之举。接下来，他转动眼珠往中心区看，见“大分县”三个字竟在眼前连翻筋斗，晓得自己还没睡醒，便双手握拳，双臂伸向半空，准备打呵欠了。他这声呵欠当然如鬼哭狼嚎，既恐怖又难听。接着，他换上衣服，到洗澡间洗脸漱口。

女主人在一旁早等得不耐烦，不待他下床，便突然掀起被子折叠起来，接着又例行公事地开始大扫除。与她的大扫除一样，数十年来，主人的洗脸刷牙也是例行公事，这次同样不例外。他分完头发后，将毛巾往肩上一搭，这才慢腾腾地驾临客厅，在火炉旁悠然落座。说起这种长方形火炉，读者应该会想到如下情景吧：全铜镶

① 伊藤博文(1841—1909)：日本明治维新时期著名政治家，曾任日本首相。
② 大藏卿：日本古代官制名，相当于现在的财政大臣。

的里子和山毛榉的鱼鳞花纹边框，刚洗过头的姐儿披散着长发坐在火炉边，优雅地支起一条腿来，将长烟袋在炉边上轻轻敲打……当然喽，我家主人苦沙弥先生是断断不会这么讲排场地坐在火炉边的。火炉很引人注目，但它究竟是用什么原材料做的，却没人能说得出。比如，是山毛榉、樱木，还是桐木，就搞不清楚。按理，火炉边框应擦得锃亮才算上乘，而主人的这个货色自然从没擦过，也就显得毫不起眼。若问是从哪儿买来的，敢保他自己都不好意思回答，但要说是偷的，他又会跳得八丈高，跟你吵个没完。总之，主人对这火炉的态度一向暧昧，其程度比对女仆还深。

先前，主人亲戚中有个老太太，逝世前曾请主人帮忙看家。主人后来成家时，便将视如己物的火炉老实且不客气地带走了。表面看来，这似乎有点儿品格不佳，细一思量，却又不是。据说，银行家整天帮人存钱，天长日久，便将钱看成自己的了；官吏本是人民公仆，但做得久了，很自然地便会觉得权力与生俱来，而不容人民置喙。世事如此，便不能说主人的行为有什么不妥，就算他不幸有贼癖，也不过是有而已。

主人在火炉旁扎下寨来，准备吃过早饭后便出征。妻子和爱女环坐桌前。主人不带任何偏见地打量三位小公主，见敦子的脸像南洋铁刀的刀把，又瘦又长；澄子因为是妹妹，长得多少和姐姐相像，面色若说如同琉球漆的红盆，倒也丝毫不差；而“丫丫”却大放异彩，不仅长了一副长脸，还特别宽。若单单是长，世人还不乏其例，但不管时尚怎么变，她这副尊容总不会流行吧。主人心下暗暗感慨，想不到这副模样也能成长起来，而且速度之快，大有竹笋破土而出之势。“又长大一点儿了！”主人每念及至，便觉芒刺在背，心里惶惶不安。要知道，不管主人多么没心没肺，也知三位小公主毕竟都是女的，既然是女的，便定要嫁人。对于自己没本事将她们嫁出去，他也有自知之明，虽觉此事将来十分棘手，但瞧在亲骨肉的分上，也不能不管。要想不管，当初就不该生下她们来。或许，这就是人生吧。若问人生究竟是什么，只消说“妄自捏造不必要的麻烦来折磨自己”，就够了。

孩子们果然可爱，只管欢天喜地地用餐，做梦也想不到老子会对她们穷于应付。丫丫是最好玩的了。妈妈想尽办法，才分给她一套适用的小筷子、小碗，但她偏要去抢姐姐的，一定要拿那个拿不动的碗来吃饭才觉过瘾。说起来，世人的贪权好利之心，从小就有了，因袭既久，便不是靠教育和环境可以改变的。所以，人类天生便是低等动物，只配让咱家惋惜。

丫丫将从旁掠夺的特大饭碗和特大筷子据为己有，因为要用自己根本没法使用的食具，便恣意横行，大要威风，硬是将两根筷子紧握在一起，哧的一声直插向碗底。碗里盛着饭，还有满满的酱汤，原本勉强保持着平衡，经她这么一插，顿时承受不住，突然倾斜，将酱汤洒到她身上。受此一击，该罢手了吧？但丫丫这个小暴君，哪肯服输。她接着便把筷子用力向上一挑，同时将小嘴凑过去，毫不留情地吞了个满嘴，吞不了的那些米粒和酱汤，便如山洪暴发般，哗地从鼻尖扑向面颊，再扑向下颏，最后在饭桌和床席上泛滥成灾。

这种吃法，自然是一点儿规矩也没有。可她竟蛮喜欢的呢！边吃边嘻嘻大笑。在此，咱家不得不谨向大名鼎鼎的金田先生及天下权贵们发出忠告：诸公若也像丫丫吃饭这般待人，最后所得好处比如丫丫口中饭食般少得可怜。敬请三思！

姐姐敦子凑合着用不好使的小筷子小碗。那碗本就很小，即使饭盛得满满的，只要一动筷，三两口就吃光，为此，不得不频频添饭。她揭开锅盖，拿起大勺添第五碗饭。这时，她有些犹豫，拿不定主意还要不要再吃，最后终于下了决心，在没有锅巴的地方舀了一勺饭。就在她反手将勺里的饭往碗里扣时，一块小饭团落在床席上。她不慌不忙地伸手捡起来，扔进饭桶。咱家见状，心想这可有点儿不讲卫生哟。

也就在这时，她看到了丫丫脸上乱糟糟的米饭粒，不禁惊叫起来：“呀！丫丫，怎么脸上全是饭呀？太不像话啦！”说着，便伸过手去捻，首先捻鼻尖上的饭粒。咱家以为她会将揩下的饭粒扔掉，不料她竟一一扔进自己嘴里。丫丫脸上的饭粒成群结伙，少说也有二三十粒。她捻一粒吃一粒，很快便将丫丫脸上的饭粒全吃光了。

一直文静地吃着咸菜的澄子，忽然从舀进勺中的酱汤中发现了一块煮烂的地瓜，便大口吞进嘴里。读者大概也知道，汤煮的地瓜很烫，就算大人吃，一不小心也会烫伤嘴。澄子急着想吃，一吞进嘴里便觉烫得不得了，“哇”的一声，忙吐出来。地瓜咕噜咕噜地滚到丫丫面前。丫丫特别爱吃地瓜，立刻放下筷子伸手捡起，然后吧嗒吧嗒地吃下。

三个小公主的种种丑态，主人一一看在眼里，却并不制止，只顾吃自己的饭、喝自己的汤。吃饱后，便用牙签剔牙。显然，他对女儿采取了绝对放任自流的教育方针，哪怕她们立刻成为“鼠式部”[①]，或不约而同地找了个情夫私奔，大概也照样不动声色，全当什么也没发生过。或许，这便是老子的“无为而无不为”吧。然而，请看当今世界，能自称大有作为的，除了谎言欺骗、威胁利诱、栽赃陷害、恃强凌弱外，还有什么可称得上大有作为呢？不独如此，连学生们现在也像模像样地学起来，生怕不如此就不够神气，将来就做不了绅士，当不上将军。咱家好歹算是个日本猫，多少也有些爱国心，每当见到这些“大有作为”之人，就恨不得狠狠地揍他们一顿。老实说，这样的人多一个，国家的力量就要减弱一分，这样的学生是学校的耻辱，这样的人民是国家的耻辱。但令人称奇的是这样的日本人却越来越多，而且正在源源不断地涌向社会，像洪水一样泛滥成灾。相比之下，主人之流可就算得上第一流的上等好人了，因为他虽然是第一流的窝囊，第一流的无能，但是他至少不耍小聪明。

主人吃罢早餐，穿上西装，搭上车，去“日本堤”警察分局去报到。路上，他问车夫知不知道日本堤在哪里。车夫不怀好意地笑

① 鼠式部：作者故意仿造的一个名字。日本名著《源氏物语》的作者名叫紫式部。

着说：“就是吉原附近有妓院的那个日本堤吧？”

丈夫破例乘车出门。妻子吃过早餐后，便催促小姐们，说：“喂，快上学吧！要迟到啦！”

但小姐们却根本不想上学，个个振振有词地说：“今天放假呀！”

妈妈急起来，说：“放什么假？快走！”

姐姐努起小嘴，不满地说：“可昨天老师说，今天休息呀。”

母亲心里暗暗奇怪，从壁橱里拿出日历来翻看，很快发现今日是皇室节日，便说：“那么，好好玩吧。”跟着像往常一样拿出针线筐，做起针线活来。

大概主人不知道今天是节日，才向学校请假了吧。同样，女主人事前也不知道，便将假条扔进了邮筒。至于迷亭，是真的不知道还是佯作不知，才没在昨天提醒主人，咱家也捉摸不透。此后的半小时，家中平安无事。但半小时后，却突然来了个奇怪的客人。

客人叫雪江，是主人的侄女，一个十七八岁的学生，常在星期天过来玩耍，每次都要和叔父大吵一通才告退，她的头发像算盘珠一样地蜷曲着，身穿紫色裙子，脚上穿一双歪跟的皮鞋。论容貌，她的外表远不如名字动人。无论谁，只要出门走上几十米，就能看到和她类似的普通面孔。她进屋后，招呼也不打，便直接从便门闯了进来，见到女主人，才说：“婶子，你好！”跟着在针线筐旁坐下。

“哟，今天来得这么早呀！”

“今天过节嘛。我想一早就来，所以八点半就出门了。”

“这么早？有什么事吗？”

“没有。只是好久没见，就来一趟。”

“就来一趟？是想多玩一会儿才回去吧？”

“嘿嘿！叔叔去哪儿啦？今天怎么不见他？真稀奇。”

“噢，他今天去一个不寻常的地方……去警察分局了。稀奇吗？”

“哟！出什么事啦？”

“听说春天来我们家偷东西的那个小偷被抓住了。”

“噢。是去对质吗？这可麻烦得很呢。”

“哪里呀！是领失物回来。昨天，警察特意赶来，说被盗的失物找到了，叫他去领。”

“噢，这样啊。我说叔叔从不这么早出门的嘛。难怪！要在平常，他现在正睡懒觉哩。”

“没谁像你叔叔那么贪睡的！你叫醒他，他还气哼哼的。本来呢，他要我今天早晨七点钟一定叫醒他，到了时间我便喊他起来，谁知他躲在被窝里就是不想动。我发火了，连连催他，他才慢腾腾地从床上爬起来。真没办法！”

“他为什么那么贪睡？该不会是神经衰弱吧？”

“什么？”

“他这么喜欢乱发脾气，在学校还能教好书吗？”

“唉！听说在学校很温和呢，回到家就不一样。”

“在家里是老虎，出门是豆腐。真坏！”

“为什么？”

“不为什么。反正在家就当老虎，出门就变成豆腐。不像吗？”

“他可不是光发脾气哟！他犟得很！你叫他向左，他偏向右；叫他向右，他偏向左，根本不听别人的。唉！”

“嘿嘿，叔叔还是个别扭鬼。照我看，今后要想叫他做什么，最好的办法就是反着说，那他一犟起来，就照你的意思办啦。前些天，我让他给我买把雨伞，但我故意说不要不要，他便说怎么能不要呢？立刻就给我买了。”

“哈哈！好嘛，以后我也这样办。”

“对，就是这样办。不然，可要吃亏的。”

“前些天，保险公司来人劝他参加保险，说了一大堆理由和好处，差不多说了一个钟头，可他就是不参加。你想，我们家没存款，又有三个孩子，加入保险可让人放心多了。可他就是不关心这些。”

“是呀！要是急切间出什么事，可就麻烦喽！”话说得婆婆妈妈的，和她年龄很不相称。

“偷听他们谈话，可有意思啦。他先说：‘当然，我承认参加保险很有必要，只因有必要，才有保险公司吧……’可接着又说。‘……但我既然还没死，就没必要参加保险。’”

“叔叔这么说吗？”

“是呀！你以为他能怎么说？保险公司的人说：‘人若不死，当然就不用保险了。但人的生命既坚实又脆弱，说不定什么时候就会碰上危险。’你叔叔却说什么：‘没关系，我下决心不死！’真是犟得要命。”

“决心！有决心也难免一死呀。就像我，虽说决心考试合格，可还是落榜了。”

“那职员也这么说呀！他说：‘生命的长短并不能由人的意志来决定。如果下决心就可以长生不老，那么，这世上谁也不会死了。’”

“嗯，保险公司的人说得真对。”

“对是对，可你叔叔就是听不进去，竟说：‘我决心不死！发誓不死！’可神气啦！”

“他这人真是个怪人。”

“就是怪嘛，太怪啦！还说：‘拿钱买保险，还不如将钱存银行让人放心。’”

“他银行有存款吗？”

“有个屁！只知道自己一蹬腿，全不管后事！”

“他为什么这样呢？好像常到这儿来的人，也没一个像叔叔这样的吧。”

“谁会像他呢？他是空前绝后哟！”

“不妨向铃木先生谈谈，请他给叔叔提意见。瞧人家多有本事，过得多快活呢。”

“主意是好，就是叔叔对人家评价不好呢。”

“这……这全颠倒啦！那么，那一位总可以吧？哎，就是那个挺斯文的……”

“你说八木先生？”

“是呀。”

“嗯，他对八木还是心服口服的。不过，昨天迷亭却说他不少坏话。这可难说了。”

“不担心，八木这人既斯文又稳重，很了不起呢！前几天，还在学校讲演呢。”

“是说八木先生吗？”

“对呀！”

“八木先生是你们老师？”

“不是。但‘淑德妇女会’经常请他来给我们演讲。”

“他讲得有趣吗？”

“这个嘛……倒不是怎么有趣。但他有一张大长脸，还长着天父一样的胡须，所以，大家都很敬佩，个个洗耳恭听。”

女主人好奇地问：“那他都讲了些什么呀？”便在此时，三个小公主在檐廊下听见她们的谈话声，便蹦蹦跳跳地闯进客厅来。两个姐姐高兴地说：“啊，雪江姐姐来啦！”

妈妈说：“别吵，都安安静静地坐下！你们雪江姐姐正在讲有趣的故事呢。”说着，将针线筐放到墙角。

敦子问：“雪江姐，我最爱听故事了，你讲的是什么故事呀？”

澄子也问：“还是讲《咔嚓咔嚓的山》吗？”

“丫丫也港(讲)！”丫丫从两位姐姐中间伸出腿来，说她也要讲故事。

雪江笑着说：“啊？丫丫也会讲故事呀？”

妈妈连忙哄丫丫，说道：“先让你雪江姐姐讲，丫丫过一会儿再讲！”

丫丫如何肯听，嚷着说：“不——么，嘎咕！”

雪江大方地说：“算啦，算啦，就由丫丫先讲吧。丫丫，你讲什么故事呢？”

“故系(事)，喂！小孩，小孩，乙(你)去啦(哪)？”

“呵呵，有意思。后来呢？”

“啊(我)们上田乞(地)割稻……”

“噢，讲得真好！”

“乙要是挨(来)，会打扰的……”

敦子插嘴说：“哟，不是‘挨’，是‘来’。”

丫丫立刻“嘎咕”一声，将敦子吓住，再要讲时，却又忘了下文，便讲不下去了。

雪江问：“丫丫，故事就这么多吗？”

丫丫说：“喂，以后别再放屁啦。噗、噗的。”

“哈哈，真烦人！谁教你说这些话的呀？”

“女土（仆）！”

女主人笑骂着说：“那个坏女仆，教你说这种话！好吧，现在轮到雪江啦。丫丫可要乖乖地听哟！”

“小暴君”这次真乖了，好长一段时间都保持沉默。雪江将她抱在怀里，开口讲起来：“八木先生的讲演是这样的。从前，一座地藏菩萨像摆放在十字路口，那里日日车水马龙，人来人往，但因有石像在，交通很不方便。于是，街上人便聚到一起，商量怎样才能把这石像搬迁到某个角落去。”

“这是真的还是假的？”

“这个，他可没说哟！且说，街上的头号大力士说：‘这有何难！看我去把石像搬走！’当下来到十字路口，使出吃奶的力气搬石像，但石像纹丝不动……”

“这石像可真沉的。”

“是呀。大力士累得筋疲力尽，也不见石像移动分毫，没办法，只好回家睡大觉去了。街上的人又商量起来。一个最聪明的人说：‘交给我吧，我来试试看。’说着，往饭盒里装了很多豆馅年糕，来到石像跟前，对石像说：‘请到这儿来！’以为地藏菩萨也一定嘴馋，想用豆馅年糕引诱它上钩。可石像还是不动。聪明人又把酒倒进瓢里，想劝菩萨喝酒，他劝了好长时间，还是没一点儿效果……”

敦子忽然问：“雪江姐，那么长时间，地藏菩萨不饿吗？”

澄子抢先回答：“我馋豆馅年糕啦！”

雪江笑了笑，讲道：“……聪明人失败了两次，还不甘心，又找了些假票子在菩萨面前晃来晃去，但照样不灵。地藏菩萨可顽固哩！”

“是吗？这么说，倒很有些像你叔叔呢。”

“嘿！简直和我叔叔一模一样。那聪明人见所有办法都不管用，便灰溜溜地走了。这时，来了个吹大牛的人，自吹自擂说能将地藏菩萨请走。”

“这吹大牛的人都做了些什么呢？”

“可有意思了。他先穿上警服，粘上假胡子，傲慢地对菩萨说：‘喂，喂！你再不动，我们当警察的可要不客气了！’却不想想，如今这世道，就是真警察也没谁理会呀！”

“是啊。那菩萨动了吗？”

“怎么会动？和叔叔一样的脾气嘛！”

“但你叔叔可是很怕警察的哟！”

“哟，是吗？原来叔叔还有怕的呀。看来，再没什么比警察更可怕的了。且说那吹牛大王见地藏菩萨不怕警察，勃然大怒，又装起阔老板来，带着岩崎男爵[①]的神气出场。多可笑！”

“‘岩崎的神气’是什么样的呢？”

“就是摆臭架子嘛，什么也不做，什么也不说，叼着雪茄在菩萨身边走来走去。”

“这有什么用哟！”

“他想用烟雾迷昏菩萨呀。”

“哈哈！真像单口相声那么逗趣。那么，他迷昏菩萨了吗？”

“怎么会？菩萨是石头嘛。骗人也要有分寸，对吧？后来，他

① 岩崎男爵：日本明治时期著名的大富豪。

装起王爷来。真无聊！”

“咦！那时有王爷吗？”

“应该有吧，八木先生是这样说的。据说胆战心惊，生怕犯了不敬之罪，但吹牛大王还是扮成王爷，去骗菩萨。”

“光说是王爷，可究竟是哪位王爷呀？”

“不管装成哪位王爷，都照样失败。”

“是哟。”

“连扮王爷也不灵，吹牛大王只得认输，说：‘就我这点本事，对菩萨是无可奈何哟！”’

“活该！”

“是嘛，大家本该惩治他一下。且说大家用了很多办法都不行，便难住了，没人再出头。”

“哟，故事这么快就完了？”

“没呢！后来，他们就雇了好多脚夫、混混，在地藏菩萨身边狂呼乱叫，说要气菩萨，让它待不下去自行离开，便昼夜不停地在那里吵闹。”

“这可够辛苦的了。”

“但这样仍不管用。地藏菩萨也够真犟的。”

敦子好奇地问：“后来又怎样呢？”

“后来呀，不管他们怎么吵闹，就是没用。街上的人都厌倦了，但脚夫和混混们为了挣那份日薪，仍兴高采烈地吵闹下去。”

澄子问：“雪江姐！什么是日薪呀？”

“日薪就是工钱。”

“他们领了工钱做什么呢？”

“领了钱嘛……哈哈，澄子真是个讨厌鬼！婶子，当时街上有个叫傻阿竹的傻子，见了这情景，便说：‘你们吵什么？再这么吵多少年多少月，也动不了地藏菩萨的，真可怜……’”

“别看他傻，说话倒是很神气！”

“是个了不起的傻子哟！大家见他那么神气，便叫他去试，想让他出洋相。这傻子还不管三七二十一，真答应了。他向众人喝道：'别再吵吵闹闹地捣乱了，都给我住口！让开！'说着，飘然来到菩萨跟前……"

敦子紧要关头突然发问："雪江姐，'飘然'是傻阿竹的朋友吗？"惹得妈妈和雪江接连大笑起来。

雪江说："不是朋友。"

"那又是什么呢？"

"'飘然'吗……唉，没法说。"

"噢，原来'飘然'就是'没法说'呀。"

"不是的，'飘然'嘛……"

"嗯？"

"喂，你记不记得多多良三平先生？"

"记得呀。是不是多多良先生就是'飘然'呀？"

"哎，是呀。且说那傻阿竹吧，他抄着手对菩萨说：'地藏菩萨，街上的人都恳求您动迁，您就请动身吧。'菩萨答道：'原来是这样呀！折腾那么久，我都不知道他们究竟想干什么，早些说明不就行了嘛。'说着，便缓缓移动了。"

"哟！这样就动了呀？这地藏菩萨真有些莫名其妙。"

"我下边再介绍一下演说。"

"故事还没完吗？"

"是啊。八木先生说：'因为今天是开妇女会，我便特意讲了前面这个故事，这当然是有原因的。不过，说出来也许有些失礼。因为妇女普遍有个毛病，遇到事情时常常不是直接、正面地解决，而是大绕弯路。当然，并非妇女才如此。明治时代，即便是占主导地位的日本男人，也有很多受到文明的不良影响，变得像女人。因此，浪费不必要的时间和精力，并误以为这才是正确的，是身为绅士必须身体力行的，实际上是极错误的观点。我们正成为文明束缚下的畸形儿，这是毋庸置疑的。对妇女来说，请务必记住我刚才所讲的故事，一旦遇到问题，请像傻阿竹那样去直接处理。我想，诸位如果都是傻阿竹，那么，夫妻之间、婆媳之间、姐妹之间肯定会减少很多难缠的纠葛。心眼越多，烦恼就越多。胆大妄为是不幸的源泉。为什么现在很多妇女比男人更不幸，就在于心眼太多了。请大家都变成傻阿竹吧！”’

“嗯？雪江姐，你想当傻阿竹吗？”

“什么傻阿竹，见他鬼去吧！我才不想当呢。金田家的富子小姐听了后气得要死，说：‘讲话太失礼啦！’”

“你说的富子小姐，是对面胡同口金田家的吗？”

“是呀！自然是那位摩登女郎嘛。”

“她也在你们学校念书？”

“不！因为妇女开会，她去旁听嘛。穿得真够时髦，简直吓死人了！”

“可据说她仪表非凡哟。”

“一般！实际上并不像她吹的那样。只要像她那般涂脂抹粉，是个人都会好看些。”

“那么，雪江姐如像金田小姐那样化妆，是不是比金田小姐更漂亮呢？”

“哟，烦人！少说两句行不行呀！不过，她虽然很有钱，但太矫揉造作……”

“虽然矫揉造作，但有钱总是好事吧。”

“倒也是。她若稍微像点傻阿竹就好了，偏偏张狂得很。据说，最近有个叫什么的诗人，献了一本新诗集给她，她在人前大吹大擂呢！”

“应该是东风先生吧。”

“啊？怎么会是他送的？真找不到事干了。”

“东风先生可是虔诚得很呢，甚至认为这是理所当然。”

“唉！正因为有这样的人捧场，才很糟糕。对了，还有更逗趣的事呢。最近有人写了封情书给她。”

“哟，真缺德！谁干的？”

“不知道是谁！”

“情书上没留姓名吗？”

“姓名倒是一清二楚，但却是个没人认识的陌生人。那信写得好长好长，足有六尺长呢，里面写了好多花花事儿，什么‘憧憬你，就像宗教家憧憬神灵’，‘为了你，我宁愿变成祭坛上的小羊，任你鞭打、宰割，这将是我无上的幸福’，‘心脏呈三角形，但三角形的中心却插着丘比特的箭。假如这箭是吹气的玩具箭，我愿它百发百中……”’

“天啦！这就叫虔诚？”

“当然是虔诚啦。我朋友中有三个人看过这封信。”

“真无聊，这样的信还拿出来炫耀。她想嫁给寒月先生．信被人们传开，岂不糟糕？”

“有什么糟糕，她才巴不得呢！寒月先生下次来，便告诉他。寒月先生还不知道吧？”

“当然不知道啦。这位先生整天在学校磨玻璃球，对世事不闻不问。”

“可怜！寒月先生真想娶她吗?”

“她有钱呀！一旦有什么事，就有了依靠。这不是很好吗?”

“婶子开口闭口总是钱呀钱的，多俗气！金钱会比爱情更重要吗？没有爱，哪有夫妻？”

“是啊！那么，雪江你想嫁给谁呢？”

“这，天晓得！连影子都没一个呢。”

一直表现得不懂装懂、却又洗耳恭听的敦子，这时突然开口说：“我也想嫁人呢！”

对这大胆的期望，就连洋溢着青春气息的雪江也惊呆了。妈妈总算比较冷静，笑问：“那你想嫁给谁呀？”

“我呀，说真的，本来想嫁给‘招魂社’[①]，可又讨厌过水道

① 招魂社：明治初期在日本各地建立的一种神社，后来东京的招魂社改称为“靖国神社”，其他地方则的改称为“护国神社”。

桥[1]，正发愁哟！”

妈妈和雪江听了这不同平常的回答，一时连再问下去的勇气都没有，却又一齐笑得前仰后合。二小姐澄子对姐姐说：“姐姐，你也喜欢招魂社呀？我也很喜欢呢。不如咱俩一同嫁给招魂社吧。喂？不同意就算啦！回头我自己坐车去。”

“丫丫也去！”

哈哈！现在连丫丫也决定嫁给招魂社了。三人一同嫁给招魂社，主人应该很高兴吧！

忽听车马声响，跟着有人大声说：“啊，您回来啦！”却是主人从“日本堤”警察分局回来了。车夫提着一个好大的包袱跟在后面进屋。主人叫女仆接过包袱，神气地大步跨进客厅，见到雪江，招呼一声：“啊，来啦！”将手中一个类似酒瓶的玩意儿啪的一声扔在火炉旁。那玩意儿其实既非酒瓶，也非花瓶，而是状如陶器，只因无以名之，才这么称呼。

雪江看着那玩意儿，问：“这酒瓶真奇怪，是从警察分局拿回来的吗？”

主人瞧着雪江的脸，自豪地问：“怎么样？样式还美吧？”

“就这样一个油壶，有什么美不美的？你拿它回来做什么用？”

“这哪是什么油壶哟？说这么没趣的话，真没意思。”

“那，那又是什么？”

“花瓶嘛！”

“花瓶？嘴儿这么小，肚子又这么大，能当花瓶吗？”

“因此才有意思嘛。你跟你婶子一样，都没品位，真糟糕。”

“就算我不文雅，也不会从警察分局拿回这么一个油壶来。是吧，婶子？”

女主人这时哪有心思加入嘴战，她正忙着打开包袱，瞪大眼检查失盗物品，忽然说：“啊！真想不到现在小偷也进步了，竟然全拆洗过了。喂，你们看呀！”

---

① 水道桥：日本东京都千代田区北端，横跨神田川的一座桥。

主人不理会，继续吹他的油壶，说：“我怎会从警察分局拿这个油壶呢？我到了后等得太无聊，便出去闲逛了一会儿，结果发现这个宝贝。”

“这也算宝贝？只怕宝得过火了吧。叔叔到底去哪儿闲逛了呀？”

“就是日本堤境内呗！也去了吉原，那儿可热闹了！你见过吉原的大铁门吗？”

“我从不去吉原那种下贱女人居住的地方，怎么会见过呢？叔叔身为教师，却去那种地方，回来后还沾沾自喜，真可怕！是吧，婶子？婶子！”

“嗳，是啊！件数好像不够呀。就这些吗？全拿回来了吗？”

“只有山药给小偷吃了，拿不回来。说好九点钟办手续，可一直等到十一点还不见人。这像话吗？日本警察就是不行，太散漫了。”

“若说日本警察不像样，那去吉原闲遛的老师，就更不成体统。这种事要是被人传出去，很可能教师的职位不保哟！是吧，婶子？”

“嗳，是，是！喂，我那条带子缺了一面呢，难怪总觉得缺了点什么。”

“腰带缺一面就算了吧。我在那里干等了三个多小时，白白浪费了许多宝贵时间。”主人说着，换上和服，再坐回火炉边，拿起油壶欣赏起来。

女主人将返还的物品放进壁橱，重又坐下。雪江对她说：“婶子！你看那油壶多脏。”

女主人立刻警惕地问主人：“你这是在吉原买的？哟——”

“哟什么哟！不了解真相就……”

“就这么个小壶，到处都有，用得着去吉原买吗？”

“遗憾的就是其他地方没有呀！这可是个罕见的宝贝哟！”

“叔叔和那个地藏菩萨太像了。”

“你还是孩子，口气却真大。近来，女学生的嘴多不济，应该多读读《女子大学》才好。”

“叔叔是不想参加生命保险吧？对女学生和生命保险，你最讨厌的是哪一样？”

“我并不讨厌保险，只要想到将来，人人都会参加。而女学生却是没用的废物。”

“没用就没用吧。可也没见你参加什么保险呀！”

“谁说得？我下个月就参加。”

“一定？”

“一定！”

“算了吧，保险有什么好参加的，还不如拿这笔钱去买点什么倒好。对吧，婶子？”

婶子笑眯眯地不说话。主人的脸可绷紧了，大声教训起雪江来：“你是想活一百年、二百年，才这么不重视保险吧？等你再长大些，就知道参加保险有多重要了。下个月，我就参加生命保险，让你看看保险的重要性。”

“是吗？既然这样，那也没什么可说的了。不过，前些天你给我买雨伞的钱，拿去买保险说不定更合适呢。人家一再不要，你却非买不可。”

“喂，你是这么不想要吗？”

“是呀，我不稀罕雨伞。”

“那好，就还给我吧。正好敦子想要，你就给她吧。你今天带来了吗？”

“啊！太过分了！好容易给我买的，却又往回要，不是太刻薄了吗？”

“是你说不要，我才叫你还的嘛，一点儿也不刻薄。”

“我是不要。可你也太刻薄了。”

“净说混话！你说不要我才叫你还嘛，有什么刻薄的？”

“不过……”

“不过什么？”

“不过，还是刻薄。”

“一句话翻来覆去地说，真蠢！”

“叔叔不也是一句话翻来覆去地说吗？”

“是因你翻来覆去地说一句话，我才跟着翻来覆去地说哟！你不是说不要雨伞吗？”

“我是说了不要，但却没说还给你呀。”

“怪啦！又混又犟，真拿你没办法。我真怀疑你们学校有没有教逻辑学？”

“算啦，反正我受教育少，随你说吧。便是外人也不会说叫人家把东西还回来这种冷冰冰的话。你哟，哪怕像一点点儿傻阿竹也好。”

“说我像什么？”

“说你得学得正直和坦率些！”

“你这蠢材，固执到这种地步，难怪要降班呢。”

“降班也不跟叔叔要学费！”雪江说到这里，心里不胜感慨，眼中不禁流下一掬清泪，潸然滴于紫色裙裤之上。主人一下怔住了，似在研究那泪水是因何种心理而流出来的。这当儿，在厨房忙着的女仆将红赤赤的双手伸进门内，说：“有客人来了。”

主人转身问道：“谁来了？”

女仆瞧了瞧流泪的雪江，迟疑了一下，说：“是学生。”

咱家为研究人类，也跟着主人来到檐廊。咱家认为，只有选择波澜乍起的时机，才能最好地研究人类。平常看到的，不是碌碌无为，就是忙忙碌碌，太普通，没什么研究价值。只有在紧要关头，平凡才会因某种神秘力量，如怪诞、虚幻、荒谬等的作用，而变得奇妙起来。像雪江的红眼泪，便颇值得研究，因为她有一颗玄妙莫测的心。这一点，在主人回来后显得十分突出。她的丽质本不是天生的那种，轻易得不到发挥，或者说，发挥得不那么显著，没有到淋漓尽致的程度，便得不到男人的怜爱。但当有了主人这样的催化剂，一滴清泪便让人感到柔肠寸断，于是，其研究价值也展现出来了。因此，从这一个案例研究中，咱家很容易得出一个具有广泛性的结论，那就是只要跟着主人走，不论去哪里，都会有好戏看！台上演员无论多么不会表演，只要经咱家主人那么一催逼，立时声情并茂，感天动地。

学生年龄和雪江相仿，也有十七八岁。他端坐角落，大大的脑袋十分引人注目，头发剃得光光的，可说根根见底，脸上栽着个蒜头鼻子。此人其他外在特征不明显，就是脑袋特别大，即使剃了个光头，还是让人觉得太大。据咱家所知，凡是长了这么一个大脑袋的人，通常没多少学问。这本是主人的一贯立论，咱家耳濡目染，也深以为然。他的衣着和普通学生一样，只是面料看不出是萨摩产的、还是久留米或伊予产的。短袖的夹袍里面，既没穿衬衫也没穿背心。虽说这种打扮多少有些风流，但以他而论，却很给人不洁之感，尤其在主人眼里，更有几分小偷的神采。床席上清清楚楚地印着的三个脚印，正是他赤足的罪过。回过头来，再看他端坐的模样，便很有些畏畏缩缩的神态了。假如他本是个胆小鬼，这么老老实实地坐着，想来没人会大惊小怪。然而，他却有个光头，而且还是个有着挺大的头的野蛮家伙，却也如此诚恐诚惶，便不免让人疑心。还有，这家伙即便在主人面前，也不施礼，摆出一副倨傲的架势，似乎想以此掩饰内心的怯懦。哼！也太不把咱家主人当主人了吧。别看他现在坐着的样子挺像谦谦君子或盛德长老，咱家估计，只要和普通人那样在这里坐上半个小时，就会难受起来，向主人告饶。一番观察后，虽有了种种结论，但咱家还是有些不明白，一个在教室或操场上那么爱吵闹的家伙，此刻怎会如此束缚自己？又是靠什么力量来支撑的？

主人和他相对而坐。主人这人虽然冥顽不灵，但在学生眼里，还是有些分量的，大概他也很清楚这点，所以显得得意扬扬。虽说再软弱的学生，只要集结起来，仗着人多势众，也会把老师打得落花流水，成为不可欺侮的团体，这就像胆小鬼喝了酒后同样可以变得浑身是胆一样，但毕竟这家伙现在只是一个人，且主人这边还有绝对忠心的咱家撑着，因而主人不把他放在眼里也就很自然了。而这样难得地要一回威风的机会，主人也同样绝对不肯错过，因此，他冷冷地递过去一个坐垫，威严地说："喂，铺上！"

然而，光头小子竟像僵尸一样，只哼了一声，一动也不动。这不仅让主人威风顿失，也让好客的主人颜面丢尽。咱家好奇心大起，这光头小子，肯定不是个什么好东西！

正在这时，这小子身后的纸屏门哗啦一声拉开，雪江小姐端着一碗茶走进来，恭恭敬敬地将茶献给他。面对主人时，这小子就惴惴不安，现在被一位妙龄少女以极其优雅的小笠原派[①]手法献茶，于是更加手足无措，致使雪江小姐退出房间后在门外忍不住哧哧地笑起来。

主人不耐长时间沉默，开口问道："你叫什么名字？"

"古井……"

"古井？名字呢？"

"古井武右卫门。"

"古井武右卫门？哦，这名字真长，听起来像是古人的名字。读四年级了吧？"

"没。"

"三年级吗？"

"不是，是二年级。"

"是在甲班吗？"

"在乙班。"

主人激动地说："乙班！我就是乙班的班主任呀！怎么从没见过你？"

其实，从开学那天起，主人就见过这个大脑袋的学生，而且对这颗大脑袋印象深刻，但他却又是如此粗心，竟将大脑袋和普通脑袋混淆在一起，并且，又从未将大脑袋和一个很旧式的姓名联系起来，也更未想过它和二年级乙班有什么关系。这意外的发现让主人

① 小笠原派：室町时代武将小笠原长秀编创的一套武士礼法，作者在这里故意将之虚构为一种茶道，隐含讽刺之意。

很振奋，同时又为这个曾让他十分羡慕的“大脑袋”的突然造访而迷惑不解，甚至有些忐忑不安。主人原是个不受欢迎的人，不论年初岁末，都没有学生来登门拜访，但现在，这个一看就是个打架头儿的古井武右卫门竟然来了，这让他很担心这个貌似凶狠的家伙是不是代表学生来逼他辞职的。“兴许，他只是来玩耍的吧。不过，看他慌张的样子，似乎连自己也弄不清楚为什么要来这儿……”他怀着一丝渺茫的希望想，强作镇定，鼓起勇气悄悄地试探着问：

“你……你不是来玩耍的吧？”

“不是！”

主人心儿一跳，更胆怯地问：“那，那……那有事吗？”

“嗳。”

“学校的事？”

“嗳，想对您说说，所以……”

既然是学校的事，就一定不是什么好事了。主人紧张起来，问：“噢！什么事？”

光头小子眼睛盯着席面，欲言又止。作为中学二年级学生，他的大脑袋虽不怎么发达，单就人而言，还是善于辞令的，论口才，也是乙班的佼佼者。此前，以“哥伦布”为题刁难主人的便是他。仅从这件事上，也可看出他口才如何了。然而现在，他却是一副惶恐不安的样子，想说什么又不敢说，似乎有极其重大的隐情。咱家见状，也深感蹊跷。

主人说：“既然来了，有话就直说吧。”

“这事有点难以启齿……”

主人心里略感安慰：“难以启齿？这里并没外人，有什么话尽管说吧！”

光头小子还有些迟疑：“说说也无妨吗？”

“无妨，无妨！”

“那么，我就说啦。”光头小子猛地仰起头，满怀希望地看着主人，三角形的眼睛里充满了感激之情。主人不敢和他对视，低下头狠狠地抽着“朝日牌”香烟，又大口地吐出烟雾。

“老实说……事情实在很糟糕。我也并不愿来……”

“……嗯！”

“总之，因为非常挠头，实在没有办法，才来。”

“唉，到底什么事，痛快一点儿说出来嘛！”

“我的确不想干这种事。可滨田总说：‘借给我吧，借给我吧……’”

“滨田？滨田平助吗？”

“是。”

“你……你是借房费给滨田吗？”

“哪里话，不是的。”

“那么，你到底借给他什么呢？”

“我借名字给他了。”主人顿时糊涂起来，大惑不解地问：“你……你借名字给他做什么？”

“邮一封情书。”

“什么？”

“唉！我说，别借名字了，我就当个传书人吧。”

“真是稀里糊涂！到底干什么了？”

“送情书啊！”

主人脱口而出：“送情书？送给谁？你给谁家的女孩写了情书？”

光头小子慌忙说：“不……不是我！”

“那么，是滨田送的喽？”

“也不是滨田。”

“那究竟是谁送的？”

“不……不知道是谁。”

“一会儿说送，一会儿又说没送，到底有没有送？”

“这个……只是以我的名义。”

“只以你的名义？别说得结结巴巴的，说清楚点！情书是给谁的？”

“是……是给金田的，就是住……住在对面胡同的那个女人。”

“你是说那个金田什么的实业家的女儿吗？”

“是，是。”

“那么，所谓的‘只是以你的名义’，又是怎么回事？”

“她……她又时髦、又骄傲，我们就送情书给她。滨田说：‘不能用这名字。’我就叫他写上他的名字，但他说：‘我的名字太普通了，还是你的古井武右卫门名字有气势……’便用了我的名字。”

“那么，你认识金田小姐吗？和她有交往吗？”

“压根儿就没见过面，哪有什么交往。”

“竟然给根本不认识的女子写情书，简直太胡闹了！你们为什么要这样做？”

“大家都说她很骄傲，架子好大，所以，才想戏弄一下她。”

“越说越离谱了！那么，你就这样公然签上自己的名字，把情书寄出去了吗？”

“是的。滨田写的情书，我借出了名字，远藤连夜送去她家。”

“噢！原来是三人合谋呀！”

“是这样。但事后一想，这事若败露，一定会被学校开除，那可就糟糕透顶了！心里十分害怕。这几天天天睡不好觉，脑袋总是昏沉沉的。”

“真想不到你是为这等蠢事而来哟！落款写了‘文明中学二年级古井武右卫门’吗？”

“没写校名。”

“嗯，没写校名还算好。倘若写上校名，那可就真关系到学校的声誉了。”

“会……会被开除吗？”

“当然会啦。”

“老师！我爹是个很爱唠叨的人，娘又是继母，我要是被开除可就糟糕了。真会被开除吗？”

“既然如此，就不该胡闹。”

“我当时并不想干，也想到会有这样的后果，可……可终于还是干了……”古井武右卫门说到这里，几乎是在哭着哀求。“……老师！就不能帮帮忙，想办法不开除我吗？”

女主人和雪江躲在纸屏后面偷听，听到这里忍不住咯咯笑起来。主人此刻也在一本正经地重复着：“是嘛！是嘛！”真好笑。

读者也许要问：有什么好笑的？问得有理！人有自知之明，是平生大事，也才有资格比猫更受尊敬。若人人皆如此，咱家也肯定立刻停下笔来，不再写这些无聊言语了。然而，人类就像永远看不见自己鼻子有多高一样，很难认清自己是个什么货色。就因为昏庸无能，人类才会向素来不屑一顾的猫提出这等不值一提的问题。

说到底，看起来神气十足的人类，尽管自封为“万物之灵”，且大言不惭地扛着这么块牌子四处招摇，但终究是无能之辈，故也只能贻笑大方。现在就来看看古井武右卫门、主人夫妇和雪江等人的本来面目吧。

首先，对古井武右卫门的蠢事及他老爹、老娘知道后会如何对待他，主人是毫不在意的。开除古井武右卫门和他本人被革职，纯粹是南辕北辙的两码事。至于有成千上万的学生被勒令退学，进而令他陷入穷途末路则是另一回事。事实上，正因为只有古井武右卫门一个人遭遇不幸，他才可以心安理得。换句话说，为一个毫不相干的陌生人皱眉、流泪、叹息，绝不是大日本国民的淳朴风尚。由此，也证明了人类根本就不是什么富有同情和怜悯之心的动物。他们的眼泪，不过是为了交际、应酬，或为了装装样子，顶多尽点义务地流出来罢了。便是这样虚假的表情，竟也美其名曰艺术。善于这样表演的人，被冠以“富有艺术良心的人”，而受到不善于这样表演的人的极大尊崇。然而，透过现象看本质，这些高高在上的人，分明一点儿也靠不住。不信的话，诸君不妨一试，自有分晓。

主人属于那种笨拙的人，笨拙到不会掩饰自己内心的冷漠。他反反复复地对古井武右卫门说“是呀，是呀”，把自己的冷漠无情毫不掩饰地倾泻出来。列位！千万不要因为咱家主人的冷，便厌恶了他的善。人生而冷漠，不加掩饰地表露出来才是真。如果期望主人超越冷漠展现出真诚的热忱和关切，那就太高估人类的智慧和情感了。除非泷泽马琴[①]笔下的志乃和小文登走出书本，《八犬传》里的狗男狗女代替主人一家在这屋里居住。否则，所有的希冀都是渺茫而且荒诞的。

再说在饭厅里咯咯娇笑的女流之辈，她们无疑又把主人的冷漠向前推进了一步，提升到滑稽的境界。得知古井武右卫门的烦恼和痛苦，让她们快乐得难以自控。列位不妨问问女人，她们是否喜欢拿别人的烦恼和痛苦来寻开心？问的结果一定是被女人咒骂为愚蠢，即便不是愚蠢，也要说你是存心刁难、欺负人，有辱淑女妇德。辱没妇德或许是真的，但她们的寻开心，也是不争的事实。这就像是说："我现在要做侮辱你品格的事了，你们不许说三道四！"又或者是："我要去偷去抢了，你们决不可说我不道德。谁要说我不道德，就是在往我脸上抹灰，在侮辱我，不得好死！"

女人的可爱之处，就在于她怎么说都有理。你即便被她们吐一脸唾沫、泼一身粪污，也必须泰然处之，欣然领受。你做不到这一点，就没有资格与号称"聪明"的女人打交道。

最后，再说古井武右卫门，就是那个光头小子。如同拿破仑的脑壳里塞满了名利一样，这小子的脑袋中装满了忧虑，进而成了忧虑的化身。别的不说，蒜头鼻子不时翕合，就是忧虑时的条件反射。此时的他，既对过往犯下的种种罪过有万千之悔，又对未来的前景倍感恐惧，肚子里像吞进去一颗大炸弹，心里像结着一个千头万绪的大疙瘩。他一筹莫展，才将所有的希望都寄托在主人身上，而主人的心思大家也都很清楚。去求一个曾深深得罪过的、根本就不该去求的人，会是什么结局？聪明如人类，也无须咱家再明言了吧。总之，他既以为他的名字很了不起，那雪江也完全可以只用名

---

① 泷泽马琴(1767—1848)：即曲亭马琴，日本作家。志乃、小文登都是他的作品《南总里见八犬传》中的妖犬。

字去相亲了。过高地估计自己，过低地低估同类，以为别人非爱护他、尊敬他不可，是他铸成大错的根由。犯下这样的大错之后，还居然鬼使神差地跑来向主人求救，便错得更加离谱。

咱家衷心期望光头小子能够尽快醒悟过来，成为一个真正的人，否则，不管他有多么忧虑，有多么后悔，有多么急于向善，都不可能有金田老板那样的成就——不仅如此，他还面临着被文明中学开除、甚至被流放到蛮荒之地的危险。

且说咱家正在饶有兴趣地遐想，忽听纸格门哗啦一声打开，有人从门后露出半个脸来，叫声："先生！"咱家扭头一看，正是寒月。

主人照例不动，只是说："噢，请进。"

寒月依然伸着脑袋问："有客人吗？"

"没关系，进来吧。"

"说真的，是请你来了。"

"去哪儿？还是赤坂吗？那地方我就不去了。前些天硬拉我去，把腿都遛直了。"

"反正今天没事，你又好久没出门，还是出去走走吧。"

"去哪？喂，你进来呀！"

"想到上野去听听老虎嗥叫的声音。"

"真无聊。你还是先进来再说吧。"

寒月也觉得隔着门谈话不方便，便脱了鞋进来。他穿着一条像老鼠皮颜色的裤子，后腚上还打了补丁。据他本人辩解，裤子并非因穿得太久或屁股太沉才磨破的，而是因近来学骑自行车，局部摩擦过多所致。他做梦也没想到，给他自封的未来夫人写情书的情敌也在此，只向对方点点头，打个招呼，便在靠檐廊处落座。

主人说："听老虎嗥叫很没意思哟。"

"去早了当然没意思。得先四处遛遛，到夜里十一点去才好呢。"

"啊？"

"那时，公园里十分幽静，而且古木森森，很吓人吧？"

"是啊！可比白天恐怖呢。"

“去了后，千万要找那种树木茂密、很阴森、连白天都难见人影的地方逛，才会有这么一种心情：不知不觉中，就忘掉了万家灯火的都市，像在山中迷了路一样。”

“心情变成这样，会如何？”

“等心情变成这样时，就站在原地不动，很快便能听到动物园里老虎恐怖的嗥叫声。”

“老虎会叫吗？”

“当然会叫的。那叫声，便是白天在理科大学也能听到。当夜深人静、鬼气森森、魑魅扑鼻时……”

“魑魅扑鼻是什么意思？”

“就是特意形容那种恐怖场景嘛！”

“是吗？可没听说过这么形容的。之后呢？”

“然后老虎的阵阵嗥叫声传来，震得树叶哗哗落下，吓死人啦。”

“的确够吓人的。”

“怎么样？这样冒险够刺激吧？照我看，不在深夜听老虎的嗥叫，无论如何也不能说听过老虎的叫声。”

“是吗？”主人无精打采地问了句，显得一点儿热情也没有。

古井武右卫门一直以羡慕而崇敬的心情听着，这时忽然问：“老师，我很担心，怎么办呢？”

寒月先生疑惑地望着大脑袋，不知他担心什么。咱家不想再听，便去饭厅转转。饭厅里，女主人格格笑着，将烧好的茶倒进廉价的京瓷茶碗里，再放在一个铅制茶托上，然后对雪江说：“劳驾，把它送过去。”

雪江翘起小嘴，一扭身，说：“我不嘛。”

女主人一愣，诧异地问：“怎么？”

“怎么也不怎么。”雪江扭扭捏捏地说，目光低垂，好像在看桌上的《读卖新闻》。

女主人说道：“哟，可真是个怪人！来的是寒月先生呀，有什么怕的。”

“可我就不嘛。”雪江的视线依然没离开《读卖新闻》，但一个字也没看进去。这时候，咱家如揭穿她并未看报的真相，她一定会哭鼻子吧。

女主人笑着将茶托放到《读卖新闻》上，说：“送个茶嘛，有什么害羞的。”

雪江小姐说：“哟，真坏！”想将报纸从茶托下抽出来，却不小心碰翻了茶托。茶水顿时毫不留情地淌了出来。女主人说声：“你看你！”忙将茶托端起来。雪江“呀！”的一声惊呼，连忙去厨房拿抹布。咱家瞧着这出滑稽戏，觉得比外面三个男人的谈话有意思多了。

房间里的寒月先生并不知道这里上演的好戏，只顾着发表些奇谈怪论：“先生，这纸屏重新裱糊过啦？是谁糊的？”

“女人糊的。还不错吧？”

“嗯，的确不错。是那位常常光临贵府的小姐吗？”

“她也帮了忙，还夸口说：‘能把纸屏糊得这么好，就一定有资格嫁出去。’”

寒月认真地看着纸屏，说道：“呵，是很不错哟。就是这边糊得平了些，右角上纸太长，出现了褶纹。”

“就是从右角开始糊的。头一次开始糊，没经验嘛。”

“我就说嘛，怎么其他地方都好好的，就这里糊成这样，毕竟一般的方程式无法表现哟。”

这位理学家说话果然高深莫测。

主人信口应和道：“可不是嘛。”

古井武右卫门见状，明白照此下去，不论自己哀求多久，也没什么希望，便突然将他那颗伟大的头颅在床席上向主人叩了一下，跟着默默无言地起身离去。

主人问：“你要走吗？”

武右卫门什么话也不说，只是低着头，无声地趿拉着萨摩产的木屐出门而去。真是怪可怜的！瞧他那样儿，若没人理他，他很可能会写出《岩头吟》[①]，然后跳进华岩瀑布自尽。追本溯源，都是金田小姐的摩登和骄傲惹的祸。古井武右卫门若真就此丧命，不妨化作厉鬼杀了金田小姐。对男人来说，这种女人越少越好，寒月大可另外再娶一个。

“先生，他是学生吗？”

“嗯。”

“好大的脑袋呀！一定很有学问的吧？”

“他的学问可比不上他脑袋。不过，这人常提出些稀奇古怪的问题，有一次突然问我‘哥伦布’该如何翻译成日文，令我十分尴尬。”

“这种多余的问题，只有大脑袋才想得出来。你又是怎么回答他的呢，先生？”

“我胡乱地翻译了一下了事。”

“总算翻译了，真了不起！”

“小孩子嘛，不胡乱翻译给他，他就对你不再信服了。”

“高见哟！看来，先生也快变成了不起的政治家了。不过，看他无精打采的样子，倒不像是能给先生出难题的人。”

“这家伙今天可有些不争气，真是个混账东西！”

“怎么啦？我冷眼一观，还觉得他挺可怜呢。到底怎么回事？”

“唉，这家伙干了件糊涂事。他给金田小姐写了份情书。”

“啊！就他那样的大脑袋，也配给金田小姐写情书？现在的学生可真厉害！”

“你有些担心吧……”

“哪里！我根本不担心，只是觉得有趣儿。不管有多少情书飞去，也不会出什么事。”

“既然这么自信，那就没什么可担心的了……”

“不担心。我一向不在乎能不能娶她。不过，这大脑袋居然给她写情书，倒真出人意料。”

---

① 一九〇三年五月，夏目漱石的学生藤村操在华岩瀑布跳岩自杀，死前曾在岩头写下一份遗嘱，戏称为《岩头吟》。

“他这也只是开个玩笑，而且是三个人合伙写。他们见金田小姐又摩登、又骄傲，便想要笑她一番……”

“三个人？真是越来越离奇了。感情这东西，能像西餐一样，由三个人分享吗？”

“他们是各有分工，一个写，一个送，一个借名字。刚才来的这个，就是借出名字的。他是最蠢的了，连金田小姐的面都没见过，居然就做出这种混账事来！”

“哟！这可是天大的成果哟！惊世杰作！一个大脑袋居然写情书给美女，太有趣了！”

“有趣是有趣，却惹出大乱子喽！”

“怎么惹都没关系，毕竟对方是金田小姐嘛。”

“但说不定你会娶她的呀。”

“正因为说不定会娶她，所以才没什么关系嘛。”

“你倒是没关系，可……”

“怎么？怕金田小姐有事吗？没关系，没关系！一点儿事儿都没有。”

“要真这样，那也没什么。但写情书的人现在良心发现，害怕啦！跑来找我讨主意。”

“就这么点事，便这么害怕？可见是个缺少胆识的家伙。先生，您是如何发落他的？”

“他非常担心会被学校开除，要我帮忙给学校求情呢。”

“怎么会被开除呢？”

“他毕竟做了很不体面、不道德的事情嘛。”

“就这点事，不至于不道德吧？说不定金田小姐还觉得很光荣，到处瞎吹哩！”

“是哟。”

“虽说这样做不好，但他也怪可怜的。而且，他总是这么担心，会很容易往绝路上想，会害了他。他脑袋虽然大些，可相貌并不丑，而且鼻子直呼扇，挺招人喜欢的。”

“你怎么也像迷亭吹起来，说得倒挺轻松。”

“时代思潮是这样嘛。先生太守旧，所以，才把任何事都看得很严重。”

“可是，给一个根本不认识的女人送什么情书，连起码的常识都没有，不是太蠢了吗？”

“他这样是不对，但你还是救救他吧！你要不帮，他很可能会去华岩瀑布跳水呢。”

“是吗？”

“就这样吧。他要是再长大些、再懂事些，又怎么在干了坏事后，还会感到羞愧、害怕呢？如果这孩子被开除，而将那些坏孩子留在学校，可就太不公平了。”

“说得也是哟！”

“那么，我们去上野听老虎吼叫吧，怎么样？”

“老虎？”

“是啊，去听听吧！再过两三天，我就要回一趟老家，到时候可就陪不了你啦。我今天可是抱着一定要和你一起去散步的目的，才特意来的哟。”

“是吗?你回老家有事吗？”

“是的，有点事。总而言之，我们走吧。”

“唔，那么，我们就出发吧。”

“好嘞，走！我请你吃晚饭，然后我们再活动活动，到达上野时，刚好是最佳时刻。”

在寒月的频频催促下，主人彻底动了心，随他去听深夜虎啸去了。身后，女主人和雪江肆无忌惮地哈哈大笑声紧跟着响起来。

第十一章

壁龛前，摆着一张棋盘，迷亭和独仙在棋盘前相对而坐。

“白玩可不行，谁输谁请客。是吧？”

独仙捻着山羊胡子说：“这样一来，难得的一次高尚游戏，可就变得很俗了。置胜负于度外，如‘云无心以出岫’，悠然自得地下完一局，才能体会到个中奥妙。倘若醉心于打赌之类，就很没意思了。”

“又来啦！下棋逢仙骨，真真累煞人也。独仙君当入《群仙列传》呢。”

“但弹天弦之素琴耳。”

“且拍无线之电报吗？”

“闲话少说，来吧！”

“执白还是执黑？”

“随便。”

“果然仙人，好大气魄！来吧，你执白，我执黑，谁先走都行。”

“照规矩是黑子先走。”

“话是不错，但我让着你点儿，按规矩你先走。”

“按规矩可没这种走法哟。”

“本来就没有。这规矩是我新发明的。”

咱家阅历太浅，最近才见到围棋这玩意儿，越想越觉得它古怪。在一个并不很大的方盘上画出无数格子，乱糟糟地摆满黑白子儿，然后就是死啦、活啦、输啦、赢啦的。下棋的人浑身流着臭汗，不停地吵吵嚷嚷，争强斗狠，好像有天大仇恨似的。棋盘不就一尺见方嘛！咱家用前爪一搭，也会将它扫个稀里哗啦。常言说："结则草庐，解则荒原。"何必非争不可呢！袖手旁观，超然于物外多好。你看那棋盘，开头摆三四十子还不怎么刺眼，但到了决定胜负的关键时刻，唉呀呀，黑白子儿密密麻麻，边上的几乎要掉下棋盘，然而，即便是这么挤，也不能让前面的棋子儿退下。棋子儿一个个纹丝不动地待在那儿，除了认命之外别无良策。

围棋是人发明的。如果人类将自己的癖好体现在棋盘上，那就不妨说，棋子儿进退维艰、无所适从的命运正与人类的本性相符。如果用围棋来推断人类的本性，那便不能不说：人类总喜欢把海阔天空的世界零切碎割，分出各自的领域，然后画地为牢，固守其中，谁也不可越雷池一步。一言以蔽之，说人类自寻烦恼，不为过吧。

神机妙算的独仙和逍遥自在的迷亭，今天不知打起了什么主意，竟从壁橱里拖出旧棋盘玩这吃力不讨好的游戏。他二人也的确是棋逢对手，刚开始，双方都下得从容自在，黑子和白子交替地落在棋盘上。但棋盘终究是有限的，落一子便少一格，最后无论如何绞尽脑汁，也腾挪不开了。

"迷亭君！你这棋下得太野蛮，哪有从那儿落子的道理?"

"出家人超凡脱俗，下棋自无这种道理。但照'本因坊'流派的下法，很正常哟。"

"这是死路一条！"

"臣死且不辞，何况彘肩[①]乎？"

"既如此，'熏风自南来，殿角生微凉。'[②]这般看住你，便高枕无忧了。"

---

① 语出《史记·项羽本纪》，是樊哙在鸿门宴上所说的话。彘肩，指猪肩部的生肉。

② 唐朝著名书法家柳公权（778—865）的诗句。

"呀，果然厉害！我还以为你没心思看住呢。'敲吧，八幡钟！[①]'我这样走，你奈我何？"

"有什么可奈何的？咱家'一剑倚天寒[②]！'咦？麻烦啦！下决心隔开再说。"

"啊！这一隔，可就死棋啦。太危险啦！喂，别开玩笑，暂且悔一步。"

"贫道有言在先，此处云遮雾锁，是不许落子的。"

"失礼，失礼！喂，那颗白子儿也给我拿掉！"

"这个也要悔？"

"不是悔，你只是顺手拿掉嘛。"

"喂，你脸皮也太厚了些吧。"

"咱俩有交情嘛！何必说那些伤感情的话。喂，这可是生死关头，快给我拿掉呀！唉，当此危机之秋，'且慢，且慢！'救命人边喊边出场也。"

"我可不吃这一套！"

"不吃就不吃。把那子儿先拿掉再说！"

"老天，你已悔了六步啦。"

"你这人怎么每每下棋记性就这么好？真是的！接下来还要加倍地悔棋呢。所以，趁早把它拿掉。既然坐禅，就应超脱些嘛……"

"问题是这个子儿不吃掉，我可就输了哟。"

"你不是一开始就摆出一副不在乎输赢的架势吗？"

"我是不在乎输赢，但却不喜欢你赢。"

"果然是得道之人，了不起！毕竟'春风影里斩电光'。"

"是'电光影里'，非'春风影里'，你弄颠倒了。"

"哈哈！还以为你我都颠三倒四了呢，不曾想还有正儿八经

① 八幡钟：深川富个岗八幡宫的一口大钟。

② 一剑倚天寒：形容被杀头后，自己的身体将像利剑一般直刺青天，意即置生死于度外。

的。既如此，我只好认了。”

“生死事大，快要死了，你认输吧！”

“阿——门——！”迷亭忽然在棋盘上落下一个闲子。

他二人在佛龛前一赌输赢，寒月与东风则并肩坐在客厅门口和主人闲聊。床席上放着一盘整整齐齐地排列着的鱼干，煞是壮观。鱼干出自寒月怀中，拿出来时还热乎乎的。此刻拿一条来放在手心，也没有冰凉的感觉。主人和东风出神地瞧着鱼干。寒月说：“我四天前才从故乡回来，因有很多事要办，拖到今日，才来府上拜访。”

主人照例虚情假意地说：“不必着急嘛。”

“急着来才对呀。不早点把礼品献上，不安心哟！”

“木松鱼干就是这样的吗？”

“嗳，家乡的名产嘛。”

主人拿起最大的一个，凑在鼻尖下闻了闻，说：“名产？好像东京也有吧。”

“鼻子是闻不出鱼干的好坏的。”

“不过个头稍大了一点儿，便成为名产的理由吧？”

“也不是。你先尝尝看。”

“尝是要尝的，但这鱼怎么没鱼头呢？”

“所以，不早点送来就不放心嘛。”

“为什么？”

“为什么？被耗子吃了哟。”

“这可危险！胡吃起来，恐怕会患霍乱症哟！”

“哪儿的话。没事！耗子不过咬去那么一点点，我们不会中毒的。”

“到底在哪儿被耗子咬了的呢？”

“回来的船上。”

“船上？这究竟怎么回事？”

“因为没地方放，就和小提琴一起放进了行李袋，结果上船的那天晚上，就被耗子咬了些。这些家伙光咬木松鱼干也没什么，偏偏连小提琴也咬了。说起来真气人，它们肯定把小提琴也当木松鱼干了！”

主人瞧着木松鱼干，说些没人能懂的话：“耗子太冒失！怎的到了船上就不辨真假？”

“唉，耗子嘛，不管在哪儿都是冒失的。回到公寓后，鱼干又被咬了。我见实在危险，夜晚就干脆搂着它睡了。”

“这不太干净吧！”

“所以吃它前，洗一洗才好。”

“仅仅洗一洗，恐怕还是不怎么干净吧。”

“那就泡在盐水里，狠狠搓它一顿，总行吧？”

“你也搂着那把小提琴睡吗？”

“小提琴太大，搂着睡办不到……”

听到这种说法，远处下棋的迷亭也忍不住加入争辩，高声说：“搂着小提琴睡觉可太风雅了吧。听过‘春又别人间。独抱琵琶重几许？意阑珊。’这首俳句么？据说明治年间的秀才们，若不抱提琴睡觉，便超越不了古人。在下闻之，便吟：‘薄衫裹忧魂。漫漫长夜相厮守，小提琴。’各位觉得如何？东风君，新体诗能写这些内容吗？”

东风严肃地说：“新体诗可不像俳句，是很难那么脱口吟出的，但一旦写成功，发出的却是触及人类灵魂深处的妙音。”

“是吗？我还以为这‘魂灵’需焚烧麻秆迎接才可，原来写新诗就能请来。”迷亭只顾冷嘲热讽，竟忘了下棋。

主人警告迷亭：“你再贫嘴，等下还要输。”

迷亭满不在乎地说：“无论输赢，独仙已成釜中之鱼，手脚都是动弹不得的了。山人自感无聊，方不得不加入小提琴一伙。”

独仙吹起胡子，激动地说：“在等你啦！该你走了！”

“咦！你已下啦！”

“下啦。终于下啦。”

“下在哪儿？”

“就这儿，添了个子儿。”

“啊！这颗白子斜着往这里一放，吾休矣。我……我……我穷途末路啦，找不到好出路啦！喂，干脆让你再多下一子，随便放哪儿都成。”

“下棋有这样的吗？”

“你既如此说，那我可就下啦。拐个弯，往犄角这儿放一子儿，怎么样？喂，寒月君，你那小提琴太便宜，所以才被耗子欺负。痛下决心少吃点肉，买把好些的吧。我去意大利给你函购一把三百年前的古货回来，好不好？”

“那就大大费心啦。办手续、付款的事也一并拜托。”

主人大喝一声，训斥起迷亭来：“那等古董，能管用吗？”

“看来，人中的古董和小提琴中的古董都被你弄混淆了。即便人中的古董，也还有金田者流，不是至今也很走运吗？至于小提琴，当然愈旧愈好……喂，独仙君，快下呀！我可没心思演庆政的那场戏：‘秋日苦短哟！’”

“连动动脑筋都要催，和你这般唠叨之人下棋可真受罪！算了，这子儿就放这儿吧。”

“唉呀呀！你终于把棋走活了，算你聪明。可惜呀！我生怕你在这里落子，才故意胡扯几句。枉费我一番良苦用心哟！”

“你这哪里是在下棋，简直是在蒙。”

“这就是‘本因坊派’‘金田派’‘当代绅士派’……喂，苦沙弥，独仙不愧去镰仓餐餐吃咸菜，清心寡欲哟！实在令人佩服！别看他棋下得臭，胆子可够大着呢。”

主人背着身说：“所以呢，似你这等胆小鬼，正该学学别人。”

迷亭便将通红的长舌头伸出来，做了个怪相。独仙又催促起来：“喂，该你啦！”

东风问寒月：“你什么时候学会拉小提琴的？我也曾想学，但据说很难。”

“嗯。但如只求达到一般水平，那是很容易的。”

“毕竟同是艺术嘛。我想，爱好诗歌的人学起音乐来，进步也会很快吧。所以，自觉心里有底。是这样吗？”

“没问题！你只要想学，一定会精通。”

“你什么时候学的？”

“高中时期。先生！我学小提琴的经过，你是知道的吧？”

“哪里，从未听过。”

东风问：“高中时是经老师教导，才学会拉小提琴的吗？”

“哪里！不用老师教，也没人指点，自学。”

“啊！可真是天才呀！”

寒月板着脸说：“自学者并非都是天才！”被誉为天才还板起脸，大概只有寒月君吧。

“这倒没什么。为了能引以为鉴，请你说说怎样自学的吧。”

“说说也无妨。先生，我就说说吗？”

“啊！那你说吧。”

“如今，不少年轻人手里拎着个提琴盒，在大街上走来走去，好像很多人都会。可在我们那时候，高中学生能搞西洋音乐的几乎没什么人。尤其我们学校，可以说是乡下中的乡下，简单得连穿麻里草鞋的人都没有，当然，就更没人会拉小提琴了……”

“喂，独仙君，那边讲起趣闻来了，咱们这盘棋适可而止吧。”

“还有几处没下好哩！”

“不好就不好吧，无关紧要的地方都免费送给你好了。”

“我可不能白捡哟！”

“你看你，丁是丁、卯是卯的，哪里像个禅学家。也罢，那就一气呵成，下完这盘棋。寒月讲得太有趣儿了……他说的就是那所高等中学吧？学生们光脚上学……”

“没有的事。”

“可是，据说学生光着脚做军体操，把脚底皮磨得厚厚的。”

“真新鲜！这话是谁说的？”

“你管它是谁说的！没听说饭盒里装好大一团饭，像柚子似的挂在腰上，饿了就吃吗？其实呀，与其说吃，莫如说啃，啃到中央，就有一个咸梅干。据说当时为了吃那个咸梅干，大家才一鼓作气地将干巴巴的饭啃光。他们可都是生龙活虎哟！独仙君，这故事中你意吧？”

“质朴稳健，值得嘉奖的好风尚哟！”

“还有比这更值得嘉奖的哩！听说那里的烟盘上连烟灰盘都没有。我一位朋友曾在那里任职，他想出门去买一个‘吐月峰’牌的烟盘，结果，别说‘吐月峰’，连烟盘这种玩意儿都没有。他很奇怪，一问之下，才知烟盘这玩意儿，只需去后边竹林中随便砍节竹子，就能做出来，根本没必要买。这也够得上质朴稳健的风尚佳话之一了吧？嗯？”

“管它够不够的，先在这儿补上个子儿再说。”

“好吧，补，补，补！补齐了吧？我听说后实在吃惊，但想在那种环境下自学小提琴，真令人景仰。《楚辞》说：‘既茕独[①]师不群兮。’寒月君可以说是日本明治时期的屈原！”

寒月接口说道：“我可不想当屈原。”

“那就算二十世纪的维特[②]吧！怎么？还拿出棋子儿来数？喂，独仙，你也太一本正经了吧。有必要数吗？算我输了！”

“不过，很难说哟……”

“那你就数吧，我可不想数它。如果不听听一代才子维特自学小提琴的轶事，可就对不起列祖列宗喽！失陪啦。”迷亭说着，起身来到寒月身边坐下。

独仙低头拿起白子填满白空，再拿黑子填满黑空，然后津津有味地数起每一块棋来。这边厢，寒月缓缓说道：“地方风俗一向如此，而故乡的人又是那样的顽固，只要有一个人软弱一点儿，他们就会认为在其他县份的学生面前丢了面子，于是严加惩处，可麻烦啦。”

---

① 茕独：孤独的意思，亦指无依无靠。

② 维特：《少年维特的烦恼》中的主人公，作者歌德。

迷亭打趣地胡说："提起你们故乡的学生，那可真没法说。不知为什么，他们总是穿那种清一色的和服裤裙，一方面，固然显得很俏皮；但另一方面，加上海风扑面的缘故，脸色看起来总是黑黝黝的，若是男人倒无所谓，但如女人也是这么一副模样，可就够瞧了吧？"

东风吃惊地问："女人也那么黑啊？"

主人也问："那会有人要吗？"

寒月摇头说："可家乡人都这么黑，不要也没办法哟！"

"的确很不幸吧，苦沙弥兄？"

主人喟然叹道："说来还是黑脸的好吧！若是白脸，一照起镜子来就不由自主地孤芳自赏，那才糟糕呢。女人向来都很难缠哟！"

东风振振有词地问："这么说，全乡人的脸都黑，是不是就该引以为荣了？"

"不管怎么说，女人全都要不得。"

迷亭笑着警告主人，说："口出狂言，小心嫂夫人回头不高兴哟！"

"哪里，没事的。"

"怎么，她不在家吗？"

"刚带孩子出去了。"

"难怪这里会这么安静。她去哪儿啦？"

"不知道去哪儿了，一时高兴，就带着孩子出去遛遛。"

"然后再一时高兴，随随便便地回来？"

"是啊！你还是单身汉，真让人羡慕啊！"

这么一说，东风顿时有点儿不高兴起来，寒月却依旧笑嘻嘻的。迷亭说道："娶了老婆的人都爱说这种话，是吧，独仙兄？大概你也属于'一娶老婆便愁事多'之流吧。"

"咦！慢着，四六二十四、二五、二六、二七，这地方看起来不大，却有四十六个眼呢。本想多赢你一些，可把子儿排起来一看，才差十八个子。怎么搞的？”

“喂，我在说你也是‘一娶老婆便愁事多’呢。”

“哈哈！我老婆始终爱我，倒没什么可愁的。”

“既如此，请恕我莽撞。既为独仙者，自然与众不同。”

寒月为天下妻子尽辩护之劳，说：“岂止独仙如此，这样的例子多得很呢！”

东风认真地对迷亭说：“我也赞同寒月兄的看法。依我看，人要进入纯情境界，唯有两条路可走：艺术和恋爱。夫妻之爱代表某种情结，所以，人只有结婚才能实现那种幸福，不然的话，便是违背了天意。对吗，迷亭先生？”

“高论！不过像我这号人，是不可能进入这种纯情境界的了！”

主人哭丧着脸说：“不娶还能进，一娶了老婆，就再也别想进去了。”

“不管怎么说，我们未婚青年必须热爱艺术，才能开拓向上的道路，否则就不可能了解人生的意义。为此，我必须首先从小提琴学起，请寒月君多讲讲这方面的经验吧。”

“是呀，是呀，是该听听维特先生自学小提琴的故事啦。喂，讲啊！不打搅你了。”

寒月正要接着讲，独仙君却又煞有介事地教训起东风来：“向上之路，不是仅靠自学小提琴就能开拓的。这种小游戏怎么能蕴含宇宙真理？你如真想探究个中奥秘，还是勇敢地悬崖勒马、回头是岸为好。”训得倒是蛮有理的，就可惜东风这家伙连禅字怎么写都不清楚。

东风固执地说：“你也许说得对吧，但我想，还是艺术才称得上人类追求的最高境界。因此，我无论如何也不会放弃。”

寒月说：“既然不想放弃，那就满足你的愿望，给你讲讲我学小提琴的经历吧。如同之前所说，到开始学小提琴时，我已经历了千辛万苦。首先，买提琴就让人愁呢！”

“我能想象得到，在连麻里草鞋都没有的地方，又怎会有小提琴。”

“有倒是有，而且，钱也早就攒够了，不成问题。但就是买不了。”

“为什么?”

“那地方太小，买了立刻会被发现。一旦被发现，人家就会说你太神气，要挨整的。”

东风同情地说：“自古以来，天才都是历经磨难，深受迫害呀!”

“又是天才！请你千万别再称我是什么天才了。那时，我天天散步，每当经过卖小提琴的商店门前，心里就嘀咕：‘买一把多好啊！’‘怀抱小提琴的情景，多让人向往呀！’”

迷亭评论：“这种心情可以理解。”

主人质疑：“岂非鬼迷心窍！”

东风赞叹：“真不愧天才呢！”

独有独仙先生捻着胡须微笑，并不说话。

寒月继续说：“那么个小地方，又怎会有小提琴呢?只因附近还有所女子学校，按课程规定，女学生必须每天练琴。因此，街上的商店里自然有小提琴卖了。无须说，质量是很差的，仅仅能称之为小提琴罢了。因此，商店也不怎么重视，只是将它们两三把地绑在一起，吊在门前。唉，我一经过时，因风吹而听到悦耳的琴声，心便像碎了似的，十分难受。”

迷亭讥讽道：“危险哟！疯病有山疯、水疯、人疯……你既是维特，当属‘提琴疯’了。”

东风越发受感动地说：“不，只有像寒月君有这么敏锐的感觉，才能成为艺术家。的确不愧是天才呀！”

“实际上，也可能真的疯了吧。当时，觉得那音色真美妙呀！而今，虽然拉了很久，却也始终拉不出那么美妙的声音来。真不知该怎么形容才好。毕竟不可言喻哟！”

“是否琅琅然、锵锵然？”独仙搬出晦涩难解的字句来卖弄，却没人理睬。怪可怜的。

“我日日从店前经过，共有三次听到妙音。第三次听到时，我下决心非买不可，哪怕被乡亲们谴责，遭外乡人蔑视，唉！甚至于哪怕饱尝铁拳绝命，犯错误被开除，也定然要买！”

东风激动地拍起马屁来：“唯其如此，方显天才本色！只有天才才这么痴情哟。真让人敬佩呀！这一年来，我总期盼自己也能有这么炽烈的情感，然而常常事与愿违。参加音乐会时，虽然总抱着极大的热情倾听，但一听之下，不免兴味索然。”

寒月感慨地说：“如真兴味索然，那就幸运喽！此刻谈起往事，我好像是在心平气和地讲，但在当时，那苦楚实在难以形容呀……后来，我不顾一切，终于买下。”

“嗯。怎么买的？”

“记得是在十一月，也就是天长节[①]前夕，乡亲们全去温泉了，村里除了我一个人也没有。我自称有病，在家待着，也不去上学。我躺在床上，只等他们夜里出门，便去买梦寐以求的小提琴。”

主人问道：“你竟敢装病，连学都不上？”

寒月郑重地说：“一点儿不错。”

迷亭也有点儿诚恐诚惶地说：“看来的确有点儿像天才哩！”

“我躺在被窝里，见太阳始终不落山，心里可着急了。没办法，只好把头缩进被窝，闭上眼等待，可还是受不住。我又探出头来，见火辣辣的秋日阳光满满地洒在六尺高的纸屏上，不由勃然大怒。便在此时，纸屏上端忽然出现一个细长的黑影，在秋风中飘摇不止……”

主人惊问：“那个黑影是什么？”

“是剥了皮挂在屋檐下晾晒的涩柿子。”

“哼！后来呢。”

“我一气之下，跳下床拉开纸屏，去把那柿饼拿下来吃了。”

① 天长节：日本节假日之一，庆祝天皇(当年在位的天皇)的生日。

主人天真地问："甜吗？好吃吗？"

"我们家乡的柿子可甜啦，东京人到底是不知其味哟！"

东风生怕岔开了话题，说道："柿子的事就压下不表吧。后来如何？"

"后来嘛，我又钻进被窝，闭上眼默默祷告：'快些黑天吧！'约莫过了三四个小时，我想该天黑了吧？可抬头一看，秋日的烈焰依旧洒在六尺高的纸屏上，上端还是有个细长的黑影在那里晃动。"

"这一段听过了，请别说了。"

"有好几次，我下床拉开纸屏，去吃柿饼子，然后又钻进被窝默默祈祷天快些黑。"

主人不满地说："尽说些重复的事情。"

"唉，别那么急嘛，先生。耐心往下听啊！后来又过了三四个小时，我心想这下总可以了吧，便又探出头来，谁知仍见秋日的烈焰洒在六尺高的纸屏上，上端有个……"

主人不耐烦地打断他的话，说："怎么说来说去都是这一套呀！"

"然后我下床拉开纸屏，又去吃柿饼子……"

"又吃柿饼！你总去，总吃柿饼，还有没有完啊？"

"我也不耐烦呀！"

"听的人比你更不耐烦！"

"先生这么性急，故事就没法讲下去了，真让人发愁哟！"

东风也鸣起不平来："听的人也发愁呢。"

寒月说："既然各位都这么发愁，没办法，那我就讲个大概来结束吧。总之，我吃完了柿饼就钻被窝，探出头来又吃柿饼，终于把挂在屋檐下的柿饼全吃光了。"

"既然全吃光了，太阳总该落山了吧？"

"哪里！我吃完最后一个柿饼子后，以为时间差不多了，抬头一看，依然是秋日的烈焰洒满了六尺高的纸屏……"

“哎哟！饶命吧！说了一千遍还在说。”

“唉，我自己也厌死了呢。”

迷亭不耐烦地说：“算啦，反正有这么大的恒心，什么事都能成功的。如果任你说下去，我看到明天早晨，你恐怕也还是秋日烈焰火辣辣。你就直说几时买的吧。”

诸人之中，唯有独仙处之泰然。瞧他那神情，哪怕寒月讲到明天早晨、后天早晨，无论秋日的烈焰说多少遍，他也不为之所动吧。

寒月又从容不迫地说起来：“问我几时去买呀？我一到天黑就立刻去买。但很遗憾，不管多久，我只要一探头，就见秋日烈焰火辣辣……唉，说起当时的那份难受和痛苦，各位此时的焦急万分无论如何是比不了的哟。我吃完最后一个柿饼后，见太阳依然不落，忍不住泪水涟涟。东风君，我完全是因伤心才落泪呀！”

“可能吧，据说艺术家生来多愁善感。你落泪，我也很同情，但还是希望你讲得快点。”东风是个老好人，应酬中说的话，总是既严肃又滑稽。

“我倒是非常希望能说得快些。可这太阳就是不肯落，真愁死人。”

主人终于忍无可忍，大声说：“既然太阳总不落山，听众也难受至极，那就结束吧！”

“如果结束，那就更难受了。眼看着就要进入佳境了嘛。”

“那就听！你立刻说‘太阳已落山，天黑了’，不就行了吗？”

“那么，虽然这要求实在强人所难，但先生既已开口，就权当天已经黑了吧。”

独仙板着面孔，突然说声：“这就对了。”逗得大家哈哈大笑。

“黑夜渐渐来临，我长舒了一口气，总算安心，悄悄走出鞍悬村宿舍。对了，咱家因生来不喜喧嚣之地，才特意远离交通便利的城市，来到人迹罕见的荒村结成蜗牛式的草庐……”

主人立刻抗议说："什么人迹罕见！明明是人迹罕至……"

迷亭也抱怨起来："那个'蜗牛式的草庐'，也形容得太夸张了吧，还不如说是'没有客室的四铺半草席的屋子'更逼真、更有趣些。"

东风却夸奖道："事实究竟怎样不必理会。这番形容其实蛮有诗意，感觉很好呀。"

独仙绷着脸问："你住在那里，上学够困难吧？要走几里路呢？"

"大概也就四五百米吧。学校原本位于乡村的……"

独仙决不放过，问："那么，学生多数都住在那儿吗？"

"是，一般家庭会住一两名学生。"

独仙立时来了个当头棒喝："既如此，又怎么说得上是'人迹罕见'呢？"

"唉，要是没有学校，也就杳无人迹了嘛……且说当夜穿的服装，是家织布的棉袄，外套是铜纽扣学生大衣。临出门前，我十分谨慎，特意将大衣领子翻过来蒙住头，以便不被人发觉。其时，正是柿子树飘落叶的时节，路上铺满落叶。从我家里来到南乡大街，每迈出一步，脚下便发出沙沙声，令我内心十分不安，又觉得身后总像有人在暗暗跟踪。回头一看见东岭寺附近的森林格外阴沉，在黑雾中映出漆黑的影子。说起这东岭寺，位于庚申山麓，距我家不到百米，本是松平氏家庙，是个十分幽静的古刹。森林上方，但见浩瀚夜空月明星稀，天河斜身挂于长濑川之上，尾巴……哟！尾巴大概落到夏威夷……"

迷亭大摇其头，说："夏威夷？太离谱。"

"……我沿着南乡街的大路走了二百来米，从鹰台街进入市内，再过古城街、仙石街、喻代街，来到长街，依次穿过一段、二段、三段，然后到尾张街，名古屋街……"

主人生气地说："说那么多街干吗？关键是小提琴到底有没有买？"

“乐器店的主人是金善，就是金子善兵卫先生。所以，距买到手还很远呢。”

“远就远，你快买吧！”

“遵命。终于，我来到了金善商店，定睛一瞧，但见油灯亮得火辣辣的……”

迷亭立刻布下防线，说：“又是火辣辣。看来你的火辣辣很多，说不完。这可麻烦啦！”

寒月说：“哪里话，这回的火辣辣仅火辣辣那么一回，别担心。且说我在灯影里默默观看，见秋夜灯火中，依次排列的小提琴琴身上泛着瑟瑟寒光，绷得紧紧的丝弦格外明亮，映入眼帘……”

东风由衷地赞美：“多么美的描述啊！”

“……就是它！就是那把小提琴！我看到了，突然间激动得两腿发抖，站不稳了。”

独仙哼了一声，暗暗地笑。寒月瞧了他一眼，不敢再夸大其词，心虚地说：“我立刻闯进去，‘哗’的一声从衣袋里掏出钱包，又‘哗’的一声从钱包里拿出两张五元的票子……”

主人长出一口气，问：“终于买了吧？”

“本想买，但且慢！当此关键时刻，如因莽撞而失败可太不值了。唉，还是算了吧。于是，就在这关键时刻，我又改变主意了。”

“怎么？还是没买？不就是买一把小提琴嘛，你这人也太拖拉了。”

“倒不是拖拉，是一直就还没买嘛，有什么办法！”

“啊！那为什么？”

“为什么？因为刚刚天黑，大街上还有很多人来来往往嘛。”

主人气哼哼地说：“便是有两百人、三百人走来走去，又有什么关系？你这人太怪啦。”

“如果是普通人，就是两千、三千也无所谓哟。但那可是些挽着袖子、拄着很长的文明杖在附近徘徊的学生哪！其中有号称‘渣滓党’的，有永远留级的留级生，还有摔跤高手，你说，我能不小心谨慎吗？我是决不能这样轻率地去买小提琴的，那不知会惹出多大的麻烦来。我当然也盼着小提琴早点到手。可无论怎样，还是要珍惜性命嘛。与其拉小提琴被杀，还不如不拉琴而活着好受些呀！”

主人催问道：“那么，是不是没买就收场了？”

“不，买了。”

“你这人真够磨蹭！要买就早些买，不买就回家。赶快决定就行啦。”

“啊！哈哈！人世间的事原本没有那么痛痛快快的嘛。”寒月说着，镇静地点燃朝日牌香烟，慢悠悠地喷云吐雾起来。

主人满腔怒火无处发作，突然起身冲进书房，拿出一本不知什么名的外国旧书出来，扑通一声趴在床席上看起书来。独仙也不知什么时候跑到神龛前独自下起了棋，自己和自己决斗起来。买小提琴的事虽然有趣，但也太过冗长。于是，听众越来越少，很快就只剩下忠于艺术的东风和一向不怕冗长的迷亭了。寒月咕嘟嘟地喷着长长的烟，过足了瘾，才以原有的节奏继续讲下去：“东风君，我当时是这么想的，夜幕乍垂时分毕竟不好下手，但如熬到深夜，金善老板入了梦乡，也不行。我只能趁学生们散步归去，而金善老板尚未安眠之前的这段时间去买，否则，苦心安排的计划就会化作泡影。但要掐准这个时间，可十分不易哟。”

“是呀，是不容易。”

“我把这个时间预定在十点左右。那么，从现在到十点，我必须找个地方混时间才行，对不对？要说先回家，到时候再来吧，那又太累了。去朋友家聊天，心里又不安，怕不小心说漏了嘴。没办法，我便在漫漫长夜里，在这漫长的大街上闲逛了好长时间。若在平常，这两三个小时不知不觉就逛过去了，可那天晚上，时间过得真是慢。有句话怎么说……对了，‘一日三秋’，说的大概就是这磨时间的滋味吧，我总算亲自品尝到了。”寒月说到这里，特意瞧了瞧迷亭，看他有什么反应。

迷亭说："古人云：暖炉待其主，谁知相思苦。又说等待最难挨，不见玉人来。我想，那可怜地挂在屋檐下的小提琴肯定快要急死了。但你却偏偏像个漫无目标的侦探一般，仍在大街上惊魂不定地荡来荡去！想必苦头更甚于小提琴。噢，真的，说起来，再没有比无家可归的小狗更可怜、更令人同情的了。"

"把我比作狗，也太刻薄了吧。还从没有人把我比作狗呢。"

东风安慰道："听你讲故事，就像看古人传记，十分的引人入胜。迷亭先生将你比作一条无处栖身的野狗，不过是一句玩笑话，望你切莫介意，继续讲下去吧。"其实，就算他不安慰，寒月也会讲的。就算大家都懒得听了，他多半还要求大家听呢。

寒月又说："我从徒街穿过百骑街，从两替街来到鹰匠街，在县衙门前数罢枯柳后，又去医院旁数窗灯，接着，在染坊桥上接连吸了两支烟，一看表……"

"到十点钟没有？"

"很遗憾，还是不到。于是，我又渡过染房桥，沿河向东，路上见有三人在按摩，且有狗在汪汪地叫呢。先生！"

"秋夜漫漫，伫立岸边，听寒犬远吠，还真有些戏剧效果哩。你是逃犯吧？"

"我做过什么坏事吗？"

"今后说不定想做。"

"可恼！如果买小提琴便是干坏事，那么，音乐学校的学生便个个都是罪人了。"

"只要得不到别人的同情和理解，便是干了天大的好事，也是罪人。人生一世，再没有比'罪人'更难防范的了。耶稣如果得不到信徒的同情、支持，也是个罪人。好汉寒月先生夜闯商店买小提琴，同样是罪人。"

"既这么说，我就算是罪人吧。当罪人也没什么，只是久久不到十点钟，真够受的。"

迷亭说："你如果时间充裕，不妨再计算一遍街名呀！也可再次‘秋日烈焰火辣辣的’呢！如果还不够，还可以再吃三打涩柿子饼。你讲到什么时候我都听。讲吧！”

寒月笑眯眯地说：“我要说的，都给你抢先说破了，那我只好告饶，就一步跨到十点钟吧！且说，到了预定时间，我准时来到金善商店，但见寒夜深深，繁华的两边街道上几乎难见人影，迎面响起的木屐声也是那么的隐隐约约，显得分外凄凉。金善商店已经关上了大门，只留下小脚门。我机警地溜到角门边，刚要跨进去，不知怎么，忽觉身后有条狗跟着……”

主人将目光移开脏兮兮的书本，抬起头来问：“喂，买小提琴没有？”

东风抢着回答：“就要买啦。”

主人像说梦话似的嘀咕了一句：“这么长时间了，还没买？”又看起书来。

独仙仍在沉默中独战，黑白子已摆满了半个棋盘。寒月神情紧张地说：“当下，我将心一横，闯了进去，沉声喝道：‘卖把小提琴给我！’火炉旁正在烤火的四五个小伙计和小崽子一听之下，吓了一大跳，惊惶之余，一齐向我看过来。我抬起右手，将大衣帽往前一拉，遮住半个脑袋，又喝声：‘喂，快卖一把小提琴给我！’坐在最前边的那个小伙计吓得都快尿裤子了，胆战心惊地应了声，哆哆嗦嗦地站起来，将吊在店头的几把小提琴一下子全拿下来递给我。我问他多少钱一把。他说：‘五元两角钱。’”

“喂，世上有这么便宜的小提琴吗？别是玩具吧？”

寒月不理会迷亭打趣，继续说：“我问他是不是都一个价？他说全一样，还说质量没问题。我便放下心来，飞快地从钱包里拿出一张五圆的票子给他，再用事先准备好的大包袱皮将我看中的那把小提琴迅速包起来。那店伙计一直不敢吭声，只是死死地盯着我。按理说，我的脸因用大衣帽子遮住，他不大能看清，但我心里总觉得乱，恨不得一步便蹿上大街。我将包袱裹在大衣里边，总算一步步地走出了店门。直到这时，那些伙计们才齐声大叫：‘谢谢您光顾！’来到大街上，我向四周一瞧，没见到人，便又往前走了一百米，突然，迎面走来几人，他们边走边吟诗，声音大得很，几乎能传到市内。我心想这下子可糟了，便重新掉头往西走，从河边走到药王路，再从榛木村翻过庚申山麓，好不容易才回到家。到家一看，竟已到下半夜的二点五十分……”

东风同情地说：“真是在彻夜漫步哟。”

迷亭大大地吐出一口气来，宽慰地说：“总算买了！哎呀呀，费尽周折，终告大捷哟！”

“前面这些，不过是序幕罢了。后面的才值得一听呢。”

“还有？你可真不简单！换作一般人碰上你，定然坚持不住。”

“是否坚持得住，暂且不表。若就此收场，岂不等于修了佛像却没给它注入灵魂。我就再随便扯上几句吧。”

东风说：“说不说随你，反正我听得下去。”

迷亭问主人：“苦沙弥先生，寒月终于买下小提琴喽。你也听听，如何？”

主人说：“那么，接下来自然该卖小提琴了吧。不必听了。”

“还没到卖的时候呢。”

“是吗？那就更不值一听。”

“啊，真糟糕！热心的听众只有东风君一个，实在扫兴呀！没办法，就草草讲完吧。”

东风鼓励他：“何必草草？慢慢讲好了，挺有趣呢！”

“且说，我好容易把小提琴买到手，却碰上一个大难题，就是没地方放。要知道，我宿舍常有人来玩，如果挂在屋里，很快就会露馅儿。挖个坑把它埋起来吧，又太费事。”

“的确如此。那么，把它藏在天棚里怎么样？”

“那是农户，哪有天棚。”

“真愁人啦。那么，你打算放哪儿呢？”

“你猜猜，我会放在什么地方？”

“不知道。不会是雨窗的护板里吧？”

“不是。”

“裹在被子里？放进壁橱？”

“都不对。”

就在东风和寒月就小提琴的藏处一问一答时，主人和迷亭也在谈论着什么。

主人问：“这里怎么念？”

“哪儿？”

“就是这两行。”

“什么？Quid aliud est mulier nisi amitici？inimica……[①]这个吗，喂，是不是拉丁文呀？”

“当然是拉丁文，怎么念？”

迷亭立觉大事不妙，慌忙撤退，说：“你平时不是挺会说拉丁文的吗？”

“当然会。会念倒是会念，可就是不知道这几行该怎么念呢。”

“‘会念倒是会念，可就是不知道这几行该怎么念。’这叫怎么话？厉害，厉害！”

“随你说去！暂且用英文给我翻译一下听听。”

“这么大的口气？我岂不成了你的勤务兵？”

“勤务兵就勤务兵吧。快说，究竟怎么念？”

“唉，拉丁文什么的，暂且不提，还是敬听寒月兄高谈阔论吧。现在正是高潮，马上就要到会不会被发现的关键时刻了，是吧，寒月兄？后来怎样了呢？”迷亭突然兴致大发，又加入到“话说小提琴”一伙中，将主人孤零零地抛下。

寒月顿时气势大振，揭穿谜底：“嘿嘿！我最终将它藏在一个旧藤箱子里了。离开家乡时，我祖母送了这个藤箱给我，据说是她出阁时的嫁妆。”

“那可是古董，和小提琴不大协调吧。嗯，东风先生？”

① 意为：“如果妻子不是友谊的仇敌，那么又是什么……”

“是啊，好像不大协调。”

寒月冷冷地回敬了东风一句：“难道放在天棚里就很协调吗？”

迷亭说：“虽不协调，但也可吟成诗：‘寂寞清秋，提琴箱中收。’怎么样，二位？”

东风说：“迷亭先生今天倒是很会作俳句呀！”

“岂止今天！无论什么时候，我都是满腹诗情。说到我俳句的造诣，连已故的正冈子规[①]先生都赞叹不已呢！”

坦诚的东风君断然问：“迷亭先生，子规先生和你有交往吗？”

“唉，就算没有，也可以通过无线电报互通音讯的嘛。”

东风君见他又在胡诌八扯，厌烦起来，沉默不语。寒月笑着说：“藏小提琴的地方虽找到了，但接下来，怎么往外拿，又把我给难住了。你想，如果只是单纯地拿出来，只要背人眼目，打开看看，原也无妨。然而，仅看看有什么意思？不弹响它岂不等于没买？但弹则发声，声发则被人知。尤其隔一道木槿篱笆的南邻，便住着渣滓党头目，多么危险啦！”

东风心里充满同情，说：“真糟糕！”

迷亭说：“的确糟糕。所谓空口无凭，有证为据。当年只因发出声音，小督局[②]才不幸败露。如果仅仅是‘偷嘴’或‘伪造假币’之类，还不难掩饰；然而，奏乐是瞒无可瞒哟。”

寒月说：“不出声总还好说。只不过……”

迷亭说：“且慢，有时候，就是不出声也是瞒不住的。从前，我们在小石川庙里时，有个叫铃木藤的，很喜欢喝白酒，他用啤酒

① 正冈子规（1867—1902）：日本著名俳人，是日本俳句界代表性人物之一。

② 小督局：日本高仓天皇（1161—1181），第八十代天皇（1168—1180年在位）的爱妃，善弹筝。因受到皇后之兄平清盛的嫉恨，被匿于京都小仓山东麓的皇宫别墅区，奉旨寻找的大臣听到了她的琴音，遂带回。

瓶装满白酒，乐呵呵地自饮。一天，乘他出去散步时，真是罪过，苦沙弥兄竟偷了口白酒来喝……”

主人突然大声说道：“我几时偷铃木的白酒喝了？偷酒的不是你吗？”

“噢，我以为你在看书，胡诌两句没关系嘛，想不到你还是偷听到了。你这人，不妨着点是不行的哟。所谓‘眼观六路，耳听八方’，针对的就是你。不错，我的确喝了，这不可否认，但却是你被发现了。各位听着！苦沙弥本不会喝酒，但他认为别人的酒可以随便喝，便大喝特喝，结果喝得满脸通红。唉呀呀，那副样子真是惨不忍睹……”

“住口！连拉丁文都不知道怎么念，还……”

“哈哈哈……藤先生回来后，晃了晃啤酒瓶，发现酒少了一大半，知道一定被人喝了，四下里一看，见这位‘大老爷’醉倒在墙角，活像红黏土捏成的泥像……”

三人哄堂大笑起来。主人也忍不住笑了。独仙因太精于算计，很累了，不知什么时候已伏在棋盘上酣然入梦，并未听见。

寒月说：“不出声也会被发现。我曾去过姥子温泉，和一位老头住在一起，好像他是东京一家布匹商店的退休老板。因为只是同宿，我并没探究他身份，但却为一件事大伤脑筋，就是三天后，我烟抽光了。诸位也清楚，姥子温泉位于山中，交通很不方便，除了洗澡、吃饭，什么也难买到。没烟抽可是大麻烦啦。而且越缺什么，便越想什么。我刚想到没烟抽，烟瘾就犯了。说来真是倒霉至极，我这里犯烟瘾，那老头却包着一大包烟叶来到我身边，盘腿一坐，便吧嗒吧嗒地大口抽起来，简直是在故意捉弄我。他如果只是吸，我还能忍受，可他跟着竟悠然自得地吐起烟圈来，一会竖着吐，一会横着吐，后来竟躺在黄粱枕上舒舒服服地吐，还故意将烟从鼻孔里慢慢喷出来。总之，真‘晃嘴’呀！”

“‘晃嘴’是什么意思？”

“炫耀服装家具被称为‘晃眼’，以此推论，炫耀吸烟便是

‘晃嘴’了。”

“唉，既然这么难受，何不要一点儿来抽？”

“这，这怎么行。我是男子汉嘛。”

“咦！男子汉就不能要吗？”

“是可以要。但我没要。”

“那怎么办？”

“我不要，但偷！”

“哎呀呀！”

“等那老头儿抽完烟，拎着条毛巾洗澡去时，我便想，要吸烟就得趁现在。当下不顾一切地扑过去大口猛吸起来。真过瘾啊！刚抽了几口，纸屏门忽然拉开。我一回头，竟见老头儿站在那里……”

东风问道：“他没去洗澡吗？”

寒月说：“他忘了拿钱褡子，又折回来。谁稀罕他钱褡子呀！简直是在侮辱我人格嘛。”

迷亭说：“看你偷烟抽的手段，人家还能不妨着你？”

“嘿嘿！钱褡子的事暂且不提。单说我断烟三天，为了过瘾，便抽了个乌烟瘴气，弄得满屋子都是烟。老头儿眼力好，进门就发现了。这么一来，便坏事传千里了。”

“老头儿说你没有？”

“毕竟是年高有德嘛，他也没说什么，只是将用白纸卷好的五六十支烟都递给我，说：‘对不起，如果你不嫌弃这些粗劣烟叶，就请抽吧。’说完，又回浴池去了。”

“所谓的‘江户风趣’便是如此吧？”

“谁管他什么‘江户风趣’还是‘布匹商风趣’。总之，我和老头儿从此肝胆相照，玩了两个星期才回来，十分快活。”

“这两个星期，大概都是老头儿请你抽烟吧？”

“嗳，基本如此。”

主人合上书本，边起身边求饶地问：“这下小提琴说完了吧？”

寒月说：“没呢，刚才只是插曲，后面的才热闹呢。正当高潮之时，你就耐心听下去吧。顺便提醒下在棋盘上睡大觉的那位，叫什么来着？对了，独仙先生……喂，独仙先生，你那样睡觉可对身体有害哟，还是起来听听吧，好吗？”

迷亭喊道：“喂，独仙老兄，快起来！人家说你这样睡对身体有害，您太太会担心的。”

独仙哼了一声，抬起头来，一长串口水顺着那山羊胡子徐徐流下，像爬行的蜗牛一样。他伸了个懒腰，说：“‘山上白云闲，恰似我偷眠’，啊，睡得真香！”

“知道你睡得香，快起来吧。”

“起来也行，又有什么趣闻吗？”

“还是刚才的小提琴……苦沙弥兄，怎么回事？”

“什么怎么回事？简直‘丈二和尚摸不着头脑’。”

东风说：“马上就该拉琴啦。”

迷亭说：“是呀，马上就拉琴啦，快来这儿听听！”

独仙说：“还是小提琴？真受不了，不听！”

迷亭说：“你是拉‘无弦之素琴’的人，有什么受不了的？寒月兄等下拉得哇哇响，声震三邻五舍，那才大大受不了呢。”

“是吗？难道寒月兄不懂操琴不惊邻之法吗？”

“不懂。如有此法，请予赐教。”

独仙故弄玄虚地说：“何须请教！只需看一眼圣地白牛[①]，便知分晓。”

寒月断定这是他睡眼蒙眬中信口胡诌出来的奇谈，便不理他，接着说：“好歹想出妙计。次日是天长节，从早到晚，我在家里将藤箱开了关，关了开，始终心慌意乱。待到天黑，藤箱下蟋蟀嘶鸣。我横下心来，硬将小提琴和弓取了出来。”

东风兴奋地说：“总算要拉啦。”

---

① 圣地白牛：形容佛门的圣洁和清静。

迷亭警告说："草率弄琴，可危险哟！"

"……我先拿起琴弓，从弓尖到弓把仔细检查一遍……"

迷亭讥讽道："不会是劣质产品吧？"

"……当想到所操之琴乃吾之灵魂时，便深深体会到在深夜灯影里将锋利的宝剑拔出刀鞘的武士的心情，握着琴弓的手，不禁瑟瑟发抖……"

东风大赞："真天才也！"迷亭紧接着说："好一个疯子！"主人说："快拉琴是正经！"独仙自然不平，但脸上的表情却是无可奈何。

寒月继续说："谢天谢地，琴弓安然无恙。接着，我又把小提琴拿到油灯下，里里外外全检查了一遍，过程大约五分钟。各位务必记住，藤箱下原是有蟋蟀在一直嘶鸣……"

迷亭说："一切都替你记着呢，放心拉琴好了。"

"……这时还没拉。幸亏小提琴完好无损，我放下心来，猛然站起……"

迷亭问："去哪儿？"

"……闭上嘴用耳朵听吧！像你这样老是一句句地打岔，可没法讲啦……"

迷亭大声说："喂，列位，叫你们统统闭上嘴呢！嘘——嘘——"

寒月说："住嘴！多嘴的只你一个，并非旁人！"

"是吗？真对不起哟。我洗耳恭听，洗耳恭听。"

"……话说我将小提琴挟在腋下，穿上草鞋走出革门，刚跨出几步，啊！且慢……"

迷亭笑道："嗬，总算出去了。接下来，该是什么地方停电了吧？"

主人扬言："便再回去，也一定没有柿饼子。"

寒月叹道："诸公如此七嘴八舌，实在令人遗憾！看来，我只好对东风一个人讲了……东风，我刚跨出几步，便又折了回去。你知道为何？原来是把离开家乡时花三元两角钱买的红毛巾找出来，蒙在头上，跟着噗的一声吹熄油灯。眼前顿时漆黑，连草鞋也看不见……”

主人问：“你到底想去哪里？”

“咳，你就听着吧！好容易找到草鞋，出门一看，但见：‘月夜柿叶落星空；红巾素裹，怀抱一把小提琴。’向右，向右！贫僧沿着慢坡路直登上庚申山，但听东岭寺钟声沿着头巾，通过耳鼓，在我头颅里响彻云霄。你猜，此刻是什么时辰？”

“不知道啊！”

“九点啦。其后，长夜漫漫，我急行八百米，登上大平岭。换作平时，我胆子很小，早就吓昏了头。但是那夜我心中根本就未想过怕还是不怕，一心只想拉小提琴，多有意思哟。且说大平岭位于庚申山南侧，天晴时凭栏远眺，可于红松林之缝隙间鸟瞰山下城市，实为观光绝佳胜地。此地宽约六十丈，中间一块石板约八张席那么大。北侧有叫‘鹈沼’的池塘。池塘周围长满粗大樟树。此处即使在白天，也不是赏景的好去处。因为是在山上，只有远处采樟脑的一间小屋略见人烟，故而十分荒凉。所幸工兵因演习曾开辟了一条道路，攀登起来倒不吃力。几经艰辛，我终于来到那块大石板前，铺上毯子落座，心情才有些平静。这么晚登山，于我还是头一次。很快，一种孤寂感便悄然袭上心头，继而方寸大乱，心里有说不出的恐怖。如能消除这恐惧，剩下的便自然是皎如清冽的空灵之气了。且说我呆坐有二十多分钟，犹如水晶宫里孑然索居，且我孑然之躯，不，包括心灵与神魂都像是用凉粉制成，十分透明，简直太神奇了。一时间，我竟弄不清自己是住在水晶宫里呢，还是水晶宫住在我心里……”

迷亭一本正经地奚落道：“越说越离谱！”独仙深受感动地说：“进入佳境喽！”

“……这种精神状态假如一直持续下去，很可能到明天早晨，好不容易才拿到手的小提琴便拉不成，而自顾茫然地在磐石上打坐喽……”

东风忽然问：“那儿有没有狐狸？”

寒月说：“当此情形，我早已分不清东南西北，甚至连死活也不知，哪还管什么狐狸哟。突然，身后的古池中发出‘啊’的一声尖叫……”

“是狐狸？”

“……叫声远远传送出去，伴着强劲的秋风，掠过遍山林梢，经久不息。这时，我才苏醒……”

迷亭故意抚着胸脯说：“啊！一块石头终于落地了。”

独仙挤眉弄眼地说：“这便是‘心神一死天地新’啊！”

“……当我苏醒过来后，四下一看，见庚申山静悄悄的，连雨滴声都没有，便很奇怪怎么会发出那声音？若说人声吧，又太尖厉；若说鸟鸣吧，又太高亢；若说猿啼吧……大概这一带没有猿猴吧。到底是什么声音呢？疑团既起，便总想设法解开。于是，一直在睡懒觉的万千神经便在脑中大肆翻腾起来，疯狂和混乱的程度，跟京城人士欢迎英国康诺特爵士①时一模一样。这当儿，我周身毛孔突然张开，像多毛腿喷上烧酒似的，毛孔中那些号称什么勇气、胆量、智谋、沉着等等贵客，都不知去向了，心也在肋骨下跳起了抓鼻舞②，两条腿更不住颤抖。这么下去我可吃不消！当下将毛毯蒙在头上，将小提琴挟在腋下，呼地从磐石上飘飘摇摇地跳下去，沿着崎岖山路一溜烟飞奔，回到家后便蒙头大睡。东风君，便是此刻回想起来，也再也没有比当夜情景更令人毛骨悚然的了。”

“后来呢?”

“到此结束。”

“啊！你没拉小提琴吗？”

“想拉也拉不成哟！不是嘎的一声惨叫吗？纵然是你，听到后

---

① 康诺特爵士：英国贵族，明治三十九年受英皇派遣赴日，向日本天皇赠予勋章。

② 抓鼻舞：用手捏住鼻子，装出要将鼻子扔掉一样的舞蹈。

也一定拉不成的。”

“唉，总觉你这故事讲得还不太过瘾。”

寒月巡视全场，神气十足地说：“随你怎么‘觉得’吧，事实如此哟！各位，如何？”

“哈哈！想不到你还真有两下子，能把故事编到这种程度，大概煞费苦心了吧！我一直以为男桑德拉·贝罗尼[1]会在东方君子国出场，所以始终虔诚地洗耳恭听呢！”迷亭大声地说，料想会有人请他解释一下桑德拉·贝罗尼是谁，然而很意外，竟无人问起，便不得不自行讲解。“桑德拉·贝罗尼月下弹竖琴，在森林中唱意大利情调的歌曲，这和你怀抱小提琴登庚申山，有‘异曲同工’之妙啊！就可惜，人家月下惊嫦娥，你却池边怕怪狸。正是：崇高与滑稽的巨大差异，总在人生紧要处出现。很遗憾哟！”

寒月异常冷静地说：“并不怎么遗憾。”

主人严肃地说：“你去山上拉小提琴，然而洋味儿太浓，这才被吓唬呢。”

独仙叹息道：“好人竟混迹于魔窟，可惜呀可惜！”

对独仙说的每一句话，寒月都不懂。不仅寒月，恐怕其他人也弄不明白吧。隔了一会儿，迷亭话锋一转，问：“近来，你还去学校不停地磨玻璃球吗？”

“不，我因归乡省亲，之前暂时中止。我现在已有些厌倦了，老实说，正考虑是否算了。”

主人皱起眉头，说：“但你不磨玻璃球，可就当不了博士哟！”

寒月轻松地说：“博士嘛，嘿嘿……当不成也没什么关系嘛。”

“但拖延婚期，只怕双方都会烦恼不堪的吧。”

“谁结婚？”

---

① 桑德拉·贝罗尼：英国作家乔治·梅瑞狄斯(1828—1909)同名小说中的女主人公。

“你呀！”

“我？我和谁结婚？”

“你和金田小姐呀！”

“咦！”

“咦什么？不是约好了的吗？”

“约个毬！把这事到处宣扬，是对方的自由，跟我可没关系。”

主人说：“你这就太胡闹了吧，嗯？迷亭君，这事你也知道的，对吧？”

“那件事，如果仅指‘鼻子’夫人，那就不止你我知道，且已天下尽知。时下，总有人喋喋不休地问我：何时才能在《万朝报》等报刊上，荣幸地看到标题为‘新郎、新娘’的男女双方的照片呀？三个月前，东风君就将长篇大作《鸳鸯歌》写好了，只因寒月迟迟没当上博士，便十分担心呕心沥血之作会不会由黄金而变成粪土。喂，是吧，东风君？”

“还不至于担心到这种程度吧？这个作品情思洋溢，我是很希望公之于世的。”

迷亭说：“瞧！你能不能当上博士，已影响到四面八方。加把劲儿去磨玻璃球吧。”

寒月说：“嘿嘿！有劳各位挂心，实在对不起。不过，不当博士也无妨的。”

“为何？”

“因为我已经有名媒正娶的老婆了。”

迷亭惊呼道：“呀，这一招太过厉害！你究竟什么时候秘密结婚的呀？这年月，凡事可不能含糊哟！苦沙弥兄，你都听见了，寒月君可是说他有老婆了。”

寒月说：“只是还没孩子而已。如果结婚不到一个月就有孩子，那可成问题了。”

主人像预审法官一样问寒月：“到底何时、何地与何人结婚的呀？”

“在我回家乡的时候，她早在我家等我哪。这木松鱼干，就是亲友们在婚礼上送的。”

迷亭说：“就送三条鱼干贺喜？可真够吝啬的！”

“哪里！只从一大堆里拿了三条嘛。”

“那么，你家乡的姑娘脸色也是漆黑的吧？”

“是呀，漆黑漆黑的。我们很般配。”

“那，你打算怎样对待金田家呢？”

“没想怎样？”

“那可就有些说不过去了。是吧，迷亭兄？”

“没什么，嫁谁还不都一样。所谓夫妻，也就是摸黑撞头而已。一句话，明明不必撞头，却偏要瞎撞，真是多此一举。既然多此一举，谁和谁撞都无所谓。不过，却可怜了作《鸳鸯歌》的东风君哪！”

“鸳鸯歌嘛，视情况转让给其他人也行啊！待金田小姐结婚时，我再写一首好了。”

“这般落落大方，不愧是诗人啊！”

主人还在挂牵金田小姐，问寒月：“你谢绝金田家了吗？”

“没有，根本就没谢绝的必要嘛。我从未向对方求婚，或说要娶她，默不作声就好……真的，默不作声蛮好的。现在有几十名密探盯着，他们会一五一十地告密的。”

主人一听“密探”二字，唰地板起面孔，宣布：“哼！那就都住口！”意犹未尽，又煞有介事地针对密探发起议论来：“乘人不备而探囊取物者，小贼也；乘人不备而巧窃心曲者，密探也；神鬼不知而撬门开窗盗窃他人财物者，盗贼也；神鬼不知而诱人失言以窥其心境者，密探也；刀插席上强勒钱财者，强盗也；网罗罪名强奸他人意志者，密探也。故密探和小偷、盗贼、强盗本一家，臭名远扬数千载。若听信他们，便是自取其辱。我们决不能服软。”

寒月说：“是呀，便有几千个密探乘风破浪地列队进攻，也不必担心。磨玻璃球者谁？著名理学士水岛寒月是也。”

迷亭说：“听，听！多么大言不惭！不愧是新婚的学士，果然目中无人。不过，苦沙弥兄，既然密探、小偷、盗贼、强盗都是一伙，那雇用密探的金田家又和什么人是一伙呢？”

“熊坂长范之流吧。”

“以熊坂作比，妙极！戏词里说：‘只见一个长范，却成了两个，原来是身首异处。’然而，对面胡同的那个‘长范’，毕竟靠放阎王债起家，固然贪得无厌，终究富可敌国，便活一千年也不会毙命，让他抓住可要遭报应，会倒一辈子霉哟！寒月君可要小心哟！”

寒月泰然自若地模仿起‘宝生派’的唱腔，豪气万丈地说：“戏中还说：‘哎呀呀！你这凶恶强盗，谅必早已知晓老子刀法，如今竟不知趣，胆敢破门而入，管叫你大难临头！’”

当此时，与众不同的独仙超然提出了一个与时局无关的问题：“说到密探，二十世纪的人多有成为密探的趋势，这是什么缘故？”

寒月答道：“是因为物价上涨吧？”

东风答道：“是因没有艺术情趣吧？”

迷亭答道：“其实很简单，人人头上长了文明角，像芝麻糖一样麻麻癞癞。”

轮到主人发言，他装腔作势地评论道：“这一点，我曾费心思索。依我之见，个人自觉意识太强，是现代人密探化倾向的主因。但我所说之自觉意识，又绝非独仙君所主张的什么‘修心成佛’‘自然而然’之类……”

迷亭叫起来：“哎呀，越说越不近人情了。苦沙弥兄，既然你鼓如簧之舌大谈什么自觉意识和禅理，迷亭不揣冒昧，也要堂堂正正地批驳一番现代文明！”

“请便。只是在下实在想不出你能有什么高见。”

“嘿嘿，多得很呢。比如你此前视刑警如鬼神，而今又以小偷和盗贼来比密探，前后矛盾，其谬何止千里。而我打从在娘胎里起，直至现在，一以贯之，从不改变自己观点。”

主人说：“出家人不打诳语。刑警是刑警，密探是密探，此前归此前，今日归今日，二者岂可同日而语？观点不改变，发展又从何谈起？《论语》说：‘下愚不可移’，大概便是指你吧。”

“好厉害！密探这般正面强攻，倒也不乏可爱之处。”

“我是密探么？”

“正因你非密探，所以才坦率得招人喜欢嘛。别吵，别吵！喂，继续高谈你的宏论吧。”

“所谓现代人之自觉意识，是指人们对人与人之间截然不同的利害关系了解得过于详细，甚至刻意去精雕细琢，并伴随着文明的进步，而变得更敏锐、也更敏感，最终，连一举手、一投足都十分地装模作样。西方有个叫亨利[①]的人，批评史蒂文生[②]说：‘在悬挂着玻璃镜的房间里，他每从一面镜子前走过，只有照一下自己才觉舒服。他就是这种任何时候都不肯忘记自我的人。’这番话生动地描绘出今人在极端自私的基础上产生的极端自我。睡时有我，醒来有我，‘我’字无处不在，一言一行无不矫揉造作，结果作茧自缚，不仅自食苦果，也使人间充满辛酸，到头来，只能以男女相亲时的那种忐忑心情苦候晨昏，什么‘怡然自得’‘悠闲自在’等等，都变得徒有虚名，而无意义了。从这一层面来说，现代人的确密探化、盗贼化了。密探干的是探人隐私、揭人隐秘的阴险勾当，势必时时提防遭人暗算，故个人意识极强。同样，盗贼念念不忘警察就在身后，以为天下人人都是警察，个人意识也十分强烈。再看现代人，无论是在梦中还是在现实中，每分每秒都在打自己的小算盘，盘算怎样才对自己有利，和密探、盗贼又有什么两样？彼此都在贼眉鼠眼、胆战心惊地过日子，便是进了坟墓也难安宁。这既是现代

① 亨利(1849—1903)：即威廉·埃内斯特·亨利，英国批评家，诗人。

② 史蒂文生(1850—1894)：即罗伯特·路易斯·史蒂文森，苏格兰作家，著名小说《金银岛》的作者。

文明的诅咒，也是人性泯灭的必然。何其荒唐、可悲！”

碰上这等深奥问题，独仙是绝不肯落人后的，开口说：“苦沙弥兄分析得十分透彻，深得我心。古人敬人而忘我，今人却恰恰相反，一天二十四小时，无一秒不被‘我’字占据，由是，也无一秒能安宁、太平，只好甘心沉沦于水深火热的地狱中。若问良药为何？没有比‘忘我’更有效的了。所谓‘三更月下人无我’，形容的就是这种最高境界。听说英国国王去印度旅游时，曾与印度皇族共餐。那些皇族没意识到天子在场，仍照本国吃法，将手伸进盘子里抓马铃薯吃，待到醒悟过来，个个满脸涨红，羞愧难当。英王佯装不知，也同样伸手去盘里抓马铃薯吃……”

寒月问道：“英国绅士的情趣便是这样的吗？”

主人说：“这故事我也听过。我还听说，英国有个大兵营，兵营的军官们共同宴请一名下士。餐毕，服务员端来洗指水。下士疏于宴席，不知杯中所盛是洗指水，竟端起来一干而尽。见此情景，团长基于礼节，只好一边祝福下士身体健康，一边也将洗指水喝掉。其他军官也都跟着照做，端起盛洗指水的杯子，祝下士身体健康。”

迷亭不甘寂寞，也说：“还有更好笑的呢。卡莱尔[①]第一次谒见英国女王时，因不谙宫廷礼节，说声：‘可以吗？’便扑通一声，径自在椅子上落座了。女王身边的侍从和宫女都忍不住扑哧笑起来。不，不是笑，是忍不住想笑。女王不忍卡莱尔难堪，向他们使了个眼色，那些侍从和宫女便都在椅子上坐下，这才保全了卡莱尔的面子。女王的关怀真是无微不至。”

寒月简评：“卡莱尔本一怪物，即便人人垂手而立，他说不定也满不在乎呢。”

独仙说：“女王关怀人，替他人着想，十分可敬，只是出于个人意识，随个人好恶而定，难以持久。人们常说，随着文明的进

① 卡莱尔(1795—1881)：即托马斯·卡莱尔，英国著名作家、哲学家、历史学家。

步，杀戮会逐渐消失，人与人之间也会变得友好起来，其实大错特错。个人主义盛行，又怎能和衷共济、彼此友好相处呢？冷眼看来，这平安无事的世界潜藏着多少惊涛骇浪啊！就像摔跤手在擂台上扭成一团，表面看彼此一动不动、相安无事，实际上却凶险万分、杀机密布。虚情假意之下，又何来平安二字。”

迷亭说：“就说打架吧。从前以暴易暴、恃强凌弱，人人一眼就能看清。现在不同，杀人十分巧妙，国与国之间打仗，竟都标榜是为了民主、自由，把私心深深隐藏，这也是个人意识在作祟。培根说：‘顺从大自然的力量，才能战胜大自然。’今日的争斗不止，正是科学昌明的结果。就像柔道那样，借力打力，用敌人的力量消灭敌人……”

寒月说：“还和水力发电一样，凭借水力，发挥巨大作用……”

独仙不待他说完，立刻接着说：“所以呢，‘贫为锁、富为链、忧为网、喜为绊。’才子死于才，智者败于智。苦沙弥脾气暴躁，只要暴躁起来，就会冲出去中敌人奸计……”

迷亭闻言，拍手叫好，大声说：“对呀，对呀！”

苦沙弥笑嘻嘻地说道：“你们不会如愿以偿的喽。”全场人听了，都大笑起来。

迷亭忽然问：“像金田老板那种人，又会因何而亡呢？”

独仙说：“鼻子让老婆毙命，罪孽使老板丧生，当密探令下人不得好死。”

“小姐呢？”

“小姐嘛，我没见过，不好说。不过，不外乎吃得撑死，穿得捂死或喝死之类吧，总不至于恋爱而死。但也有可能，会和坐过墓碑的小野小町一样，死于路旁哩。”

东风献过新体诗给富子小姐，对她十分崇拜，便抗议说：“这不行，太惨了！”

独仙听了，便摆出一副众人皆醉我独醒的样子，若有所悟地说："说到底，'处处不失善良心'这句话的确很了不起。只有进入这种境界，才能脱离苦海哟！"

迷亭说："你别那么神气！像你这种人，是很容易在电光影里两脚朝天地呜呼哀哉的。"

主人说："总之，面对今天的文明昌盛，我是越活越没滋味。"

迷亭立刻指点迷津："死吧！一点儿也不必客气。"

主人决绝地说："死就更不情愿。"

寒月冷冰冰地说了句格言："无人对要不要出生深思熟虑；死到临头却又无不烦恼。"

对这句格言，唯有迷亭方能对答如流："就像借债时千方百计把钱借到手，还钱时想方设法地不还钱。"

独仙用得道高僧的语气说："欠债不还的人才幸福，视死如归的人更幸福。"

迷亭喝道："照你这么说，干脆，悟道的也必定厚颜无耻了？"

独仙道："不错，不错！禅语中说：'铁牛面者铁牛心；牛铁面者牛铁心。'"

"你就是这号人的样板！"

"那倒不是。但以死为苦，却是在人类发明'神经衰弱'以后。"

迷亭学着独仙的口气，说："的确，的确！怎么看你怎么像神经衰弱以前的天民。"

迷亭和独仙两人翻来覆去尽说些高深莫测的话。主人却和寒月、东风频频抨击起文明来。

"如何才能做到借钱不还，这可是个很值得研究的大问题！"

"这不是问题。借钱一定得还。"

"喂，讨论嘛，别那么大声。和借钱不还一样，如何长生不死也是个问题，不，其实已经成了问题。你看，发明炼丹术本是为了长生，但一切炼丹术都失败了。这说明任何人都会死，根本不必讨论。”

东风说：“在炼丹术还没发明出来之前，这问题就很清楚了。”

寒月说：“喂喂！讨论嘛，你别吭声，听着。既然非死不可，那又出现了第二个问题。”

“咦？”

“第二个问题是：反正都要死，如何死才好呢？命中注定，‘自杀俱乐部’会和这第二个问题同时诞生。”

“的确如此。”

“死固然痛苦，但死不成却更痛苦。那些神经衰弱的国民，活着比死更痛苦万分。他们为死而受苦，但又不是因怕死才以死为苦，而是为不知如何死而苦恼。因此，他们的苦便更多了一层。一般人因智慧欠缺，便听天由命地任人杀戮。介于两者之间的人是最多的一群人，他们多少有些个性，因无法满足于那种零切碎割式的残杀，必然在对死亡方式进行种种探讨后，提出令人耳目一新的死法。由此可见，未来世界的发展趋势，便是自杀者不断增多，同时，千奇百怪的自杀方式也层出不穷。而反过来，又恰恰证明了现代文明所极力推崇的个人意识和个人主义是多么伟大、多么崇高、多么了不起！”

“照你这么说，那这世界可够热闹的了。”

“当然。亨利·阿瑟·琼斯[2]写过一个剧本，就是专门说一个主张自杀的哲学家……”

“这个人自杀了吗？”

“很遗憾，他并未自杀。不过，再过一千年，相信所有人都会接受自杀方式。万年后，当人们提到死时，便会自然而然地想到自杀。除了自杀，将不再有死亡。”

“这还了得！”

---

① 亨利·阿瑟·琼斯(1851—1929)：英国著名戏剧作家。

“是的，一定是这样的。并且，由于人类对自杀积累了大量的研究成果，使之成为一门科学。到时候，像落云馆那样的中学，也会开设自杀课程，用来代替伦理学。”

“妙极！我现在就想去旁听呢。迷亭先生，你听见苦沙弥先生的高论了吗？”

“听到了。到那时，落云馆的伦理学教师会说：‘诸君，墨守公德这种野蛮作风不可再遵守。作为世界青年，首要义务就是学会自杀，也即是说，己之所欲，必施于人。因此，为实现自杀效应最大化，还必须他杀。尤其针对眼前的珍野苦沙弥先生这个穷酸，他既活得万分痛苦，便应力争早日杀了他，以尽义务。诚然，如今是开明时期，非往昔可比，无法再使用那些舞枪弄棒或飞箭投矢的卑鄙手段，但凭借高超的讽刺技巧，以开玩笑的方式置人于死地，也是值得嘉许的。这既有助于被杀者本人积善行德，也能增添诸君荣耀。’”

“讲得实在太动人了！”

“还有更动人的哩。现代警察的首要任务就是保护人民的生命财产，但在将来，他们必须抡起打狗棒，打杀天下公民……”

“为什么？”

“道理很简单。今人珍惜生命，故需警察保护。但那时，国民痛苦不堪，便需警察慈悲为怀，格杀勿论。当然，心眼活的人早已自杀，等警察来杀的家伙们，要么是优柔寡断、缺乏自杀信念和能力的白痴，要么便是残废。而且，这些人还要在门口贴上一张纸条，唉！上面写明：‘某男(女)自愿被杀’。警察巡逻至此，便会及时处理。尸体嘛，照例由巡警开车拉走。此外，还有更有趣的事呢……”

东风兴奋地说：“先生的笑谈，说起来果然没完。”

独仙捻着山羊胡慢条斯理地说：“说是笑谈，也算得上笑谈；但若说是预言，也可当作预言。真理不在手中，便只能被表面现象所迷惑，以为永恒的真实就是那些泡沫般的梦幻。稍微超脱些，便被当作笑谈。”

寒月肃然起敬，问：“这便是‘燕雀安知鸿鹄之志’吗？”

独仙点了点头，又接着说：“从前，在西班牙的柯尔道巴……”

“这地方今天还在吗？”

“也许还在，暂且不论过去还是现在吧。依当地风俗，寺院一敲晚钟，所有女人都要跳进河里游泳……”

“这么说，冬天也会游泳吗？”

“这一点不大明确。总之，无论老幼尊卑，都必须跳进河里，但却不许男人参加。他们只能在苍茫暮色下远远眺望河面，看见一个个雪白的玉体……”

东风一听有裸体，便激动起来，说：“多有诗意呀！应该写首新诗来赞美。”

“男人们不能和女人游泳，远远地又看不清身姿，觉得遗憾，便开了个小小的玩笑……”

迷亭高兴问：“什么玩笑？”

“他们向寺院的敲钟人行贿，将敲钟时间提前一小时。女人们是很浅薄的，一听钟声，便说：‘哟，钟响了！’便纷纷穿上小背心、短裤衩，扑通扑通地跳进河里。她们倒是跳进去了，但与往常不同，天还没黑……”

“难道又来一个‘秋日烈焰火辣辣’？”

“哪里。男人都在桥上瞧呢。女人们虽然害羞，却也无可奈何，据说脸臊得通红。”

“这……”

“这嘛，就是说人很容易被眼前景象迷惑，而忘却了根本。不当心可不行哟！”

迷亭说：“得蒙教诲，实乃三生有幸。我也讲一个被眼前景象迷惑的故事吧。近日读某刊物，内中有篇小说写了这样一个骗子，说他开了个书画古董店，店里陈列许多大家、名人的书画和遗物，当然没有赝品，全是货真价实、不折不扣的上品。既为上品，高价是自然的。一个顾客进来，好奇地指着一幅画问：‘元信[1]的这幅画卖多少钱？’骗子说：‘标价六百元，就六百元吧。’顾客说：‘买倒是很想买，但没带那么多钱，真遗憾。’”

主人一向不善于逢场作戏，这时又当真起来，问：“他肯定是这么说的吗？”

迷亭道：“是啊！小说嘛，我怎么说，你就怎么听。骗子当时叹了口气，说：‘钱算什么。您如果中意，就请拿走吧。’顾客说：‘这怎么行？’骗子慷慨地说：‘那就按月付款吧，这样也可细水长流。反正您今后就是我们的主顾了。您也用不着客气，每月付十元如何？再不行付五元也成。’经过一番商量，顾客最终以六百元的价格，将法眼[2]狩野元信的画买走了，但前提是分期付款，每月十元。”

寒月说：“这简直像是在读《泰晤士百科全书》呢。”

迷亭说：“《泰晤士百科全书》是很浅显易懂的，而我讲的故事可不一样。下面慢慢就要进行巧妙的欺骗了，你好好听着！寒月，你算算看，每月十元，要多少年才能还清六百元？”

“大概五年吧。”

“当然是五年。独仙君，你觉得五年时间是长还是短？”

“千年一梦，一梦千年。说来又长又短。”

“说些什么呀？是道歌吗？真是缺乏常识的道歌。诸位，五年中每月付十元，顾客一共要付六十次，这就出现了一个可怕的习惯问题。同一件事如果每月按时进行，那么，到第六十一次时，还会习惯性地照例付款，接下来便有六十二次、六十三次……重复的次数越多，付出的款就越多。人看起来聪明，但有个很大的弱点，就是习惯成自然，忘掉了根本。利用这个弱点，骗子捡了很大的便宜。”

寒月笑着问：“哈哈！是这样吗？总不至于那么健忘吧？”

① 元信：狩野元信（1476—1559），日本室町后期大画家。

② 法眼：日本僧侣的一种级别。

主人严肃地说："这种事还真有。我就曾月月寄款偿还大学时期欠下的债务，以至对方最后谢绝再收。"公然将自己的丑事当众宣布。

迷亭得意地说："瞧，现场就有这种人，可见千真万确。所以，我刚才所说的'未来文明记'，如果诸君仅仅认为是开玩笑，那便成了和顾客那样毕生都在还债的可怜家伙。尤其是像寒月、东风这样缺乏经验的青年人，更应牢记我的话，千万别上当受骗。"

寒月说："记下了。分期付款一定不超过六十次。"

东风深有感触地说："噢，这番话虽像是在开玩笑，却足以发人深省哟！"

独仙问寒月："假如苦沙弥兄或迷亭兄现在忠告你说：'擅自和人结婚有欠稳妥，快去金田家请罪！'不知阁下尊意如何?会去请罪吗？"

寒月说："对方如向我赔礼，那还另当别论，请罪一事休提。我根本就没这个意思。"

独仙又问："如果警察强迫你去请罪，咋办？"

"更对不起！"

"如果是大臣、贵族的命令呢？"

"那就愈发不能从命了。"

独仙说："瞧，现在和过去发生了多大的变化哟！以前，官衙单凭权势便可恣意妄为，而现在呢，纵然是皇家也不能为所欲为了。今日的世界，无论他是多么了不起的殿下或将军、贵族，想随意羞辱他人人格是绝对办不到的。说得过分些，如今，有权势的人权势越大，就越让人反感。果然今非昔比，竟出现一种新气象，权势显赫的官府竟对普通人无可奈何。若在古人眼中，这种事几乎不可思议。世事真是变幻莫测哟！迷亭君的《未来记》若是笑谈，也可称之为笑谈；但要说它有所启示，不也是很有启示吗？"

迷亭说："既有如此难得的知音，那我非把《未来记续篇》讲下去不可。诸君且听！如独仙所言，今日世界，如还有人想依仗权势耀武扬威，拿着两三百条竹枪便想横行霸道，就好比坐在轿子里却想和火车赛跑，只能成为被时代抛弃的可怜虫，不，是最大的糊涂虫！是放阎王债的长范先生！对这些家伙，根本不用理会……

“因此，我的《未来记》并非小题大做，而是探讨攸关人类命运的社会现象。诸君不妨仔细审视当前的文明倾向，再预测一下未来的发展趋势，便知结婚终将成为不可能。别吵！别吵！我这样说自有我的理由。如上所述，以前，家长、郡守、领主分别代表了家、郡、国，除此以外的人毫无人格可言，即便有也不会得到认可。如今则不同。人人都主张起个性来，心里都有句潜台词：‘你是你，我是我！’假如路上相遇，便会在心中叫嚷：‘你小子是人，老子更是人！’对骂中擦肩而过。个性的张扬，已到了无以复加的程度。

“因为个性普遍地增强，所以实际上普遍地减弱。为什么呢？请看，当个人意识增强时，他人固然难以加害，但由于同时不能再任意干预别人，相应的，个人的力量也明显降低了。强大起来人人高兴，软弱起来人人扫兴。于是，人类便普遍陷入这样一种矛盾中：一方面极力固守强处，不许他人动我一根毫毛；另一方面又想方设法扩大弱点，哪怕动他人半根毫毛也行。矛盾碰撞的结果，便是人与人之间的空间日益窄小。每个人都在尽可能地自我膨胀，直至爆裂，痛苦不堪。不堪之后，想出的第一个妙法便是老少分居。就文明人而言，就连至亲至爱的父母与子女，为了满足自我扩张的欲望，并冠之以保证双方安全的美名，而不顾一切地分居。最初是父母和子女分，然后是夫妻分、子女分，最后就剩孤家寡人一个。欧洲因为文明更发达，较日本更早地实行了这一分居制度。去欧洲看看，即便是万中挑一，也很难看到二世同堂。不仅如此，儿子住房要付房租，借钱要给老子付利息。所谓的亲人之间，只有利益关系，而没有感情纽带，根本不能和谐相处。正因为彼此极力推崇个性、张扬个性，这种良好的社会风气才代代相传，并远渡重洋，传到我大日本来。再看日本乡村，随便去哪里瞧瞧，也会看到一户一门，全家人都生活在一个大屋子里，因为没有值得张扬的个性，即使有，也不突出，便一顺百顺，平安无事。但这样的和谐相处，却被那些文明人批驳得多么愚昧、落后，简直嗤之以鼻，不堪入目。

“既然分居已成为现代文明人的重要标志，且更是势不可挡的发展趋势，于是，我们便看到男女间不停地同居、分居，再同居、再分居。同居时是夫妻，分居后成陌路。而分居的理由千奇百怪，什么闻不惯对方的味道啦，没有感情基础啦，总之，想方设法地为满足自己的个性需要而寻找理由，根本不必在乎对方。到头来，夫妻不是夫妻，儿女不是儿女。婚姻始终要破裂，也就无所谓婚姻，更无所谓责任、道德、感情了，只要能满足个人欲望就好。什么‘偕老同穴’，都成了胡说八道。

“看看我们今天的日本，丈夫永远是丈夫，妻子永远是妻子。凡为人妻者，都是从小便在学校穿着没裆的和服裙裤，练就坚韧个性，然后梳着西式发型嫁出去的。她们很难对丈夫百依百顺，如果有谁胆敢百依百顺，便注定不是妻子，而成了泥偶。夫人愈贤惠，棱角就愈大。棱角愈大，就愈看不惯丈夫，愈看不惯，便愈和丈夫发生冲突。因此，所谓的贤惠夫人，是一定要从早到晚和丈夫闹别扭的。闹别扭固然无可厚非，但闹的结果，却是双方愈来愈痛苦。最终，夫妻就像水和油，始终格格不入，被铜墙铁壁硬生生隔开。如果不出大事，在铜墙铁壁的隔离下，水和油保持各自的状态，也还能安然无事。但因为个性张扬的缘故，彼此都渴望极大化，你想变水为油，我想变油为水，这样一来，好好的一个家里便天天闹大地震，震得惊天动地，七荤八素，同床异梦，三心二意，最后便是仇人之间的生死搏杀。呜呼哀哉！呜呼哀哉！如此下去，还会有婚姻存在吗？”

寒月痛心地说：“是哟！这么一来，夫妻都会分手。真令人担心啊！”

迷亭说：“要分手，一定要分手，天下夫妻都要分手！从前，只有同床共枕才算夫妻。将来，同床共枕的人绝对没有做夫妻的资格。”

寒月紧张地问：“照你这么说，像我这号人就该被打入没资格的一伙喽！”

迷亭说：“你生在明治时代还算幸运哟！像我，就因写了本《未来记》，脑袋比当代人聪明了那么一点点，过早地看到了未来的样子，便只能过起独身生活了。有些人胡说什么这是失恋的必然结果，唉，近视眼的目光就是短浅。可怜哟！算了，还是再谈《未来记》吧。

“其时，一位哲学家白天而降，宣传破天荒发现的真理，曰：人之于人，便在于有个性，消灭个性，便是消灭人类。为了实现人生的真正意义，必须不惜一切代价保持和发扬个性。那种囿于陋习、实非两相情愿的婚姻，是完全违背自然法则的野蛮习俗，必须加以彻底铲除。个性不发达的蒙昧时期姑且不论，在文明昌盛的今天，如果依然沉湎于陋习之中，便是十足的不以为耻、荒谬绝伦了。

“今日世界，文明登峰造极，两种不同的个性不可能以任何理由，以极不寻常的亲密感情结合在一起，原因显而易见。那些没受过良好教育的男女青年在卑劣、粗俗感情的驱使下，擅自搞什么新婚合卺之礼，实与乱伦无异，可耻之极！卑鄙之极！吾等为了文明，为了人道，为了张扬个人主义，必须拿起武器，勇敢地、顽强地对这种野蛮风俗作坚决的斗争……”

东风君伸手往膝盖上用力一拍，以破釜沉舟的架势大声说：“迷亭先生，我坚决反对你这种学说！世界上再没有比爱与美更珍贵的了！多亏有此二者，我们才有了慰藉，才有高尚情操、圣洁的心灵和良好的品德，我们的生活也才美好、甜蜜、幸福。因此，不论什么时候、也不论什么地方，都不可忘记它们。此二者降临人间后，爱便化身为夫妻，美便分身为诗歌和音乐。可以说，只要人类还在地球上生存，夫妻与艺术便决不会消亡。”

“不消亡当然好，但按哲学家所说，是注定要彻底消亡的。这又有什么法子？便是艺术也将落得和夫妻相同的命运。趁早绝望吧。所谓个性，也就是自由的代名词嘛。既然要张扬个性，又哪还有艺术存在的空间呢？所谓繁荣艺术，就是艺术家和欣赏者能有所共鸣。就拿你来说，如果你的诗没人觉得有意思，除了你之外没人欣赏，那么尽管令人同情，但即便你写出几百篇《鸳鸯歌》也毫无用处。幸而你生在明治时期，才有幸能让普天下人读你的新诗。不然……”

“哪里，差得远哩！”

“如果现在差得远，那到了文明的未来，就是说到了一位大哲学家横空出世后，提倡‘非婚论’时，就一模一样了。不，更准确地说，新诗没人看，并不是因为那是你写的，而是因为人人都有自己独特的个性，只对自己写的诗文感兴趣，而对你的根本就没兴趣，连看都不想看。如今在英国等国家，这种倾向已表现得很明显，不信，你就去读读梅瑞狄斯的小说！读读詹姆斯[①]的小说！看看他们是如何把人物个性鲜明地展示在作品中的，可结果呢，读者不是照旧少得可怜吗？这也没办法，那种作品，若非富有个性的读者，谁也不会感兴趣。所以呢，到了认为婚姻不道德时，艺术也就必然要跟着消亡。事实也如此。你写的诗我看不懂，我写的诗你看不懂，彼此间又有什么艺术可言？”

东风迟疑地说：“说得倒是蛮有理。不过嘛，我的直觉总有些不以为然。”

迷亭挤眉弄眼，嘲弄地说：“你凭直感不以为然，而我则凭‘曲感’颇以为然。”

独仙这时开口说道：“或许迷亭君的确用的是曲感。总而言之，个性、自由越放宽，人与人之间的关系就越紧迫，这是一定的。尼采之所以抛出超人哲学来，就因为深感这种紧迫无处排遣，不得已而寄希望于超人。乍听起来，这似乎是尼采的理想，但其实不是，是深深的不平。在个性十足发展的当代，你就是喘息一声，

① 詹姆斯（1843—1916）：旅英美国小说家。

也会打扰邻居，让人家不敢放心大胆地睡个好觉。也因此，尼采老兄才豁出去，胡说八道起来。读他的著作，与其说解恨，莫如说悲哀。那不是勇往直前的呐喊，而是深恶痛绝的咆哮！从前，‘圣人出，天下翕然汇于旗下’，令人振奋，充满希望。但现在没有了，尼采便只能借助纸笔的力量在书本里痛苦地幻想。你们看，荷马[①]写超人、契维·柴斯[②]也写超人，但他们笔下的超人给人印象却截然不同，没有悲哀，只有快活。把快活写在纸上，就没有涩味。然而尼采便做不到。因为现在的时代，是一个没有圣人、没有英雄的时代。即使偶尔诞生出来一个，还没等他成长起来，便被无数张扬个性之人纷纷踩成烂泥。从前有孔子，因为只有他一个是圣人，人们信奉他，所以他很有权威。但今天呢，满天下都是孔子，也因此你尽管神气十足地大喊大叫，说：‘我是孔子！’也没人理睬你，徒然牢骚满腹。牢骚满腹之余，便只有像尼采那样，一味地在书本上卖弄超人哲学。

“以是故，我等渴望自由，也得到了自由，但得到自由的结果，却又不自由，因而烦恼滋生，莫衷一是。所以呢，西方文明看起来很新鲜、很先进，其实归根结底是靠不住的。相反，东方文明注重精神修养，这才是正确的。试看个性结果，人人都害了神经衰弱症，一发不可收拾。到这时，才体会到‘王者之民荡荡焉’的巨大意义，才领悟到‘无为而治’的不可轻侮，但纵然醒悟，又有何用？就像酒精中毒后说：‘唉，早先不喝酒多好啊！’”

寒月说：“各位所说，似乎都是厌世哲学。说来我这人真怪，装了满耳朵，却无丝毫反应。这是怎么回事？”

迷亭立刻说明：“因为你娶了老婆嘛。”

主人突然说：“娶了老婆，便以为女人好，这是天大的误会。为供诸位参考，我念几句有趣的文字给你们听。都给我好好听着！”说着，拿起那本古书来。“此书虽是古书，但在那个时代，就已对女人的恶德洞若观火。”

---

① 荷马：古希腊著名行吟诗人，《荷马史诗》的作者。

② 契维·柴斯：英国传说中的行吟诗人。

寒月一听，惊问："啊！那是什么时代的书？"

"十六世纪的著作，作者叫托马斯·纳西。"

"越说越惊人。难道那时候就有人咒骂我老婆？"

"不仅是你老婆，所有女人都被咒骂了。你耐心听下去吧！"

"我听！真是太幸运了。"

"书中说：首先，先来看看先贤大哲们是如何看待女性的……都注意！在听吗？"

东风说："在听呢！就连我这个光棍也在洗耳恭听呢！"

主人读道："亚里士多德说：'既以尤物喻女子，则娶大不如娶小，因小尤物之患，较大尤物为少也……"'

迷亭问寒月："寒月君，你的妻子是大尤物还是小尤物？"

"大概属于大尤物之列吧。"

迷亭笑起来，说道："哈哈！这本书很有意思。喂，苦沙弥，快念啊！"

"有人问：'自古奇迹以何为最大？'贤者答曰：'盖贞妇耳……'"

东风不解地问："所谓的贤者，是指谁呢？"

主人瞪了他一眼，说："不见署名。"

迷亭说："反正一定是被女人甩了的。否则，不会恨女人入骨。"

"……接下来，戴欧格涅斯[①]出场。有人问：'何时可娶妻？'答曰：'青年嫌早，老年迟暮。'……"

"大概这位先生是在酒桶里苦思所悟吧。"

"……毕达哥拉斯[②]言道：'天下可畏者三，曰火，曰水，曰女人……"

独仙道："想不到希腊的古哲学家们，竟能出人意料地说出这等豁达之言来。依我说，天下万事皆不足惧，入火而不焚，落水而

① 戴欧格涅斯：古希腊犬儒学派哲学家，传说他为避妻子，独自居住在一个大酒桶中。

② 毕达哥拉斯：古希腊数学家、哲学家。

不溺……”后面便词穷了。

迷亭当起援兵来，补充说：“……见色而不迷。”

主人接着读下去：“苏格拉底说：‘人间之事以何为最难，驾驭女人也。’德莫斯塞尼斯[①]说：‘欲陷敌，上策莫过于赠女，使其夜以继日，时时疲于家庭纠纷，则必不振。’寒涅卡[②]认为世界两大灾难即妇女与无知。马卡斯·奥莱里阿斯[③]说：‘驾驭船舶易，驾驭女子难。’贝罗塔[④]说：‘女人为饰其天赋之丑，故喜穿绫罗绸缎，实为下策耳。’巴莱拉斯[⑤]昔尝赠书于某友，说：‘凡天下事，皆偷偷干出。愿皇天垂怜，勿使君落入女人掌中。’又说：‘女子者何？心爱之敌乎？无计可避之苦痛乎？必然之灾乎？自然之惑乎？似蜜实毒乎？若以摈弃女人为非德，则不摈弃女人尤为可谴。’”

寒月说：“先生，够了！恭听这么多咒骂我老婆之言，很有些过分了。”

主人不忍就此罢休，说：“尚有四五页，听完如何？”

迷亭开玩笑说：“大致念念算啦。我看夫人也该回来了。”

他刚说完，就听女主人在饭厅里呼叫女仆：“阿清！阿清！”

迷亭忙说：“这下惨了！喂，你夫人回来了呢！”

主人尴尬地笑笑，说：“嘿嘿嘿……管她呢。”

迷亭张头向外大喊：“嫂夫人！嫂夫人！什么时候回来的？刚才念的文章听见了吗？嗯？”饭厅里悄然无声，没人答话。他又喊两声，仍不见人应答，便说。“你那口子刚才念的不是他的想法，是十六世纪纳西的学说。放心好了！”

女主人远远地应了声：“不懂！”语气冷冰冰的。

寒月偷笑起来。迷亭也哈哈大笑，说道：“我也不懂。对不起

① 德莫斯塞尼斯：古希腊著名的诡辩派哲学家。

② 寒涅卡：古罗马哲学家。

③ 马卡斯·奥莱里阿斯：罗马皇帝、哲学家。

④ 贝罗塔：罗马喜剧诗人。

⑤ 巴莱拉斯：古罗马通俗史家。

喽！哈哈哈……”

这时，忽听房门哗啦一声拉开，又有客人来。来客并不知会一声，便直接破门而入，跟着不客气地将客厅纸门用力拉开。众人看时，却是多多良三平。

三平君今日不同往常，光是身上穿的洁白衬衫、崭新礼服，便不能不令人刮目相看，何况手上还拎着用绳子绑着的四瓶沉甸甸的啤酒。他进屋后，也不打招呼，将啤酒往木松鱼旁一放，像武士那样伸开双腿扑通一声坐下，然后对主人说：“先生，胃病近来好些了吗？总是这样闷在家里，会把身体搞坏哟。”

“老样子，依然看不出是好是坏。”

“老师面色可不佳哟！有些发黄呢。我最近喜欢上了钓鱼，上星期，就从品川租一条小船去钓过……”

“钓到了吗？”

“没！什么也没钓上来。”

“钓不上来有什么意思。”

三平大咧咧地指着在场所有人说：“告诉你们吧，养吾浩然之气呀！怎么样？你们钓过鱼没有？钓鱼可是很有意思的哟。想想看，在广阔的海面上，驾一叶扁舟，随风飘荡……”

迷亭说：“我倒是很想在小小的海面上，驾一艘大大的船自由漂荡呢。”

寒月说：“既然垂钓，不钓上些鲸鱼或人鱼来，就没多大意思了。”

“文学家，那些东西能钓上来吗？缺乏常识哟。”

“我哪里是文学家。”

“不是吗？那，你又是做什么的？对我这样的实业家来说，懂得常识最重要。老师，我的常识近来极大地丰富起来了。多亏在那个地方近朱者赤，自然而然地熏陶成这样。”

“熏陶成什么样？”

三平说："就拿抽烟来说吧。比如抽朝日牌、敷岛牌香烟，可就太掉价了。"说着，从怀里掏出一盒埃及香烟来，抽出一支金纸烟嘴的香烟点燃，美美地吸了起来。

主人好奇地问："你怎么有那么多钱乱花？"

"钱倒是没有，但很快就会有的。老实说，一抽上这种烟，威信可就大大提高了。"

"相比寒月君的磨破玻璃球，你这威信的确来得更舒服、更便当，堪称'便当信誉'喽！"

寒月一时无言以对。三平问他："您便是寒月先生吗?你究竟有没有当上博士呀？您要是没有当上博士，那，我可就要了。"

"你也想当博士？"

"哪里，是金田家小姐哟。说真的，我自己也觉得很难为情。她一再求我，说娶了她吧，娶了她吧！我没办法，才终于下定决心要她。只是觉得很对不起寒月先生，心里不安呢。"

"请不必介意，你随便要吧。"

主人的回答也很暧昧："你想娶，尽管娶她好了。"

迷亭又来了劲儿，起哄说："这可是大喜事呀！我说呢，不论谁养了个什么样的姑娘，都有人要，根本不必发愁。你们看，我刚才就说过不必发愁，现在好了，有这么一位英俊绅士肯做佳婿，岂非万事大吉？东风君，这下又有新体诗的素材了，快写呀！"

三平喜滋滋地对东风说："原来您就是东风君呀！我结婚时，你可要写点什么才好哟。我很快就拿去铅印，然后四面八方地散发，最好能投给《太阳》杂志社发表。"

"好，那我就写点什么吧！您打算几时用呢？"

"几时都行，从现成的诗里选一篇也行。放心，我肯定给报酬！举行婚礼时，也一定请你去喝喜酒，还要请你喝香槟。对了，你喝过香槟吗？香槟可是很甜的哟！苦沙弥先生，我举行婚礼时，您能请乐队来助兴吗？你能不能帮忙把东风君的诗作谱成曲来演奏？”

“随你便。”

“老师，您能谱曲吗？”

“胡说！”

“那么，列位当中有谁会谱曲吗？”

迷亭说：“落榜快婿候选人寒月君便是当之无愧的小提琴高手！你要想谱曲，便须好好求他！如果只是香槟什么的，他恐怕是很难答应的哟。”

“虽说是香槟，但如果是四五元钱一瓶的，那可不好喝。我请大家喝的，可绝不是这种便宜货。寒月君，就给我谱一曲吧！”

“谱吧。就算我喝的是两角钱一瓶的，也谱。实在不行，白谱也成。”

三平说：“我可不能白白地让你谱曲，多不好意思呀！所以，一定会报答你的。你如果不喜欢喝香槟，那，看看这玩意儿喜欢吗？”说着，从上衣口袋里掏出七八张照片来，啪地扔在床席上。照片上的都是妙龄女郎，有的站着，有的坐着，有的穿短袖和服，有的穿长袖和服，还有的挽着不同样式的发髻。

迷亭啧啧连声说道：“苦沙弥，快看，竟有这么多的候选人呢！为了表达谢意，我代三平给寒月和东风各介绍一个，如何？”说着，便扔了一张照片给寒月。

寒月淡淡一笑，说：“多美呀！费心啦。”

三平也扔过来一张，说：“这个也很漂亮吧？”

“这个也美，请你一定费心周旋。”

“到底要哪一个？”

“随便哪个都行。”

“先生，你可真多情哟！你看看这个，她可是博士的侄女哟！”

“是吗？”

三平自言自语地说：“再看这位，性格特别温柔，年龄也才十七八岁，如想娶她，便会有上千元的陪嫁金呢。这一位又不同，是县长大人的千金小姐。”

寒月说：“个个都这么好？那我全娶回家，行吗？”

“你这可就太贪了吧？是一夫多妻主义者吗？”

“那倒不是，但我是肉食主义者。”

主人大声训斥：“爱什么主义就什么主义！赶快把你这些东西收起来！”

三平问寒月：“一个也不要吗？”边问边将照片装进衣袋里。

主人问他：“这啤酒是怎么回事？”

“我带来的礼品呀！为了提前祝贺，便在路口的酒馆买了几瓶。来，请干一杯吧。”

主人拍手叫来女仆，打开瓶塞，然后，和迷亭、独仙、寒月、东风一起端起酒杯，热热闹闹地祝贺三平君艳福齐天。

三平异常兴奋地说：“我诚恳地邀请今天在场的各位到时候都来参加我的婚礼，各位赏光吗？”

主人立刻说：“我就免啦。”

“为什么？我一生当中，可只有这一次大礼哟！您不去有点儿不近人情呢！”

“不是不近人情，是我去不了。”

“没衣服穿吗？短褂、裙裤什么的总还是有的吧？先生，偶尔出去见见世面也好呀！别尽待在家里嘛。我还打算给你介绍些名家呢。”

“恕难从命！”

“你去了说不定能治好胃病呢！”

“治不好胃病也没关系。”

“如此顽固，看来是勉强不得了。迷亭先生，您怎么样，肯赏光吗？”

迷亭说：“我嘛，是一定去的。如果有机会，还巴不得弄个媒人来当当呢。‘香槟九巡闹春宵’……怎么？铃木藤已经是媒人了？嗯，想来也该是他。这个真有些太遗憾，但也没有法子。若出现两个媒人，未免不太好吧？我虽说是个小人物，出席一下也无妨嘛。”

“请问，您意下如何？”

独仙说：“我嘛，只管‘一竿风月闲生计，人钓白苹红蓼间。’”

“什么意思？是唐诗里的诗句吗？”

“我也不知道是什么意思。”

“不知道？哟，真难缠！寒月君，我们可是老交情了，一定会赏光的吧？”

“放心，一定出席。如错过良机，听不到乐队演奏我谱的曲子，那就遗憾之至了。”

“就是嘛！东风君，你呢？”

“我呀？我也出席，到时候向你夫妻朗诵我写的新诗。”

“那可太令人高兴了！先生，有生以来，我可从没这么高兴过哟。来，大家再喝一杯！”三平兴奋地说着，将买来的啤酒咕嘟咕嘟地喝了起来，一时满脸通红。

秋日苦短，转眼天黑。看看横七竖八乱扔在火炉里的烟蒂，才发觉炉火早已熄灭。兴致既尽，一向逍遥自在的诸公也生了倦意。独仙首先说：“天色已太晚了，该走啦！”接着，其他人也纷纷说：“我也该走啦。”于是，就像杂耍散场一样，客厅很快变成冷冷清清的了。

晚餐后，主人进了书房。女主人觉得周身冷飕飕的，紧了紧衬衫领子，便坐在客厅缝补起一件褪了色的便服来。孩子们并枕而眠。女仆也冲凉去了。

看起来，人人都很平静，但其内心深处，却总有狂躁的声音发出。

独仙似已得道，但双脚仍踏着大地；迷亭也许逍遥，只是人间向无美景；寒月终不肯磨玻璃球，回家乡娶了夫人来。再过十年，东风就会懊悔今日胡乱献诗的勾当；至于三平，请人喝几盅三鞭酒，便牛皮哄哄，很难说他是钻进山里，还是混进了水里；铃木藤是很会闯江湖的，然而闯来闯去，却沾了一身污泥，虽然如此，也比不去闯的人神气。

转眼间，咱家托生为猫来到人间，已两年有余，窃以为比咱家更见多识广者，还不曾降生。然而，此前有个素不相识的同胞，突然在某处高谈阔论，令咱家很吃惊，细一打听，方知一百多年前便暴毙的卡提·莫尔[1]，出于好奇，又化作幽灵，从遥远的冥土赶来吓唬咱家。据说此猫为见母亲，曾叼了一条鱼去，谁知半路上受不了嘴馋，竟独自享用了。真是大大的不孝！另一方面，这猫才华横溢，丝毫不亚于人类，曾写出诗来，令它主人惊奇万分。既然一个世纪前便有此等豪杰现身，如咱家这般废物，便该速速辞别人间，回虚无之乡去才好呢。

金田老板因贪得无厌，已丧命了。主人早晚也会被难缠的胃病搞到一命呜呼！

秋叶凋零。活着已没什么意义，万物的归宿只有死亡，及早瞑目才聪明。依照几位先生高见，人最终的出处只有自杀，如不加紧提防，咱家说不定也会投胎到到处都是规矩的人类中去。可怕哟！心里闷闷不乐，还是喝点三平的啤酒，提提神吧。

我来到厨房，从门缝隙处钻了进去。秋风敲打着屋门。不知什么时候，油灯熄灭了。月明之夜，冷冷清辉从窗户洒进来，令厨房显得格外幽静。茶盘上，并排放着三只玻璃杯，其中两只杯里还分别残留着半杯茶色液体。这种液体即便是水，看起来也很冰凉，更何况寒夜冷月下，它们还紧挨着更加冷冰冰的灭火罐。不及沾唇，就觉得冷，不想喝了。然而，三平喝了这种液体，便满脸通红，浑身热乎乎的，咱家喝了也不会不快活吧？再说了，这条命早晚要了结的，万事都得趁没了结前体验一下才好。如进了棺材才懊悔，说

① 卡提·莫尔：指德国小说家霍夫曼的作品《女猫莫尔的人生观》中的雌猫莫尔。

什么："啊，真遗憾！"也是枉然。

这么一想，咱家便横下心来，定要尝尝！当下鼓起勇气，将舌头伸进杯里，吧嗒吧嗒地舔了几下。一舔之下，不由大吃一惊！只觉舌尖如被针扎般，麻酥酥的，一时真想不通人类基于何种怪癖，竟爱喝这种臭烘烘的东西，咱家是无论如何也不喝的，只当与它没缘分。忽然想起人们常说的"良药苦口"来，如果得了风寒，便总要皱着眉头喝那些苦不堪言的苦水。咱家至今都在纳闷儿：他们究竟是为了喝了这苦水才得病呢，还是为了治好病才喝它？现在走运了，就用啤酒解开这一谜团吧！喝下后，如果五脏六腑皆苦，便自认倒霉好了；但如真像三平那样可以兴奋、快活得忘乎所以，不啻一大空前收获，还可借此向邻家猫们大肆炫耀一番。管他呢，我命在天，决定了！于是悠然闭上眼睛，又吧嗒吧嗒地舔起来，耐着性子，终于喝干了一杯啤酒。

很奇怪！一杯啤酒喝完后，竟出现一种奇怪现象，开始的时候，舌头发麻，嘴里好苦，像是受到了一种外部的力量的压迫。然而，喝了一会儿之后，又渐渐感到舒服了些，一杯酒喝完了，难受的感觉消失得差不多了。没事了，咱又轻轻松松地干了第二杯，就连滴在盘子里的啤酒，也舔进了肚子里，盘子就像刷过了一样。

不久之后，我一动不动地蹲着，留心着自己的变化。我的眼圈渐渐发红，耳朵发烧，身子发热，逼得咱家很想大声歌唱："咱家是猫，咱家是猫……"又想跳舞，又想大骂主人、迷亭、独仙等鼠辈，还想挠金田老头，咬掉金田老婆的鼻子——咱家什么都想干！

踉踉跄跄站起身来，摇摇晃晃走出门来，在门外，真想招呼一声："月亮姐姐，晚上好！"可真高兴！

大概这就是所谓的"怡然自得"吧，我想。我信步乱走，像是在散步，但又不像，漫无目的地迈着软绵绵的腿。怎么回事？怎么打起瞌睡来了？我是在睡觉还是在走路？我想睁开眼睛，但是眼皮沉甸甸的，我可算是完蛋了。

管它呢，高山也好，大海也好，咱家只管颤巍巍地走。突然，只听得“扑通”一声响——我一惊，完了。怎么个完了？来不及多想，便迷糊起来。

醒来时，才发现漂在水上，难受得要死，便用爪乱抓一气，可抓来抓去只是水。而且，咱家每抓一下，便往水底沉一下。没办法，便又用后爪往上使劲儿地蹬，再用前爪使劲儿地抓，好歹露出头来，向四周一看，才发现掉进了一口大缸里。这大缸里，每到夏末，便密麻麻地长满一种叫莼菜的水草。不祥的乌鸦飞来，啄光莼菜后，便在缸里洗澡，洗得次数多了，水便浅了，水浅了，便不再来了。前几天，咱家见缸里水太浅，还在想几时能再见到乌鸦，想不到此刻便代替它们在缸里洗起澡来。

水面距缸沿有四寸多长的距离，咱家说什么也抓不到缸沿，跳也跳不出去。如果满不在乎，便只有沉底；如果拼命挣扎，也仅仅是脚爪把缸壁抓得嘎嘎响。偶尔，咱家前爪也曾紧扣在缸壁上，让身子浮起来，但扣不了几下，爪子一滑，便又扎猛子，且还要往肚子里大口灌水，这份罪真不是咱猫受的，便又极力挣扎。挣扎得久了，就累了，四肢彻底没力气了，便又往下沉。终于，连自己也弄不清是因下沉而抓缸，还是因抓缸而下沉。

到此地步，咱家只有痛苦地想：遭如此厄运，全怪心胸狭隘，只盼着急急从水缸里逃命，若真能逃命，那是十二万个求之不得，但腿不足三寸，明摆着逃不出去，又何必硬要逃呢？岂非有违天理！就算勉强浮上水面，尽最大努力伸出爪子，也无法抓住缸沿。这么翻来覆去地倒腾，便花上一百年也照样粉身碎骨啊！明知逃不出去却偏要逃，就是勉为其难。勉为其难的结果，便是自找苦吃、自寻烦恼、自我折磨。真真糊涂呀！

算啦，听之任之吧，去他的抓呀、挠呀、跳呀、蹦呀、爬呀的吧！老子尽管自然而然，偏不抵抗，咋地？

渐渐的，咱家便觉得舒服起来。说不清是痛苦还是欢快，也说不清是在水里，还是在室内。管他呢，爱在哪里都行，只要舒服。

不，便是舒不舒服都无所谓，反正现在什么也感觉不到了。日月陨落，天地齑粉！咱家就这样不可思议地进入太平世界了。原来只有死后，才能得太平，太平是除死不能得到的。

南无阿弥陀佛！南无阿弥陀佛！谢天谢地！谢天谢地！